Knaur.

Über die Autorin:
Michaela Link studierte Sinologie und übersetzte zunächst Romane und Sachtexte aus dem Chinesischen ins Deutsche. Ihre fundierten Kenntnisse des Landes China, seiner Menschen und seiner Geschichte verdankt sie einer mehrjährigen Tätigkeit als Reiseleiterin in Ostasien. Michaela Link lebt heute mit ihrer Familie in Norddeutschland.

MICHAELA LINK

Der Spiegel der Kaiserin

Roman

Knaur Taschenbuch Verlag

Besuchen Sie uns im Internet:
www.knaur.de

Vollständige Taschenbuchausgabe Dezember 2008
Copyright © 2007 by Knaur Verlag.
Ein Unternehmen der Droemerschen Verlagsanstalt
Th. Knaur Nachf. GmbH & Co. KG, München
Alle Rechte vorbehalten. Das Werk darf – auch teilweise –
nur mit Genehmigung des Verlages wiedergegeben werden.
Redaktion: Ilse Wagner
Umschlaggestaltung: ZERO Werbeagentur, München
Umschlagabbildung: Bridgeman Art Library
Satz: Adobe InDesign im Verlag
Druck und Bindung: Norhaven A/S
Printed in Denmark
ISBN 978-3-426-63954-2

2 4 5 3 1

Was hülfe es dem Menschen,
wenn er die ganze Welt gewänne
und nähme doch
Schaden an seiner Seele.

Matthäus 16,26

TEIL I

*Spricht oder handelt ein Mensch
mit unreinem Bewusstsein,
folgt ihm das Leiden nach,
so wie das Rad dem Zugtier folgt,
welches den Wagen zieht ...
Spricht oder handelt ein Mensch
mit lauterem Bewusstsein,
so folgt ihm Freude nach,
wie ihm sein eigener Schatten folgt.*

Itivuttaka

England, 1959

Die Verbotene Stadt ...

Wie ein Windhauch wispern die Worte durch meine Erinnerung, und der Zeitungsbericht über Peking liegt bereits halb vergessen auf meinem Schoß. Die Verbotene Stadt – das sind für mich geheime Korridore und verschwiegene Boudoirs, große, lichtdurchflutete Marmorhallen, Trommeltürme, die bis weit über die Palastmauern hinaus vom Verstreichen der Zeit künden; das sind kühle Wandelgänge und Tore, die kein Sterblicher durchschreiten darf, die einzig dem Kaiser offen stehen ...

Als kleines Mädchen hatte ich voller Sehnsucht davon geträumt, und jetzt, als alte Frau, träume ich wieder davon. Peking ... heute so unerreichbar fern wie damals. Die neuen Söhne des Himmels herrschen jetzt dort, mit dem roten Stern ihres selbsterwählten Gottes an der Brust. Es ist ein anderes Peking als jenes, das einst für mich, das Kind aus der weiten, grasbewachsenen Mandschurei, der Himmel war. Und doch – und doch. Peking! Der Klang dieses Namens ist heute wie damals das Zauberwort, das meiner Phantasie Flügel schenkt.

Im Geist wandere ich wieder dorthin, durchmesse schmale Gassen und weite Alleen, und dann – im Herzen dieser von tausend Geheimnissen singenden Metropole – liegt sie endlich vor mir: die Verbotene Stadt, die Purpurne Stadt.

Selbst in der Sonnenglut der hochsommerlichen Steppe vermeinte ich, sie riechen zu können, diese Stadt der Verheißung – Honig und Sonne, getrocknete Orangenblüten und der Staub von hundert ehrwürdigen Innenhöfen –, und ich glaubte, vor Verlangen zu sterben.

Wenn ich heute an meinem Fenster sitze und auf das keusche Frühlingsgrün meiner neuen, fremden Heimat blicke – denn auch nach fünfzig Jahren ist mir England immer noch nicht mehr geworden –, dann vergesse ich die welke Haut meiner Hände, vergesse den gallebittern Geschmack des Alters und die unruhig verbrachten Nächte und kenne nur noch die alte Sehnsucht.

Nein, es ist nicht mehr die Sehnsucht des Kindes, denn das Kind hatte ja nur den Traum, hatte nur die selbstgemalten Bilder von Frauen in ihren mit fliegenden Phönixen bestickten Gewändern, Frauen, die sich heiter und wie schwebend bewegen und die sich seit Menschengedenken alle wie die Blumen dem Morgen nur einem einzigen Mann öffnen, dem Kaiser, der das Zentrum und die Schwerkraft ihres Universums ist: dem Sohn des Himmels, dem Herrn der Zehntausend Jahre.

Das Kind von einst besaß nur solche Phantasiegebilde. Die alte Frau von heute hat viel mehr als das; sie hat die Leere dieser weit sich erstreckenden Gemächer in sich getragen, sie weiß, welchen Duft die Einsamkeit dort hat, wo dreitausend Dienerinnen durch enge Küchengassen huschen und wo ebenso viele verstümmelte Männer – Eunuchen – für den Sohn des Himmels in dessen inneren Gemächern Dienst tun, und manchmal nicht nur dort. Sie weiß, dass die Phönixe nicht fliegen, sondern von unsichtbaren Händen in ihrer scheinbaren Freiheit gehalten werden. Der Staub der Höfe schmeckt nicht nach Würde und Weisheit, sondern schal und erstickend, nach kleinlichen Machtkämpfen und den abertausend Siegen der Starken über die Schwachen.

Die Verbotene Stadt.

Tränen und Angst. Misstrauische Blicke über die Schulter. Zertretene Orchideen, deren Saft wie Blut für kurze Zeit den unvergänglichen Stein befleckt.

Keine Schwestern, sondern Rivalinnen überall. Feindinnen.

Die Verbotene Stadt.

Das Ziel meiner Sehnsucht. Auch heute noch. Trotz allem, trotz allem ...

Denn sie gebiert seltsame Früchte, diese Stadt der Schleier und Rätsel. Früchte, die erlesener und edler sind, als man sie anderswo findet. Und wer einmal davon gekostet hat, der wird nie wieder ganz frei sein.

Freundschaft, wo man sie am wenigsten erwartet, Wärme, die sich selbst verschenkt, ohne um das Versiegen der Quelle zu bangen. Schönheit und Wunderbares, aber auch Schmutz und Hässliches. Und das alles ist jetzt ein Teil von mir, nichts wird je aufhören zu existieren – erst recht nicht die Menschen, die Gestalten, die in meiner Erinnerung wohnen und die jetzt, da ich wieder allein bin, meine Wege mit mir gehen.

Maos Soldaten haben Peking geplündert. Das Große Innen, wie die Kaiserstadt von ihren Bewohnern genannt wurde, ist seiner Schätze beraubt und zum Museum für die gleichgültigen Massen geworden.

Manchmal sehe ich Bilder in den Zeitungen hier, doch dann trübt sich mein Blick mit der Gnade der hohen Jahre, und ich erkenne nur Schemen, und selbst die haben nichts mit meiner Erinnerung gemein. Die Verbotene Stadt ist ein Ort in meinem Herzen und so unzerstört und glänzend wie damals, als sich die gewaltigen, in kaiserlichem Rot gestrichenen Drachentore zum ersten Mal für mich öffneten.

Ich habe nur wenig mitnehmen können, als ich Jahre später durch die gleichen Tore dem Palast entfloh, um nie wieder zurückzukehren. Ein Spiegel – eine runde Bronzescheibe, fast zweitausend Jahre alt – begleitet mich seit jenen Tagen, wohin ich auch gehe. Die dicke blaue Seidenschnur, blau wie die Hoffnung, die sich durch den Knauf auf der Rückseite zieht, ist schon fast zerschlissen, aber ich weiß, so lange ich lebe, wird sie halten, und das genügt. Die Kaiserin, die mir damals so unvorstellbar alt erschien und deren Jahre ich nun selbst erreicht habe, gab mir den Bronzespiegel als Geschenk zum Schutz gegen böse Mächte und als Anker in einer fremden Welt.

Ob er mich wirklich vor Bösem bewahrt hat, vermag ich nicht zu sagen, aber er liegt immer auf meinem Schoß, wenn ich in die Vergangenheit schaue, und das scharfkantige Bronzefiligran nimmt die Wärme meiner Hände an.

Wenn ich in den Spiegel schaue, ist es mir, als tue sich eine ferne, magische Welt vor mir auf, und ich sehe eine junge Frau ... ein Mädchen im Grunde noch; sie geht langsam und ganz am Ende einer langen, feierlichen Prozession über eine Brücke. Wie ein riesiger, zu ewiger Starre verdammter Regenbogen zieht sich die steinerne Brücke in der Morgensonne dahin, über den Kunming-See im Herzen des Sommerpalastes. Die junge Frau trägt ein langärmeliges, für den heißen Junitag viel zu warmes Kleid, das schwarze Haar über den Ohren ist zu schweren Schnecken aufgesteckt. Silberne Nadeln mit Schmetterlingsköpfen fangen das Licht auf … Sie ist groß für eine Frau, gerade noch an der Grenze des Annehmbaren. Ihre dunklen Augen blicken etwas furchtsam, und sie haben recht damit. Denn sie ist nun lange genug im Palast, um zu wissen, dass die Phönixe nur eine Illusion sind, dass es keine Stadt der Verheißung gibt. Und der gegenwärtige Kaiser, der Sohn des Himmels, ist ein schwerkranker, trauriger Mann, für den sich schon lange keine Blume mehr geöffnet hat – ein Mann, der sich längst damit abgefunden hat, nur noch dem Namen nach zu regieren, nur eine Marionette zu sein, die an allzu vielen Fäden hängt.

Ein zierlicher Schritt zur Seite, und sie ist dem Brückengeländer nahe genug, um die Hand über eine Löwenskulptur gleiten zu lassen. Mehr als fünfhundert Löwen sind in die Pfostenköpfe der Balustrade gemeißelt. Sie hat sie gezählt. Jeder Löwe ist ein kleines Kunstwerk, hat seine eigene Haltung, sein eigenes Gesicht. Und nun auch einen eigenen Namen, eine eigene Geschichte. Die junge Frau, die wohl schon tausend Mal über diese Brücke geschritten ist, hat ihnen Namen und Unsterblichkeit gegeben.

Heute ist der letzte Löwe an der Reihe, ganz am jenseitigen Ende der Brücke. Diesen Löwen hat sie sich bis zum Schluss aufgehoben, denn er scheint ihr das Lebendigste in diesem gewaltigen Palast zu sein, das einzige Wesen, mit dem Freundschaft vorstellbar wäre.

Ich nenne dich Yangren-feng, sagt sie im Stillen zu dem Löwen, »Wind der Menschlichkeit«. Die Sonne spielt auf seinen Zügen, und die junge Frau glaubt zu sehen, wie der kleine Löwe grüßend den Kopf zur Seite neigt.

Aber bevor sie ihm seine Geschichte erzählen kann – eine Geschichte, in der er sehr mutig und sehr klug ist –, muss sie sich von der lächelnden Steinskulptur trennen und den Frauen und Eunuchen nacheilen, die in den Longwang Miao wollen, den Tempel des Drachenkönigs, wo sie um Regen beten werden und um ein Ende der Dürre, die das Land lähmt.

Sie ist zu langsam, und einige der Frauen vor ihr drehen sich um – verletzend wenig Freundlichkeit in den reglosen Gesichtern –, dann treten sie über die Schwelle des Tempels. Die schweren, purpurnen Vorhänge senken sich lautlos vor den Eingang, und Dämmerlicht sperrt den goldenen Morgen aus, als habe es ihn nie gegeben.

Wenn ich heute in diesen Spiegel meiner Vergangenheit schaue, dann wird nicht nur mein eigenes Bild wieder lebendig, sondern auch das derer, die damals bei mir waren, und ich sehe Dinge, die mir in jener Zeit verborgen blieben. Mag sein, dass diese Bilder aus den Sommerfäden der Erinnerung gesponnen sind – doch wer weiß, ob nicht Alter und Heimweh meine Sinne so sehr schärften, dass sie erahnen, was zu wissen mir damals nicht gegeben war.

Ich streiche mein grau gewordenes Haar zurück, benutze die alte Bronzescheibe als Tor und trete ein in das unvergängliche Reich des Gewesenen, in jenen Juni des Jahres 1908, als ganz Nordchina von drückender Dürre heimgesucht wurde.

Kapitel 1

Peking, Juni 1908

Die Götter hatten all unsere Gebete um Regen noch immer nicht erhört, obwohl wir vor zwei Tagen sogar die helle, freundliche Sommerresidenz verlassen hatten und in die Verbotene Stadt übergesiedelt waren, damit der Kaiser und ein Gefolge dort seinen Ahnen opfern konnten. Seit acht Wochen schien nun unausgesetzt die Sonne. Wenn es nicht bald regnete, würden die Ernten verderben, und das Land musste zu allem anderen Übel auch noch eine Hungersnot ertragen. Aber alles Beten und Fasten hatte bisher nichts gefruchtet, und die Stimmung bei Hof war inzwischen so angespannt, dass der kleinste Anlass genügte, um Streit und böse Worte laut werden zu lassen.

Besonders die Eunuchen machten uns allen zu schaffen; sie schienen gewöhnlich ihre größte und womöglich einzige Wonne im Essen zu finden, und die karge, fleischlose Fastenkost machte sie noch reizbarer und zänkischer als sonst.

Ich vermisse vor allem meinen einzigen Freund dort, der in den letzten Tagen im Sommerpalast mein geschätzter Gefährte geworden war: meinen steinernen Löwen, der seinem Namen, »Wind der Menschlichkeit«, in meinen Träumen alle Ehre machte, obwohl er einer kleinen, boshaften Bemerkung über ein besonders dummes Geschöpf aus unserer Bekanntschaft nie abgeneigt war – ohne aber jemals wirklich verletzend zu werden.

In Gedanken bei meinem geisterhaften Freund, stand ich im Vorzimmer zum Schlafgemach der Kaiserin am Fenster und blickte in den Hof hinaus. Obwohl draußen ein strahlend heller Tag war, herrschte im Palast stets ein eigentümliches Zwielicht – eine direkte Folge seiner Architektur. Die kleinen, von hohen Gebäuden umstandenen Innenhöfe und die weit überhängenden Walmdächer gaukelten den Menschen im Großen Innen einen trüben Himmel vor, und in den vergangenen Tagen war mehr als eine Hofdame bei der Kaiserin in Ungnade gefallen, weil sie glaubte, es müssten nun endlich Wolken aufgezogen sein.

Mir hatte man die langweilige Aufgabe zugewiesen, über den mittäglichen Schlaf Ihrer Majestät zu wachen und sie zu wecken, sobald vom Glockenturm die achte Doppelstunde, die Stunde der Schafs, geschlagen wurde. Aber so weit war es noch lange nicht. Ich wappnete mich innerlich gegen Guniangs Übellaunigkeit; sie schlief gern bis weit in den Nachmittag hinein, doch waren für heute noch längst nicht genügend Gebete gesprochen worden. Im Palasttempel wartete das gelbe Papier, auf dem mit Zinnober und etwas Wasser ein Strich für jedes gesprochene Gebet gezeichnet werden musste; inzwischen waren wir bei zwanzig pro Tag angelangt.

Ein feines, vielstimmiges Ticken lag in der Luft, das mich zu Beginn meiner Tätigkeit im Palast schier in den Wahnsinn getrieben hatte: Die Kaiserin liebte Uhren in jeder Form und Größe, und allein in ihrem Vorzimmer standen, auf geschnitzten Truhen und Tischchen, vierzehn dieser Kunstwerke westlicher Technik verteilt. Eines davon, eine aus Goldfiligran gearbeitete kleine Standuhr, die hoffnungslos vorging, ließ jetzt ein feines Läuten hören. Es hätte ein fröhliches, ein beschwingtes Geräusch sein können, wäre es an einem anderen Ort erklungen. Hier aber war es schal und ohne Bedeutung. Auf mich wartete ein weiterer endloser Nachmittag in lichtlosen, stickigen Räumen, in denen alter Weihrauchduft mit frischem wetteiferte. Einen Augenblick lang sah ich meine Heimat vor mir, die trockene, gelbe Steppe, in der selbst jetzt ein lindernder Wind gehen würde. Ich glaubte, das Stampfen von Pferdehufen zu hören, glaubte, das Vibrieren des Bodens unter meinen Füßen zu spüren, wenn die gewaltigen Herden zur nächsten Weide getrieben wurden ...

... und wurde jäh aus meinem Tagtraum herausgerissen.

Der Lärm, den ich gehört hatte, war kein Produkt meiner Phantasie gewesen, sondern sehr real. Ein Krachen zerriss die Luft, als sei der Himmel auf uns herabgestürzt, ein mannigfaches Prasseln und Zischen ging über einem der nahen Innenhöfe herab, und ich lehnte mich erschrocken über die kostbare Schwarzholztruhe vor dem Fenster. Das Geräusch kam mir vertraut vor, aber ich konnte ihm so schnell keinen Namen geben. Ein dämonisches Heulen mischte sich in den wütenden Lärm, der wie Gewehrschüsse klang, und ich wich entsetzt vom Fenster zurück.

Dann kehrte eine unheimliche Stille ein.

Die Stille war jedoch nur eine kurze Atempause, bevor von allen Seiten erneuter Lärm losbrach.

»Was hat das zu bedeuten?« Die müde, gereizte Stimme der Kaiserin ließ mich herumfahren. »Hat es angefangen zu regnen?« Der hoffnungsvolle Unterton in den Worten erstarb in einem resignierten Seufzer. Nein, der Regen ließ immer noch auf sich warten, das hatte sie meinem Gesicht wohl angesehen.

Bevor ich jedoch antworten konnte, hörte ich im Flur das eilige, nervöse Trappeln von Schritten, mit dem sich ein Schwarm erregter Hofdamen und Eunuchen anzukündigen pflegte. Wir würden bald genug erfahren, was es mit dem Lärm auf sich hatte.

Ein denkbar kurzes Klopfen ertönte, dann wurde die mit blauem Atlas verhängte Tür zum kaiserlichen Vorzimmer aufgezogen.

Ein sehr alter, sehr hässlicher Mann in der Tracht eines hohen Beamten trat ins Zimmer, und ich erkannte hinter ihm eine Vielzahl geduckter Gestalten, die ihm den Vortritt ließen, als sei er der Kaiser persönlich. Auch ich wich rasch einen Schritt zurück, um diesen vertrockneten Halbmann vorbeizulassen, dem die Hautfalten wie ein Kragen um den Hals hingen, der aber sein schlaffes Fleisch und seine feminine Ausstrahlung durch eiserne Autorität vergessen machte. Ich hatte einige Monate gebraucht, um zu begreifen, welch große Macht dieser Mann in der Verbotenen Stadt besaß, denn wie so viele andere, die die Dinge hier von außen sahen, hatte ich den weitreichenden Einfluss der Eunuchen in meinem Land unterschätzt.

»Euer Majestät.« Obereunuch Li vollzog einen raschen Kotau, berührte mit der Stirn den Boden und war bereits wieder auf den Beinen, bevor die Eunuchen hinter ihm auch nur die Knie gebeugt hatten. »Ich bin untröstlich, dass Ihr in Eurer Ruhe gestört wurdet. Es wird nicht wieder vorkommen.«

Die Kaiserin wirkte ohne ihren Kopfputz und die hohen mandschurischen Schuhe noch kleiner und zerbrechlicher als sonst, aber auch jetzt zweifelte niemand daran, dass diese Frau gefährlicher sein konnte als eine Kobra, wenn man sie herausforderte. »Was ist passiert?«, fragte sie, als habe Li gar nichts gesagt.

»Es ist nichts, Majestät, eine dumme Lappalie, nicht wert, dass man Euch damit belästigt ...«

»Eine Lappalie?« Die Kaiserin zog kaum sichtbar eine Augenbraue hoch. »Nun, da mein Schlaf so rüde unterbrochen wurde, kann ich Eure Meinung nicht teilen, dass es sich um eine Lappalie handelt.«

Lis Gesicht blieb vollkommen ausdruckslos, nur seine Mundwinkel zuckten; er wusste, dass er einen Fehler gemacht hatte, und versuchte nicht, sich dafür zu entschuldigen. Auch ich hatte früh gelernt, dass man mit Ausflüchten und Demutsbekundungen bei der Kaiserin nicht weit kam. Im Zweifel waren Rückzug und Schweigen immer die bessere Entscheidung, wenn man nicht noch mehr Zorn auf sich ziehen wollte.

Aber es widerstrebte Li offensichtlich zutiefst, die näheren Umstände der Störung darzulegen, und im Stillen begann mich das zu amüsieren – obwohl auch ich sorgsam darauf achtete, dass ich mir keine Blöße gab und weiterhin Gleichgültigkeit vortäuschte.

»Tretet vor, ihr zwei.« Li hatte notgedrungen einen Entschluss gefasst; ein Rascheln und Raunen ging durch die Menge draußen, dann standen zwei junge Männer hinter ihm.

»Diese beiden da« – Lis Tonfall war eisig, und er sah dabei kein einziges Mal hinter sich – »diese beiden haben mit Krähen herumgespielt.«

Ich war lange genug bei Hof, um zu wissen, was das bedeutete: Die Krähen wurden in ganz China als unglückverheißende Vögel gehasst, aber niemand hasste diese Vögel so sehr wie die Eunuchen, die wegen ihrer schrillen, hohen Stimmen im Volksmund abschätzig »Krähen« genannt wurden. Deshalb machten sich manche von ihnen gelegentlich einen Spaß daraus, die armen Vögel zu fangen, ihnen Feuerwerkskörper an die Füße zu binden und sie wieder freizulassen, so dass sie in der Luft in tausend Stücke zerrissen wurden. Deshalb war mir das Geräusch so bekannt erschienen. Feuerwerkskörper!

Ich vergaß meine kühle Gelassenheit und sah die beiden jungen Eunuchen mit tief empfundener Verachtung an. Den einen von ihnen traf ich häufiger, als mir lieb war; es war Mengtian, Lis gegenwärtiger Favorit. Dem anderen begegnete ich heute zum ersten Mal, was jedoch nicht hieß, dass er nicht schon Jahre im Palast dienen konnte. Als mein Blick, in dem unaussprechliche Abneigung gelegen haben musste, diesen fremden Eunuchen traf, zuckte er zusammen, als hätte ich ihn geschlagen.

»Das ist nicht wahr«, stieß er hervor.

Das Schweigen, das diesen Worten folgte, war eher ein Schweigen der Verblüffung als des Erschreckens. So ungeheuerlich war das Benehmen dieses jungen Eunuchen, dass wir alle ein paar Sekunden brauchten, um es zu begreifen. Die Uhren tickten plötzlich unnatürlich laut, so schien es mir.

Der Knabe – denn mehr als ein Knabe war er noch nicht – hatte nicht nur dem Obereunuchen widersprochen; er hatte es auch gewagt, in Anwesenheit der Kaiserin unaufgefordert die Stimme zu heben.

Aller Augen waren nun auf Guniang gerichtet – nur ich

konnte mich nicht von diesem zierlichen Halbmann abwenden, der nicht einmal den Kopf senkte. Unsere Blicke trafen sich, und ich hielt unwillkürlich den Atem an. Plötzlich glaubte ich nicht mehr, dass er zu einer solchen Grausamkeit gegen ein wehrloses Geschöpf fähig war, und ich bangte um ihn. Es waren schon Eunuchen für ein geringeres Vergehen als Unbotmäßigkeit geköpft worden.

Aber die Kaiserin verblüffte uns alle. Statt ihn von Li aus der Halle schaffen und bestrafen zu lassen, hatte der Junge anscheinend ihr Interesse geweckt. Vielleicht war er für sie nur eine Abwechslung in der monotonen Aneinanderreihung von Gebeten und lästigen Ritualen, vielleicht aber hatte sie in diesen großen, bläulich schimmernden Mandelaugen dasselbe gesehen wie ich: Eine Sanftheit und Aufrichtigkeit, die sich hier normalerweise kein Eunuch länger als das erste Jahr nach seiner Entmannung erhalten konnte.

»Wie heißt du?«, fragte die Kaiserin, und nur eine ärgerliche Handbewegung Lis verhinderte einen Ausbruch von Getuschel im Korridor hinter ihm.

Die Stimme des jungen Eunuchen sprach die gleiche Sprache wie seine Augen, aber es lag auch eine ruhige Festigkeit in ihr. »Mein Name ist Bolo, Euer Majestät«, sagte er in die Stille hinein. »Und ich habe es noch nie in meinem Leben für nötig gehalten, meine Kräfte an einem Geschöpf zu messen, das mir unterlegen ist.«

Fast lag so etwas wie Herausforderung in diesen Worten, und ich wünschte, er wäre weniger direkt gewesen. Jetzt hing alles von der Kaiserin ab. Selbst Li wartete auf ihr Urteil.

»Dann bist du also unschuldig? Du hast nichts mit diesem höllischen Lärm zu tun gehabt?«, hakte sie nach.

Die Antwort kam sofort, aber sie fiel anders aus, als ich

gehofft hatte. Entsetzt hörte ich, wie der junge Eunuch sich immer mehr in Schwierigkeiten brachte. Sein glattes Gesicht, in dem niemals ein Bart wachsen würde, war blass und knochig, und ich fragte mich, ob die schreckliche Operation, die ihm seine Männlichkeit genommen hatte, vielleicht erst vor kurzem erfolgt war.

»Ich bedaure aufrichtig, dass Euer Majestät gestört wurde. Aber dass die Raketen zu dieser Stunde und an diesem Ort losgingen, ist allein meine Schuld«, erklärte er. »Ich sollte Holz aus der Lagerhalle am Tor der Irdischen Ruhe holen ...«

Er hielt inne, und einen Augenblick lang stockte mir der Atem, weil ein winziges Zucken seiner Lippen verriet, dass er sich der Ironie dieses Zusammentreffens durchaus bewusst war.

»... ich ging also in diese Halle«, fuhr er fort; die Gefahr war vorüber, und an die Stelle ungebührlicher Erheiterung war nun wieder gerechter Zorn getreten. »Und dort lagen wohl zehn oder zwölf von diesen armen Kreaturen, gefesselt und achtlos in einer Kiste übereinander geworfen ...«

Den Rest der Geschichte konnte ich mühelos erahnen: Mengtian, Lis allseits ungeliebter Favorit, dem man üble Dinge nachsagte, hatte die Vögel dort deponiert, um sie am Abend »steigen zu lassen«, außerhalb des Palastes und mit ein paar Kumpanen, die um nichts besser waren als er. Und Bolo hatte die Krähen befreit, aber durch eine Unachtsamkeit auch einige der Feuerwerkskörper gezündet.

»Leider konnte ich zwei der Tiere nicht retten«, sagte er, als sei es das Einzige an diesem Vorfall, das er ehrlich bedauerte. »Die Raketen explodierten, bevor ich ihre Fesseln gelöst hatte.«

An dieser Stelle konnte Li nicht länger an sich halten. »Das reicht!«, stieß er hervor und packte den Jungen am Kragen seines trübblauen Überwurfs. »Die Kaiserin hat genug gehört.«

Und tatsächlich – die Kaiserin hatte das Interesse verloren. Es war heiß und drückend in dem kleinen Raum, sie hatte zu wenig geschlafen und war durstig. Sie nickte Li zu. »Bestraft die beiden. Sie müssen lernen, dass die Verbotene Stadt kein Spielplatz für ungezogene Kinder ist. Zwei Dutzend Stockschläge für jeden.«

Für die Kaiserin war die Angelegenheit damit erledigt, aber ich kannte die Eunuchen – und vor allem Li – gut genug, um zu wissen, dass Bolos Strafe weitaus härter ausfallen würde als Mengtians. Zwar würde irgendjemand mit peinlicher Genauigkeit mitzählen, und die beiden würden zwei Dutzend Schläge erhalten, keinen mehr und keinen weniger, aber Schlag und Schlag war hier nicht dasselbe.

Bolo, mit seinen sanften, humorvollen Augen und dem ausdrucksvollen Mund, würde unter den Schlägen vielleicht nicht sterben, aber gewiss würde er den letzten Rest seines Glaubens an Güte und Anstand verlieren. Als ich ihn so dastehen sah, ängstlich und aufrecht zugleich, wusste ich plötzlich, warum er mir so vertraut erschien: Er erinnerte mich an meinen kleinen Löwen im Sommerpalast, den ich »Wind der Menschlichkeit« getauft hatte, und ich hatte das törichte Gefühl, als müsse ich ihn verteidigen, so wie man jüngere Geschwister verteidigen würde, auch wenn es noch so unklug war.

Li verbeugte sich. »Eine weise Entscheidung, Majestät.« Er machte Anstalten, den Raum zu verlassen. »Ich werde dafür sorgen, dass die Strafe ordnungsgemäß ausgeführt wird.«

»Das ist nicht recht.«

Die Worte waren heraus, bevor ich meiner Zunge Einhalt gebieten konnte. Meine Gedanken überschlugen sich in panischer Angst, während sich fast zwei Dutzend kalt blickender Augenpaare auf mich richteten. Ich hatte der Kaiserin widersprochen! Wenn ich mich aus dieser schwierigen Situation wieder befreien wollte, brauchte ich einen mächtigen Fürsprecher, und ich nahm Zuflucht bei dem Mächtigsten, den ich kannte. Ich sprudelte die ersten Buddha-Worte hervor, die mir einfielen und die irgendwie auf die Situation zu passen schienen: »Wenn jemand in gütiger Gesinnung auch nur gegen *ein* Wesen Güte walten lässt, wird er dadurch ein Gerechter.« Ein scharfer, saurer Geruch würgte mich in der Kehle und drohte, mich am Weitersprechen zu hindern. Ich brauchte nicht aufzusehen, um diesen Geruch zu erkennen. Mengtian war mir unangenehm nahe gekommen, und fast argwöhnte ich, dass er es mit Absicht getan hatte; wie vielen Eunuchen machte es ihm Mühe, sein Wasser zu halten, und meist umwehte ihn eine Wolke von Harngeruch. Aber es gab kein Zurück mehr für mich, also fuhr ich fort: »Der Buddha sagt auch: ›Wer nicht tötet, noch töten lässt, wer nicht Gewalt tut, noch Gewalt tun lässt und aller Wesen Freund ist, dem droht keine Feindseligkeit, von welcher Seite auch immer.‹«

Hilfesuchend sah ich die Kaiserin an, denn nun wusste ich wirklich nicht mehr weiter. Ich hoffte, dass sie meinen Worten eine gewisse Logik abgewinnen konnte, aber wahrscheinlicher war, dass sie mich ebenfalls bestrafen lassen würde.

Kaiserin Guniang schwieg. Ich fragte mich, wie lange es her sein mochte, dass ihr jemand so offen widersprochen hatte. Ich selbst war in diesem einen Jahr bei Hofe doppelt vorsichtig gewesen – wie meine Mutter es mir nach meiner unerwarteten Berufung in den Dienst der Kaiserin wieder und wieder eingeschärft hatte. »Du wirst der Familie keine Schande machen, hörst du ... Du wirst deine elende Zunge im Zaum halten ... Du wirst nichts tun, das die Aufmerksamkeit der Kaiserin auf dich lenkt ... Gerade du musst unsichtbar sein, absolut unsichtbar ... Du musst die Ehre der Familie wiederherstellen ...« All die wütend hervorgestoßenen Ermahnungen schossen mir in diesen Sekunden durch den Kopf, ebenso wie ihre beharrlichen Ausweichmanöver, wann immer ich nach dem Grund fragte, warum unsere Familie es nötig habe, ihre Ehre wiederherzustellen. Ich wusste, meine Mutter hätte es lieber gesehen, wenn die Kaiserin eine meiner gefügigeren Schwestern berufen hätte, aber Guniangs Schreiben war unmissverständlich gewesen. Auf der Ernennungsurkunde hatten mein Name und mein Geburtsdatum gestanden – und jetzt hatte ich vielleicht mit einer einzigen unbedachten Bemerkung nicht nur die Hoffnungen meiner Mutter zunichte gemacht, sondern auch die Kaiserin enttäuscht. Seltsamerweise traf mich Letzteres weit schwerer, als die Tränen und die Vorwürfe es tun würden, die mich bei einer unehrenhaften Entlassung aus dem kaiserlichen Dienst zu Hause erwarteten.

Das Schweigen im Raum wurde immer drückender, und das Ticken der Uhren erschien mir so unmelodisch wie noch nie zuvor. Schließlich wagte ich es, einen Blick auf die Hofdamen zu werfen, die sich in einer Ecke des Raumes zusammendrängten, möglichst weit weg von den Eunuchen an der Tür.

Ich war an die hochmütigen Mienen meiner Gefährtinnen gewöhnt, ebenso wie an die Selbstverständlichkeit, mit der sie mich zu übersehen pflegten, als sei ich ein lästiges Insekt. Aber die unverhohlene Häme, die jetzt aus ihren Augen sprach, traf mich dennoch unerwartet. Gierig, ja beinahe lüstern warteten sie darauf, dass Guniang mich bestrafen würde.

Plötzlich stieg ein so überwältigender Abscheu in mir auf, dass ich es nicht länger ertrug, in diese boshaften, leblosen Gesichter zu sehen. Diese Frauen waren um nichts besser als die Eunuchen, die sich an der Qual hilfloser Geschöpfe ergötzten.

In diesem Moment räusperte sich die Kaiserin, und als ich mich ihr wieder zuwandte, war ich einen Herzschlag lang befreit von jeder Furcht und allem Zweifel. Ohne dass es mir bewusst war, richtete ich mich hoch auf und reckte das Kinn vor. Mein kleiner Löwe, der »Wind der Menschlichkeit«, würde mich verstehen. Auch er hätte niemals tatenlos ein Unrecht geschehen lassen.

Doch als mein Blick den der Kaiserin traf, verebbte das Gefühl der Zuversicht, und zu meinem Erstaunen wurde mir klar, dass sie – abgesehen natürlich von meinem Löwen – das einzige Wesen in Peking war, das ich vermissen würde, falls sie mich in Schimpf und Schande zu meinen Eltern zurückschickte.

Noch immer zögerte sie, als fechte sie einen inneren Kampf aus, und ich vermochte weder ihre Stimme noch ihre Miene zu deuten. »Prinzessin Anli«, begann sie schließlich; es war das erste Mal, dass sie mich mit meinem Namen anredete, »wenn Ihr so klug seid, dass Ihr mir Buddha zitieren könnt, wisst Ihr sicher auch eine Lösung für unser kleines Dilemma hier?«

Ich sah sie verständnislos an. Welches Dilemma? Wusste sie nicht, wie sie mich bestrafen sollte? Bei Hofdamen, noch dazu solchen aus hohem Hause, war eine Bestrafung gewiss schwieriger als bei Eunuchen, aber es konnte nicht das erste Mal sein, dass eine Frau in meiner Position ihren Unwillen erregt hatte.

»Wir haben auf der einen Seite einen Eunuchen, der aller Wesen Freund und obendrein ein Gerechter ist« – ihre Stimme zitterte leicht –, »und auf der anderen einen Obereunuchen« – sie nickte mit unverhohlenem Spott in Lis Richtung –, »von dem ihm Feindseligkeit droht. Euren Worten zufolge ist so etwas jedoch nicht möglich – und das nenne ich ein Dilemma.«

In meinem Kopf dröhnte es gefährlich, das Blut rauschte mir in den Ohren. Erwartete die Kaiserin eine kluge Antwort von mir – oder doch eher einen Kotau und eine demütige Bitte um Vergebung?

Ich wagte es nicht, Bolo anzusehen, denn womöglich hing von meiner Reaktion sein weiteres Schicksal ab. Wieder erstand das Bild des tapferen kleinen Steinlöwen aus dem Sommerpalast vor meinem inneren Auge, und ich wusste, wenn ich versagte, würde er genauso enttäuscht von mir sein wie Bolo.

»Der Obereunuch hat als Kämmerer der Hofhaltung die Aufsicht und die Befehlsgewalt über alle Palasteunuchen, die nicht als persönliche Diener der höhergestellten Damen eingetragen sind ...« Die Kaiserin sprach mit monotoner Stimme, als verlese sie ein Edikt, dessen Inhalt für niemanden eine Überraschung bedeutete. »Die Bestrafung der zu persönlichen Diensten abgestellten Eunuchen bei minderen Delikten obliegt ihrer jeweiligen Herrin ...«

An die Stelle des Rauschens hinter meinen Augen trat für eine Sekunde ein Gefühl absoluter Leere. Guniang hatte mir eine goldene Brücke gebaut – und mich gleichzeitig unrettbar in die Falle gelockt.

Bisher hatte ich mich zu ihrem leichten Missfallen standhaft geweigert, mich von einem eigenen Eunuchen bedienen zu lassen; zum einen behagte es mir nicht, so engen Kontakt mit einem Mann zu pflegen – und sei er auch nur ein Halbmann –, zum anderen waren mir diese erbärmlichen, mit hohen Fistelstimmen sprechenden Kreaturen, die oft auch noch stanken, von Herzen zuwider.

Aber jetzt blieb mir keine andere Wahl. Ich sah der Kaiserin direkt in die Augen, und das Lachen, dem ich dort begegnete, war vielleicht die größte Überraschung dieser denkwürdigen Stunde.

»Ich erbitte ...«, begann ich mit so unsicherer Stimme, dass ich noch einmal ansetzen musste. »Ich erbitte die Gnade, den Eunuchen Bolo in meinen persönlichen Dienst nehmen zu dürfen, Euer Majestät.«

»Euer Wunsch soll Euch erfüllt werden, Prinzessin.« Mit diesen Worten und einem kurzen Nicken in die Runde wandte Guniang sich ab und verschwand durch die dicke, mit blauer Seide verhängte Tür in ihr Boudoir. Sie hatte das letzte Wort in dieser Angelegenheit gesprochen.

Benommen und nicht allzu begeistert sah ich mir den jungen Eunuchen, den ich von nun an praktisch Tag und Nacht um mich dulden musste, noch einmal an. Er war wirklich ein magerer kleiner Kerl und wenig ehrfurchtgebietend. Ich würde nicht viel Eindruck mit ihm machen ...

Aber ein einziger Blick aus seinen Augen genügte, um diese Gedanken zu zerstreuen.

Ich hatte einen Freund gewonnen. Und in diesem Moment wusste ich, dass ich mich niemals für ihn würde schämen müssen.

Und nicht zuletzt hatte ich durch seine dumme, mutige Tat herausgefunden, dass die Kaiserin, der ich seit einem Jahr täglich aufwartete, unter ihrer abweisenden, oft verletzend kühlen Maske ein menschliches Wesen war.

Als die achte Doppelstunde anbrach, ging ich mit sehr viel leichterem Schritt in den Tempel, um zum vierzehnten Mal an diesem Tag die kaiserlichen Ahnen um Regen zu bitten. Zu meiner nicht geringen Überraschung bedeutete mir Prinzessin Chun, die älteste von Guniangs Hofdamen, den Pinsel zu nehmen, mit dem Tag für Tag die Zahl der verrichteten Gebete in einer Strichliste auf feinem gelbem Papier festgehalten wurde. Prinzessin Chun reichte mir das uralte Schreibwerkzeug mit säuerlicher, strafender Miene, als sei es ein Dolch, mit dem noch immer hochgestellte Persönlichkeiten zum Selbstmord aufgefordert wurden, wenn sie in Ungnade gefallen waren. Doch ich wusste, dass es eine große Auszeichnung war, diesen speziellen Dienst an Göttern und Kaiser vollziehen zu dürfen. Hochaufgerichtet und durchströmt von einem Gefühl des Jubels griff ich nach dem kostbaren alten Pinsel.

Der Strich, den ich zog, unterschied sich merklich von den übrigen. Er war fester, gerader und irgendwie optimistischer als seine Vorgänger. Ich konnte ja nicht wissen, dass ich mir soeben weit mehr und weit Schlimmeres aufgeladen hatte als einen jungen Eunuchen, der in Zukunft meine Kleider richten und im Winter meinen Kang, das hohe, aus Ziegelsteinen gemauerte Bett in meinem Schlafzimmer, heizen sollte.

Kapitel 2

»Wir beten zum Himmel und flehen zu Buddha, sich unser zu erbarmen und das Land vor einer Hungersnot zu bewahren. Wir opfern dem Himmel ...«

Mechanisch sprach die alte Kaiserin die Worte, die ihr so vertraut waren. In dem kleinen Tempel, in dem die heilige Zeremonie Jin Dan stattfand, war die Luft zum Schneiden dick, und die Dämpfe der Sandelholzstäbchen, die in mehreren Räuchergefäßen verbrannt wurden, versetzte sie in eine seltsam losgelöste Stimmung. Sie kniete vor allen anderen in der ersten Reihe auf einem Kissen. Hinter ihr kniete die junge Kaiserin mit den kaiserlichen Konkubinen, dann kamen die Hofdamen, dicht an dicht in einer Reihe.

»... wir beten zum Himmel um Regen ...«

Regen ... Das Wort summte durch den Tempel, bis es von den glückbringenden Weidenzweigen verschluckt zu werden schien, die in großen Porzellanvasen an den Seiten standen. Regen ... Regen ... Das Wort war eine Beschwörung der Götter, deren Hilfe und Beistand sie erflehten. Und obwohl Guniang äußerlich mit großem Ernst ihrer Pflicht nachkam, schweiften ihre Gedanken immer wieder ab. Es erschien ihr so sinnlos, dieses Gebet um Regen. Das Land brauchte viel mehr als Regen, wenn das Reich der Mitte, wie sie es kannte und liebte, bestehen bleiben sollte. Es war das Jahr 1908 nach der westlichen Zeitrechnung. China war ein Land auf Messers Schneide, ein in die Enge getriebener Drache, und seine Feinde lauerten nicht nur außerhalb der Grenzen, sondern auch innerhalb, wie es immer gewesen war ... Fast viertausend Jahre Tradition ließen sich nicht so leicht abschütteln.

Aber die Traditionen waren morsch und brüchig geworden, das sah jeder in der Verbotenen Stadt, der noch des Sehens fähig war. Das staatliche Prüfungssystem, das das Land über Jahrhunderte hinweg mit Beamten versorgt hatte, war zusammengebrochen und schließlich ganz und gar abgeschafft worden. Die Schatzkammer enthielt kaum noch etwas, das des Stehlens lohnte – dafür hatten die Eunuchen gesorgt, die wie zu allen Zeiten großen, manchmal segensreichen, manchmal unheilvollen Einfluss auf die Geschicke Chinas hatten. Außerdem fehlten fähige Männer, die die Last der Administration hätten schultern können. Armee und Marine waren schlecht ausgerüstet und den Streitmächten der europäischen Mächte hoffnungslos unterlegen. In vielen Provinzen hatten Aufstände dazu geführt, dass dort jetzt praktisch Anarchie herrschte. Die alte Rivalität zwischen Mandschuren und Chinesen erreichte neue, gefährliche Ausmaße, aber schlimmer noch waren vielleicht die erbitterten Kämpfe zwischen konservativen Kräften, die um jeden Preis an den Traditionen festzuhalten gedachten, und Reformern, die China und sein riesiges Volk – vierhundert Millionen Menschen – mit Gewalt in ein modernes Zeitalter zerren wollten. Guniang verstand manche der Reformer besser, als sie es je zu erkennen geben würde, aber anders als die jungen Rebellen und Hitzköpfe wusste sie, wie behutsam wirklich große Veränderungen angefasst werden mussten. Feuer und Kanonen waren keine Lösung für den sterbenden Drachen.

Bei alledem waren die Ausländer, die »weißen Teufel«, keine Hilfe; ein verlorener Krieg und harte Bedingungen für einen instabilen Frieden taten ein Übriges. Viele Menschen im Land glaubten, die Schuld an der chinesischen Misere sei einzig bei den Ausländern zu suchen. Auch Guniang selbst neigte bisweilen dazu, die Ohnmacht ihres Landes den fremden Eindringlingen anzulasten, obwohl sie es tief im Herzen besser wusste.

»Wir flehen zum Buddha des Westens um Regen, wir flehen zum Buddha des Nordens ...« Ihre Knie taten weh, und das Kniekissen schien von Sekunde zu Sekunde dünner zu werden. Geschickt verlagerte sie ihr Gewicht von der einen Seite auf die andere, so dass die jüngeren Frauen hinter ihr nach wie vor den Eindruck haben mussten, als kniete sie so aufrecht und sicher wie zuvor.

Aber sie war zweiundsiebzig Jahre alt, und seit ihrem letzten Schlaganfall waren Müdigkeit und Schwäche ihr steter Gefährte. Auch das rechte Bein gehorchte ihr nicht mehr so wie früher. Das Knien war eine Mühsal, aber der Gedanke, sich Erleichterung zu verschaffen, kam ihr nicht. Auch die Frage nach dem Sinn dieser Verrichtung gestattete sie sich nicht. Denn sie war die Einzige, die überhaupt etwas tun konnte. Ihr Neffe Guangxu, der als Kaiser auf dem Drachenthron saß, war von Anfang an zu schwach und zu unsicher gewesen, um sein Amt wirklich ausfüllen zu können. Sie war die erste Dienerin ihres Landes, und so lange sie atmete, würde sie tun, was notwendig war.

»Wir beten zum Himmel und flehen zu Buddha ... wir opfern dem Himmel ...«

Sandelholz und Weihrauch schwängerten die Luft, der monotone Gesang machte schläfrig, und nur flackernde Kerzen erhellten den Tempel. Guniangs Gedanken schweiften ab. Mit einer kurzen Unterbrechung hatte sie als Regentin alle Entscheidungen für den Kaiser getroffen – zuerst für ihren Sohn, später für ihren Neffen. Ihr ganzes Leben hatte China gehört, seit sie vor so vielen Jahren an den kaiserlichen Hof gekommen war. Nein, nicht ihr *ganzes* Leben. Eine kurze Zeit hatte es gegeben, in der das anders gewesen war.

»Wir beten zu den Ahnen …«

Sechzehn Jahre alt war sie gewesen, als sie als Konkubine fünften Ranges in den Palast gekommen war, zwanzig Jahre, als der Kaiser, ihr Gemahl, sie das erste Mal gesehen hatte. Vom vierten bis zum siebten Monat dieses Jahres – es war das erste Jahr seiner Regentschaft gewesen – hatte der Sohn des Himmels dann ihr gehört.

»… um die lebensspendenden Gaben der Götter …«

Sie mochte erbärmlich kurz scheinen, diese Zeitspanne. Aber in jenen vier Monaten hatte ihr Gemahl ihr gehört, ihr allein.

Danach nie wieder.

Vier Monate. Hundertzwanzig Tage. Etwa tausend Stunden, vielleicht nicht einmal das. War das viel? War das wenig? Welchen Preis war eine Frau für tausend solcher Stunden zu zahlen bereit? Ab wann war der Preis zu hoch? War er jemals zu hoch? Wieder verspürte Guniang diese verzehrende Sehnsucht nach der einzigen Frau, die ihr je eine Freundin gewesen war, nach Malu. Denn Malu, die so klug gewesen war und trotz ihres ungestümen Wesens ein so zärtliches Herz besessen hatte, Malu hätte es ihr sagen können.

»Bei Buddha und bei den Zehntausend Unsterblichen flehen wir …«

Malu, die ebenfalls den falschen Mann geliebt hatte und die an ihrer Liebe zugrunde gegangen war. Hastig drängte Guniang den Gedanken an die seit langem verstorbene Freundin beiseite, denn wie immer waren sein Gefolge Schmerz – und ein nagendes Gefühl der Schuld, das mit den Jahren nicht leichter geworden, sondern zu einer unerträglichen Last herangewachsen war.

»... um Labsal für unsere Felder, Nahrung für Tier und Pflanze.«

Eine Stimme im Chor der Frauen hinter ihr hob sich dunkel und voll gegen die anderen ab, eine Stimme, die Guniang so gut kannte, weil sie sie seit vielen Jahren immer wieder in ihren Träumen hörte. Es war Malus Stimme, die genauso jung und kraftvoll klang wie damals, bevor das Leben ihr das Herz gebrochen hatte.

Die junge Frau trat leichten Schrittes vor, griff nach dem Pinsel und tauchte ihn in den Zinnober. Das Gebet war beendet, aber Guniang erhob sich noch immer nicht von ihrem Kniekissen, sondern beobachtete mit undeutbarer Miene jede Bewegung ihrer jüngsten Hofdame.

Die Eunuchen, die im Halbdunkel an den Wänden standen und weiter Weihrauchfässer und große Fächer schwenkten, beobachteten ihrerseits die Kaiserin. Auch ihre Mienen verrieten nichts, aber ihre Meinungen waren geteilt. Die einen bedauerten das junge Mädchen, das sich Li entgegengestellt hatte, die anderen brannten bereits vor Ungeduld, endlich aus dem Tempel zu kommen. Jeder wollte der Erste sein, der seinem Herrn die Nachricht überbrachte, dass die unverschämte junge Person auch noch auf solche Weise von der Kaiserin ausgezeichnet worden war.

Es würde ein Fest in ihrem harten, freudlosen Leben sein, das Gesicht des Obereunuchen zu beobachten, wenn er von der Ehre erfuhr, mit der die Kaiserin Anli bedacht hatte.

Sie mochten zwar alle vor Li im Staub kriechen, aber sie liebten ihn deswegen noch lange nicht.

***

Bolo sah sich im Zimmer seiner neuen Herrin um, und er wusste sofort, dass sie mit dessen Ausstattung nichts zu tun gehabt hatte. Es war zu viel Rot in diesem Raum: rote Atlaskissen auf dem Ebenholzsofa, rote Zierdeckchen auf den steifen, unbequemen Stühlen, rotseidene Gardinen vor den beiden Flügelfenstern, und selbst der Kang, das hohe, aus Ziegelsteinen gemauerte Bett, das er im Winter würde heizen müssen, war mit roten Vorhängen behängt.

Er lächelte, ohne es zu wissen.

Die junge Frau, die ihn wie einer der fahrenden Ritter des Mittelalters mit buddhistischer Weisheit statt eines gezückten Schwerts vor Li gerettet hatte, war kein Mensch, der sich freiwillig mit so viel schwülem Rot umgeben würde.

Bolo dachte an die Farben seiner Kindheit zurück, und seine Gesichtsmuskeln verkrampften sich. Seine Mutter hatte weiche Pastelltöne geliebt, wie sie auch Prinzessin Anli lieben musste – schimmerndes Rosa, lichtes Blau und sanftes Milchweiß.

Bolo schloss die Augen und gönnte sich einen Moment der Erinnerung, etwas, das er sich sonst streng versagte, seit der »Messerstecher« ihm die Aderpresse umgelegt hatte.

Wenn er weiterleben wollte, durfte er nicht daran denken, was er einmal besessen hatte.

In der Zeit der duftigen, mit Blumen und Vögeln bemalten Seidenkissen war sein Vater ein gefragter Glasbläser gewesen. Seine Mutter, die von beiden die reichere Phantasie besaß, entwarf für ihn die Muster für seine kostbaren Kunstwerke, und selbst der Kaiser zahlte ihm in seinen guten Zeiten bis zu fünfzig Tael für eine seiner Vasen.

Doch die Zeiten blieben nicht immer gut, und dunkle Wolken waren über der kleinen Familie aufgezogen. Die Mode wechselte, die Nachfrage nach feinen Glaserwaren ließ nach, jüngere Männer mit neuen Ideen drängten in das Gewerbe. Und eines Tages hatte Bolo den Vater in seiner Werkstatt auf dem alten Sofa mit den zerschlissenen himmelblauen Kissen vorgefunden, einen leeren Ausdruck in den Augen, eine Wasserpfeife in der Hand ...

Er war zu jung gewesen, um zu wissen, dass Opium das Ende bedeutete, aber seine Mutter hatte die Pfeife gesehen und war wie eine Blume im Herbst einfach welk geworden und gestorben.

Begonnen hatte alles damit, dass einer dieser verhassten kleinen Opiumhändler seinem Vater für billiges Geld einen Traum verkauft hatte, einen tödlichen Traum. Und wie so viele Männer seiner Generation, die mit den Veränderungen ihrer Zeit und ihrer Umgebung nicht fertigwurden, hatte er der Verlockung nicht widerstehen können.

Am Ende verkaufte er zuerst Bolos Schwestern in ein ungewisses Schicksal und dann auch seinen einzigen Sohn – für noch mehr Blütenträume.

Ein Schaudern überlief Bolo, und er glaubte, wieder das kalte Metall der Aderpresse zu spüren, die der Chirurg, der

Messerstecher, um seine »dreifache Kostbarkeit« legte. Die Helfer des Messerstechers drückten ihm die Beine weit auseinander ...

Schweißperlen auf der Stirn, schreckte Bolo aus seiner Erinnerung auf. Er hatte das Geräusch der Tür, die leise geöffnet und wieder geschlossen worden war, nicht gehört, aber er spürte, dass sie da war.

Hinter ihm stand Prinzessin Anli, seine neue Herrin, der dieselben Farben gehörten wie seiner Mutter.

***

Sie hatten die letzten Gebete für den Tag gesprochen, und es lag bereits abendliche Stille über den Hallen und Pavillons der Verbotenen Stadt, aber Kaiserin Guniang fand noch keine Ruhe. Begleitet von einigen ihrer Hofdamen, darunter den Prinzessinnen Chun und Xiao, war sie den kurzen Weg von ihrem Palast zu dem Hügel vor dem Shen-Wu-Tor gegangen. In der ganzen Verbotenen Stadt gab es keinen schöneren Ort als diesen. Mit einer kleinen, kaum merklichen Handbewegung ließ Guniang ihre Begleiterinnen zurücktreten, um sich der Illusion hingeben zu können, allein zu sein – ein Luxus, der ihr als der mächtigsten Frau des Landes nicht vergönnt war.

Die leichte Abendbrise, die in den letzten Wochen nur hier, an der höchsten Stelle in der kaiserlichen Stadt, gelegentlich ein wenig Kühle spendete, strich sachte über die papierdünne Haut ihres Gesichts, und sie entspannte sich ein wenig.

Vor ihr erstreckte sich, entlang einer strengen Achse von Norden nach Süden angelegt, die Verbotene Stadt, die man auch die Purpurne nannte. Und in diesen einzigartigen Minuten kurz vor Sonnenuntergang machte sie ihrem Namen alle Ehre. Eine Vielzahl rotgolden glänzender Dächer breitete sich unter Guniang aus, Gebäude, die von hier aus frei und schön wirkten, so wie sie dalagen, Inseln im Meer, auf erhöhten Marmorterrassen, eingefasst mit kühlen, aus Stein gemeißelten Balustraden, von denen man einen Blick auf die weiten Höfe hatte, die die Hallen und Paläste, die Tempel und die einfacheren Wohnhäuser der Diener miteinander verbanden. Neuntausendneunhundert Räume lagen in diesen Gebäuden verborgen, denen das flammende Licht der untergehenden Sonne einen beinahe überirdischen Zauber verlieh.

Plötzlich erfüllte ein Vibrieren die Luft, das Guniang mehr spürte als hörte. Im Trommelturm wurde zum ersten Mal an diesem Abend die Nachttrommel geschlagen; die erste Nachtwache begann.

Die dumpfen Töne hätten sie in eine Zauberwelt davontragen können, wäre nicht im Hintergrund das ständige Geraune der Hofdamen gewesen, das sie in der Welt der Dinge festhielt wie ein klebriger Sumpf den Vogel, der die Flügel schon zum Flug gespannt hatte.

»... aber natürlich will niemand wissen, woher es kommt, niemand will zugeben, dass er der Urheber ist ...« Guniang schnappte einen Fetzen des Gesprächs der Frauen auf.

»Oh, ich denke, Li wird schon Mittel und Wege finden, den Schuldigen zu entlarven, darin ist er schließlich ein Meister«, bemerkte eine andere. Und aus ihrer Stimme war weniger Spott als Unbehagen zu hören, denn obwohl der Obereunuch den Hofdamen nicht auf direktem Wege schaden konnte, erfüllte er sie doch stets mit einer leichten Furcht.

Ein Kichern war die Antwort, und es lag so viel boshafte Schadenfreude darin, dass Guniang gegen ihren Willen aufmerksam wurde.

»Und dann möchte *ich* nicht in der Haut dieses Dummkopfs stecken …«, fuhr die Frau fort, die gekichert hatte, ein hässliches, mageres Geschöpf, dessen letzte Hoffnung auf einen Ehemann sich schon vor Jahren zerschlagen hatte. Guniang fragte sich wieder einmal, warum sie Prinzessin Xiao in ihrer Nähe duldete. Wenn es einen Menschen gab, an den Güte verschwendet war, dann Xiao.

Xiao war wie so viele andere Hofdamen vor ihr im Laufe der Jahre mit stetig schwindender Aussicht auf eine vorteilhafte Heirat immer bitterer geworden. Einen Moment lang musterte Guniang die Prinzessin mit unbewegter Miene. Sie dachte kaum je einmal über das Schicksal ihrer Hofdamen nach – sie kamen und gingen wie Rosen im Sommer, und wenn eine dieser Frauen sie verließ, gab es genug junge Mädchen aus vornehmen Familien, die nur allzu gern ihren Dienst übernahmen. Die meisten von ihnen heirateten, manche kehrten später als Witwen in den Palast zurück.

Doch was war mit denen, die niemals einen Ehemann fanden? Von klein auf zu dem Glauben erzogen, dass ihr einziger Wert darin bestehe, zum Nutzen ihrer Familie einen einflussreichen Gemahl zu finden, waren sie für immer mit dem Makel des Versagens behaftet, was sie weder sich selbst noch den Menschen um sie herum je verziehen. Ihr Leben in der Verbotenen Stadt war eine grausame Sackgasse; sie hatten bei Hof keine wirkliche Bedeutung und konnten nichts tun, um ihre Stellung zu verbessern. Selbst die Eunuchen waren in dieser Hinsicht glücklicher dran als diese Frauen, denn sie konnten zumindest ihr Glück selbst in die Hand nehmen und innerhalb der Hierarchie aufsteigen. Auch wenn natürlich viele von ihnen zerbrachen, konnten es die Tüchtigen und Gebildeten unter ihnen – und die Skrupellosen – in dem komplizierten, für Außenstehende kaum durchschaubaren Gefüge der Macht weit bringen; wenn sie die notwendigen Prüfungen bestanden, war es ihnen sogar möglich, hohe Beamtenposten zu bekleiden.

Der einzige Lebensinhalt der Hofdamen dagegen schien darin zu liegen, einander zu quälen.

Bei diesem Gedanken stieg mit einem Mal Unbehagen in ihr auf. Die Frauen hatten von Li gesprochen – und davon, dass er einen Schuldigen entlarven würde ...

Guniang straffte sich. »Wovon redet Ihr?«, fragte sie scharf. Sie hatte das ungute Gefühl, dass sie die Antwort hören musste, ob es ihr gefiel oder nicht.

Plötzlich wurde den Frauen klar, dass Guniang ihr Gespräch mit angehört hatte, und einige von ihnen erröteten.

Prinzessin Chun, die älteste der Damen, räusperte sich. Sie war die verwitwete Tochter des Prinzen Dan und genoss ein hohes Ansehen bei den übrigen Frauen, so dass sie sie meist zu ihrer Wortführerin machten. »Es ist eine sehr kunstvolle kleine Karikatur von einem gewissen Diener Eurer Majestät gefunden worden«, begann sie. »Zum ersten Mal ist eine Kopie – es muss mindestens zwei Dutzend davon geben – in den Küchen aufgetaucht. Wer sie gezeichnet hat, weiß man nicht, aber Li hat angeblich dreihundert Eunuchen damit beauftragt, den Schuldigen zu ermitteln.«

»Wahrscheinlich war es einer dieser dreihundert, und die Untersuchung wird Jahre dauern!«, sagte Prinzessin Xiao kichernd.

Guniang dachte resigniert, dass Xiao damit vielleicht gar nicht so unrecht hatte, aber sie behielt diese Überlegung für sich. Laut sagte sie: »Ich will die Zeichnung sehen. Zeigt sie mir.«

Die Damen zierten sich, und mit sicherem Gespür wandte Guniang sich direkt an Prinzessin Chun.

Mit übertriebenem Zögern holte Chun einen zerknitterten Bogen gelblichen Papiers aus den scheinbar unendlichen Tiefen ihres Atlasgewandes hervor. Als sie noch immer keine Anstalten machte, ihn der Kaiserin auszuhändigen, riss Guniang ihn ihr aus den Fingern. Geduld zählte sicher nicht zu den Tugenden, deren ihre Nachfahren sie rühmen würden.

Aber das Licht war schlecht, und sie musste die Augen zusammenkneifen, um überhaupt etwas erkennen zu können.

Die offensichtlich in großer Eile angefertigte Karikatur zeigte den am Boden liegenden, winzigen und obendrein nackten Obereunuchen Li, einen Ausdruck panischen Schreckens in den Augen, die Hände schützend vor sein verstümmeltes Geschlecht gelegt, und über ihm stand, schön und stolz – Anli, als übergroße, vierarmige Göttin Kurukulla abgebildet, mit dem dritten Auge auf der Stirn. Kurukulla hielt wie immer einen Kampfbogen aus Blüten in einer ihrer Hände und einen Pfeil – ebenfalls aus Blumen – in einer anderen. Sie war die sanfte Bezwingerin der Toren, die auf friedliche Weise einen Gegner unterwarf.

Und als sei das alles noch nicht schlimm genug, hatte das Bild eine Unterschrift, in der Guniang vage ein im ironischen Sinn großzügig ausgelegtes Buddhazitat erkannte:

> Gleichwie ein Fels aus einem Stück
> Vom Winde nicht erschüttert wird,
> so kann der Sanftmut zarte Hand
> erschüttern nicht den weisen Mann

Wer immer diese Zeichnung angefertigt hatte, er hätte keinen wirksameren Weg ersinnen können, um Li lächerlich zu machen.

Wieder kicherten die Frauen, aber Guniang konnte nicht in ihre Heiterkeit einstimmen.

Sie ließ die Hand, die das Papier hielt, sinken und blickte noch einmal über die Kaiserstadt. Aber sei es, dass das Licht jetzt anders war, sei es, dass sie selbst die vielen, prächtigen Bauwerke nicht mehr mit den gleichen Augen betrachtete – die Dächer unter ihr waren nicht länger ein friedliches, purpurnes Meer voller Magie, sondern ein dunkler, verschlungener Irrgarten des Bösen, in dem es nur eines Nickens bedurfte, eines Fingerschnippens, um ein Menschenleben auszulöschen, um einem jungen Eunuchen das Leben zur Hölle zu machen oder eine unbedarfte Hofdame in den Mittelpunkt unbarmherziger Rachefeldzüge zu rücken.

Plötzlich spürte Guniang wieder die Schwäche in ihren Gliedern, dieses Zittern, das sie nur noch mit Mühe vor sich selbst leugnen konnte.

Guniang schloss einen Moment die Augen, dann lächelte sie. Malus Großnichte ... Heute hatte Anli gezeigt, dass sie mit ihrer Tante mehr gemeinsam hatte als die wunderschöne, für eine Frau viel zu dunkle Stimme, den ungewöhnlich hohen Wuchs und die ausgeprägten Gesichtszüge, die zu viel Eigensinn verrieten, um in der mandschurischen Gesellschaft als schön gelten zu können.

Anli ...

Langsam verebbte die Schwäche in Guniangs Körper, und ein Gefühl der Lebendigkeit stieg in ihr auf, das sie schon beinahe vergessen hatte. Wann war das letzte Mal solche Wärme durch ihre Adern pulsiert? Sie brauchte nicht lange nachzudenken, um eine Antwort zu finden. Ein Sommertag in ihrem sechsundzwanzigsten Lebensjahr, so warm und hell wie dieser, nahm vor ihrem inneren Auge Gestalt an. Malu, die in Jehol im hohen Gras saß und ihr heiteres, unbezähmbares Lachen lachte, das ihren ganzen Körper in ein Strahlen zu tauchen schien.

Das Lächeln in Guniangs Zügen erlosch. Den dunklen Herbst, der jenem Sommer folgte, hatte Malu nicht mehr erlebt.

Die Kaiserin warf einen letzten Blick auf die Karikatur, bevor sie sie Prinzessin Chun wortlos zurückgab. Das Frösteln, das sie durchlief, hatte nichts mit Malu zu tun, sondern mit jener jungen Frau, die ihr Ebenbild war.

Aber vielleicht war dies ja nur ein kurzer Sturm, der vorübergehen würde, ohne echten Schaden anzurichten. Ein schwarzer Vogel flog lautlos entlang der Nord-Süd-Achse auf das Tor des Himmlischen Friedens zu, und Guniang beobachtete seinen Weg, bis er sich am Himmel verlor. Sie lebte zu lange am kaiserlichen Hof, um sich noch Illusionen zu machen. In mehr als fünfzig Jahren hatte ihr Gefühl sie nicht ein einziges Mal getrogen, wenn sie eine Gefahr erahnt hatte, bevor irgendein anderer es tat.

Morgen, dachte sie, morgen würde sie sich den Dingen stellen, die kamen. Für heute war es erst einmal genug.

Entschlossen wandte die alte Kaiserin sich zum Gehen, ohne auf ihre Hofdamen zu warten, die ihr so eilig nachliefen, dass ihre handspannenhohen mandschurischen Kopfbedeckungen gefährlich schwankten.

Kapitel 3

Als ich an jenem Abend endlich in mein Zimmer zurückkam, hatte ich den jungen Eunuchen Bolo bereits wieder vergessen. Mir zitterten vor Müdigkeit und vom langen Stehen im Dienst der Kaiserin die Beine, mein Mund fühlte sich an wie Reisigstroh, und ich sehnte mich nach einem erfrischenden Bad, das aber wegen des Wassermangels ein Traum bleiben musste. Trotzdem, ein wenig kühles Wasser zum Waschen würde sich noch finden lassen.

In dem dunklen Gang vor meinem Zimmer – es lag in einem der niedrigen Gebäude im östlichen Teil der Anlage – kam mir eine Dienerin entgegen. Ich sprach sie an, um sie zu bitten, mir einen Krug Wasser in den kleinen Vorraum zu meinem Zimmer zu bringen.

Sie sah mich verständnislos an, und ich hatte Mühe, meinen Unmut zu bezähmen. Die Frau hatte sicher noch härter gearbeitet als ich, und gewiss sah sie auch blasser und verschwitzter aus als ich. Ich wiederholte meine Bitte.

»Oh, das hat die Krähe doch bereits veranlasst«, erwiderte sie geduldig.

Einen Augenblick lang glaubte ich, Hitze und Trockenheit hätten sie um den Verstand gebracht, dann fiel mir alles wieder ein.

Der Eunuch! O Buddha, was hatte ich mir da bloß aufgehalst?

Ich nickte der jungen Frau zu und ging mit deutlich weniger Begeisterung als zuvor die letzten Schritte bis zu meinem Zimmer.

Als ich die Tür zu dem Vorraum öffnete, umfing mich ein Geruch, den ich nicht sofort einordnen konnte. Aber er war unbestreitbar angenehm. Ich schloss die Augen und schnupperte hingerissen. Orangenblüten!

Wenn ich schon kein Bad haben konnte, so war Orangenblütenwasser jedenfalls das Zweitbeste.

Es war das erste von vielen solcher Zauberkunststückchen, mit denen Bolo mich im Laufe der nächsten Monate überraschen sollte, und wie in den meisten anderen Fällen erfuhr ich nie, wie er das fertiggebracht hatte. Mit der Zeit gewöhnte ich es mir ab, Fragen zu stellen, und nahm seine Dienste einfach dankbar hin.

Trotzdem schickte ich den blassen kleinen Burschen aus dem Zimmer, bevor ich mich zum Waschen entkleidete. Die seltsame Schamlosigkeit, mit der manche der anderen Hofdamen sich ihren Eunuchen gegenüber benahmen – als seien sie gar keine Menschen, geschweige denn Männer –, hatte mich immer erstaunt und abgestoßen.

Bolo verließ ohne zu zögern den Raum, und ich beschloss, meine Skrupel auf später zu verschieben, und mich zunächst ganz dem Luxus des herrlich kühlen, duftenden Wassers auf meiner Haut hinzugeben.

Die Tatsache, dass Bolo mir auch frische Kleider samt der dazugehörigen Unterwäsche herausgelegt hatte, erfüllte mich mit neuem Unwillen. Diese Kleidungsstücke hatte noch nie ein Mann berührt, und ich wünschte mir, dass es so bliebe. Auch darüber würde ich mit ihm reden müssen.

Während ich Unterwäsche, ein seidenes Nachthemd und dann einen langen, bestickten Überrock anzog, stellte ich fest, dass tatsächlich nichts fehlte, nicht einmal eine Bürste und ein einfacher, farblich passender Haarreif. Für einen Mann, der so jung und obendrein ein Eunuch war, wusste Bolo erstaunlich viel über die Angelegenheiten einer Frau.

Als ich in mein Zimmer kam, das ich nicht mochte, weil es mit jenen düsteren, wuchtigen Ebenholzmöbeln eingerichtet war, die sich im Palast großer Beliebtheit erfreuten, tat ich dies in dem Vorsatz, Bolo von Anfang an klarzumachen, was ich von ihm wünschte, nämlich so wenig wie möglich von ihm zu bemerken.

Der Eunuch stand im Halbschatten einer Zimmerecke neben einem gedrechselten Spiegel, der ihn um eine Haupteslänge überragte, so dass er noch schmächtiger wirkte als sonst. Bei meinem Eintritt schien er mit dem schwarzen Holz des Rahmens und der Wand dahinter zu verschmelzen, was mich aus irgendeinem Grund ärgerte.

»Dein Name ist also Bolo«, sagte ich und versuchte, würdevoll zu klingen, was mir vermutlich kläglich misslang. Ich fand, dass ich eher wie ein furchtsames zwanzigjähriges Mädchen aus der hintersten mandschurischen Provinz klang, das in das Räderwerk eines von sechstausend Menschen bewohnten Molochs von einem Palast geraten war – mit einem steinernen Löwen in einem Brückengeländer als bestem Freund.

»Jawohl, Herrin, Taitai«, antwortete Bolo und verneigte sich tief, tiefer, als es meinem Rang zukam.

»Nenn mich nicht Taitai«, entfuhr es mir, obwohl das sicher die geziemende Anrede war. Aber der Gedanke, bei Tag und Nacht mit einem Menschen zusammensein zu müssen, der mich »Taitai« nannte, Herrin, was mir hochmütig vorkam und obendrein für mein mandschurisches

Herz zu chinesisch war, erschreckte mich. »Du kannst mich Prinzessin Anli nennen«, fügte ich hinzu, denn irgendwie musste er mich schließlich ansprechen.

Aber da wir schon einmal beim Thema Namen waren, fiel mir wieder ein, was mir bereits bei unserer ersten Begegnung am Mittag durch den Kopf gegangen war. »Bolo ist kein chinesischer Name. Wie kommst du dazu?« Denn der Junge musste in jedem Fall Chinese sein; es gab bei Hof nur chinesische Eunuchen, während die weiblichen Bediensteten grundsätzlich aus mandschurischen Familien stammten.

»Meinen chinesischen Namen habe ich nach meiner Operation abgelegt«, sagte er.

Er musste so etwas wie Verständnislosigkeit in meinem Gesicht gelesen haben, denn er richtete sich ein wenig auf, straffte die Schultern und sah mich fest an. »Nachdem der Messerstecher seine Arbeit getan hatte«, fügte er hinzu, und ich errötete. Aber Bolo hielt meinem Blick hocherhobenen Hauptes stand.

Der Ausdruck, den ich in seinen Augen las, überraschte mich, und ich musste wieder an die geretteten Krähen denken, die uns zusammengeführt hatten. Abermals stieg Unbehagen in mir auf, das diesmal jedoch aus einer anderen Quelle gespeist wurde.

So jung ich war, ahnte ich wohl damals schon, dass diese Mischung aus Erbarmen und Stolz ein gefährlicher Zündstoff sein konnte ...

Am nächsten Morgen wachte ich viel zu früh auf. Ich zog das dünne Laken, mit dem ich zugedeckt war, ein wenig höher und blieb ganz still und mit geschlossenen Augen liegen, als könne ich den Schlaf zur Rückkehr zwingen, wenn ich mich nur ruhig genug verhielt. Ich ahmte sogar die gleichmäßigen Atemzüge einer Schlafenden nach, ließ meine Glieder bleischwer in die Matratze sinken, hielt die Augen fest, aber nicht zu fest geschlossen – doch es half alles nichts. Trotz der Erschöpfung und der Rückenschmerzen, die das stundenlange Stehen in Gegenwart der Kaiserin mir bescherten, war der Schlaf in Peking anders als der in der Steppe: leicht, unbeständig und so schwer fassbar wie die Stadt, in der ich mich befand.

Da es mir immer noch widerstrebte, den Tag zu beginnen, ließ ich meine Gedanken einmal mehr durch die kaiserliche Hauptstadt wandern, Peking, wie ich es bei meiner Ankunft hier vor einem Jahr zum ersten Mal gesehen hatte: ein fremdartiges Puzzlespiel, eine Vielzahl von Städten innerhalb anderer Städte, alle hinter ihren eigenen hohen Mauern. Da gab es zum einen die Chinesenstadt und nördlich davon die Tatarenstadt, in der die Gelbe Stadt, die Kaiserstadt, lag. Und in der Gelben Stadt befand sich die Purpurne oder Verbotene Stadt, irdisches Spiegelbild der kosmischen Ordnung und Herz des chinesischen Reichs, die Heimat des Herrn der Zehntausend Jahre – und des alten Buddha, wie man die Kaiserin nannte, die, wie ich inzwischen wusste, die wahre Macht hinter dem Thron war.

Und hier, hinter hohen, meist verschlossenen Toren, hier befand sich eine ganze eigene Welt, eine Welt der vergoldeten Paläste, der Türme, Pavillons und Tempel, deren Namen allein schon genügten, um Träume zu entzünden: Palast der Himmlischen Reinheit, Halle der Höchsten Harmonie, Goldwasser-Brücken, Tor der Irdischen Ruhe, Palast der Herzensbildung … Hier gab es helle Innenhöfe mit zinnoberroten Säulen, Marmortreppen, die sich unter Dachtraufen in der Form von Drachenköpfen duckten, versteckte Terrassen, von denen aus man den Blick über Lotusteiche und Blumengärten wandern lassen konnte, luftige Wandelgänge, die in abgedunkelte, von Weihrauch durchwehte Räume führten.

Und hier also lebte der Kaiser, der Fixstern, um den sich Generation um Generation seit mehr als zweitausend Jahren das chinesische Universum drehte. Dreitausend Eunuchen und dreitausend Dienerinnen lebten hier, mit dem einzigen Ziel, ihrem Herrn zu dienen, doch was sie wirklich taten, was sie fühlten und wer sie waren, davon drang so gut wie nichts durch diese dicken Mauern in die Außenwelt.

Mein Leben lang hatte ich davon geträumt, eines Tages Teil dieses Gewebes aus Rätseln, Magie und Mythos zu werden, eines Tages hinter den Schleier der Verheißung zu blicken. Ich war jetzt seit einem Jahr in Peking, und was war aus den Purpurträumen meiner Kindertage geworden? Wofür hatte ich dem Vater seit meinem zwölften Lebensjahr in den Ohren gelegen, wofür hatte ich im Frühling Wolle gesammelt, im Sommer Filz daraus hergestellt und im Winter klaglos mit klammen Fingern Kleider genäht?

Um hinter dem Schnitzwerk eines goldlackierten Wandschirms zuzuhören, wie eine alte Frau tagaus, tagein den Ministern sagte, welche Beamte einzustellen seien, welche die Pfauenfeder verliehen bekommen sollten und welche still und ohne Aufsehen aus dem Amte zu entfernen seien.

Um mit einem Tross von anderen Frauen und Eunuchen eine alte Frau auf den immer gleichen Wegen zwischen Pagoden und zierlichen Brücken zu begleiten.

Um mit Zinnober die Anzahl der Gebete festzuhalten, mit denen sie die kaiserlichen Ahnen um Regen anflehten. Ich hatte nicht lange gebraucht, um zu begreifen, dass man mit seinen Wünschen vorsichtiger sein sollte ...

Ein leises Rascheln störte mich aus meinen Gedanken auf, ein unerwartetes und doch heiß ersehntes Geräusch. Ich stützte mich auf den Ellbogen und schnupperte. Die Luft roch anders als gestern – salzig und schwer.

Wie der Wind schwang ich die Beine aus dem Bett und stellte meine nackten Füße auf den gefliesten Boden meines Schlafzimmers. Meine Zehen krümmten sich auf dem nachtkalten Steinboden, aber ich bemerkte es kaum. Es war noch früh, zu früh zum Aufstehen, aber das schwache Aroma, das ich in der Luft mehr zu schmecken als zu riechen meinte, trieb mich unerbittlich aus dem Bett. Ich lief durch den Raum, dessen abscheuliche rot-schwarze Einrichtung noch in gnädigem Halbdunkel lag, öffnete das Fenster und sah hinaus. Der Tag war noch so jung, dass nur eine erste Ahnung von Licht auf die Dächer links und rechts von meinem Wohngebäude fiel.

Und es regnete, es regnete!

Ich drehte eine barfüßige Pirouette und dann noch eine und noch eine.

In meinem Jubel musste ich wohl Bolos Klopfen überhört haben, denn plötzlich stand er mit einem Tablett in Händen an der Tür.

Ich raffte mein knöchellanges, gerade geschnittenes weißes Musselinnachtgewand und stürzte zurück zum Bett, wobei ich auch noch einen niedrigen Schemel übersah und umwarf. Ich konnte gerade noch einen entsetzten Aufschrei über das Eindringen eines Mannes in mein Schlafgemach unterdrücken und hoffte, mir so zumindest einen Rest von Würde bewahrt zu haben.

Als ich wieder im Bett saß und mir die Bettdecke bis zum Hals hochgezogen hatte, wurde mir die Lächerlichkeit meines Tuns bewusst, aber jetzt war es zu spät. Ich musste in den Augen meines Dieners jede Achtung verloren haben.

Bolo stellte das Tablett auf den Tisch an der Wand, hob den Schemel auf, der durch das Zimmer gerollt war, und blickte zu Boden.

Als ich schwieg, sah er schließlich fragend auf. Ratlos erwiderte ich seinen Blick, und plötzlich breitete sich ein scheues Lächeln auf seinen Zügen aus. Was immer dieses Lächeln verbarg, es war gewiss kein Mangel an Achtung.

Erst später am Tag, als ich mit ansah, wie eine andere Hofdame ihren Eunuchendiener mit einer langen Weidengerte züchtigte, begriff ich, dass Bolo am Morgen eine Bestrafung von mir erwartet hatte, weil ich in seiner Gegenwart für einen Moment die Fassung verloren hatte. So funktionierte das Leben im Palast: Wer eine Dummheit beging oder eine Blamage erlebte, wandte sich an das nächstschwächere Glied in der langen Kette der Unterwürfigkeit und versuchte so, die Schmach vergessen zu machen. Und diejenigen, die ganz unten standen, hatten dann nur noch die »Krähen«, um ihrer Ohnmacht Ausdruck zu verleihen.

Daran dachte ich jedoch in diesem Augenblick nicht. Ich war einfach nur dankbar, dass Bolo sofort wieder zu sprechen begann. »Ich habe Euch im Ankleidezimmer ein frisches Tageskleid zurechtgelegt, Prinzessin Anli«, sagte er, verneigte sich und ging durch die schmale Seitentür hinaus, durch die er gekommen war.

Als er fort war, sprang ich sofort aus dem Bett und eilte, ohne einen weiteren Blick zum Fenster zu werfen, ins Nebenzimmer, wo wiederum alles bereitlag, was ich benötigte. Ich bemerkte kaum, was ich anzog, so aufgeregt war ich über das Wunder des Regens.

Schließlich war ich fertig, und Bolo hatte wiederum nicht versucht, mir bei diesen intimsten Verrichtungen zu helfen, wie andere Eunuchen es für ihre Herrinnen taten. Erleichtert ging ich in mein Schlafzimmer, um meinen morgendlichen Imbiss zu mir zu nehmen. Auf dem Tisch warteten mehrere kleine Schälchen mit Leckereien, und ich sah mit Staunen, dass es alles Dinge waren, die ich besonders liebte: getrocknete, in Zucker eingekochte Lotussamen, Wassermelonenkerne, Walnüsse und frische oder kandierte Früchte. Und dazu – o Wonne! – eine Kanne frischen Jasmintees, etwas, das die Frauen, von denen ich bisher bedient worden war, um diese Uhrzeit zu einem Ding der Unmöglichkeit erklärt hatten.

Nur ein einziger Schatten fiel an diesem wunderbaren, regensüßen Morgen auf mein Glück, und ausgerechnet Bolo war der Anlass dafür – oder eher der Auslöser.

Nachdem ich reichlich Zeit gehabt hatte, mein köstliches Frühstück zu genießen, klopfte es an der Seitentür zum Vorzimmer, und Bolo trat ein. Er verbeugte sich tief.

»Prinzessin Anli.« Er verbeugte sich abermals, und wieder stieg Ungeduld in mir auf, aber diesmal ließ ich mir nichts anmerken.

»Ist es schon Zeit zu gehen, Bolo?« Ich wusste, dass es nicht so war.

»Nein, das nicht.« Bolo zögerte kurz, als wisse er nicht recht, wie er sein Anliegen vorbringen sollte. Dann fuhr er fort: »Es gibt da etwas, das Ihr wissen solltet.« Wieder eine dieser lästigen Pausen. Ich verschränkte die Hände auf dem Schoß und stellte verärgert fest, dass sie klebrig waren. »Als Ihr mich gestern vor Lis Zorn gerettet habt, waren viele Menschen zugegen, und die Geschichte hat sich rasch im Palast herumgesprochen.«

Natürlich, alle Geschichten sprachen sich im Palast rasch herum. Das Leben war so eintönig, ein Tag wie der andere, dass jede noch so nichtige Angelegenheit zum Gegenstand lebhaften Interesses wurde. Ich rieb die Finger aneinander und fragte mich, ob die Lotussamen oder die kandierten Birnen schlimmer klebten.

»Ihr habt zu meiner Rettung Buddha zitiert«, sprach der kleine Eunuch weiter. »Und nun regnet es ...«

Mir lag ein Scherz auf den Lippen, aber Bolos ernste Miene verbot jede törichte Bemerkung. Ich lauschte auf das gedämpfte Trommeln des beharrlich fallenden Regens und wartete ab.

»Ihr wisst, wie abergläubisch die Menschen in diesem Land sind ...«

Ich lächelte über diese weise Bemerkung, die so klang, als stehe der Junge vor mir weit über solchen Torheiten; aber die Gefahr, in der ich mich befand, sah ich auch da noch nicht.

»Die Frauen, die im Palast Dienst tun«, sagte Bolo weiter, »und insgeheim auch viele der Eunuchen sehen einen Zusammenhang zwischen den beiden Ereignissen.«

Ich verstand immer noch nicht.

Bolo sah mir direkt und ohne Scheu in die Augen. »Prinzessin, von heute an seid Ihr eine Heldin für diese Menschen, eine Heilige, vielleicht sogar eine Göttin.«

Meine Verständnislosigkeit verwandelte sich in sprudelnde Erheiterung, die dicht unter der Oberfläche brodelte. Ich hatte Mühe, mir das Lachen zu verkneifen.

Bolo fuhr fort: »Das ist nicht lustig, Prinzessin. Die meisten Heiligen, von denen ich weiß, sind im Feuer der Verehrung verbrannt, und Helden haben selten Freunde.« Er schwieg kurz, dann fügte er leiser hinzu: »Aber dafür umso mehr Feinde.«

Ein kühler Luftzug drang durch das Fenster, das ich nicht wieder geschlossen hatte, und ich schauderte unwillkürlich. Zwar war ich noch immer bereit, Bolos Worte einfach wegzulachen, doch der besorgte Ernst in seinen Zügen hielt mich davon ab.

Stattdessen zuckte ich die Schultern. »Ich bin nur eine unbedeutende Hofdame, für die sich niemand wirklich interessiert«, sagte ich beruhigend – und staunte gleichzeitig darüber, wie sehr dieser Junge, den ich erst seit gestern kannte, mir bereits am Herzen lag. Ich wollte den unglücklichen Ausdruck aus seinen Augen vertreiben, was jedoch kein geringes Vorhaben zu sein schien. »Diese kleine Episode wird in Vergessenheit geraten, sobald etwas wirklich Aufregendes passiert«, fuhr ich fort und dachte angestrengt nach, was das sein könnte. Tatsächlich hatte ich auch sofort einen Einfall, bei dem ich mir das Lachen jedoch nicht länger verkneifen konnte. »Wenn sich zum Beispiel der Kopfschmuck der Prinzessin Mimi wieder einmal mitten in einer sehr feierlichen Zeremonie plötzlich zur Seite neigt und polternd über den Boden rollt, wie es beim Drachenbootfest geschehen ist.«

Ich wusste, dass sich dieser »Skandal« auch bis in die Quartiere der Eunuchen herumgesprochen haben musste, denn zu jener Zeit hatte man in der Verbotenen Stadt tagelang von nichts anderem gesprochen.

Als ich Bolo nun ansah, erwartete ich, einen Funken meiner eigenen Erheiterung in seinen Augen widergespiegelt zu sehen. Aber wie ich es noch oft in den nächsten Monaten erleben sollte, fiel seine Reaktion gänzlich anders aus.

»Prinzessin Anli«, erwiderte er, und seine Verbeugung fiel diesmal unnötig ehrerbietig aus, wie ich fand, und ich nahm mir vor, ihm diese lästige Angewohnheit auszutreiben, sobald ich die Zeit dazu fand. Kaum auszudenken, Tag um Tag einen Menschen um mich zu haben, der keinen Satz hervorbringen konnte, ohne sich dreimal zu verbeugen!

»Ihr mögt zwar nur eine unbedeutende Frau sein«, fuhr Bolo fort, nachdem er sich wieder aufgerichtet hatte, »aber Eure Feinde sind es nicht.«

Vom Glockenturm ertönte ein Gong, der mich mahnte, dass mein Dienst bei der Kaiserin in wenigen Minuten beginnen würde. Ich griff nach meinem Umhang – denn so sehr wir den Regen herbeigesehnt hatten, nass war er dennoch.

Bolo half mir schweigend, das Gewand anzulegen, machte jedoch keine Anstalten, die Tür freizugeben, um mich fortzulassen.

»Da ist noch etwas, Prinzessin.«

Wieder eine Verbeugung. Ich knirschte leise mit den Zähnen, denn jetzt drängte die Zeit wirklich.

»Bolo«, sagte ich seufzend, »wenn ich nicht sehr bald aufbreche, werde ich zu spät zum Dienst bei der Kaiserin kommen, und dann wird der Obereunuch mein geringstes Problem sein.«

Ich schloss resigniert die Augen, denn Bolos Kopf verschwand abermals aus meinem Blickfeld. Als er sich wieder erhob, hatte er ein zusammengefaltetes Stück Papier in der Hand. Er hielt es mit spitzen Fingern von sich weg, als sei es stinkender Unrat.

»Dies hier ist gestern in den frühen Abendstunden aufgetaucht«, sagte er. »Und es gibt Kopien davon – viele Kopien. Zu viele, um sie übersehen zu können.«

Ich nahm das zerknitterte Papier entgegen und blickte ein wenig ratlos auf die Zeichnung darauf.

»Das ist nicht lustig«, bemerkte Bolo, wie er es an diesem Morgen schon einmal getan hatte. Offensichtlich hatte er meine Neigung, die Dinge zuerst von ihrer heiteren Seite zu sehen, bereits durchschaut.

»Prinzessin«, fügte er eindringlich hinzu und vergaß diesmal sogar seine Verbeugung – was ich als gutes Zeichen wertete. Aber dann sprach er weiter, und der Ausdruck in seinen Augen erinnerte so sehr an echte Verzweiflung, dass ich Mitleid mit ihm hatte und ihn nicht unterbrach.

»Ihr kennt Li Lianying nicht so gut wie ich. Er ist ein bösartiger Mann ...« Bolo errötete leicht, weil er das Wort »Mann« für einen Eunuchen benutzt hatte. Ich wischte seine Verlegenheit mit einer knappen Handbewegung beiseite. »... und er hat größeren Einfluss, als Ihr es Euch vorstellen könnt«, fuhr er fort. »Seid von jetzt an auf der Hut, Prinzessin, denn Lis Rache kann in einer Gestalt kommen, wie Ihr sie niemals für möglich halten würdet.«

Mit diesen Worten – und einer neuerlichen Verbeugung – gab er den Weg frei und folgte mir mit einem großen Schirm nach draußen.

Als ich den frischen, erdigen Geruch des Regens einatmete, hatte ich Bolos Warnung schon halb vergessen. Voller

Freude eilte ich durch die Innenhöfe und beobachtete den Tanz der Wassertropfen in den zahlreichen Pfützen, die sich bereits zwischen den Pflastersteinen gebildet hatten.

Die Blicke der Eunuchen und Dienerinnen, die mir folgten, bemerkte ich nicht. Noch nicht.

Kapitel 4

Guniang stand am Fenster ihres Schlafgemachs und blickte hinaus in die noch regenfeuchte Landschaft, die ihr in den letzten Jahren ihres Lebens so viel Trost gespendet hatte. Doch heute wollte sich kein Friede in ihren Gedanken einstellen. Seit einer Woche waren sie nun wieder im Sommerpalast, nachdem ihre Pflicht in der Hauptstadt getan und der Regen endlich gekommen war. Doch die Last ihrer Sorgen konnte kein Regen der Welt fortspülen. Der Gesundheitszustand des Kaisers verschlechterte sich zusehends, als sei sein Körper ein Abbild des Landes, über das er herrschte.

Guniang lachte freudlos auf. Wenn er doch nur herrschen würde! Zwei Jahre nach seiner Volljährigkeit hatte sie ihm für fast ein Jahrzehnt die Regierungsgeschäfte überlassen. Sie hatte ihm eine starke, intelligente Frau als Gemahlin zur Seite gestellt und gehofft, das Lungyus Elan und ihre Klugheit Guangxus Apathie wettmachen würden, doch dann hatten dramatische Entwicklungen im Inneren wie im Äußeren sie gezwungen, die Zügel wieder zu ergreifen.

Eine leichte Berührung an ihrem Knöchel ließ sie zu Boden blicken, und ein trauriges Lächeln glitt über ihre Züge. Shuida, ihre kleine Pekinesin, hatte wie so oft ihre Stimmung gespürt und sich von ihrem weichen Lager erhoben, um sie zu trösten. Obwohl es ihr schwerfiel, sich zu bücken, hob sie das Tier hoch. Die Hündin, die im letzten Jahr noch magerer geworden war, zitterte am ganzen Leib. Guniang strich dem zerbrechlichen Geschöpf über den Kopf.

»Wir sind alt geworden, wir beide, nicht wahr?«, flüsterte sie in das seidige Fell des Tieres, und Shuida sah sie mit ihren dunklen Augen so aufmerksam an, als verstünde sie jedes Wort.

Ein beharrliches Ticken wehte durch den Raum und erinnerte Guniang daran, dass die Minuten ihrer kostbaren Mittagsruhe unerbittlich zerrannen. Ihr Körper verlangte nach Schlaf, doch ihre Gedanken waren zu aufgewühlt, als dass sie sich eine Pause hätte gönnen mögen. Mit einem leisen Seufzen, das der ganzen Welt oder auch nur dem müden kleinen Tier auf ihrem Arm gelten konnte, durchquerte sie den Raum und ließ sich auf einem zierlichen Sofa nieder, wo sie Shuida vorsichtig auf ihren Schoß bettete. Von diesem Platz aus hatte sie einen ungehinderten Blick auf die Siebzehnbogenbrücke, die sich wie ein gewaltiger, weißer Regenbogen über den Kunming-See zog. Am anderen Ufer konnte sie gerade noch den Berg des Zehntausendfachen Langen Lebens aufragen sehen, doch die wehmühtige Schönheit der Parkanlagen vermochte sie heute nicht in ihren Bann zu ziehen.

Auf dem niedrigen Mahagonitischchen vor ihr lagen drei Schriftstücke, die ihrer Aufmerksamkeit bedurften.

Langsam griff Guniang nach dem ersten, und Shuida hob den Kopf, um an dem Papier zu schnuppern. Sie ließ das Tier gewähren.

»Wenn du mir doch nur verraten könntest, wer dafür verantwortlich ist«, sagte sie leise. »Dann hätte ich vielleicht eine Sorge weniger.«

Am Morgen war wieder eine Karikatur aufgetaucht, die

Anli und den Obereunuchen zeigte. Guniang hatte einen der Eunuchen, die sie bedienten, bestochen, damit er ihr sofort Meldung machte, falls wieder etwas geschehen sollte, das im Zusammenhang mit Anli stand. Mit beunruhigter Miene betrachtete sie die Zeichnung. Diesmal hatte der Urheber sich mehr Zeit gelassen und die Züge Lis mit schonungslosem Pinsel eingefangen. Sein Gesicht, dessen Haut so schlaff geworden war, dass sie bei jeder Bewegung wie eine Fahne hin und her schwang, war von grotesker Hässlichkeit. Schlimmer jedoch war, dass der Künstler seinem nackten Körper auf diesem zweiten Bild unverkennbar weibliche Attribute verliehen hatte. Li stand mit gebeugten Schultern und herabhängenden Brüsten auf der rechten Seite des Bildes, und statt wie auf der ersten Zeichnung sein Geschlecht mit den Händen zu bedecken, hielt er hier einen Langbogen in Händen, mit dem er Pfeile auf die übergroß dargestellte Figur Anlis abfeuerte. Anli trug die Gestalt der Weißen Tara, der Siebenäugigen. Einen Moment lang runzelte Guniang konzentriert die Stirn. Es gab sieben Inkarnationsformen der Weißen Tara, die eine Symbolfigur für Reinheit war und stets mit der fünfblättrigen Krone des Weltüberwinders abgebildet wurde. Das auffälligste Merkmal der Weißen Tara waren natürlich ihre sieben Augen, mit denen sie die Hilfsbedürftigen in allen Gegenden der Welt wahrnehmen konnte. Guniang nickte langsam. »Sitatapatra«, murmelte sie den Namen, der ihr wieder eingefallen war. »Die unbesiegbare Halterin des Sonnenschirms«, so wurde sie vom Volk genannt, das sie als Beschützerin vor Schaden und Unbill aller Art innigst verehrte. Trotz der großen Krone und des Stirnauges waren Anlis Züge im Antlitz der Göttin deutlich zu erkennen.

Die Pfeile, die der nackte Eunuch auf die Tara abschoss, prallten von ihrem zierlichen Sonnenschirm ab und ergossen sich wie nadelspitzer Regen auf Lis Haupt, während die Göttin – Anli – mit leicht gelangweilter Miene in die andere Richtung blickte.

Wider Willen musste Guniang lächeln. »Der Urheber dieses Bildes hat in der Tat Talent und Witz«, sagte sie zu ihrer Pekinesin. »Wenn diese Zeichnungen nicht so gefährlich wären, könnten sie sehr komisch sein.«

Unter der mit schwarzer Tinte gemalten Zeichnung fand sich wieder ein Buddhazitat.

»Wer einen Menschen hasst, der ohne Hass ist,
den Lautern, dem kein Makel haftet an,
auf solchen Toren fällt zurück das Böse,
wie Staub, der gegen Wind geworfen wird.«

Wie erwartet war die Kalligraphie auch in diesem Fall schmucklos und nichtssagend. Der Verfasser bemühte sich offenkundig darum, zu verhindern, dass man ihn an seiner Pinselführung erkannte.

Guniang ließ ihren Blick noch einige Sekunden lang auf dem Bild verweilen, dann legte sie es resigniert wieder auf den kleinen Tisch vor sich.

»Das ist nicht gut, Shuida«, sagte sie leise. »Das ist gar nicht gut. Wenn ich nur wüsste, wer dafür verantwortlich ist. Dann könnte ich den Betreffenden so hart bestrafen, dass Li seine Ehre wiederhergestellt sähe.«

Ein leises Schnarren unterbrach sie, und ein alter Kummer wehte mit dem Ruf des Pfaus von draußen durchs Fenster. Aber sie schob den Gedanken an den einzigen Vertrauten, den sie je unter den Eunuchen gehabt hatte, eilig beiseite. An Te-Hai, der sich so hingebungsvoll um die Pfauen am kaiserlichen Hof gekümmert hatte, war vor über vierzig Jahren hingerichtet worden, und auch sein Tod lastete auf ihrer Seele als eine Schuld, die sie niemals würde tilgen können.

Unwillkürlich schüttelte sie sich – so heftig, dass Shuida, das zitternde, kleine Bündel Leben auf ihrem Schoß, erschrocken zusammenfuhr.

»Ach, Shuida«, murmelte Guniang, wie um Abbitte zu leisten, »es ist wirklich ein Zeichen von allzu hohem Alter, wenn die Vergangenheit lebendiger scheint als die Gegenwart. Aber das dürfen wir nicht zulassen, nicht wahr?«, fragte sie, und wieder schien es ihr, als begreife die Hündin, die in den letzten Jahren mit ihr zusammen alt geworden war, den Sinn ihrer Worte. Das Tier sah noch einmal zu ihr auf, dann schmiegte es seinen Kopf an ihren Leib. Die kostbare schwarze Seide ihres Gewandes würde später voller feiner, heller Haare sein, aber das scherte Guniang wenig. Die Nähe eines fühlenden Wesens bedeutete ihr schon lange mehr als eine makellose Erscheinung. Sie ließ ihre linke Hand auf Shuidas Kopf sinken, wobei sie sorgsam darauf achtete, sie nicht mit den drei Zoll langen Fingernagelschützern, die sie der Mode entsprechend am kleinen Finger und am Ringfinger trug, unbeabsichtigt zu verletzen. Dann streckte sie die rechte Hand nach den beiden anderen Papieren aus, die auf dem Tisch lagen.

Sekundenlang focht sie einen inneren Kampf aus. Beide Papiere waren Ersuche um eine private Audienz. Und in beiden Fällen handelte es sich um Audienzen, die sie nicht gern gewähren wollte, wenn auch aus vollkommen unterschiedlichen Gründen.

Ihre Hand schwebte über dem ersten Schreiben. Es war auf kostbarem, schwerem Papier geschrieben, und die Schriftzeichen waren so verschnörkelt, dass der Schreiber Guniang auf Anhieb unsympathisch gewesen wäre, selbst wenn sie ihn nicht gekannt hätte.

Leider jedoch kannte sie den Mann. General Dun war ein selbstgefälliger, aufdringlicher Mensch, und sie argwöhnte, dass es weniger seine – zweifellos herausragenden – Talente als Soldat waren, die sie veranlasst hatten, den Mann vor zwei Jahren in den äußersten Nordosten des Reiches zu entsenden, um die Grenzen gegen die Russen zu verteidigen. Vermutlich hatte sie sich eher von seinen lästigen Besuchen bei Hof befreien wollen.

Langsam ließ sie die Hand wieder sinken und lehnte sich auf dem Sofa zurück. »Es hilft nichts, Shuida«, seufzte sie. »Er wird zwar nur schlechte Neuigkeiten bringen, aber ich werde ihn trotzdem empfangen müssen.«

Nachdem diese Entscheidung getroffen war, konnte Guniang den Moment nicht länger hinauszögern. Sie griff nach dem zweiten Audienzgesuch, das sich von dem Ersten nicht deutlicher hätte unterscheiden können. Das Papier war ebenso schlicht und zweckmäßig wie das Siegel, das sie am Morgen aufgebrochen hatte. Die Kalligraphie war klar und doch kühn, und Guniang hatte noch bei keinem Ausländer je zuvor eine so sichere Pinselführung gesehen, obwohl nicht wenige der »weißen Teufel« sich in der chinesischen Schrift versuchten.

»Sir Malcolm St. Grower« lautete die Unterschrift des Gesuchs, das bereits das vierte in einem halben Jahr war.

Die klangvollen Titel, die der Mann, wie sie nur allzu gut wusste, besaß, fanden nirgendwo in dem Schreiben Erwähnung, und wie die übrigen Briefe war auch dieser in Baoding abgeschickt worden, einem Dorf an der Küste des Gelben Meeres in der Provinz Shandong.

»Warum lasse ich ihn nicht einfach herkommen und bringe es hinter mich? Er bittet schließlich nur um ein Gespräch, mehr nicht«, sagte sie zu Shuida. Aber sie wusste, dass sie in diesem Fall keinen Trost von ihrer kleinen Hündin erwarten konnte, selbst wenn sie sie hätte verstehen können.

Guniang schloss die Augen und sog tief die frische Sommerluft in ihre Lungen. Das Ticken der Uhren wurde vom Zirpen der Grillen im hohen Schilfgras verdrängt, ein Geräusch, das sie in ihrem Gemach unmöglich hören konnte und das ihr doch wirklicher erschien als ihr eigener Atem. St. Grower ... Wie oft hatte sie diesen Namen vor fast einem halben Jahrhundert aus dem Mund ihrer Freundin gehört, bis aus St. Grower schließlich Sir Richard und dann nur noch Richard geworden war.

Guniang lächelte. Sir Richard St. Grower ... Malu hatte darauf bestanden, dass auch sie den Namen auf die englische Weise auszusprechen versuchte, obwohl sich ihre arme Zunge dabei jedes Mal grässlich verrenken musste.

»Sir Richard St. Grower ...«, hatte sie gespottet, »was muss das für ein verrücktes Volk sein, das seinen Kindern solche Namen gibt? Kein Wunder, dass sie den Teufel in sich tragen!«

Malu hatte ihren Spott stets mit einem Lächeln ertragen. »Er ist nicht wie die anderen weißen Teufel«, hatte sie erwidert, und in ihren Augen war ein Glänzen gewesen, bei dem

Guniang angst und bange wurde. Ein Nachmittag hatte sich ihr auf besondere Weise eingeprägt; sie hatten in Jehol, wohin der Kaiser im zehnten Jahr seiner Regierung mit seinem Gefolge hatte fliehen müssen, im Schatten einiger hoher Bäume gesessen. Damals hatte Malu ihr anvertraut, dass sie inzwischen nicht nur diesen einen englischen Namen auszusprechen vermochte, sondern insgeheim damit begonnen hatte, die grobe, kehlige Sprache der weißen Teufel zu erlernen.

Sie erinnerte sich noch gut an diesen Moment. Eine Wolke hatte sich vor die Sonne geschoben, und der helle Sommertag hatte plötzlich alle Leichtigkeit verloren.

Tief hinter Guniangs Augen brannten Tränen – heute wie an jenem längst vergangenen Tag.

Richard St. Grower ... Er war in jenem Winter in seine Heimat zurückgekehrt – und jetzt war sein Sohn nach China gekommen. Wenn sie seinem Audienzgesuch stattgab, würde er Fragen stellen, das wusste sie. Fragen, denen sie fast ein halbes Jahrhundert lang auszuweichen versucht hatte.

Unentschlossen blickte sie auf das Schreiben des jungen Engländers hinab. Ob er seinem Vater wohl ähnlich sah? Hatte er die gleichen unnatürlich blauen Augen wie Richard, Augen, in denen stets ein warmes, humorvolles Leuchten stand, wenn sie lachten, und eine tiefe Aufrichtigkeit, wenn sie ernst waren?

Richard St. Grower. Wie sehr sie diesen Mann gehasst hatte – so viele Jahre lang. Doch jetzt, mit dem Schreiben seines Sohnes in Händen, begriff sie plötzlich, dass dies eine der vielen Lügen war, mit denen sie sich einen billigen Trost verschafft hatte. Richard St. Grower war ein guter Mann gewesen, und Malu hatte ihn geliebt.

Malu ...

»Wenn ich noch einmal entscheiden könnte, Shuida«, fragte sie die kleine Hündin, »würde ich es wirklich anders machen? Hätte ich heute den Mut, das Unerhörte zu tun?«

Ihre Stimme verklang, denn sie hatte selbst den falschen Unterton in ihren Worten gehört. Shuidas kleine, rosafarbene Zunge fuhr ihr über die Finger der rechten Hand, wobei die Hündin es wie immer vermied, mit den spitzen, goldenen Schutzhülsen der Finger in Berührung zu kommen.

Guniang ließ das Tier gewähren. »Das ist keine ehrliche Frage, nicht wahr?«, fügte sie sehr leise hinzu. »Durch einen Mangel an Mut kann ein Mensch wohl niemals solche Schuld auf sich laden wie durch den Mangel an Liebe.«

Shuida wandte sich nun der linken Hand ihrer Herrin zu, an der die Fingerschützer aus Jade waren und weit eher nach ihrem Geschmack. Geistesabwesend beobachtete Guniang, wie die alte Pekinesin an den Jadehülsen schnupperte, bevor sie vorsichtig daran zu knabbern begann. Sanft schob sie den Kopf des Tiers zur Seite. Es war weniger die kostbare Jade, die ihr am Herzen lag, als die Furcht, Shuida könnte – wie sie es als Welpe einmal getan hatte – zu kräftig auf dem Halbedelstein kauen, einen Splitter abbeißen und ihn schlucken.

»Würde ich heute wirklich anders handeln, Shuida?«, fragte sie noch einmal.

Plötzlich rappelte sich die Hündin auf ihrem Schoß hoch, und fast glaubte Guniang, dass ihre kleine Gefährtin tatsächlich versuchen wollte, ihr zu antworten, als ein leises Kratzen an der Tür erklang.

Unwillkürlich sah Guniang zu der schwarzen Onyxuhr auf dem Tisch vor sich, doch ihr Augenlicht war so schwach geworden, dass sie die Zeiger darauf kaum noch erkennen konnte. Dann wurde auch schon die Tür geöffnet, und Prinzessin Chun trat ein.

Ohne Hast schob Guniang das Audienzgesuch des Ausländers unter das von General Dun, eine unauffällige kleine Bewegung, wie sie dachte, doch Prinzessin Chuns neugieriger Blick haftete sekundenlang auf den Papieren, während sie sich verbeugte.

»Euer Majestät haben nicht geruht?«, fragte sie vorwurfsvoll. »Ist es klug …«

Guniang unterbrach sie ungeduldig. »Ich weiß Eure Sorge zu würdigen, Prinzessin Chun, aber ich bin kein Kleinkind, das einer Amme bedarf. Allerdings fällt mir auf, dass Ihr mich vor der Zeit gestört habt.« Letzteres war eine bloße Vermutung, da sie das Zifferblatt der Uhr nur verschwommen sehen konnte und es sich außerdem um ein höchst unzuverlässiges Chronometer handelte. Aber sie hatte richtig geraten.

Prinzessin Chun verbeugte sich abermals. »Ich bitte um Vergebung für meine Unverfrorenheit, Euer Majestät«, erklärte sie hastig. »Ich habe mir die Freiheit genommen, fünf Minuten zu früh zu erscheinen, weil mir soeben eine weitere Zeichnung in die Hände gefallen ist. Es betrifft wiederum Prinzessin Anli. Da ich wusste, dass Ihr davon erfahren wollen würdet, habe ich mich beeilt …« Prinzessin Chuns Stimme verlor sich. »Wie ich sehe, hat die Zeichnung auch ohne meine Hilfe bereits ihren Weg zu Euch gefunden.«

Offensichtlich hoffte sie auf irgendeine Reaktion der Kaiserin, doch Guniang tat ihr den Gefallen nicht. Stattdessen sah sie ihre Hofdame weiterhin ausdruckslos an.

»So ist es, Prinzessin«, sagte sie und musterte Chun durchdringend, bis diese sich sichtlich unwohl fühlte und eine unschöne Röte in ihre Wangen kroch.

Seltsam, dachte Guniang, sehr seltsam. Prinzessin Chun war sonst nicht so leicht aus der Fassung zu bringen. Dafür war sie sich ihrer Position viel zu sicher; schließlich war sie nicht nur die älteste Hofdame in Guniangs Gefolge, sie war auch die Witwe eines sehr wohlhabenden und angesehenen Kriegsherrn. Aber so sehr Guniang sich in fast fünfzig Jahren bemüht hatte, sie konnte diese Frau nicht mögen. Dennoch erbarmte sie sich jetzt der Prinzessin und fragte in einem etwas freundlicheren Tonfall: »Wenn Ihr sonst noch etwas auf dem Herzen habt, dann sprecht nur.«

Der dankbare Ausdruck, der einen flüchtigen Moment lang auf Chuns Zügen aufflackerte, erinnerte Guniang an eine ihrer weniger charakterstarken Pekinesinnen. Das Tier hatte zeitlebens um ihre Aufmerksamkeit gebettelt, aber seine Unterwürfigkeit war ihr immer ein wenig zuwider gewesen. Sie schüttelte kaum merklich den Kopf, um diesen unfreundlichen Gedanken zu vertreiben.

»Euer Majestät«, begann Prinzessin Chun von Neuem. »Mit Eurer Erlaubnis würde ich gern einen Vorschlag machen ... Obwohl Ihr gewiss schon selbst daran gedacht habt ...«

Wieder zögerte Chun, und Guniang unterdrückte ein ungeduldiges Seufzen. Das flüchtige Mitleid, das sie mit der anderen Frau verspürt hatte, zerstob bereits wieder. Mit einer müden Geste bedeutete sie Prinzessin Chun weiterzusprechen.

»Wie Ihr wisst, findet am fünfzehnten Tag des achten Monats das Mittherbstfest statt ...«

Wie jedes Jahr um diese Zeit, schoss es Guniang durch den Kopf. Sie sagte jedoch nichts, sondern nickte nur.

Der Pfau, der draußen vor dem Fenster Stellung bezogen hatte, stieß einen durchdringenden Schrei aus, und Prinzessin Chun zuckte heftig zusammen. Sie mochte keine Pfauen, ebenso wenig wie sie andere Tiere mochte, das wusste Guniang.

»Ich dachte, es wäre vielleicht eine gute Idee, wenn der kaiserliche Hof das Fest in diesem Jahr mit besonderer Würde begehen könnte. Der Regen hat eine neuerliche schlimme Hungersnot abgewendet, aber dennoch herrschen große Mutlosigkeit und Unzufriedenheit im Land, und es würde den Menschen vielleicht guttun, wenn der Kaiser und sein Gefolge sich anlässlich des Mittherbstfestes in neuen Prunkgewändern zeigten ...«

Wieder nickte Guniang, diesmal jedoch um einiges aufmerksamer. Die Anschaffung einer neuen Garderobe für sich und ihr Gefolge würde auch für sie eine willkommene Abwechslung sein.

Außerdem ... Guniang runzelte die Stirn. Prinzessin Chuns Vorschlag hatte irgendwo tief in ihr einen Funken entzündet. Etwas, das man noch nicht eine Idee nennen oder es gar als Lösung bezeichnen konnte, aber irgendetwas war da ... und sie wollte auf keinen Fall die Verbindung zu diesem zarten Keim verlieren, der in ihr wuchs. Sie hob gebieterisch die Hand, um Prinzessin Chun am Weitersprechen zu hindern.

Das Mittherbstfest, Malcolm St. Grower, Baoding, die Karikaturen, die Li und Anli zeigten ... Malu ...

Irgendwo gab es da eine Verbindung. Vielleicht gab es doch einen Weg für sie, eine alte Schuld zu begleichen.

Guniang richtete sich auf, und Shuida gab ein leises Knurren von sich, weil sie sich in ihrer Bequemlichkeit gestört sah.

»Ich danke Euch für Euren Vorschlag, Prinzessin«, erklärte die Kaiserin, »er klingt durchaus vernünftig ...« Versonnen hielt Guniang inne. »Ja, durchaus vernünftig. Auch wenn mir die Zeit bis zum Mittherbstfest für einen Auftrag dieser Größe ein wenig knapp erscheint. Vielleicht zu einem anderen Anlass ... vielleicht zum nächsten Neujahrsfest? Und jetzt lasst mich bitte noch für ein paar Minuten allein. Ich möchte darüber nachdenken.«

Als die Prinzessin leise die Tür hinter sich geschlossen hatte, zog Guniang Malcolm St. Growers Audienzgesuch unter dem anderen hervor und las es noch einmal mit großer Konzentration durch. Dann stand sie auf und trat an das weit geöffnete Fenster. Mit gerunzelter Stirn blickte sie in den Park hinaus, ohne etwas zu sehen – oder sehen zu wollen.

Kapitel 5

*I*ch will, dass ihr ihn findet!« Li knüllte das Blatt Papier mit einer Wut zusammen, die den dunklen Raum plötzlich viel zu eng erscheinen ließ.

In der kleinen, hohen Halle, die Li Lianying schon vor Jahren für seine eigene Art von Audienzen beschlagnahmt hatte, herrschte verlegenes Schweigen. Draußen war der Ruf zum Schließen der Tore längst erklungen, und in der Verbotenen Stadt hielten sich außer dem Kaiser nur noch Frauen und Eunuchen auf. Einige davon, allesamt Günstlinge des Obereunuchen und größtenteils bereits an den Schlüsselstellen der Macht platziert, waren in der Halle der Hundert Phönixe zusammengekommen, wie die Eunuchen Lis exquisiten Empfangsraum nannten.

Li saß wie gewohnt auf einem Sofa aus filigranem Schwarzholz, das wie ein Thron leicht erhöht stand. Die Polster waren mit gelber Seide bezogen, in einem Farbton, der lediglich um eine feine Nuance von dem nur dem Kaiser vorbehaltenen Sonnengelb abwich. Und wohin er auch sah, überall beruhigten glückverheißende Phönixe sein aufgewühltes Gemüt; an den Wänden hingen gestickte und gemalte Phönixe, und in jeder Ecke bekleidete ein Exemplar dieser Gattung einen Ehrenplatz: ein Phönix aus seltener weißer Jade hatte im Norden die Flügel zum Flug ausgebreitet, eine Skulptur aus Bronze stand ihm im Süden gegenüber, den Kopf friedlich im Gefieder verborgen, wie zur Nachtruhe gebettet. Aber Lis besonderer Stolz galt dem Phönixpaar, das den Osten und Westen des Raums bewachte, beide aus glasiertem Ton, beide mehr als zweitausend Jahre alt, beide unermesslich kostbar.

Er umgab sich gern mit schönen, edlen Dingen. Dinge waren zuverlässiger als Menschen, und die Zeit forderte nicht so unerbittlich ihren Tribut von ihnen. Li sah zu seinem Favoriten Mengtian hinüber, der auf einem Schemel zu seiner Linken saß und frischen Jasmintee für ihn bereithielt. Bei Mengtian schien der Verfall noch schneller und unerbittlicher zu kommen als bei den meisten anderen. Während er noch vor drei Jahren, bei seinem Eintritt in den höfischen Dienst, anmutig und schlank wie ein junges Mädchen gewesen war, wirkte er heute schon erschlafft wie ein zu alt gewordener Karpfen, so teigig und fahl wie die faden Mehlkuchen, die man ihnen im Augenblick morgens und abends aus den Küchen heraufschickte.

Li machte Mengtian ein Zeichen, und dieser sprang auf, um seinem Herrn und Meister von dem Tee nachzuschenken. Der Obereunuch prüfte bedächtig mit den Lippen, ob das Getränk auch nicht zu heiß war, dann trank er, langsam und konzentriert, bis er endlich den Kopf hob und wie ein Kaiser auf die Männer hinabblickte, die er in Krisen um sich versammelte.

Männer ... Auch wenn sie in den Augen der Welt jedes Anrecht auf diese Bezeichnung verloren hatten, in Lis Gedanken waren es Männer, die er um sich scharte, so wie er sich selbst immer als Mann gesehen hatte und aus tiefster Seele all die Namen hasste, die andere den Mitgliedern seines Standes zu geben pflegten: Halbmänner, besudelte Brüder oder eben Krähen ...

Was ihn wieder an den Grund dieser Zusammenkunft erinnerte. Er richtete sich ein wenig auf und schlug gedankenlos die Beine übereinander. Tief in seiner Kehle stieg ein Schmerzenslaut auf, aber er fing ihn ab, bevor er seine Lippen erreichte. Vorsichtig löste er die wunden, von einem hässlichen, brennenden Ausschlag befallenen Schenkel wieder voneinander und korrigierte seine Haltung.

»Seit geraumer Zeit werden aus der kaiserlichen Schatzkammer persönliche Kleinodien des Herrn der Zehntausend Jahre gestohlen. Gerade heute ist ein mit Edelsteinen besetzter goldener Löwe verschwunden, an dem der Kaiser sehr hing. Wenn der Kaiser den Schuldigen findet, wird er ihn auspeitschen und hinrichten lassen, damit solch ein Frevel nie wieder vorkommt.« Sein wundes Fleisch peinigte ihn noch immer, aber seiner Stimme war der Schmerz nicht anzuhören. Dennoch hielt er kurz inne, weil einer der Männer sich angelegentlich in dem Raum umsah, Biao Yong, der heute zum ersten Mal an einer solchen Zusammenkunft teilnahm. Li räusperte sich. »Am Mittherbstfest will ich den Schuldigen im Holzkragen in der Thronhalle knien sehen, oder der Kaiser wird sich an einem von euch schadlos halten.«

Ein bestürztes Raunen wurde laut. Das Mittherbstfest – das bedeutete, dass ihnen nur mehr zehn Wochen blieben, um diesen fast unmöglichen Auftrag zu erledigen. Vor allem der junge Eunuch Biao Yong, auf dem Lis Blick eine Sekunde länger haften blieb als auf den anderen, hatte plötzlich einen gallebitteren Geschmack im Mund.

Li hob die Hand, und sofort kehrte Stille ein. Er nickte Mengtian abermals zu, und dieser trat mit der kleinen, schwarz lackierten Kanne vor das Sofa. Der starke Geruch von Jasmin stieg Li in die Nase, und einen Augenblick später spürte er, wie die Hitze des Getränks durch das dünne Porzellan seiner Tasse drang. »Das ist noch nicht alles«, sagte er und bedeutete Mengtian mit einer achtlosen Handbewegung, wieder an seinen Platz zurückzukehren. »Ich denke, ich kann euch noch heute einen Hinweis auf die Person des Diebes geben.«

Li zog einen zerknitterten, an den Rändern mehrfach eingerissenen Papierbogen aus der Tasche. Dann hielt er ein zweites Papier darüber. »Wir kennen seine Pinselführung.«

Die Eunuchen schwiegen verlegen, denn obwohl keiner von ihnen die Torheit besessen hatte, die Zeichnungen Li gegenüber zu erwähnen, so hatten sie sie doch alle gesehen und hinter vorgehaltener Hand darüber getuschelt, wann immer der Obereunuch außer Hörweite war.

Li ließ einige Sekunden verstreichen, bevor er wieder das Wort ergriff. »Euer Schweigen«, sagte er kühl, »verrät mir, dass ihr alle genau Bescheid wisst über diese Papiere. Aber das war wohl nicht anders zu erwarten. Schlechte Neuigkeiten reisen schnell ...« Wieder hielt er inne. Der Schmerz zwischen seinen Schenkeln war noch immer nicht abgeklungen. Doch schlimmer als der Ausschlag brannte der Hass, der sich nun immer häufiger auch gegen seine Untergebenen richtete. »Aber vielleicht«, fügte er hinzu, »vielleicht seht ihr in diesem Schandwerk ja vielmehr eine gute Neuigkeit ...? Vielleicht spricht euch der Urheber dieses ... dieses Schmutzes aus dem Herzen, und ihr steckt alle mit ihm unter einer Decke?«

Entsetztes Schweigen folgte seinen Worten, und Li sah in den Augen des jungen Biao Yong so etwas wie Todesangst aufblitzen. Befriedigt, wenn auch sehr behutsam, um seine

Schenkel nicht zu bewegen, lehnte der Obereunuch sich auf dem Sofa zurück. Immerhin war diesen Männern klar, dass er nach wie vor die Macht hatte, über Leben und Sterben eines jeden von ihnen zu entscheiden.

Mengtian war der Erste der Eunuchen, der sich von seinem Schrecken erholte. Er trat vor das Podest, auf dem Li saß, und vollzog einen dreifachen Kotau. Seine plumpe Gestalt bewegte sich ohne jede Anmut, und der Harngeruch, der ihn umwehte, verdrängte sogar den süßen Duft des Jasmintees. Angewidert verzog Li die Lippen. Er wusste natürlich, dass Mengtian keine Schuld an diesem Gestank traf; einigen von ihnen bereitete es größere Mühe als den anderen, ihr Wasser zu halten. Ursache dafür war schlampiges Arbeiten des Messerstechers oder einfach nur Pech.

»Herr«, stieß Mengtian hervor, während er sich mühsam aufrichtete, und breitete die Hände aus. »Keiner von uns, und ich glaube, für uns alle sprechen zu können, keiner hier wünscht Euch Böses. Im Gegenteil.« Mengtian verbeugte sich, und zustimmendes Gemurmel aus den Reihen der Eunuchen wurde laut. »Wir alle sind zutiefst bestürzt über diese ehrlosen und ungerechten Verunglimpfungen Eurer Person. Daher mögt Ihr unser Schweigen als Ausdruck unserer Fassungslosigkeit ob dieses Frevels nehmen. Und wir werden unser Äußerstes tun, um den Schuldigen zu finden.« Mengtian blickte kühn in die Runde, dann warf er sich in die Brust. »Ich persönlich verpfände euch mein Leben dafür, dass diese unverschämte Tat nicht ungesühnt bleibt!« Triumphierend sah er Li an.

Der Obereunuch verzog verächtlich die Lippen. »Große Worte, mein Freund«, sagte er schließlich. »Worte, die wir gewiss im Gedächtnis behalten werden ...«

Als Mengtian vor drei Jahren an den kaiserlichen Hof gekommen waren, hatten solche hochtrabenden Worte Li durchaus beeindruckt und nicht wenig geschmeichelt, aber jetzt hatte er dergleichen zu oft aus Mengtians Mund gehört, um noch einen Reiz darin entdecken zu können. Mengtian begann ihn zu langweilen.

Langsam sah er sich im Raum um. Alle Männer machten geziemend ehrerbietige Gesichter, und wieder verweilte Lis Blick einen Moment länger auf Biao Yong. »Aber nun zurück zur Sache«, sprach er entschlossen weiter. »Ihr alle habt meine Anweisungen verstanden?«

Die Eunuchen nickten beflissen.

»Und es gibt keine Fragen?«

Biao Yong, der den Blick des Obereunuchen auf sich spürte, hielt offenkundig den Atem an. Li musterte den jungen Mann so lange, bis diesem nichts anderes übrig blieb, als wieder Luft zu holen. Er war ein hübscher Bursche, und seine Operation lag noch nicht lange genug zurück, um allzu deutlich sichtbare Spuren hinterlassen zu haben. Heute Abend machte er zwar einen verdächtig schuldbewussten Eindruck, doch Li wusste, dass auch Unsicherheit und Furcht sich auf diese Weise äußern konnten. Und der Junge gefiel ihm; selbst aus dieser geringen Entfernung hätte man ihn ohne Weiteres für ein Mädchen halten können. Seine Schönheit hatte nur einen einzigen Makel: Wenn er den Mund öffnete, sah man, dass ihm im Oberkiefer auf der rechten Seite ein zweiter Eckzahn gewachsen war, der sich über den ersten geschoben hatte. Es war Li bereits einige Male aufgefallen, dass der Junge die Neigung hatte, mit der Zunge über diesen Doppelzahn zu fahren, wann immer ihn irgendetwas erregte.

»Du da!«, sprach er ihn direkt an, und Li beobachtete mit einiger Faszination, dass seine Worte die erwünschte Wirkung hatten. Biao Yongs Augen weiteten sich vor Schreck, und seine Zunge bewegte sich hektisch unter der Oberlippe. »Du nimmst heute Abend zum ersten Mal an einer solchen Zusammenkunft teil, und ich möchte gern deine Meinung hören.«

Biao Yong trat vor und sah nervös zu Mengtian hinüber, der immer noch mit besitzergreifender Miene neben seinem Herrn stand. Nach einem kurzen Zögern beschloss Biao Yong, es Mengtian gleichzutun, und vollzog einen dreifachen Kotau vor Li.

Seine Bewegungen waren leicht und geschmeidig, und der Obereunuch konnte keinen Geruch bei ihm wahrnehmen. Als Biao Yong sich wieder erhob, schenkte Li ihm ein winziges, aufmunterndes Lächeln.

»Also«, sagte er. »Wie denkst du über diese Angelegenheit?«

Auf Biao Yongs Wangen lag eine zarte Röte, die sein Gesicht noch weiblicher erscheinen ließ. »Ich bin derselben Meinung wie mein geschätzter älterer Bruder«, sagte er mit einem scheuen Blick in Mengtians Richtung. »Der Frevel, der mit diesen Zeichnungen begangen wurde, muss gesühnt werden ...«

»Aber?«, hakte Li nach, der das leichte Zögern des jungen Eunuchen keineswegs überhört hatte.

Biao Yong ließ kurz die Zunge über seinen verunstalteten Eckzahn gleiten, dann fasste er sich ein Herz. »Herr, es mag an meiner grenzenlosen Dummheit liegen, dass ich nicht erkennen kann, was für Euch offen zutage liegt«, erklärte er vorsichtig. »Aber es ist mir bisher nicht gelungen, einen Zusammenhang zwischen den beiden schlimmen Verbrechen zu sehen, über die Ihr gesprochen habt – den Diebstählen in den kaiserlichen Schatzkammern und diesen … diesen verabscheuungswürdigen, vernunftlosen Zeichnungen, die allenthalben aufgetaucht sind.«

Lis freundliche Miene hatte ihm Mut gemacht, und er fügte mit festerer Stimme abschließend hinzu: »Ich bin natürlich nur ein nichtswürdiger Diener und noch nicht lange genug bei Hofe, um hinter die Dinge blicken zu können, wie Ihr es tut, dem unerschöpfliche Weisheit und Erfahrung zu Gebote stehen. Ich bin indes zuversichtlich, dass Ihr mir dieses kleine Rätsel erklären könnt.«

Mit diesen Worten zog er sich bescheiden wieder an seinen Platz in der hinteren Reihe der Eunuchen zurück.

Li lächelte geschmeichelt. Biao Yong hatte mit seiner Frage Verstand und Mut bewiesen, und seine Rede war elegant, aber doch mit geziemender Demut vorgebracht worden.

»Du hast recht, mein geschätzter jüngerer Bruder«, sagte der Obereunuch sanft und beobachtete aus den Augenwinkeln Mengtians Reaktion auf seine Worte. Die Ansprache »jüngerer Bruder« war eine Auszeichnung, mit der Li in den vergangenen zwei Jahren einzig Mengtian geehrt hatte. Wie erwartet erstarrte sein Favorit. »Ich freue mich«, fuhr er fort, »dass wenigstens einem von euch diese wichtige Frage in den Sinn gekommen ist.« Er nahm einen Schluck von dem Jasmintee, der inzwischen jedoch so weit abgekühlt war, dass er ihm nicht mehr schmeckte. Sofort war Mengtian zur Stelle, nahm ihm die zierliche Porzellantasse ab und ersetzte sie durch eine andere, die er dann unter mehrfachen Verbeugungen aus der Kanne mit frischem Tee auffüllte.

Der Obereunuch führte die Tasse mit gespreizten Fingern an die Lippen, sog das Aroma des Tees in seine Lungen und nahm mehrere kleine Schlucke, während im Raum angespanntes Schweigen herrschte. Nur das leise Klirren von Porzellan auf Porzellan war zu hören.

Schließlich stellte Li die Tasse auf den kleinen runden Tisch an seiner rechten Seite.

»Offensichtlich«, sagte er dann, »hat keiner von euch es der Mühe für wert befunden, sich die Zeichnungen – abgesehen von ihren augenfälligeren Elementen – einmal genauer anzusehen.«

Er wandte den Kopf in Mengtians Richtung. »Gerade von dir, Mengtian, hätte ich in solchen Dingen mehr Aufmerksamkeit erwartet«, fügte er mit hörbarem Bedauern hinzu. »Es besteht in der Tat ein Zusammenhang zwischen den beiden Verbrechen, von denen ich heute Abend gesprochen habe.« Ein unangenehmes Ziehen in seinem Rücken lenkte Lis Aufmerksamkeit ab, und er überlegte flüchtig, welches das größere Übel war – weiter in seiner starren Haltung auszuharren oder sich zu bewegen und damit zu riskieren, dass die Haut seiner Schenkel aufs Neue gereizt wurde. Er entschied sich für ein Ausharren in der alten Position, hatte aber nicht den Wunsch, die Versammlung noch weiter auszudehnen.

»Ich denke«, sagte er daher, »dass es nur nützlich sein kann, eure Augen zu ein wenig mehr Genauigkeit zu erziehen.« Mit gespitzten Lippen sah er von einem der Eunuchen zum nächsten. Keiner ließ sich auch nur die geringste Unaufmerksamkeit zuschulden kommen. »Derjenige von euch«, fuhr er schließlich fort, »der mir als Erster sagen kann, wodurch der Urheber dieser Zeichnung verrät, dass er auch der Dieb ist, der die kaiserlichen Schatzkammern plündert, soll ...« Er zögerte kurz. »Er soll fünf Tael Silber als Lohn für seine scharfen Augen erhalten.«

Auf ein winziges Zeichen von ihm eilte Mengtian ihm zur Seite, und Li biss die Zähne zusammen, um sich gegen den Schmerz zu wappnen. Dann stand er, äußerlich vollkommen unbewegt, von seinem Platz auf. Die Versammlung war beendet. Ein Wort des Abschieds an die Männer, die ihm dienten, war unnötig. Sie bedeuteten nichts. Weniger als nichts.

Mit einem leisen Aufstöhnen, das zu unterdrücken über seine Kräfte gegangen wäre, spreizte Li die wunden Schenkel. Selbst die Luft brannte im ersten Moment auf seiner nackten Haut, doch der Obereunuch wusste, dass die Prozedur notwendig war, sonst würden die Schmerzen am nächsten Tag noch unerträglicher sein.

Mengtian stand neben seinem mit frischer, weißer Seide bezogenen Lager und beugte sich über eine Schale warmen Wassers. Als er ein Tuch mit der Flüssigkeit benetzte, um die eiternden Ekzeme des Obereunuchen behutsam zu reinigen, schloss Li für einen Moment die Augen.

Mengtian begann wie immer am rechten Knie, wo der nässende Ausschlag am harmlosesten war, und arbeitete sich dann vorsichtig bis zur Leiste hinauf. Der Obereunuch sog scharf die Luft ein. Der Gestank von Eiter stieg ihm in die Nase. Er verzog das Gesicht. Das war noch schlimmer als der Harngeruch, der von Mengtian ausging, denn diese Pest kam von seinem eigenen Körper. Es war ein Körper, den er mehr und mehr zu hassen lernte, denn er bereitete ihm nur noch Schmerzen, während die Freuden, die er ihm vor unvorstellbar langer Zeit geschenkt hatte, lediglich eine vage, trostlose Erinnerung waren.

Mengtian wusch den Lappen aus und widmete sich Lis linkem Bein.

Durch das offene Fenster drang der wehmütige Gesang einer einsamen Nachtigall. Irgendwo bellte ein Hund – wahrscheinlich eine dieser unnützen Kreaturen, an denen die Kaiserin großen Gefallen fand, schoss es Li durch den Kopf. Wenn sie wenigstens Jagdhunde gehalten hätte, edle Tiere mit starken, geschmeidigen Leibern! Aber nein, ihre Majestät duldete nur diese haarigen, winzigen Geschöpfe um sich, die kaum größer waren als Hasen und ebenso wie diese für den Kochtopf besser taugten als für menschliche Gesellschaft.

Endlich hatte Mengtian die Wunden ausgewaschen und mit einem weichen Leintuch getrocknet. Li entspannte sich ein wenig. Die Salbe, die aus der kaiserlichen Apotheke stammte und eigentlich nur für die Kaiserfamilie bestimmt war, brachte ihm jedes Mal zumindest für kurze Zeit ein wenig Linderung.

Mengtian begann wiederum am rechten Knie und verrieb die Salbe mit sanften, kreisenden Bewegungen bis zu den Lenden hinauf. Die kühlende Wirkung der zerstoßenen Lotossamen setzte sofort ein, und Mengtians geübte Finger glitten wie eine Liebkosung über das geschundene Fleisch des Obereunuchen.

Als Li diesmal die Augen schloss, tat er es nicht, um seine Qual zu verbergen. Er tat es, um nicht länger das aufgeschwemmte, fleckige Gesicht des jungen Eunuchen vor sich sehen zu müssen und es durch ein anderes, weit liebreizenderes ersetzen zu können. Es war das Gesicht einer Frau, die ihn seit Monaten in seinen Träumen verfolgte.

Sein Geschlecht mochte in einem gläsernen, mit Alkohol gefüllten Gefäß schwimmen, damit er nach seinem Tod als vollständiger Mensch ins Jenseits hinübergehen konnte. Aber in seiner Fantasie war er immer noch ein Mann.

Und das, dachte er, war ein Grund mehr, diese Frau aus seiner Nähe zu entfernen, die ihn im Wachen wie im Schlafen peinigte und die niemals hätte ihm gehören können, auch wenn er noch jung und sein Körper unversehrt gewesen wäre.

Der Gesang der Nachtigall wehte lockend und süß durch die milde Nacht.

Vielleicht lauschte *sie* jetzt ebenfalls auf das Lied des Vogels, der irgendwo im Geäst der Bäume saß, und ließ sich von seiner perlenden Melodie in einen Traum von einer schönen Zukunft lullen. Einen Traum von einem sanften, zärtlichen Prinzen, der sie behutsam in die Kunst der Liebe einführte.

Sollte sie nur träumen, dachte Li, während er sich ganz der Wonne hingab, für einige Minuten frei von Schmerz zu sein. Sollte sie nur träumen. Sie würde bald genug erwachen. Und dann würde auch *sie* wissen, was Schmerz war.

Die Tür fiel mit einem leisen Klicken ins Schloss. Mengtian wusste, dass sein Herr in der Zeit, da die Salbe ihre wohltuende Wirkung entfaltete, allein sein wollte.

Kapitel 6

Die Barke, die mehr einer schwimmenden Pagode glich als einem Boot, glitt sanft über den Kunming-See, der mich an diesem Morgen auf besondere Weise in seinen Bann schlug. Wir waren jetzt seit zwei Wochen wieder im Sommerpalast. In der Nacht hatte es noch einmal geregnet, aber jetzt leuchtete eine von Wolken unverhüllte Sonne auf das Land herab. Die Kaiserin hatte mich am Morgen eingeladen, auf ihrer persönlichen Barke die Fahrt über den See zu unternehmen, und ich hatte ob dieser neuerlichen Ehre das Gefühl, als hätte sich die Landschaft eigens für mich in ihren schönsten Putz gekleidet. Auf den Blättern der Trauerweiden, die das Westufer des Sees begrenzten, glitzerte noch der Tau, so dass die tief ins Wasser herabhängenden Zweige aussahen, als seien sie über und über mit Juwelen besetzt. Zwischen den Bäumen ragten bunte, luftige Pagoden auf, und man konnte auch den Hügel erkennen, einen der Lieblingsplätze der Kaiserin, wo sie heute zu frühstücken beabsichtigte.

Plötzlich lief ein leises Beben durch die Barke, und ich wandte mich jäh vom Fenster der Kajüte ab, wo ich schon viel zu lange gestanden hatte, statt meine Aufmerksamkeit einzig der Kaiserin zu schenken.

Guniang lächelte. »Wir nähern uns wohl langsam dem Ufer«, sagte sie. »An dieser Stelle haben die Eunuchen immer ein wenig Mühe, das Boot ruhig zu halten.« Die Kaiserin machte Anstalten, sich von ihrem Platz in der Mitte des Raums zu erheben, doch als Prinzessin Chun, die hinter ihr stand, hastig um den aus Ebenholz geschnitzten Stuhl herumging, um ihr zu helfen, schüttelte Guniang sie ab.

Ich hatte schon mehr als einmal beobachtet, wie sehr es der Kaiserin zuwider war, wenn man sie mit allzu großer Beflissenheit behandelte. Andererseits verübelte sie auch Unhöflichkeit und Faulheit aufs Äußerste, so dass es schwierig war, ihr zu gefallen.

Ich warf Prinzessin Chun einen mitfühlenden Blick zu, den diese jedoch mit gewohnt ausdrucksloser Miene beantwortete.

Guniang trat neben mich ans Fenster. »Da sind ja auch schon die anderen Barken«, sagte sie leise und in einem Tonfall, der mich aufmerken ließ. In ihren Augen stand ein Ausdruck, den ich nicht recht zu benennen wusste. Ihr Gesicht wirkte mit einem Mal seltsam jung und beinahe – übermütig! Verwundert beobachtete ich, wie sie sorgfältig einen Apfel aus einer großen Holzschale auswählte, die auf einem Tisch neben dem Fenster stand. Die Kaiserin reichte mir die Frucht und sah mich aufmunternd an. Ratlos betrachtete ich den Apfel in meiner Hand.

Guniang lachte. Ich hatte sie bisher kaum je einmal lachen hören. Es war ein angenehmes, mädchenhaftes Lachen, aber es half mir in diesem Moment nicht weiter.

»Ich will sehen, ob Ihr eine gute Werferin seid«, sagte sie und deutete mit dem Kopf auf die Barke, die unserer am nächsten, aber immer noch zehn oder vielleicht auch zwölf Meter hinter uns war.

Zögernd, weil ich kaum glauben konnte, dass es der Kaiserin ernst war, nahm ich Maß. Mein Wurf fiel jedoch zu zaghaft aus, und der Apfel klatschte auf halber Strecke zwischen den beiden Booten ins Wasser. Ich konnte nur ahnen, was die Frauen auf der zweiten Barke von mir denken mussten, und spürte, wie mir die Röte ins Gesicht schoss.

Guniang griff unterdessen ungerührt nach einem weiteren Apfel, den sie wie zuvor mit großer Sorgfalt ausgewählt hatte. »Ich denke, das könnt Ihr besser«, erklärte sie, während sie mir das Wurfgeschoss feierlich überreichte. Unsere Blicke trafen sich, und einen Moment lang vergaß ich, dass sie die mächtigste Frau in China war und ich nur eine namenlose Hofdame. Ein Funke der Begeisterung sprang auf mich über, ein Funke, den das Feuer in den Augen Guniangs entzündet hatte.

Diesmal legte ich solche Kraft in meinen Wurf, dass der Apfel weit über die andere Barke hinausflog und wir nicht einmal sehen konnten, an welcher Stelle er im Wasser versank.

»Ah, ich sehe, es fehlt Euch an Übung, Prinzessin«, rief Guniang, und das Geräusch, das ihren Worten folgte, ließ sich nur als ein Kichern beschreiben – auch wenn ich diesen Ausdruck bisher niemals mit der Kaiserin in Verbindung gebracht hätte.

Ein dritter Apfel wurde ausgewählt, und ich konzentrierte mich auf den Wurf, als handele es sich um eine sehr ernste und wichtige Angelegenheit.

Die Frucht beschrieb einen sauberen Bogen in der Luft. Ich hielt den Atem an. Das andere Boot war inzwischen ein wenig näher gekommen, und eine Sekunde lang war ich davon überzeugt, diesmal getroffen zu haben. Doch ich wurde enttäuscht. Der Apfel landete vielleicht zwei Handspannen neben dem Boot.

»Hm, hm«, sagte Guniang mit einem leichten Tadel in der Stimme. »Ich glaube, ich muss es Euch vormachen.«

Sie schob mich ein wenig zur Seite, blinzelte kurz in das Sonnenlicht – und warf.

Guniang hatte Erfolg, wo ich versagt hatte. Ihr Apfel landete nicht nur auf der Barke, sondern traf auch noch eine der Hofdamen, die neugierig zu uns herübergeschaut hatten, am Kopf.

Die Kaiserin schien höchst zufrieden mit ihrem Wurf zu sein. »Es ist zwar lange her, seit ich das letzte Mal einen Apfel geworfen habe«, sagte sie, »aber manche Dinge verlernt man eben nie.« Sie sah mich an, und plötzlich verdunkelte sich ihr Blick. »Ich hatte nur ein Mal – vor vielen Jahren – eine Hofdame, die das Werfen besser beherrschte als ich.«

Langsam und ohne noch einmal aus dem Fenster zu sehen, kehrte Guniang zu ihrem Stuhl zurück.

Ich hätte nicht genau sagen können, warum, aber mit einem Mal überkam mich tiefes Mitleid mit dieser alten Frau, die hoch aufgerichtet auf dem einzigen Stuhl im Raum saß.

Wir erreichten das Ufer nur wenige Sekunden vor der zweiten Barke. Ich stand bereits auf dem hölzernen Landesteg, als Prinzessin Xiao ihr Boot verließ. Der dunkelrote Fleck auf ihrer rechten Wange erübrigte die Frage, welche der Frauen von Guniangs Apfel getroffen worden war. Da ich mich ein wenig mitschuldig an dem Geschehen fühlte, trat ich auf Prinzessin Xiao zu, aber die freundlichen Worte, die ich hatte sprechen wollen, blieben mir im Hals stecken, und die kalte, feindselige Wut in Xiaos Zügen ließ mich zurückweichen.

In Xiaos Augen brannten Tränen, doch intuitiv war mir klar, dass diese Tränen nichts mit körperlichem Schmerz zu tun hatten, sondern Ausdruck eines Leidens waren, das viel tiefer reichte. Ich war dem Hass im vergangenen Jahr so oft begegnet, dass ich ihn sofort erkannte. Und ich wusste, dass er ein gärendes Geschwür war, das einen Menschen unerbittlich zerstörte.

Zum zweiten Mal binnen weniger Minuten stieg Mitleid in mir auf, auch wenn es bei Xiao nicht von Zuneigung begleitet wurde.

»Ihr habt es ja wirklich weit gebracht in dem einen Jahr, das Ihr nun bei uns seid.«

Prinzessin Chun war neben mich auf die Veranda des Pavillons getreten, in dem die Kaiserin nach ihrem üppigen Frühstück ein wenig ruhen wollte. Die anderen Hofdamen nutzten die Gelegenheit, um es ihr gleichzutun. Ich selbst war jedoch noch immer zu erregt, um stillsitzen zu können. Die kurze Szene mit Guniang auf der Barke ließ mich nicht los. Das Gefühl einer Vertrautheit, die sich mir nicht erklären konnte, die Nähe, die für einige Sekunden die Kluft zwischen uns bedeutungslos hatte erscheinen lassen, der plötzliche Kummer und die Einsamkeit, die ich anschließend bei der Kaiserin wahrgenommen hatte, und nicht zuletzt der unüberbrückbare Hass in Xiaos Augen – all diese Dinge beschäftigten mich so sehr, dass mir Prinzessin Chuns Erscheinen zutiefst unwillkommen war.

Und die Bemerkung, mit der sie das Gespräch eröffnet hatte, gefiel mir schon gar nicht. Ich beschloss, nicht darauf einzugehen.

»Wie grün das Wasser des Sees in diesem Licht aussieht«,

sagte ich stattdessen. »So stelle ich mir das Meer vor ...« Ich drehte mich zu Prinzessin Chun um. »Wart Ihr schon einmal am Meer, Prinzessin?«

Chun zuckte ungeduldig die Schultern. »Ja«, antwortete sie knapp. »Und seine Farbe wechselt mit unterschiedlichem Licht genauso wie die des Sees.«

Bevor ich weiter fragen konnte, fügte sie hinzu: »Ihre Majestät war heute Morgen in bester Laune. Ich hoffe, Ihr wisst die Auszeichnung zu schätzen, dass sie Euch eine der roten Sänften für den Weg zum Hügel hinauf zur Verfügung gestellt hat?«

Ich konnte mich eines Schauderns nicht erwehren. Ich hasste es, in einer Sänfte getragen zu werden, sei sie nun rot, blau oder grün.

»Ihre Majestät ist zu gütig«, sagte ich, »und ich weiß, dass ich ihre Freundlichkeit mit nichts verdient habe.«

»Es ist gut, dass Ihr das begreift, Prinzessin Anli«, erwiderte Chun. »Ich habe schon viele junge Frauen in der Gunst der Kaiserin hoch aufsteigen sehen – und je höher sie stiegen, umso tiefer war noch jedes Mal ihr Sturz.«

Ich fand, dass es auf diese Bemerkung nichts zu erwidern gab, und schwieg deshalb. Gleichzeitig wünschte ich mir von Herzen, Prinzessin Chun würde mich einfach weiterhin übersehen, wie sie es bisher getan hatte. Auch wenn ich mir oft gewünscht hatte, von den anderen Frauen am Hof ein wenig mehr beachtet zu werden, schien mir diese Art der Aufmerksamkeit wenig erstrebenswert.

Ein großer Vogel ließ sich am Rand des Schilfgürtels im seichten Wasser des Sees nieder, und ich versuchte mich noch einmal an einem Ablenkungsmanöver.

»Seht nur!«, rief ich und deutete auf den See, den man

von dieser Stelle aus noch recht deutlich erkennen konnte. »Er ist nicht so grau, wie sonst die Reiher sind, sondern sieht aus wie rotviolett überhaucht. Kann das ein Purpurreiher sein?«

Chun hatte jedoch nicht die Absicht, sich von mir übertölpeln zu lassen. »Wie alt seid Ihr jetzt, Prinzessin Anli?«, fragte sie, als hätte ich nichts gesagt.

»Ich bin im Frühjahr achtzehn geworden.«

Der Reiher stocherte mit seinem langen Schnabel im Wasser herum, offensichtlich auf der Suche nach seinem Mittagessen. Ich fand sein Treiben unendlich viel interessanter als das Gespräch, das mir soeben aufgezwungen wurde.

»Achtzehn!«, wiederholte Prinzessin Chun mit solch einem Erstaunen, als hätte ich ihr soeben offenbart, ich sei eine Greisin. »Nun«, fuhr sie fort, »dann habt Ihr gewiss schon über eine Verheiratung nachgedacht? Vielleicht hat Euer Vater bereits die nötigen Vorkehrungen getroffen ...?«

Der Vogel musste wohl etwas gefangen haben, denn er erhob sich wieder in die Luft. Ich konnte sogar aus dieser Entfernung erkennen, dass seine breiten Schwingen im Sonnenlicht rotbraun wirkten. Aber ob er einen Fisch im Schnabel hielt, war von meinem Standpunkt aus nicht mit Sicherheit festzustellen.

»Ich habe die Absicht, Ihrer Majestät noch für einige Jahre zu dienen«, erwiderte ich, um nicht unhöflich zu sein. »Danach wird man weitersehen.«

Prinzessin Chun stieß einen leisen Laut des Erschreckens aus. Der Vogel war inzwischen nur noch ein dunkler Punkt am Himmel.

»Ihr dürft in diesen Fragen auf keinen Fall so sorglos

sein«, rief Prinzessin Chun. »Wie leicht kann es geschehen, dass eine Frau den richtigen Zeitpunkt versäumt und als alte Jungfer endet!«

Ich konnte den unfreundlichen Gedanken nicht unterdrücken, dass Prinzessin Chun wohl der Inbegriff einer alten Jungfer war, auch wenn sie den »richtigen« Zeitpunkt genutzt und sich auf höchst günstige Weise verheiratet hatte.

»Denkt nur an Mimi und Xiao«, fuhr Chun unverdrossen fort. »Xiao ist nur um acht Jahre älter als Ihr, und sie darf wohl kaum noch auf einen Ehemann hoffen.«

Vor meinem inneren Auge tauchte Xiaos fleckiges, spitzes Mausgesicht auf, dessen Reizlosigkeit von ihrem verbitterten Wesen noch verstärkt wurde. Womöglich hatte es für sie den »richtigen Zeitpunkt« nie gegeben, dachte ich respektlos, nicht einmal, als sie siebzehn war.

»Ich möchte nicht, dass Ihr ein ähnliches Schicksal erleidet, meine Liebe«, sagte Prinzessin Chun, und ihr Tonfall wurde noch eindringlicher, beinahe verschwörerisch. »Ich habe einigen Einfluss bei der Kaiserin …«

Das wage ich zu bezweifeln, schoss es mir durch den Kopf. Ich war mir ziemlich sicher, dass Guniang Prinzessin Chun nur aus Mitleid in ihrem Gefolge duldete. Weil sie verwitwet war und beinahe so alt wie die Kaiserin selbst, weil sie keine Kinder hatte und auch sonst nichts, womit sie ihre Tage hätte ausfüllen können. Jedenfalls hatte ich in all der Zeit nicht ein einziges Mal beobachtet, dass Guniang die Prinzessin besonders freundlich behandelt oder gar um ihre Meinung gefragt hätte. Im Gegenteil – die manchmal kaum verhohlene Verachtung in Guniangs Blick, wenn sie mit Chun sprach, hatte mich oft erschreckt.

Prinzessin Chun missverstand mein Schweigen und glaubte, endlich meine Aufmerksamkeit erlangt zu haben.

»Wenn Ihr es wünscht, werde ich mit Ihrer Majestät sprechen und ein gutes Wort für Euch einlegen, wenn sie in günstiger Stimmung ist.«

Der Reiher war nun endgültig außer Sicht, wahrscheinlich hatte er sich irgendwo im hohen Schilf außerhalb der Palastmauern niedergelassen, und ich wünschte, auch ich hätte einfach davonfliegen und dem lästigen Gespräch entrinnen können.

»Aber natürlich dürft Ihr keine allzu glänzende Partie erwarten, keinen ranghohen Prinzen oder Heeresführer. Von diesen Männern würde wohl kaum einer seinen Namen mit Eurem verbinden wollen – aber das ist Euch sicher selbst klar.«

An dieser Stelle wurde ich plötzlich hellhörig und vergaß sogar, nach weiteren Vögeln auf dem See Ausschau zu halten.

Ich sah Prinzessin Chun zum ersten Mal direkt an. »Warum darf ich nicht auf einen ranghohen Prinzen als Gemahl hoffen?«, fragte ich, hin und her gerissen zwischen Neugier und Ärger ob der Herablassung, mit der Chun gesprochen hatte. Meine nächsten Worte erstaunten mich selbst, denn es war keineswegs meine Gewohnheit, den Reichtum oder den hohen Rang meines Vaters herauszustellen. Aber Prinzessin Chun hatte mich einfach allzu sehr herausgefordert. »Mein Vater«, erklärte ich in hochmütigem Tonfall, »ist ein entfernter Vetter des Kaisers und besitzt im Nordosten große Ländereien und Weidegebiete. Außerdem kann er mehr als zweitausend Pferde sein eigen nennen. Er ist ein wohlhabender Mann, und auch wenn er vier Töchter hat, ist für jede von uns eine gute Mitgift bereitgelegt. Es sollte mich wundern, wenn sich nicht eine ganze Reihe ›ranghoher‹ Prinzen für meine Schwestern und mich interessieren würde.«

Prinzessin Chun seufzte übertrieben. »Aber das weiß ich doch alles, meine Liebe«, sagte sie geduldig. »Euer Vater mag ein wichtiger Mann in der mandschurischen Provinz sein, doch hier bei Hof sind es andere Dinge, die zählen.«

»Und was für Dinge sollen das sein?«, fragte ich mit einer Kühnheit, die mich abermals in Erstaunen versetzte. Die Ereignisse der vergangenen zwei Wochen hatten mich auf eine für mich selbst noch ungreifbare Weise verändert. Inzwischen bemühte ich mich bei Begegnungen wie dieser nur noch sehr halbherzig darum, die Fassade der Höflichkeit zu wahren.

»Meine liebe Prinzessin!«, rief Chun ungläubig aus. »Ihr könnt unmöglich so einfältig sein, zu glauben, man hätte diese Dinge am Hof bereits vergessen!«

Ich sog scharf die Luft ein. Die Selbstgefälligkeit dieser Frau war kaum zu ertragen. Das Schlimmste an dem Ganzen jedoch war, dass langsam eine böse Ahnung in mir aufstieg. Mit Macht drängte ich die klagende Stimme meiner Mutter beiseite, die mir zuflüsterte: *Gerade du musst unsichtbar sein, absolut unsichtbar... Du musst die Ehre der Familie wiederherstellen ...* Ich schluckte trocken, dann nahm ich meinen ganzen Mut zusammen und sagte: »Ich weiß noch immer nicht, wovon Ihr redet, Prinzessin. Aber vielleicht hättet Ihr die Freundlichkeit, mir zu erklären, wovon Ihr sprecht?«

»Ich spreche von dem Skandal, der seinerzeit den ganzen Hof erschüttert hat«, antwortete Chun ungeduldig. »Ihr könnt doch nicht glauben, dass so etwas in nur vier oder fünf Jahrzehnten in Vergessenheit geraten würde? Fünfzig Jahre sind bei Hof nicht mehr als ein Wimpernschlag.«

»Von welchem Skandal redet Ihr?«, fragte ich scharf. Inzwischen konnte sich Prinzessin Chun nicht mehr über mangelnde Aufmerksamkeit meinerseits beklagen. »Und was«, fügte ich ärgerlich hinzu, »was hat dieser Skandal, von dem ich nichts weiß, mit mir zu tun?«

Prinzessin Chun schlug sich entsetzt die Hand auf den Mund, doch ich glaubte ihr dieses Erschrecken nicht. Viel mehr hatte ich das Gefühl, dass sie das Gespräch geschickt auf diesen Punkt gelenkt hatte – auch wenn mir immer noch nicht klar war, warum sie das getan hatte.

»Aber Ihr kennt doch gewiss die Geschichte Eurer Tante, der ältesten Schwester Eurer Mutter?«, fragte sie.

Ich schüttelte ratlos den Kopf. »Meine Tante?«, wiederholte ich. »Ich weiß nichts von irgendeiner Tante, die in Peking war ...«

Ich runzelte die Stirn. Irgendetwas in den Tiefen meiner Erinnerung regte sich. Eine Tante, die vor fast fünfzig Jahren am Kaiserhof gelebt hatte ... Meine Mutter hatte eine erheblich ältere Schwester gehabt, über die in meiner Familie jedoch niemals gesprochen wurde. Ich wusste nur, dass sie lange tot und von ihr selbst nicht mehr übrig geblieben war als ein Name in den Annalen der Familie; und selbst ihren Namen hatte ich mir nie gemerkt, wie mir plötzlich klar wurde.

»Dieser Skandal, von dem Ihr gesprochen habt«, begann ich zögernd, »hatte also etwas mit meiner ... Tante zu tun?«

Chun lachte laut auf, doch im Gegensatz zu der Kaiserin

hatte ihr Lachen nichts Heiteres oder Mädchenhaftes an sich. »Ob der Skandal etwas mit Eurer Tante zu tun hatte?«, fragte sie höhnisch. »Mein liebes Kind, Eure Tante *war* der Skandal.«

Plötzlich verschloss sich ihre Miene. »Es ist jedoch nicht an mir, Euch von diesen Dingen zu erzählen. Wenn Ihr mehr darüber wissen wollt, müsst Ihr es aus anderer Quelle erfahren.«

Mit diesen Worten und ohne einen weiteren Gruß wandte Chun sich abrupt zur Tür um und verschwand im Innern des Pavillons.

Ein leiser Gong ertönte. Die Kaiserin hatte sich von ihrem Lager erhoben, und es wurde Zeit für den unbequemen Rückweg den Berg hinunter, wo uns am Seeufer die Barken erwarteten, um uns zurückzubringen.

Kapitel 7

Die Sonne brannte noch erbarmungslos vom Himmel, an dem aber schon von Südwesten her graue Wolken aufzogen. Mir war bereits ein wenig übel geworden in der schaukelnden Sänfte, und beinahe bedauerte ich, dass ich die schweren, roten Seidenvorhänge aufgezogen hatte. Zu Beginn meiner Dienstzeit bei der Kaiserin hatte ich es einmal nicht getan und mich in einem dieser Tragestühle wie in einem Gefängnis gefühlt, aus dem es kein Entrinnen gab. Ich würde nie das Gefühl der Hilflosigkeit vergessen, das mir damals die Luft zum Atmen abgeschnürt hatte. Die kleine Sänfte, die von außen betrachtet so hübsch und einladend aussah, war mir an jenem Tag wie ein erdrückender Kerker erschienen. Noch nächtelang hinterher hatte ich in meinen Träumen vergebens versucht, mich aus dem Tragestuhl zu befreien. Zwar kräuselten sich auch in meinen nächtlichen Trugbildern die Seidenvorhänge im Wind, doch wann immer ich sie berührte, verwandelten sie sich in unnachgiebigen Stein. Wenn ich morgens aufwachte, war es mir nie recht gelungen, das Ganze einfach als albernen Traum abzutun: zu stark war das Gefühl einer realen Bedrohung gewesen, zu überwältigend der Eindruck, der Traum könnte ein Omen sein, eine Vorahnung einer mir noch unbekannten Zukunft.

Seither war ich nie wieder in einer geschlossenen Sänfte gereist. Und auch heute ertrug ich lieber tapfer das Bild, das sich mir darbot: vier stämmige Eunuchen vor mir, die die Tragestangen mit durchgestreckten Armen in die Höhe hielten, während sie langsam den Hügel hinunterschritten. Ich wusste, dass hinter mir noch einmal vier Eunuchen gingen, die die schweren Stangen jetzt auf den Schultern trugen. Wenn einer der acht Männer stolperte ...

Ich schluckte und schob den Gedanken beiseite. Schließlich gab es wichtigere Dinge, mit denen ich mich beschäftigen musste.

Was hatte Prinzessin Chun mit ihren seltsamen Andeutungen beabsichtigt? Ich konnte noch immer nicht glauben, dass die Sorge um mein Schicksal sie dazu getrieben hatte, das Gespräch mit mir zu suchen.

Der Weg, dem die Sänftenträger folgten, machte eine Biegung, und die beiden vorderen Sänften, in denen Guniang und die junge Kaiserin saßen, entzogen sich für einen Moment meinem Blick. Ich wusste, dass nun das steilste Wegstück vor uns lag, und atmete langsam und gleichmäßig durch die Nase. Ganz bewusst dachte ich noch einmal über meine seltsame Unterredung mit Prinzessin Chun nach. Ihre Worte hatten eine Saite in mir zum Schwingen gebracht, und Satzfetzen, die ich in der fernen Steppe gehört hatte, vermischten sich mit den Worten der Prinzessin. *Gerade du musst unsichtbar sein, absolut unsichtbar ... Du musst die Ehre der Familie wiederherstellen ... Eure Tante war der Skandal ...*

Die Fragen, die in meinen Gedanken Purzelbäume schlugen, waren nichts im Vergleich zu denen, die mich noch am Morgen so ganz und gar in Anspruch genommen hatten.

Gerade du musst unsichtbar sein ...

All diese rätselhaften Bemerkungen meiner Mutter schienen plötzlich einen Sinn zu bekommen.

Ich musste mir Klarheit verschaffen!

Und ich wusste auch schon, wer die Quelle dafür sein würde. Bei der nächsten Gelegenheit würde ich mit Guniang sprechen – und hoffen, dass zumindest sie mir endlich die Wahrheit sagen würde.

Ich ahnte zu diesem Zeitpunkt noch nicht, dass die ersten Informationen aus einer gänzlich unerwarteten Richtung kommen würden.

Die kleine Prozession der Sänften hatte nun den schlimmsten Teil des Hügels hinter sich gebracht, und unter mir kam wieder der Kunming-See in Sicht. Im Westen lag die Siebzehn-Bogen-Brücke, an deren Ende mein kleiner Löwe seine ewige Wache hielt. Ich sandte einen zärtlichen Gedanken in seine Richtung, einen Gedanken, mit dem ich ihm gleichzeitig Abbitte leistete. Seit Bolo in meinen Dienst getreten war, hatte ich viel seltener innere Zwiesprache mit Yangren-feng gehalten, und ich hoffte, dass er mir diese Treulosigkeit nachsah. Dann verschwand die Brücke aus meinem Blickfeld, und wir erreichten das Seeufer. Die Rückfahrt über den See verlief weitaus ernster als die Hinfahrt. Die Kaiserin saß still und in sich gekehrt auf ihrem Stuhl, offensichtlich völlig in Gedanken vertieft. Als wir das Boot verließen und Prinzessin Chun – die trotz ihrer vielen Dienstjahre bei Guniang noch immer nicht gelernt hatte, deren Stimmungen richtig einzuschätzen – der Kaiserin zu Hilfe eilen wollte, erfuhr sie eine barsche Zurückweisung. Guniang war äußerst reizbar, wie ich es häufig bei ihr beobachtet hatte, wenn ihr eine besonders lästige Pflicht bevorstand. Mir war klar, dass ich sie mit meinen

Fragen nach meiner Tante an diesem Tag nicht mehr belästigen durfte.

Als wir den Palast erreichten – den kurzen Weg vom Seeufer bis zu den kaiserlichen Quartieren hatten wir wiederum in Sänften zurückgelegt –, wollte ich Guniang ins Innere der Halle folgen, doch Prinzessin Chun trat mir in den Weg.

»Ihr seht erschöpft aus, Anli«, sagte sie in einem Tonfall, der keinen Widerspruch duldete. »Ihr solltet Euch ein wenig niederlegen.«

Ihre plötzliche Sorge um mein Wohlbefinden wurde mir langsam lästig. Außerdem machte ihr Gesichtsausdruck, als blicke ich in einen Spiegel, mir deutlich klar, dass sich einzelne Strähnen meines Haares aus dem Knoten gelöst hatten, dass mein Kleid zerknittert und verschwitzt war und dass wahrscheinlich selbst die Schmetterlingsbrosche aus Jade schief auf meiner Brust saß. Prinzessin Chun sah dagegen so aus, als hätte sie gerade erst ihr Ankleidezimmer verlassen, und dabei war sie mindestens fünfzig Jahre älter als ich.

So höflich, wie es mir möglich war, erwiderte ich: »Ich weiß Eure Fürsorge zu schätzen, Prinzessin Chun, aber Ihre Majestät erwartet mich zum Mittagsdienst …«

Chun ließ mich nicht aussprechen. »Ich werde Euren Dienst übernehmen. Nein, keine Widerrede«, fügte sie hinzu, als ich protestieren wollte. »Die Fahrt über den See hat mich erfrischt, und es macht mir nicht das Geringste aus, Ihrer Majestät aufzuwarten. Ihr könnt ein andermal für mich den Dienst übernehmen.«

Sie winkte einen Eunuchen herbei, der das Schmuckkästchen der Kaiserin trug. Guniang nahm, wohin sie auch ging, immer eine Schatulle mit Kleinodien mit, obwohl ich noch nie erlebt hatte, dass sie unterwegs ihren Schmuck wechselte. Inzwischen war ich zu der Überzeugung gelangt, dass dies eines der vielen Rätsel bei Hof war, die ich nie ergründen würde.

»Ich werde mich jetzt um Ihre Majestät kümmern«, erklärte Prinzessin Chun und schob mich entschlossen beiseite. »Und Ihr werdet Euch ausruhen und Euch für heute Nachmittag besonders schön machen.«

Mit diesen Worten, die eindeutig kein freundlicher Rat, sondern ein Befehl waren, ließ sie mich stehen.

Bolo runzelte die Stirn. »Ich glaube nicht, dass Prinzessin Chun irgendetwas ohne einen guten Grund tut«, sagte er. »Und Freundlichkeit halte ich, mit Verlaub, für das unwahrscheinlichste aller Motive. Das ist nicht ihre Art«, fügte er schlicht hinzu.

Ich lächelte. Seit gut zwei Wochen stand Bolo nun in meinem Dienst, und es war mir in dieser Zeit zu einer selbstverständlichen Gewohnheit geworden, alle Dinge, die mich bewegten, mit ihm zu besprechen. Mein erster Eindruck von ihm – dass er meinem kleinen Steinlöwen ähnelte – hatte sich immer wieder bestätigt. Fast hätte ich glauben können, dass Yangren-feng in diesem Jungen menschliche Gestalt angenommen hatte. Auch Yangren-feng besaß großen Scharfblick, wie er es in meinen Fantasien stets aufs Neue bewiesen hatte, setzte diesen jedoch niemals ein, um andere zu verletzen, nicht einmal dann, wenn sie nicht zugegen waren.

»Was auch immer Prinzessin Chuns Beweggründe sein mögen«, sagte ich, nachdem ich eine kleine Portion Granatapfel genossen hatte, »gerade heute war ich ihr jedenfalls sehr dankbar für ihr Angebot.«

In knappen Zügen berichtete ich Bolo, was Prinzessin Chun mir auf dem Hügel erzählt hatte. Während ich sprach, schob Bolo mir aufmerksam immer wieder neue, winzige Schälchen mit Leckereien hin, Pfirsiche, Litschis, Lotosfrüchte und frische, weiße Bambussprossen, ein Gemüse, das ich besonders liebte.

Ich legte mir gerade meine Essstäbchen zurecht, um nach einer Sprosse zu greifen, hielt jedoch mitten in der Bewegung inne.

»Wie kommt es eigentlich, dass du von Anfang an wusstest, welche Speisen ich mag und welche nicht?«, fragte ich ihn.

Bolo errötete leicht. Ich hatte schon öfter bemerkt, dass er seine Geheimnisse am liebsten für sich behielt. Er kaute verlegen auf seiner Unterlippe. Ich ließ meine Stäbchen abwartend über den Bambussprossen schweben; zu meiner Belustigung hatte ich entdeckt, dass es ein ausgezeichnetes Druckmittel gegen seine Verschwiegenheit war, das Essen zu verweigern.

»Ihr habt in vielen Dingen große Ähnlichkeit mit meiner Mutter«, platzte er schließlich heraus, dann vertiefte sich seine Röte noch. »Meine Mutter war natürlich nur eine einfache Frau, und es ist eine verabscheuenswürdige Anmaßung von mir, Euch mit ihr zu vergleichen …«

Klappernd fielen die aus Jade geschnitzten Essstäbchen auf den Tisch. Ich spürte selbst, dass meine Augen gefährlich blitzten.

»Nie wieder«, sagte ich leise und ehrlich erbost, »nie wieder möchte ich eine solche Beleidigung von dir hören.«

Bolo wich erschrocken einen Schritt von dem Tisch zurück, denn ich war, ohne nachzudenken, von meinem Platz aufgestanden.

Ich trat noch einen Schritt auf ihn zu. »Nie wieder, hörst du?«

Bolo nickte. Verbeugen konnte er sich nicht, denn ich stand jetzt so dicht vor ihm, dass er nicht genug Platz dafür hatte. Und hinter ihm war die Wand.

»Wie lange stehst du jetzt in meinen Diensten?«

»Zwei Wochen, Taitai, Herrin ...« Alle Farbe war aus seinem Gesicht gewichen, und seine Augen erschienen mir wie gefrorene Teiche in einer schwarzen Nacht.

»Nenn mich nicht Taitai!«, zischte ich.

Wieder nickte Bolo nur, doch ich spürte, dass alle Fasern seines Körpers nach einer unterwürfigen Verbeugung verlangten.

»Du bist jetzt also seit zwei Wochen Tag für Tag um mich«, fügte ich mit bedrohlicher Ruhe hinzu, »und du glaubst immer noch, dass ich es für eine – wie sagtest du? – für eine verabscheuungswürdige Anmaßung halten könnte, wenn du mich im selben Atemzug mit deiner Mutter nennst?«

Die Sekunden dehnten sich, und mir schoss flüchtig der Gedanke durch den Kopf, dass man in den Räumen der Kaiserin in einer solchen Situation das Ticken der allgegenwärtigen Uhren hören würde.

Langsam kehrte die Farbe in Bolos Wangen zurück. Ich hatte ihm einen gehörigen Schrecken eingejagt, was durchaus meine Absicht gewesen war.

In diesen letzten Sekunden hatte ich begriffen, was mir bis dahin nicht wirklich klar gewesen war: Die Einsamkeit meines ersten Jahres am Hof von Peking war mir nur erträglich gewesen, indem ich mir einen steinernen Gefährten gesucht hatte. Und das erschien mir plötzlich unendlich traurig. Im selben Augenblick, als mich diese Erkenntnis traf, wusste ich, dass ich nie wieder so leben wollte. Dass ich einen Freund brauchte ... Und wenn Bolo mein Freund sein wollte, mein fleischgewordener Yangren-feng, dann durfte er keine Angst vor mir haben. Freundschaft und Furcht waren Geschwister, die sich nicht vertrugen.

Ich trat einen Schritt zurück, um Bolo ein wenig mehr Raum zu geben. »Erzähl mir von deiner Mutter«, sagte ich dann leise. »Sie muss eine gute Frau gewesen sein, wenn sie dich zu dem gemacht hat, der du bist.«

Die Trauer und die Liebe, die ich jetzt in seinen Augen sah, schnürten mir die Kehle zu. Meine Stimme klang rau, als ich – noch leiser – hinzufügte: »Ich fühle mich geehrt, dass ich dich an sie erinnere.«

Obwohl Bolos Kummer mir beinahe ebenso greifbar folgte wie der Junge selbst, war mein Schritt fest und kraftvoll, als ich in der schwülen Gewitterhitze durch den langen Innenhof ging, der zur Halle des Wohlwollens und der Langlebigkeit führte, in der die kaiserlichen Audienzen stattfanden. Ungezählte Vogelkäfige säumten das Geviert, und die bronzenen Drachen und Phönixe, die hier als Seelenwächter postiert waren, glänzten im Sonnenlicht. Selbst das Fabeltier Sunami mit seinem geschuppten Leib und dem Drachenkopf erschien mir heute weniger bedrohlich als sonst. Eine Libelle flog respektlos nahe an seinem mächtigem Haupt vorbei, und ich stellte mir vor, wie gern er jetzt das Maul geöffnet hätte, um sie zu verschlingen. Doch zumindest diese Bestie war zu ewiger Starre verdammt und konnte dem wunderschönen, in allen Farben des Regenbogens schillernden Geschöpf kein Leid antun, und es flog unbeschadet der Sonne entgegen.

Wären die Menschen in diesem Land doch nur ebenso glücklich!

In der kurzen Stunde, die ich soeben mit Bolo verbracht hatte, hatte ich Dinge über mein Land erfahren, die weitaus eher für Alpträume taugten als eine Fahrt in einer mit kostbarer Seide und weichen Sitzkissen ausgestatteten Sänfte!

Ich schämte mich für die kindischen Sorgen, die mich noch vor wenigen Stunden so sehr in Anspruch genommen hatten. Langsam ging ich die prächtigen Marmorstufen zu der Halle hinauf. Ein halbes Dutzend Eunuchen kehrte unsichtbaren Staub von der makellos sauberen Treppe, und ich schenkte einem alten Eunuchen, dessen magere Hände den Reisigbesen kaum noch halten konnten, ein freundliches Lächeln. Erschrocken senkte der Alte den Blick, und ich biss mir auf die Lippen. Mir war nur allzu klar, warum der Alte mich nicht ansehen wollte: Mit meinem Lächeln, das ich ihm, dem weit unter mir Stehenden, geschenkt hatte, hatte ich in seinen Augen meine Ehre verloren. Eine Dame von meinem Stand, noch dazu eine, die, wenn auch noch so entfernt, mit der Kaiserfamilie verwandt war, durfte einem Sklaven nur Verachtung zeigen, oder sie wurde selbst zum Gegenstand der Verachtung.

Ich mochte es Bolo irgendwann endgültig abgewöhnen können, mich Taitai zu nennen und sich pausenlos vor mir zu verbeugen, und vielleicht war es mir heute sogar gelungen, aus sklavischer Ergebenheit so etwas wie den Keim zu einer Freundschaft entstehen zu lassen, aber die anderen

Menschen hier würden es niemals zulassen, dass ich den trennenden Abgrund überwand.

Ich setzte meinen Weg fort, ohne zu bemerken, dass Bolo einem alten Eunuchen am Wegrand unauffällig ein Zeichen gab. Kurz darauf trat ich in die Thronhalle, wo bei jedem Wetter ein fahles Dämmerlicht herrschte, da die Fenster von innen mit Papier beklebt waren. Ein unverkennbarer Geruch nach altem Holz und Weihrauch hüllte mich ein, und obwohl ich wusste, dass die Halle wie die meisten Gebäude im Sommerpalast 1860 von englischen und französischen Truppen vollständig zerstört und erst vor fünf Jahren dank der Beharrlichkeit der Kaiserin wieder aufgebaut worden war, und trotz der insgesamt siebenunddreißig Uhren, die ringsum an Wänden und auf Tischen zu sehen waren, hatte ich jedes Mal aufs Neue das Gefühl, hier ein Reich zu betreten, das außerhalb jeder menschlichen Zeit stand. Seit der Mitte des siebzehnten Jahrhunderts regierten die Mandschuren das Land, vor ihnen hatten die Ming-Kaiser fast dreihundert Jahre lang über China geherrscht, davor die mongolische Yuan-Dynastie und davor der Jin-Kaiser Digunai, der im Jahr 1153 den Befehl gegeben hatte, den Garten des Goldenen Wassers anzulegen, aus dem in späteren Jahrhunderten der Sommerpalast entstanden war. Auch wenn das Gebäude, in dem ich stand, aus jüngster Zeit stammte, schien alles um mich herum beseelt zu sein von weit über sieben Jahrhunderten einer bewegten Geschichte, und es war mir, als seien noch immer die Geister all jener mächtigen Kaiser zugegen, um über das Wohl ihres Landes zu wachen.

Ich durchquerte die Halle, um meinen Platz einzunehmen. Vor einem Wandschirm neben dem Thron der Kaiserin – sie selbst war natürlich noch nicht eingetroffen – standen bereits vier weitere Hofdamen.

Vor dem Wandschirm und nicht dahinter, wie es sonst zumeist üblich war. Prinzessin Chun war unter ihnen, und zu meiner Verwunderung sah ich auch, dass Prinzessin Xiao zugegen war.

Prinzessin Chun begrüßte mich lächelnd, doch als ich wie immer den letzten Platz in der Reihe einnehmen wollte, ergriff sie meinen Arm.

»Hier solltet Ihr stehen, meine Liebe«, sagte sie und schob mich rasch zur anderen Seite hinüber, so dass ich Xiao, die dem Thron am nächsten stand, von ihrem Ehrenplatz verdrängen musste.

Unwillkürlich versteifte ich mich ein wenig. Ich wollte nicht zum zweiten Mal am selben Tag der Auslöser für eine Kränkung Xiaos sein, auch wenn ich in beiden Fällen unschuldig war.

»Prinzessin Xiao ist viel länger bei Hof als ich«, flüsterte ich, »ihr steht der beste Platz zu ...«

Prinzessin Chun hielt noch immer meinen Arm fest, als mich der Gedanke durchzuckte, dass sie die Älteste unter uns war und noch viel länger bei Hofe als wir anderen.

»Prinzessin!«, wiederholte ich, so laut diesmal, dass unverzüglich ein Raunen durch den Raum ging. Also dämpfte ich meine Stimme: »Prinzessin Chun«, sagte ich noch einmal. »Der Platz direkt am Thron Ihrer Majestät kommt heute Euch zu! Bitte ...«

Chun brachte mich mit einer knappen Handbewegung zum Schweigen. »Ihre Majestät hat es so angeordnet«, erklärte sie.

Das allein war schon ein Rätsel, aber der freundliche

Tonfall Chuns verstörte mich noch mehr. Gerade sie wachte sonst eifersüchtig darüber, dass niemand ihr ihre Rechte streitig machte.

Und nun sollte ich den Ehrenplatz vor dem Thron der Kaiserin bekommen, und Chun nahm diese Zurücksetzung nicht nur klaglos hin – es schien ihr sogar Freude zu machen!

Die Wunder wollten an diesem Tag wohl gar kein Ende mehr nehmen.

Kapitel 8

Bolo betrachtete mit scheinbarem Interesse den bronzenen Vogelkäfig, den der alte Lao Wei mit Hingabe säuberte. Drei Eunuchen, von denen er wusste, dass sie zu den Vertrauten Lis gehörten, gingen an ihnen vorbei, und erst als sie das Ufer des Sees erreicht hatten und somit außer Hörweite waren, erlahmte Bolos Interesse an dem Vogelkäfig – ebenso schnell wie Lao Weis Arbeitseifer.

»Es waren schlimme Zeiten damals, im elften und letzten Jahr des Kaisers Xianfeng«, wiederholte der alte Mann seine letzten Worte, als hätte es nie eine Unterbrechung ihres Gespräches gegeben. »Es ist jetzt siebenundvierzig Jahre her. Der Kaiser war in Jehol gestorben, in der Blüte seiner Jahre, und sein Sohn hatte gerade erst seinen fünften Geburtstag begangen ...«

Bolo unterbrach ihn nicht, denn er wusste, dass Lao Wei niemals eine Frage, die man ihm gestellt hatte, aus den Augen verlor, auch wenn seine Antwort selten so direkt kam, wie man es sich vielleicht wünschen mochte.

»Die ›Gruppe der Acht‹ wollte die Macht an sich reißen«, fuhr der Alte mit entrückter Miene fort. Sein Blick war auf den See gerichtet, über dem die Luft in der schwülen Mittagshitze flirrte, doch Bolo wusste, dass er in Wirklichkeit das frühwinterliche Grau eines lang vergangenen Tages vor sich sah.

»... und nur dem Mut der Kaiserinwitwe und dem

scharfen Verstand des Prinzen Gong ist es zu danken, dass ihre schändliche Saat nicht aufging ...«

Lao Wei verstummte wieder und hob seinen kleinen Kehrbesen, um den letzten Sand aus dem Käfig zu fegen. Erst jetzt hörte Bolo die leisen Schritte, die sich von der Audienzhalle näherten. Mit einem anerkennenden Lächeln schlenderte er zu dem nächsten Käfig weiter, der seiner Säuberung harrte. Lao Wei mochte den Eindruck erwecken, als sei er nur ein harmloser alter Narr, der nichts sah und nichts hörte, aber Bolo wusste es besser. Sein Freund hatte nur deshalb so lange unbehelligt am Kaiserhof überlebt, weil er sich auf die Kunst verstand, seine scharfen, wachen Sinne vor möglichen Feinden – und von denen gab es wahrhaftig viele an diesem Ort – zu verbergen.

Als sie wieder allein waren, ließ Lao Wei seinen Kehrbesen sinken und fuhr fort: »Die Kaiserinwitwe kehrte bereits am achtundzwanzigsten Tag des neunten Monats, drei Tage vor dem restlichen Trauerzug, der dem toten Kaiser von Jehol das Geleit gab, nach Peking zurück. Prinz Gong, der Halbbruder des verstorbenen Kaisers, hatte zuvor eine schlagkräftige Kavallerietruppe unter dem Kommando eines seiner tüchtigsten Generäle in den Norden entsandt, und am Fuß der Großen Mauer wurden die Verräter um Su Shun unter Arrest gestellt.«

Bolo blickte kaum auf, als die ersten dicken Tropfen um ihn herum auf den staubigen, heißen Boden fielen. Das Grollen des Gewitters, das von Südwesten heraufzog, klang bedrohlich und unheilvoll, als wolle es den Worten des alten Eunuchen zusätzliches Gewicht verleihen. Die in ihren Käfigen gefangenen Vögel schlugen nervös mit den Flügeln.

»Schon wenige Tage nach der Rückkehr der Kaiserinwitwe an den Hof ergingen Edikte, die die schweren Verbrechen der Gruppe der Acht entlarvten. Doch nicht alle Untertanen des neuen Kindkaisers waren so glücklich über die Ereignisse, wie sie es hätten sein sollen. Es waren bange Tage, denn Su Shun, der Abscheulichste dieser Verbrecher und ihr Anführer, hatte mächtige Verbündete.« Der Ekel in Lao Weis Miene ließ keinen Zweifel daran, was er von diesen Männern hielt, die Guniang ihr Recht hatten streitig machen wollen, als Regentin anstelle ihres Sohnes zu herrschen. Bolo wusste, dass Lao Wei der Kaiserinwitwe große Verehrung entgegenbrachte, und dieser Umstand war es, der Bolos Abneigung gegen die unnahbare und oft scheinbar grausame Frau ins Wanken gebracht hatte.

Lao Wei hatte mehr als fünfzig Jahre am Kaiserhof gelebt, und noch heute veränderte sich seine Miene, wann immer er von Guniang sprach. Hochachtung lag dann in seinem Blick, Vertrauen – und noch etwas anderes, eine Wärme, die beinahe an Zärtlichkeit grenzte. Als Bolo ihn das erste Mal von Cixi hatte sprechen hören – denn Lao Wei benutzte niemals ihren persönlichen Namen, sondern stets ihren offiziellen Titel, Kaiserin des Westens –, hatte er an seinem eigenen Urteil über diese Frau zu zweifeln begonnen.

»In Jehol müssen schlimme Dinge geschehen sein, bevor die Kaiserinwitwe nach Peking zurückkehrte«, sprach Lao Wei langsam weiter. »Es heißt, es sei mehr als ein Mal versucht worden, sie und den kleinen Phönix, wie man ihren Sohn damals nannte, zu vergiften, und ich glaube nicht, dass die Gerüchte übertrieben waren.« Die Miene des alten Mannes verhärtete sich plötzlich, und auch seine Stimme nahm einen kalten, wütenden Tonfall an, als er weitersprach. »Einige Eunuchen, die in Jehol dabei waren, haben mir später erzählt, wie Cixi sich – ihren Sohn als lebendigen Schutzschild vor sich hertragend – Zutritt zu den Gemächern des sterbenden Kaisers verschaffte. Sie stieß Su Shun beiseite, und auch die anderen Generäle und Minister, die sie nicht zu dem Totenbett ihres Gemahls vorlassen wollten. Und sie zwang Xianfeng förmlich dazu, den kleinen Tongzhi zu seinem Nachfolger zu bestimmen ...«

In der Ferne zuckte über dem Ufer des Sees ein erster Blitz auf. Lao Wei holte tief Luft und wandte sich wieder zu Bolo um.

»Aber das ist es nicht, was du wissen willst«, erklärte er, und Bolo begriff, dass der andere Mann soeben aus der Vergangenheit in die Gegenwart zurückgekehrt war. Er holte abermals tief Luft und straffte sich, so dass er plötzlich um mindestens eine Handspanne größer erschien. »Dieser Monat war eine furchtbare Zeit in Cixis Leben – vielleicht die furchtbarste überhaupt. Sie hatte nicht nur ihren Kaiser verloren, sondern trauerte auch um den Mann, den sie von ganzem Herzen geliebt hatte.«

Als Bolo die Augenbrauen hochzog, unterbrach der alte Eunuch sich. »O ja«, bekräftigte er mit beinahe wütendem Nachdruck seine Worte. »Cixi hat ihn geliebt, auch wenn viele das Gegenteil behaupten, auch wenn Xianfeng selbst sie schändlich behandelt hat, nachdem sie seinen Sohn empfangen hatte. Aber lass dir von niemandem etwas anderes erzählen, mein lieber jüngerer Bruder: Cixi hat ihren Gemahl geliebt – und sie liebt ihn noch heute. Du wirst es mit eigenen Augen sehen können – und das schon sehr bald.«

Verwundert sah Bolo ihn an.

»Warte, bis der siebte Monat kommt, dann wirst du dich selbst von ihrer Liebe überzeugen können.«

Bolo runzelte die Stirn und dachte kurz nach. »Der siebte Monat? ... Kaiser Xianfeng ist im siebten Monat des Jahres Xinyou gestorben ...«

»Und obwohl es fast fünfzig Jahre her ist, wirst du Cixi auch in diesem Jahr wieder den ganzen Monat lang in schwarzer Trauerkleidung sehen. Sie wird ihre Gärten vernachlässigen, die Theatervorstellungen unterbrechen, und nicht einmal zu ihrem geliebten Mah-Jongg-Spiel wird man sie überreden können. Stattdessen kann man sie in den frühen Morgenstunden eines jeden Tages an den weniger belebten Stellen der Gärten finden, wo sie ganz allein umherstreift, und in ihren Augen werden Tränen glänzen ...«

Wieder erklang ein Donnerschlag, der Bolo daran erinnerte, dass seine Zeit verstrich. Er wusste nicht, wie lange die Audienz dauern würde, aber wenn der letzte Bittsteller gegangen war, musste er in der Vorhalle bereitstehen, um Anli mit seinem Regenschirm zu ihren Gemächern zurückzugeleiten. Bevor er jedoch den Alten zur Eile drängen konnte – was dieser gar nicht schätzte –, hatte Lao Wei Bolos Ungeduld gespürt und griff seine Erzählung wieder auf.

»Die führenden Köpfe der Achtergruppe wurden von einem Tag auf den anderen zum Tode verurteilt, und Cixi befahl ihre Hinrichtung. Es waren harte Entscheidungen, die sie treffen musste, und ich weiß, dass sie sie nicht gern traf.«

Wieder zuckte über dem See ein Blitz auf, diesmal gefährlich nahe am Steinernen Boot. Lao Wei ließ sich jedoch nicht aus der Ruhe bringen.

»Der Clanrat verlangte für Su Shun den Tod der tausend

Hiebe«, sagte er versonnen, »was ein langes, qualvolles Sterben bedeutet hätte, bei weitem die grausamste Strafe, zu der man einen Verbrecher verurteilen kann. Cixi, die zwar jeden Grund hatte, Su Shun mehr zu hassen als irgendjemanden sonst, konnte diese furchtbare Tortur nicht über ihn verhängen, und schließlich gelang es ihr, den Clanrat umzustimmen und zu einer einfachen Enthauptung für Su Shun zu überreden...«

»Verzeiht mir, mein geschätzter älterer Bruder«, unterbrach Bolo den alten Eunuchen nun doch. Sie waren inzwischen beide bis auf die Haut durchnässt, aber Lao Wei schien es nicht einmal zu bemerken. »Ich weiß, dass mein dummer Kopf viel zu klein ist, um große Zusammenhänge zu begreifen, aber ich verstehe nicht recht, was die Nöte der Kaiserin in jener Zeit mit dem Skandal zu tun haben, nach dem ich Euch fragte...?« Ein Blick auf Lao Weis Gesicht ließ ihn jäh verstummen. In die Züge des alten Mannes war ein Ausdruck der Qual getreten, der Bolo zutiefst erschütterte. Unwillkürlich trat er einen Schritt zurück, aus Respekt vor einem Gefühl, das er nicht verstand. Bolo glaubte nicht, dass das Zwielicht des Gewitters seine Sinne trog; ein tiefer Kummer lag in Lao Weis Augen – und noch etwas, das Bolo nicht zu benennen wusste.

»Sie war so jung...«, murmelte Lao Wei, als hätte er seinen Zuhörer vollkommen vergessen. Der Regen strömte ihm wie Tränen übers Gesicht, und er machte sich nicht einmal die Mühe, ihn fortzuwischen. »Wir waren alle jung. Und dumm. So dumm. Wir glaubten, wir könnten die Wege des Lebens bestimmen, könnten das Schicksal in die Bahnen lenken, die uns in unserer Torheit die richtigen zu sein schienen...«

Bolo wagte kaum zu atmen, denn er begriff instinktiv, dass er etwas Wichtigem auf die Spur gekommen war.

Aber dann hob Lao Wei den Kopf, und sein Gesicht verriet nichts als die gewohnte heitere Gelassenheit, die Bolo an dem alten Mann so sehr zu schätzen gelernt hatte.

»Du hast recht, mein junger Freund«, sagte er, »ich habe deine eigentliche Frage noch immer nicht beantwortet, aber manche Dinge brauchen eben Zeit.« Er lächelte und deutete mit dem Kopf auf die in Reih und Glied stehenden Vogelkäfige. »Und manche Dinge«, fügte er mit einer Unbekümmertheit hinzu, die Bolo ihm nicht mehr so recht glaubte, »richtet die Zeit auch, so wie die Reinigung dieser Käfige, die der Regen mir um einiges leichter machen wird. Leider gilt das nicht für alle Dinge im Leben …« Er warf einen Seitenblick auf Bolo. »Hab nur noch ein klein wenig Geduld mit mir, mein lieber jüngerer Bruder, dann sollst du deine Antwort auf deine Frage bekommen.« Er strich versonnen mit der Hand über den Käfig, vor dem sie noch immer standen, dann räusperte er sich. »Die Hinrichtungen wurden durchgeführt, und besonders die Enthauptung Su Shuns war eine quälende Strapaze für Cixi, die der Prozedur von Anfang bis Ende beiwohnen musste. Doch ein Schlag, der sie bei weitem härter treffen sollte, stand ihr an jenem Tag noch bevor.«

Das Gewitter, das einige Minuten lang geschwiegen hatte, als wolle es sie zum Narren halten, setzte jetzt mit einem mächtigen Donnerkrachen wieder ein, und Bolo hatte ehrliches Mitgefühl mit den Vögeln, die in ihren Gefängnissen ohnmächtig und verzweifelt mit den Flügeln schlugen.

»Am Morgen nach Su Shuns Enthauptung geschah etwas Furchtbares im Palast«, fuhr Lao Wei fort und schloss dabei kurz die Augen, als wolle er das Bild nicht sehen, das seine Erinnerung ihm zeigte. »In den frühen Stunden des Tages, als alle Dienerinnen und Eunuchen ihren Geschäften nachgingen, war eine junge Frau auf den Kohlehügel nördlich der Verbotenen Stadt gestiegen, um sich dort – im höchsten der fünf Pavillons, mit Blick über die gesamten Palastanlagen und vor aller Augen deutlich sichtbar – zu erhängen.« Als er seinen Satz beendet hatte, wandte der alte Mann sich jäh um und kehrte Bolo zum ersten Mal während ihres ganzen Gesprächs den Rücken zu.

»So etwas ist immer eine Tragödie«, erwiderte Bolo und beobachtete hilflos den Tanz der dicken Regentropfen auf dem Pflaster, die jetzt weit über Knöchelhöhe hinaufsprangen. »Aber solche Dinge geschehen nun einmal, und vielleicht geschehen sie in unserem Land häufiger als anderswo. Erst in diesem Frühjahr hat sich eine Dienerin ...« Er stockte plötzlich, denn ihm war ein schrecklicher Verdacht gekommen. »Diese junge Frau, die sich damals erhängt hat, könnte das ...«

Lao Wei drehte sich wieder zu ihm um und hob die Hand, um ihn zum Schweigen zu bringen. »Dieser Fall«, erklärte er, »war etwas Besonderes, denn die Frau, die sich erhängt hat, war die liebste und treueste Freundin Ihrer Majestät.«

Bolo brauchte einige Sekunden, um die Worte des alten Mannes zu verarbeiten. »Die liebste Freundin der Kaiserin ...«, wiederholte er. »War sie ...« Er hatte immer noch Mühe, seinen Gedanken in Worte zu fassen, denn wenn es sich bei dieser Frau um Anlis Tante handelte, war dies tatsächlich eine Tragödie, deren Schatten seine junge Herrin noch heute verfolgen konnten.

Lao Wei bestätigte Bolos Verdacht mit einem müden Nicken. »Sie glich Prinzessin Anli, der du dienst, wie ein Schmetterling dem anderen gleicht. Sie war keine einfache Dienerin wie das arme junge Ding, das seinem Leben in diesem Frühjahr ein Ende gemacht hat. Sie war eine der ersten Hofdamen Ihrer Majestät.«

Bolo fröstelte plötzlich. Ja, das ergab einen Sinn ... Wenn Anlis Tante – die Schwester ihrer Mutter – sich in der Verbotenen Stadt vor aller Augen erhängt hatte, dann waren Prinzessin Chuns Worte weitaus mehr als pure Gehässigkeit. Er trat einen Schritt auf den alten Eunuchen zu. »Ich weiß, das alles liegt fast fünfzig Jahre zurück, verehrter älterer Bruder, und Ihr werdet Euch wohl kaum an den Namen dieser Frau erinnern?« Er hatte wenig Hoffnung, dass Lao Wei sich nach so vielen Jahren noch an den Namen irgendeiner Hofdame erinnern konnte, aber wie so oft überraschte Lao Wei ihn auch diesmal.

»Natürlich erinnere ich mich an ihren Namen«, sagte er beinahe schroff. »Ich erinnere mich gut an sie, denn sie war in vielerlei Hinsicht etwas Besonderes, und deshalb war ihr Tod ja auch eine solche Tragödie.«

»Was war denn so Besonderes an dieser Hofdame?«, fragte Bolo, doch kaum hatte er diese Worte ausgesprochen, da ahnte er auch schon, wie die Antwort ausfallen würde. *Sie glich Prinzessin Anli, wie ein Schmetterling dem anderen gleicht.*

Die Züge des alten Mannes wurden weich. »Sie war schön«, erklärte er, »aber das waren viele andere auch. Doch sie besaß dazu noch Mut und Witz, was man hier nur selten findet. Die Dienerinnen und die Eunuchen liebten sie, denn sie war freundlich und gerecht, und mehr als einmal hat sie einen von uns vor einer schweren Strafe gerettet.«

Ein Lächeln zuckte um Lao Weis Mundwinkel, doch Bolo ließ sich trotz seiner eigenen Erschütterung nicht täuschen. Die Tropfen, die über das Gesicht des alten Mannes rannen, waren nicht nur Regen.

»Wie hieß sie?«, fragte er mit drängendem Tonfall, denn die Audienz in der Thronhalle konnte nun jeden Augenblick zu Ende sein.

Lao Wei betrachtete die tropfnasse Kehrschaufel in seiner Hand, als sähe er sie zum ersten Mal. Dann blickte er Bolo direkt in die Augen.

»Ihr Name war Malu.«

Kapitel 9

Guniang achtete kaum auf den nächsten Besucher, der in die Thronhalle gebracht wurde. Ihre ganze Aufmerksamkeit galt ihrem Neffen, dem Kaiser Guangxu.

»Eure Majestäten«, rief der Obereunuch Li, nachdem er zum dritten Mal an diesem Nachmittag den zeremoniellen neunfachen Kotau vollzogen hatte. »General Dun Wangdi, Befehlshaber der kaiserlichen Streitkräfte des Nordostens.«

Guangxus Anspannung war für Guniang beinahe körperlich spürbar, obwohl er seitlich von ihr auf einem kleineren Thron saß. Sie brauchte sein mageres Gesicht gar nicht zu sehen, um zu wissen, dass auf seiner Oberlippe Schweiß stand, und ihr Herz krampfte sich vor Kummer zusammen. Ihr war schon lange klar, dass sie ihrem Neffen keinen Gefallen getan hatte, als sie ihn vor dreiunddreißig Jahren als dreijährigen Knaben zum neuen Herrn der Zehntausend Jahre bestimmt hatte.

»Euer Majestät«, erklärte General Dun nun mit voller, dröhnender Stimme. »Es ist eine große Ehre und Auszeichnung für mich ...«

Die Dankesbekundungen des Generals rauschten an Guniang vorbei, während sie im Geiste in die Vergangenheit eintauchte, wie es in den letzten Jahren immer häufiger geschah. Vor vierunddreißig Jahren war ihr eigener Sohn, Tongzhi, am fünften Tag des zwölften Monats, nach nur dreizehnjähriger nomineller Herrschaft gestorben; offiziell waren als Todesursache die Pocken angegeben worden, in Wahrheit jedoch war Tongzhi an einer Krankheit gestorben, die die Ausländer Syphilis nannten.

Guniang schloss kurz die Augen, und ein bitterer Zug breitete sich auf ihrem Gesicht aus. Tongzhi war von Anfang an kaum zu kontrollieren gewesen. Schon kurz nach seiner Geburt hatten der Clanrat, die Großräte und die anderen Mächtigen bei Hof beschlossen, dass seiner leiblichen Mutter, damals war sie eine einfache Konkubine gewesen, auf keinen Fall die Erziehung des einzigen Sohnes des Kaisers überlassen werden dürfe. Man hatte Kaiserin Ci'an zu seiner offiziellen »Mutter« erklärt, und sie, Guniang, hatte ihren Sohn nur selten und unter Wahrung eines strengen Zeremoniells sehen können. Ihre Warnungen, dass der Junge eine festere Hand brauche, wurden in den Wind geschlagen, und so wuchs Tongzhi mit der Überzeugung heran, alle Menschen seien seine Sklaven, während er selbst sich ungestraft alles erlauben konnte. In seinem vierzehnten Lebensjahr verließ er bereits regelmäßig heimlich die Verbotene Stadt und trieb sich in den Weinschänken, Theatern und Bordellen der Tataren- und der Chinesenstadt herum …

Guniang spürte die Stille um sie herum mehr, als dass sie sie hörte. Sie riss sich zusammen.

»Welche Neuigkeiten bringt Ihr mir aus der geliebten Heimat unserer Ahnen?«, fragte sie den General mit müder Stimme.

Dun verbeugte sich abermals tief, zuerst vor ihr, dann vor dem Kaiser. »Es war mir ein großer Kummer, unser schönes Stammland zu verlassen«, antwortete er. »Die gewaltigen Weideflächen sind um diese Jahreszeit noch grün und saftig, das Vieh wird gesund und stark ...«

Geschwätz, dachte Guniang. Bevor ihre eigenen Gedanken wieder zu wandern begannen, nahm sie wahr, dass auch der General nicht mit seiner ganzen Aufmerksamkeit bei der Sache war. Sein Blick irrte immer wieder zur linken Seite des Throns. Dort standen einige ihrer Hofdamen.

Einen Moment lang runzelte Guniang die Stirn. Die zweite Frau des Generals war vor einem knappen Jahr gestorben. Oder war es bereits die dritte gewesen? Sie wusste es nicht mehr genau, denn sie hatte nur Shenli kennengelernt, seine erste Frau, die einmal ihre Hofdame gewesen war. Guniang hatte den frühen Tod des Mädchens, das ihr als ein lebhaftes, fröhliches Geschöpf in Erinnerung geblieben war, von Herzen bedauert. Sie glaubte, sich daran zu erinnern, dass es eine Lungenentzündung gewesen war ...

»... ich darf mit Freude berichten, dass die Reitervölker, auf die sich der Stolz unserer Ahnen gründete ...«

Ein fernes Grollen drang durch die dicken Palastmauern, und Guniang warf einen besorgten Seitenblick auf Guangxu. Es war den ganzen Tag über drückend heiß gewesen, und das Gewitter, das nun einsetzte, überraschte niemanden, auch nicht Guangxu. Weder seine Miene noch seine Haltung veränderten sich, doch Guniang sah aus den Augenwinkeln, dass seine Finger sich so fest um die geschnitzten Armlehnen seines Throns spannten, dass die Haut um die Knöchel weiß wurde. Ihr Herz zog sich schmerzhaft zusammen. Nur sie wusste, dass Guangxu sogar heute noch, als erwachsener Mann von sechsunddreißig Jahren, Angst vor dem Grollen des Donners hatte.

»Ich danke Euch für Euren ausführlichen Bericht, General«, unterbrach sie Duns Redefluss, als dieser kurz Atem schöpfte. Die Audienz mit dem General war die letzte des heutigen Tages, und Guniang wollte sie so schnell wie möglich beenden. Doch es gab einige Dinge, die sie noch herausfinden wollte, bevor sie Dun entließ.

»Sagt mir, was die Japaner in der Mandschurei tun«, befahl sie schroffer als beabsichtigt.

Durch eines der hohen, mit Reispapier verklebten Fenster der Audienzhalle konnte Guniang undeutlich sehen, dass es blitzte. Nur mit halbem Ohr hörte sie General Dun zu, während sie im Geiste die Sekunden bis zur Antwort der Elemente auf diese Herausforderung abzählte. Sie ahnte, dass Guangxu das Gleiche tat. Neun ... zehn ... elf ... Das Zentrum des Gewitters war noch weit entfernt.

»Ist es wahr«, unterbrach sie Dun abermals, »dass die Japaner immer mehr ihrer Untertanen in der Mandschurei ansiedeln? Und dass es sich dabei größtenteils um ... zweifelhafte Gestalten handelt?«

»Nun, es ist in der Tat zu beobachten, dass ...«

Mit der Erfahrung von fast fünf Jahrzehnten als Herrscherin auf dem Drachenthron vermochte Guniang zu erkennen, wann ihr Gegenüber Belanglosigkeiten von sich gab, die mehr ein Ausweichen als eine echte Antwort waren, und hing ihren eigenen Gedanken nach.

Nachdem Tongzhis Erziehung sich aus Mangel an Festigkeit und Strenge als ein katastrophaler Fehlschlag erwiesen hatte, hatte man eine ähnliche Entwicklung in Guangxus Fall um jeden Preis vermeiden wollen. Doch die Härte, deren der junge Tongzhi bedurft hätte, erwies sich bei Guangxu als Fluch. Einer der Gründe, warum Guniang das Kind zum nächsten Sohn des Himmels bestimmt hatte, war ihre Schwester, seine Mutter, gewesen. Sie hatte ihre Kinder so grausam misshandelt, dass von den vier Geschwistern Guangxus drei noch im Säuglingsalter starben. Der vierte Sohn ihrer Schwester war verhungert, bevor er sein fünftes Jahr erreichte. Das nächste Kind hatte Guniang dann nach dem Tod ihres eigenen Sohnes Tongzhi in den Palast geholt – in dem Glauben, den ernsten kleinen Jungen, der nur stotternd sprechen konnte, damit vor dem schrecklichen Schicksal seiner älteren Geschwister zu retten.

Wieder zuckte ein Blitz auf. Wieder zählte Guniang die Sekunden.

Der General schwieg, und sein Blick wanderte erneut durch die Halle, dorthin, wo die Hofdamen standen.

Sechs ... sieben ... acht. Das Gewitter kam näher.

Sie selbst war damals lange Jahre wegen eines schweren Leberleidens – vermutlich der Folge einer Vergiftung, die sie beinahe das Leben gekostet hätte – kaum fähig gewesen, das Bett zu verlassen. Es war ihr gelungen, Guangxus Mutter von dem Kind fernzuhalten, doch auf seine tägliche Erziehung hatte sie ebenso wenig Einfluss gehabt wie damals bei Tongzhi. Die Palasteunuchen, die von dem letzten Herrn der Zehntausend Jahre gedemütigt und geprügelt worden waren, nahmen an seinem Nachfolger grausame Rache. Von einer ihrer bevorzugten Strafen rührte Guangxus Angst vor Donner und lauten Geräuschen: Bei dem kleinsten Zeichen von Ungeduld oder Missmut hatten sie dem Jungen angedroht, der »Donnergott« werde ihn persönlich bestrafen. Auf einen Wink eines Erziehers begannen dann einige Eunuchen, in einem Nebenzimmer furchtbaren Lärm zu schlagen, als stünde die Ankunft des Gottes unmittelbar bevor. Das Kind geriet daraufhin in hilflose Panik und fügte sich jeder Anordnung. »Ist es wahr«, fragte Guniang, nachdem das Echo des Donners verklungen war, »dass die Japaner in den von ihnen eingerichteten Siedlungen die ausschließliche Gerichtsbarkeit ausüben und unseren eigenen Richtern jeden Zugriff auf ihre Entscheidungen verwehren?«

»Nun«, erwiderte Dun und wandte der Kaiserin hastig wieder den Blick zu, »meines Wissens erstreckt sich ihre Gerichtsbarkeit nur auf Untertanen des japanischen Kaisers ...«

»Die in unserem Land ungestraft Verbrechen begehen«, schnitt Guniang ihm scharf das Wort ab. Die ausweichende Haltung des Generals missfiel ihr. »Seid Ihr vielleicht ein Freund der Japaner?«, fügte sie kalt hinzu.

Erschrocken ruckte der General, der, wie die Sitte es verlangte, die ganze Zeit über vor Guniangs Thron gekniet hatte, nach vorn und berührte in schneller Folge dreimal mit der Stirn den Marmorboden vor sich.

»Ich bitte um Vergebung«, stieß er mit hochrotem Gesicht hervor, »falls ich diesen Eindruck erweckt haben sollte. Ich verabscheue die Japaner ...« Er warf einen unsicheren Blick auf den Kaiser und verstummte.

Guniang seufzte. Jeder, sogar ein dem inneren Zirkel des Hofs so fern stehender Mann wie Dun, wusste, dass Guangxu vor zehn Jahren versucht hatte, sich Japan enger anzuschließen und nach dessen Vorbild in China Reformen vorzunehmen. Es war das einzige Mal in seinem Leben, dass Guangxu versucht hatte, sich gegen den Clanrat, die Prinzen und Herzöge, die Großsekretäre und Zensoren zu behaupten, die die wahre Macht im Lande innehatten: Und er hatte es bitter bereuen müssen.

»Ich habe selbst beobachten können«, begann Dun wieder zu sprechen, »dass die Japaner ihr Eisenbahnnetz in der Mandschurei weiter ausbauen.« Offensichtlich hatte der General jetzt die Absicht, sich von jedem Verdacht, er könne den Ausländern gegenüber freundlich gesinnt sein, zu reinigen, denn in seinem Tonfall klang nun heftige Entrüstung mit. »Sämtliche Posten in der Verwaltung sind mit Japanern besetzt, und die Versuche unserer Regierung, eigene, chinesische Eisenbahnen zu bauen, werden immer wieder durchkreuzt ...«
Es blitzte erneut, und Guniang glaubte, bereits den Schwefel in der Luft schmecken zu können.
Sechs ... sieben ... acht.
»Außerdem«, setzte der General seine Erklärung fort, »wird die Einfuhr japanischer Waren in die Mandschurei erheblich begünstigt, während die Steuern, mit denen chinesische Erzeugnisse belegt werden, stetig steigen ...«
Dun schien sich endlich für das Thema zu erwärmen, das Guniang einzig an dieser Audienz interessierte. Manchmal glaubte sie, dass ihrem Land von Japan größere und unmittelbarere Gefahr drohte als von den europäischen Mächten und Amerika, und die Vorgänge in der Mandschurei, dem Stammland ihrer Ahnen, erfüllten sie mit zunehmender Sorge.
Wieder ein Blitz. Vier ... fünf ... sechs.
Guangxus geheimes Treffen mit Ito Hirobumi, der während des chinesisch-japanischen Krieges Premierminister Japans gewesen war und der noch heute als die eigentliche Macht hinter dem Thron des japanischen Kaisers galt, hatte ihren Neffen zu Fall gebracht. Guangxu hatte einen Geheimvertrag mit Japan schließen und Ito als Sonderberater

an den chinesischen Hof holen wollen, um die Regierung nach japanischem Vorbild umzugestalten. Weder der Große Rat noch der Clanrat oder sie selbst hatten ihre Zustimmung zu diesem Vorhaben gegeben, und Guangxus unerhörter, mutiger, törichter Schritt hatte ihn jede Chance gekostet, jemals wirklichen Einfluss auf die Geschicke seines Landes nehmen zu können.

Zwei … drei … vier. Guniang zählte fast automatisch die Sekunden zwischen Blitz und Donner.

Vor fast zehn Jahren war der Clanrat mit der Bitte an sie herangetreten, erneut die Regentschaft für Guangxu zu übernehmen. Sie hatte gewusst, dass es keine Bitte war, sondern ein Befehl, dem sie sich nicht verweigern konnte, wollte sie nicht das Ende ihrer Dynastie und ihrer Welt zu verantworten haben. Die wahrhaft Mächtigen im Reich würden niemals zulassen, dass ein Mann, der dem Volk vorsichtig eigene Rechte zugestehen wollte, die Regierungsgeschäfte leitete.

Guniang sah, dass ein Muskel auf Guangxus Wange zuckte, und der Schweiß, der wenige Minuten zuvor nur auf seiner Oberlippe geglänzt hatte, lief ihm inzwischen in den hohen Kragen seines viel zu warmen Zeremoniengewandes.

Eins … zwei.

Guniang erhob sich brüsk, und nicht nur General Dun war anzumerken, dass ihr Verhalten die übrigen Anwesenden in der Audienzhalle erstaunte.

»Ich danke Euch für Euren überaus erhellenden Bericht, General«, sagte sie mit einem huldvollen Nicken in Duns Richtung. Dun erhob sich zögernd von den Knien. »Der Kaiser und ich werden darüber beraten, was in dieser Angelegenheit zu tun ist.«

Der Donner folgte dem Blitz diesmal so schnell, dass keine Zeit zum Zählen blieb. Der Boden unter Guniangs Füßen zitterte leicht, so schien es ihr.

Sie spürte eine jähe Bewegung hinter sich und trat instinktiv einen Schritt zur Seite, als könne sie Guangxu, der von seinem Thron aufgesprungen war, mit dem bloßen Körper schützen. Doch sie gab sich schon lange keinen Illusionen mehr hin. Der junge Mann, den sie mehr liebte, als sie jemals ihren eigenen Sohn hatte lieben können, stand außerhalb ihres Schutzes. Niemand konnte ihn mehr retten, sie selbst nicht, seine Gemahlin nicht, nicht einmal die Götter, die sich schon vor Jahrzehnten von der ruhmreichen Dynastie der Qing abgewandt hatten.

Würdevoll durchmaß sie die langgestreckte Audienzhalle, wo am Eingang bereits ein Dutzend Eunuchen mit Schirmen bereitstanden.

Bei ihrem ersten Schritt ins Freie peitschte ein jähzorniger Wind ihr einen Schwall Regen ins Gesicht.

Ausnahmsweise einmal war Guniang dem Donnergott dankbar, denn seine kalten Fluten vermischten sich mit den Tränen auf ihren Wangen und machten sie unsichtbar für neugierige Blicke.

Kapitel 10

Bis auf die Haut durchnässt, aber dennoch unendlich erleichtert, der beklemmenden Atmosphäre in der Audienzhalle entkommen zu sein, betrat ich meine Wohnräume. Bolo, der mich mit einem Regenschirm an der Audienzhalle erwartet hatte, war trotz des Schirms nicht minder nass als ich, aber bevor er sich auch nur das Wasser aus dem Gesicht wischte, erklärte er, dass er mir in meinem Schlafzimmer trockene Kleider zurechtlegen würde. Es wäre sinnlos gewesen, ihn darauf hinzuweisen, dass ich das sehr gut allein besorgen könne, also nahm ich nur lächelnd das Handtuch entgegen, dass er mir aufmerksam wie immer hinhielt, und trocknete mir damit Gesicht und Hände.

Als ich etliche Minuten später in meinen frischen Kleidern in den Wohnraum zurückkehrte, hatte Bolo sich noch immer nicht umgezogen, sondern stand an dem kleinen Ebenholztisch vor dem Fenster. Darauf lagen mehrere Päckchen und Schachteln ausgebreitet, ein Anblick, an den ich mich während der beiden letzten Wochen gewöhnt hatte.

»Geschenke?«, fragte ich seufzend, obwohl die Frage eindeutig überflüssig war. »Dafür, dass ich nicht einmal drei Stunden fort war, sind es aber ziemlich viele«, fügte ich hinzu und nahm auf einem der beiden Stühle am Tisch Platz.

Seit meiner Rückkehr in den Sommerpalast fand ich jeden Morgen und häufig auch noch später am Tag Geschenke vor meiner Tür vor; zumeist waren es nur kleine Dinge, die den Möglichkeiten des Gebers entsprachen: kandierte Früchte, Papierfächer, liebevoll gebundene Blumensträuße, gelegentlich auch mehr oder weniger kunstvoll ausgeführte Kalligraphien mit Glückszeichen wie »langes Leben« oder »Gesundheit«.

Wie Bolo prophezeit hatte, hatte sich die Geschichte von meinem Eingreifen zu seinen Gunsten und dem am folgenden Tag einsetzenden, so lange ersehnten Regen so schnell im Palast verbreitet wie Blütenstaub im Wind. Und zweifellos waren schon binnen weniger Tage immer neue Einzelheiten dazuerfunden worden, so dass ich jetzt von vielen der Dienerinnen – und wohl auch von einigen Eunuchen, denn unter den Dienerinnen am Hof gab es gewiss kaum eine, die die schwierige Kunst des Schreibens beherrschte – in der Tat als Heldin verehrt wurde.

Mit einem schiefen Lächeln betrachtete ich den kleinen Weidenkorb, der auf einer Ecke des Tisches stand. Am vierten Tag nach meiner Rückkehr in den Sommerpalast hatte ich statt der kunterbunt vor der Schwelle liegenden einzelnen Gaben ein Körbchen vorgefunden, in dem sich die Geschenke stapelten. Offensichtlich war irgendeine Dienerin auf die Idee gekommen, mir auch noch das Einsammeln der Gaben zu erleichtern, und hatte dazu einen Weidenkorb hingestellt. Bolo und ich nahmen den Korb jedes Mal mit und stellten ihn – selbstverständlich – nicht wieder zurück. Und ebenso selbstverständlich tauchte bei der nächsten Gelegenheit ein neuer Korb auf.

»Es sind jetzt insgesamt zweiunddreißig«, bemerkte Bolo, der meine Gedanken gelesen haben musste.

»Wo soll das bloß enden?«, fragte ich ihn halb belustigt, halb verzweifelt.

»Nun«, antwortete er trocken, »im Zweifelsfalle habt Ihr bald genug Körbe beisammen, um einen recht hübschen Marktstand damit zu bestücken.«

Ich lachte. »Das ist immerhin ein Trost«, sagte ich. »Aber wo bewahren wir die Körbe bis dahin auf? In der Truhe ist bald kein Platz mehr …«

»Vielleicht sollten wir den Korb einfach immer wieder vor die Tür stellen?«

Der Gedanke war mir natürlich auch schon gekommen, doch es widerstrebte mir zutiefst, ihn in die Tat umzusetzen.

»Das ist unmöglich«, erklärte ich entschlossen. »Es würde so aussehen, als erwartete ich nachgerade, beschenkt zu werden.«

Bolo zuckte die Schultern. »Dann werden wir also weiter Körbe sammeln«, sagte er philosophisch.

Ich griff nach einer kleinen Schachtel mit Zuckerwerk und biss von einer nach Honig duftenden kandierten Pflaume ab. Sie zerging mir auf der Zunge wie das beste Konfekt, das die Küchen normalerweise nur der Kaiserin zu schicken pflegten.

»Du solltest dich umziehen«, sagte ich und deutete mit dem Kopf auf Bolos nasse Kleider. Doch er machte keine Anstalten, den Raum zu verlassen.

»Es ist ein warmer Tag …«, erwiderte er, und ich hörte den feinen, mir inzwischen jedoch sehr vertrauten Unterton der Unruhe in seiner Stimme. Sein Blick war auf die Geschenke auf dem Tisch gerichtet.

»Dann setz dich und hilf mir beim Auspacken«, sagte ich.

Während Bolo Platz nahm, schob ich ihm die drei dünnen, von verschiedenfarbigen Bändern zusammengehaltenen Schriftrollen hin, die, wie ich vermutete, wie gewohnt einzelne Blätter mit darauf geschriebenen Glückszeichen enthielten. Ich wusste mittlerweile, dass Bolo die Schriftkunst ebenso gut beherrschte wie ich selbst. Seine Mutter hatte ihn bis kurz vor ihrem Tod unterrichtet, und sie war eine ausgezeichnete Lehrerin gewesen.

Ein Schatten legte sich auf mein Gemüt, als ich an Bolos Mutter dachte, und ich zog eilig ein Päckchen zu mir heran, das sich durch seine Verpackung aus dunkelblauer Seide deutlich von den anderen unterschied.

Schon die kostbare Seide hatte mich erstaunt, doch der Inhalt des Päckchens verschlug mir schier den Atem. Sekundenlang starrte ich fassungslos auf die juwelenbesetzte Haarspange aus seltenem, durchsichtigem Nephrit.

Blinzelnd sah ich zu Bolo hinüber, der über das, was er in Händen hielt, nicht weniger entsetzt zu sein schien als ich über die Nephritspange.

Für den Moment vergaß ich die Spange. »Was hast du da?«, fragte ich eher neugierig als besorgt. Das änderte sich jedoch sofort, als ich sah, dass Bolo zögerte, mir das Papier zu überlassen. Einen Augenblick lang schien es mir, als spiele er mit dem Gedanken, den Bogen, den er zuoberst hielt, unter den anderen beiden zu verstecken. Er versuchte sogar, eine unbeteiligte Miene zu machen – aber er war ein schlechter Lügner. *Es ist nicht seine Art,* durchzuckten mich die gleichen Worte, die er am Mittag über Prinzessin Chun gesagt hatte. Und trotz der Beklommenheit, die sich in mir ausbreitete, wurde mir einmal mehr bewusst, was für eine tiefe Zuneigung ich inzwischen für ihn empfand.

Ohne ihn aus den Augen zu lassen, streckte ich die linke

Hand aus; in der rechten hielt ich noch immer die Nephritspange.

Bolos Miene verhärtete sich, und ich sah, dass er die Zähne fest zusammenbiss.

»Gib es mir!«, verlangte ich. Dann hielt ich ihm, als müsse ich eine Gegenleistung erbringen, auch meine rechte Hand mit der Spange hin.

Wortlos tauschten wir unsere Funde. Ich blickte auf den Bogen Papier, den Bolo augebreitet hatte, hinab.

Es stand kein Glückszeichen darauf.

Das Erste, was mir auffiel, war der ovale, einem Lotosblatt nachempfundene Wandschirm, der den Hintergrund des Bildes ausfüllte. Davor war eine stehende Immanation der Grünen Tara abgebildet; ihren Namen konnte ich aus dem Gedächtnis nicht sagen, doch er tat auch nichts zur Sache. Verschiedenartige Lotosstengel wanden sich um die Gestalt, die unverkennbar meine Gesichtszüge trug – obwohl die Ähnlichkeit mit dem Gesicht und der Haartracht auch schon endete.

Der lockende, aufreizende Blick ihrer Augen wies keinerlei Ähnlichkeit mit mir selbst auf. Aber das war bei weitem nicht das Schlimmste.

Mit plötzlich trotz der Wärme im Raum klamm gewordenen Fingern ließ ich die Zeichnung auf den Tisch fallen. Als ich erneut zu Bolo hinübersah, schoss mir heiße Röte der Verlegenheit in die Wangen.

»Das bin ...« Ich musste noch einmal ansetzen, denn mein Mund war mit einem Mal so trocken, dass mir die Zunge am Gaumen klebte. »Das bin nicht ich«, wiederholte ich mit gepresster Stimme. Dann zwang ich mich, mir die Zeichnung noch einmal genau anzusehen.

Der Körper der Grünen Tara war vollkommen nackt, bis auf die Lotosstengel, die sich wie Seidenbänder um Arme und Beine wanden, ohne sie indes gänzlich zu verhüllen. Geteilt durch eine solche Ranke waren schwere, volle Brüste abgebildet, die bei meiner knabenhaften Gestalt ausnehmend seltsam ausgesehen hätten. Aber es wurde noch schlimmer. Die Tara auf dem Bild hatte eine lüsterne Pose angenommen – das rechte Bein, das direkt unter einem sehr üppigen und gänzlich nackten Bauch ansetzte, war aufreizend zur Seite gespreizt.

Mein Herzschlag beschleunigte sich, bis ich meinen eigenen rasenden Puls in den Ohren rauschen hören konnte.

Das war ein Bild, für das nur eine Hure Modell gestanden haben konnte.

Meine Scham war so grenzenlos, dass ich die Hände vors Gesicht schlug. Als ich sie wieder sinken ließ, hatte Bolo das Bild erneut an sich genommen und musterte es mit einer Konzentration, dass unverzüglich Ärger in mir auflöderte.

»Wirf es weg!«, rief ich wütend. »Zerreiß es in kleine Stücke – oder besser noch, mach ein Feuer und verbrenn es.«

Da er meinem Befehl nicht auf der Stelle Folge leistete, sprang ich auf, um ihm das Blatt zu entreißen und es selbst zu tun.

Aber Bolo wich zurück und hob gleichzeitig seine freie Hand. »Wir dürfen es nicht vernichten, denn ...«

Ich ließ ihn nicht aussprechen. »Ich lasse nicht zu, dass irgendjemand Genuss aus einer derart abscheulichen, verlogenen Darstellung meines Körpers zieht – am allerwenigsten du!«, zischte ich.

Bolo sah gekränkt zu mir auf, und ich erinnerte mich noch gerade rechtzeitig daran, was für ein Gefühl es gewesen war, als er *mich* am Mittag durch törichte, voreilige Schlüsse gekränkt hatte. Der Vergleich mit seiner Mutter hatte mich nicht beleidigt, wie er es vermutet hatte. Er hatte sich geirrt.

Ich holte tief Luft und beschloss, ihm eine Chance zu geben, mir zu beweisen, dass in diesem Fall ich es war, die voreilige Schlüsse zog.

»Warum interessierst du dich so für das Bild, wenn es dir keinen Genuss bereitet?«, brachte ich mühsam beherrscht hervor.

Bolos Erleichterung war unübersehbar.

»Ich will es Euch erklären«, sagte er, »aber versprecht mir, mich ausreden zu lassen, bevor Ihr die Zeichnung zerstört.«

Mein wortloses Nicken genügte ihm als Antwort, und er breitete das Blatt auf dem Tisch aus und strich mehrfach mit der Hand darüber, bis es einigermaßen geglättet war.

Dann sah er mich erwartungsvoll an. »Fällt Euch an der Zeichnung nichts auf?«, fragte er.

Mir fällt da eine Menge auf, aber es gefällt mir nicht, dachte ich. Dann zog ich mit resignierter Miene meinen Stuhl heran, so dass wir beide nahe genug am Tisch saßen, um das Bild betrachten zu können. Die Zeichnung verstörte mich so sehr, dass ich alle Willenskraft – und alles Vertrauen, das ich in Bolo setzte – zusammennehmen musste, um nicht aus dem Zimmer zu stürzen.

»Also«, sagte Bolo, nachdem mein Widerstand sich gelegt hatte. »Was fällt Euch auf?«, fügte er gespannt hinzu.

»Es ist ein abscheuliches, gemeines, dummes Machwerk«, sagte ich wütend. »Was sollte einem denn, bitte sehr, *noch* auffallen?«

Bolo beachtete meinen gereizten Tonfall nicht, sondern erklärte mir geduldig, als hätte er es mit einem Kind zu tun, was er meinte: »Dies ist das dritte derartige Bild, das in den vergangenen zwei Wochen bei Hof aufgetaucht ist ...«

»Das dritte Bild!«, entfuhr es mir. »Aber warum kenne ich dann die beiden anderen nicht?«

Irgendetwas an meiner Bemerkung schien Bolo so gut zu gefallen, dass er unbewusst eine höchst selbstgefällige Miene aufsetzte.

»Aber Ihr kennt die beiden anderen Zeichnungen, Prinzessin!«, sagte er triumphierend.

Er sah mein ungeduldiges Kopfschütteln, gab mir jedoch keine Zeit, meinen Protest zu äußern. Stattdessen fuhr er fort: »Ihr habt die beiden anderen Zeichnungen in eben diesem Raum gesehen.«

Unter seinem erwartungsvollen Blick begriff ich endlich.

»Du meinst«, rief ich, »du meinst, dass diese beiden Bilder, die den Obereunuchen und mich zeigen, aus derselben Quelle stammen?«

Ich glaubte, dass Bolo mir nun lächelnd erklären werde, dass ich endlich des Rätsels Lösung gefunden hätte – aber zu meinem großen Verdruss schüttelte er ironisch grinsend den Kopf.

»Genau das ...«, begann er langsam, »genau das meine ich *nicht*.«

Ich trommelte ungeduldig mit den Fingern auf die Tischplatte. »Vor einer Minute hast du behauptet, die beiden ersten Zeichnungen stammten aus derselben Quelle wie diese ...«

»Nein, das habe ich nicht behauptet«, erklärte Bolo fest. »Ich sagte lediglich, dies sei das dritte derartige Bild, das in den letzten zwei Wochen im Kaiserpalast aufgetaucht sei.«

Ich begann mit den Fußspitzen zu wippen. »Aber wieso sagst du dann, die Bilder stammten nicht von ein und derselben Feder?«

»Weil es die Wahrheit ist, Prinzessin«, antwortete Bolo mit absoluter Überzeugung. Er stutzte kurz, dann erhob er sich und durchquerte den Raum. Bevor er durch die Tür trat, drehte er sich noch einmal zu mir um. »Habt nur einen Moment Geduld, ich bin gleich zurück.«

Er zog die Tür leise hinter sich zu und ging in seine eigene Kammer, die nicht weit von meinen Räumen entfernt lag. Als Leibdiener einer Hofdame brauchte er nicht länger in den großen Schlafsälen zu wohnen, in denen jeweils bis zu vierzig Eunuchen untergebracht waren.

Als er wenige Minuten später in mein Wohnzimmer zurückkam, legte er die beiden ersten Zeichnungen, die er aus seiner Kammer geholt hatte, neben die dritte. Dann gab er mir ein wenig Zeit, die Darstellungen zu studieren, um dem Rätsel auf die Spur zu kommen.

»Also«, fragte er schließlich, als er fand, es sei genug Zeit verstrichen, »versteht Ihr jetzt, was ich meine?«

»Du sprichst von den Unterschieden zwischen den beiden ersten Bildern und der dritten Zeichnung, ja?«, fragte ich, noch immer zweifelnd. Ich hatte jedes der Bilder zur Hand genommen. »Nun«, fuhr ich langsam fort, da ich mir noch immer nicht ganz sicher war, worauf Bolo hinauswollte. »Natürlich gibt es Unterschiede ... zwei, wenn ich es recht verstehe.«

Bolo lachte erfreut, und mit einem Mal fielen die Bedrückungen und der Ärger von mir ab, und das Ganze kam mir plötzlich wie ein Spiel vor. Meine Anspannung löste sich.

»Auf den ersten beiden Zeichnungen gibt sich der Obereunuch persönlich die Ehre«, sagte ich, stolz, das Rätsel, das Bolo mir gestellt hatte, gelöst zu haben. Ich sah ihn Beifall heischend an – und wurde enttäuscht. Meine Antwort war offensichtlich nicht das, was Bolo hören wollte.

»Ihr sagtet, Ihr hättet *zwei* Unterschiede entdeckt«, erwiderte er. »Welches ist der zweite?«

Ich wusste zwar immer noch nicht, was Bolo mit seinen Fragen bezweckte, war mir aber ziemlich sicher, dass es mit meiner zweiten Entdeckung zu tun haben müsse.

»Bei der dritten Zeichnung findet sich kein Buddhazitat, überhaupt kein einziges Wort, anders als bei den vorigen Zeichnungen«, stellte ich siegesgewiss fest.

Doch schon im nächsten Augenblick verlor ich mein Lächeln.

Bolo schüttelte bedauernd den Kopf. »Nein, Prinzessin«, sagte er, »ich spreche nicht von solchen Äußerlichkeiten. Sie sind, was das betrifft, ganz und gar nebensächlich.«

Nun musste ich wider Willen lächeln. »Li würde sich gewiss freuen«, bemerkte ich, »wenn er wüsste, dass du ihn für eine Nebensächlichkeit hältst.« Ein Kichern entschlüpfte mir, als ich mir das Gesicht des Obereunuchen ob einer solchen Einschätzung seiner Person vorstellte.

Bolo sah mich tadelnd an. »Das ist nicht ...«

»Das ist nicht lustig«, beendete ich seinen Satz, den ich nun schon oft genug von ihm gehört hatte. Das Glitzern in meinen Augen muss meine Worte wohl Lügen gestraft haben, denn jetzt war aus Bolos leisem Tadel echter Verdruss geworden.

»Verzeih«, sagte ich schnell, »ich wollte mich wirklich nicht über dich lustig machen!«

Als Bolo nur stumm den Kopf neigte, fügte ich entschuldigend hinzu: »Ich wollte dich nicht kränken, ganz gewiss nicht.«

»Ich bin nicht gekränkt, Prinzessin«, versicherte er mir, und der Anflug eines Lächelns trat auf seine Züge, bevor er augenblicklich wieder ernst wurde. »Ich wünschte nur, Ihr würdet aufhören, die Dinge immer von der komischen Seite zu sehen, und Euch stattdessen meine Warnungen mehr zu Herzen nehmen.«

»Aber das tue ich doch, Bolo, das tue ich ...« Ich runzelte die Stirn. »Ich verstehe nur noch immer nicht, worauf genau sich deine Warnungen beziehen. Es macht also noch ein drittes – und diesmal besonders abscheuliches – Bild von mir im Palast die Runde, und wenn ich Pech habe, wird es noch ein viertes und ein fünftes Bild geben. Aber wie ich dir schon einmal erklärt habe, beim nächsten neuen Skandal werden diese Dinge hier« – ich zeigte auf die dritte Zeichnung – »alsbald in Vergessenheit geraten.«

»Das werden sie gewiss«, antwortete Bolo ernst. »Die Frage ist nur, wie viel Schaden sie bis dahin angerichtet haben.«

Ich unterdrückte einen resignierten Seufzer. »Na schön«, sagte ich. »Anscheinend habe ich noch immer nichts verstanden. Dann erkläre es mir eben.«

Ein dumpfes, drohendes Geräusch drang durch das geöffnete Fenster. Das Gewitter kehrte noch einmal zurück.

Bolo lauschte kurz, dann antwortete er mir. »Die beiden ersten Zeichnungen«, erklärte er, »wurden eindeutig zu dem Zweck angefertigt, Li Yanling lächerlich zu machen. Ihr dagegen wurdet als eine freundliche, keusche Göttin dargestellt, und selbst aus den Buddhaversen ging hervor, dass Ihr eine gütige, kluge – und absolut tugendhafte – Frau seid.« Er zögerte kurz, bevor er mit sichtlichem Widerstreben hinzusetzte: »Mit dieser dritten Zeichnung verhält es sich ganz anders. Li ist nicht einmal darauf abgebildet, also kann sich der Giftpfeil in diesem Fall nicht gegen den Obereunuchen richten. Es stehen auch keine Verse darauf, die ihn der Lächerlichkeit preisgeben ...«

Wieder stockte Bolo, und ich fragte schnell: »Was hat die dritte Zeichnung deiner Meinung nach dann zu bedeuten?«

Eine plötzliche Windböe wehte schwüle, nach Schwefel riechende Luft zu uns herein.

»Zuerst möchte ich noch bemerken«, sagte Bolo, »dass die dritte Zeichnung nicht von derselben Hand stammt wie die beiden ersten.«

Ich legte noch einmal alle drei Zeichnungen nebeneinander, konnte aber nichts entdecken, was Bolos Behauptung unterstützt hätte.

»Für mich sehen sie alle so aus, als seien sie von ein und demselben Künstler gemalt worden«, bemerkte ich ratlos.

Bolo nickte. »Genau diesen Eindruck sollen sie erwecken«, sagte er. »Aber wenn man ein geübtes Auge hat und genauer hinsieht, dann bemerkt man sehr schnell, dass die beiden ersten Zeichnungen tatsächlich von einer Hand stammen – die dritte jedoch nicht.« Skeptisch blickte ich zwischen den Zeichnungen und Bolo hin und her.

Bolo senkte kurz den Blick, und bevor er zu sprechen begann, kannte ich die Antwort bereits. »Vergesst nicht, dass meine Mutter mich jahrelang im Zeichnen, aber auch im Kopieren von Bildern und Stilen unterrichtet hat«, sagte er leise. »Ich weiß sehr genau, wie man ein Original von der Fälschung unterscheidet.«

Bolo schwieg, und sekundenlang war nichts außer dem fernen Donnergrollen im Raum zu hören. Schließlich war ich es, die als Erste zu sprechen begann.

»Ich glaube dir«, erklärte ich behutsam. »Das dritte Bild stammt also von einem anderen Künstler. Aber auch wenn du mich für dumm hältst, ich verstehe noch immer nicht, was daran so wichtig ist.«

Bolo atmete tief ein, dann strich er sich mit einer Geste über die Brauen, die ich schon einige Male bei ihm beobachtet hatte – immer dann, wenn er sich Sorgen machte, was in der kurzen Zeit unserer Bekanntschaft sehr häufig der Fall gewesen war.

»Der Zeichner der ersten beiden Bilder wollte Li treffen, weil er ihn als Feind betrachtete«, sagte Bolo bestimmt. »Ich bin mir dessen sicher, denn ich weiß inzwischen, dass es sich um einen jungen Eunuchen handelt, der zugegen war, als Ihr mich vor Li gerettet habt. Auch dieser andere Eunuch hat unter Li gelitten, und er hat seine Begabung genutzt, um sich an ihm zu rächen.«

Ich zog ehrlich erstaunt die Augenbrauen in die Höhe. »Du hast ihn gefunden?«, fragte ich. »Und Li selbst hat noch immer keine Ahnung, wer er ist – trotz all seiner Spione?«

»Manchmal«, erwiderte Bolo mit einem feinen Lächeln, »manchmal kommt man mit Freundlichkeit und Verständnis eben doch weiter als mit Unbarmherzigkeit und Härte.«

»Und wer ...?«

»Bitte, Prinzessin«, unterbrach Bolo mich mit einem flehentlichen Blick. »Ich möchte seinen Namen nicht nennen. Wenn man ihn entlarven würde, stünde ihm ein schrecklicher Tod bevor. Er wollte Euch nicht schaden, und er hat mir versprochen, keine weiteren Zeichnungen in Umlauf zu bringen. Ich vertraue ihm«, fügte er schlicht hinzu.

»Und ich vertraue dir«, antwortete ich, ohne zu zögern und ohne weitere Fragen zu stellen.

»Nun zurück zu dem Urheber der dritten Zeichnung.« Sichtlich erleichtert darüber, dass ich nicht weiter in ihn gedrungen war, griff Bolo den Faden unseres Gesprächs wieder auf. »In diesem Fall liegen die Dinge gänzlich anders. Wer immer dieses Bild von Euch gemalt hat ...«

Er brach ab, und der Ernst in seinen Zügen erschreckte mich. Ich musste es ihm ersparen, die folgenden Worte auszusprechen. »Der Urheber der dritten Zeichnung«, sagte ich, obwohl meine Worte undeutlich klangen, weil kein Tropfen Speichel mehr in meinem Mund zu sein schien. »Der Urheber der dritten Zeichnung wollte mich treffen, weil er *mich* als seine Feindin betrachtet.«

Trotz der schwülen Wärme im Raum fröstelte ich.

Die meisten Heiligen, von denen ich weiß, sind im Feuer der Verehrung verbrannt, wehten Bolos Worte, die er vor zwei Wochen gesagt hatte, durch meinen Sinn ... *und Helden haben selten Freunde. Aber dafür umso mehr Feinde ...*

Bolo hatte sich respektvoll zurückgezogen, auch ohne dass ich ihn darum hätte bitten müssen, und ich war ihm dankbar dafür, denn ich wollte allein sein mit meiner Scham –

und mit meiner Verwirrung, da ich beim besten Willen nicht wusste, wer mir so etwas antun sollte. Und vor allem, warum er es auf diese Weise tun sollte. So viele Dinge waren während der vergangenen Wochen auf mich eingestürmt, und begonnen hatte alles mit meinem Eintreten für Bolo. Aber *was* genau hatte da eigentlich begonnen? Ich spürte, dass es nicht die Dinge waren, die um mich herum geschahen, die die wirkliche Veränderung darstellten. Etwas hatte sich *in mir* verändert. Und je länger ich darüber nachdachte, umso sicherer wusste ich, dass es seinen Ursprung tatsächlich in jener Stunde in Guniangs Räumen genommen hatte, als ich Bolo vor dem Zorn des Obereunuchen rettete. Bis zu diesem Tag hatte ich es während des ganzen Jahres, das ich nun am Kaiserhof lebte, nicht gewagt, ungefragt den Mund aufzumachen, und wenn ich es doch einmal tat, so hatte ich mich ausschließlich auf höfliche Floskeln beschränkt und genau die Dinge gesagt, die von mir erwartet wurden. Wohingegen jetzt – ich dachte an das eigenartige Gespräch mit Prinzessin Chun am frühen Nachmittag und lächelte in mich hinein. Nein, höflich und ehrerbietig konnte man mein Verhalten ihr gegenüber wohl kaum nennen. Die kurze Begegnung mit Guniang ging mir durch den Kopf, ebenso wie meine Auseinandersetzung mit Bolo einige Stunden später. Die Anli, die ihm an diesem Nachmittag mit solchem Zorn entgegengetreten war, war eine Frau, die ich im Grunde selbst kaum kannte. Diese Frau erschreckte mich nicht wenig, doch trotzdem hatte allein der Gedanke an meinen neuen Freund an diesem unfreundlichen Ort ein wenig von meiner Anspannung gelöst.

Und als hätte Bolo gespürt, dass ich ein wenig ruhiger geworden war, kehrte er in diesem Augenblick in den Raum zurück. Ich erwartete, dass er mein Lächeln erwidern würde, mit dem ich ihn begrüßte, aber seine verschlossene und gleichzeitig bekümmerte Miene verriet mir, dass noch mehr auf seiner Seele lastete als dieses abscheuliche Bildnis, das er mir kurz zuvor gezeigt hatte.

Müde hob ich die Hand. »Bitte, Bolo, für einen Tag habe ich heute wahrlich genug schlechte Neuigkeiten gehört.«

Er trat einen Schritt zurück von dem Tisch, an dem ich saß, und verbeugte sich unnötig tief.

»Wenn du mich jetzt auch noch Taitai nennst, werfe ich dir diesen Granatapfel an den Kopf.« Ich deutete auf die große, wie immer wohlgefüllte Obstschale auf dem Mahagonitisch. »Und ich warne dich, ich habe Gelegenheit gehabt, mich im Werfen zu üben.«

Ein Lächeln zuckte um seine Mundwinkel, denn er wusste natürlich, dass ich auf meinen morgendlichen Ausflug über den See anspielte. »Und wenn das immer noch nicht genügt«, fügte ich mit gespielter Drohung hinzu, »dann werfe ich dich hinaus, und du kannst die Nacht in den großen Schlafsälen bei den anderen Eunuchen verbringen.«

Ich konnte sehen, dass es ihn große Mühe kostete, sich nicht abermals zu verneigen. Stattdessen trat er nun jedoch wieder an den Tisch heran.

»Prinzessin«, begann er ein wenig nervös, vielleicht weil er befürchtete, ich könne ihm auch diese Anrede verübeln. Andererseits – irgendwie musste er mich ja schließlich ansprechen.

Ich machte ihm ein Zeichen fortzufahren.

»Ich habe«, erklärte er, »während Ihr in der Audienzhalle wart, etwas in Erfahrung gebracht, das Ihr wissen solltet …«

»Ach, Bolo«, seufzte ich ungeduldig. »Ich habe dir doch gesagt, dass ich heute keine schlechten Neuigkeiten mehr hören will ...«

»Aber dies sind keine *schlechten* Neuigkeiten«, erwiderte Bolo, dann hielt er plötzlich inne. »Nun ja, *gute* Neuigkeiten sind es gewiss auch nicht, aber ...«

»Es sind keine schlechten Neuigkeiten, aber auch keine guten ...«, sagte ich und konnte mir ein Lächeln nicht verkneifen.

Bolo verbeugte sich – oder vielmehr verbeugte er sich *beinahe*, denn mitten in der Bewegung besann er sich eines Besseren und richtete sich wieder auf.

»Es geht um Eure Tante, von der Ihr mir erzählt habt ...«

Jetzt hatte er meine volle Aufmerksamkeit und konnte sich auch nicht länger über mangelnden Ernst meinerseits beklagen.

»Ich will alles hören, was du herausgefunden hast«, sagte ich, schob die Schale mit dem verlockend frischen Obst beiseite und setzte mich kerzengerade auf. Auch der Teller mit Süßigkeiten, kandierten Früchten und frischem Obst hatte schlagartig jeden Reiz für mich verloren.

Ich wies Bolo an, sich mir gegenüber an den Tisch zu setzen. Und Bolo begann zu sprechen.

Kapitel 11

*W*arum?«, fragte ich noch einmal und spürte, wie Wut in mir aufstieg, Wut, weil meine Stimme zitterte wie die eines aufsässigen Kindes, Wut, weil ich bis zum gestrigen Abend nicht einmal gewusst hatte, dass meine Mutter eine Schwester namens Malu gehabt hatte. Wut, weil mich dieses Gefühl der Ohnmacht einmal mehr in einen Abgrund zu stürzen drohte. Ich machte einen Schritt auf das Bett der Kaiserin zu. »Warum hat niemals irgendjemand in meiner Gegenwart von Malu gesprochen?«

Guniang, die noch im Bett lag, hielt die Tasse aus feinem, blauweißem Porzellan in der Hand, ohne zu trinken – und ohne mir eine Antwort zu geben.

Ich war an diesem Tag zum Morgendienst bestellt und hatte der Kaiserin im Vorzimmer den Tee zubereitet, wie es zu meinen Aufgaben gehörte. Doch als ich dann in ihr Schlafgemach getreten war – vollauf auf einen ungerechten Tadel gefasst, weil ich sie so rüde weckte –, war Guniang bereits hellwach gewesen.

Und mehr noch – sie musste meine Verstörtheit gespürt haben, denn sie hatte mich mit einem fragenden Blick zum Sprechen ermuntert, was ihrer sonstigen Gewohnheit gänzlich zuwiderlief. Normalerweise verabscheute sie nichts mehr als Geplapper gleich nach dem Aufwachen.

Aber dann kam mir der Gedanke, dass sie vielleicht schon länger wach gewesen war – was ihr ebenfalls nicht ähnlich sah, denn sie hatte gerade in den frühen Morgenstunden einen besonders tiefen Schlaf und konnte bisweilen sehr ungehalten sein, wenn man sie gerade dann weckte. Auch ich hatte morgens mehr als einmal ihren Ärger zu spüren bekommen.

Als die Kaiserin noch immer nicht antwortete, wiederholte ich meine Frage: »Warum hat niemals jemand von Malu gesprochen?«, stieß ich hervor. »Meine Mutter nicht, obwohl sie ihre Schwester war, meine Großmutter nicht ... Sie war ihre *Tochter!* Es ist gerade so, als hätte Malu niemals existiert ...«

Guniang sagte nichts, sondern betrachtete mich nur weiter schweigend und mit einem seltsamen Ausdruck, den ich noch nie bei ihr gesehen hatte. Und obwohl ich wusste, dass ich meine Frage in einem ungebührlich scharfen Tonfall gestellt hatte, brachte ich es nicht über mich, den Blick zu senken. Irgendetwas, das sich meiner Kontrolle entzog, zwang mich, die Kaiserin anzusehen, als sei sie meinesgleichen – und einen sehr eigenartigen, ungreifbaren Augenblick lang hatte ich tatsächlich das Gefühl, nicht die Herrscherin meines Landes vor mir zu haben, sondern einfach eine Frau, die nicht mehr und nicht weniger war als ich selbst. Aber das Merkwürdigste war, dass Guniang dieses Gefühl zu teilen schien, denn sie tat etwas Unerhörtes.

»Setz dich«, sagte sie leise und als sei das etwas völlig Selbstverständliches.

Eine Sekunde starrte ich sie nur verblüfft an, ohne zu reagieren. Niemand außer dem Kaiser – nicht einmal die junge Kaiserin – durfte in Anwesenheit Guniangs sitzen. Ich wusste, dass einige Ausländerinnen in Unkenntnis der höfischen Etikette sich gelegentlich diese Freiheit nahmen –

und ich wusste auch, was die Kaiserin von *diesen* Frauen hielt ...

Guniang zog leicht die Augenbrauen hoch, und ohne länger nachzudenken, folgte ich ihrem Befehl und hockte mich steif neben sie auf das Bett. Ein starker, rauchiger Duft schlug mir entgegen. Die Kaiserin ließ ihre Kissen mit Teeblätter füllen, weil das angeblich gut für die Augen war. Es gehörte zu meinen monatlichen Pflichten, die Füllung zu wechseln, so dass der kräftige Geruch nach Tee nie verflog. Und es war keineswegs der einzige Duft, der das kaiserliche Schlafgemach durchwehte. Unwillkürlich atmete ich ein wenig flacher, denn über Guniangs Bett befand sich ein kunstvoll geschnitzter Holzrahmen, von dem bestickte Vorhänge aus weißer Seide und ungezählte, ebenfalls aus Seide gefertigte Riechsäckchen hingen. Zu meinem Pech liebte die Kaiserin Moschus über alles, und wie so oft wurde mir auch heute ein wenig übel von dem schweren, süßen Parfüm.

Es war ein seltsames Gefühl, in dem prächtig ausgestatteten Schlafgemach in der Intimität ihres eigenen Bettes so dicht neben der Kaiserin zu sitzen. Wie am vergangenen Morgen auf der Barke verspürte ich eine unerklärliche Vertrautheit zwischen uns. Trotzdem wagte ich es nicht, als Erste zu sprechen oder sie gar mit weiteren Fragen zu bestürmen.

Doch ich brauchte nicht lange zu warten. Guniang stellte ihre Tasse, in der der Tee längst kalt geworden sein musste, beiseite und richtete sich in ihrem Kissen auf.

»Siebenundvierzig Jahre«, sagte sie leise, »fast ein halbes Jahrhundert, habe ich es vermieden, von Malu zu sprechen – obschon es mir in all dieser Zeit keinen einzigen Tag gelungen ist, nicht an sie zu denken, und ich habe es wahrhaftig versucht.«

Während ich mit angehaltenem Atem lauschte, griff die Kaiserin nach dem mit getrockneten Blumen gefüllten Polster, auf dem sie schlief; es hatte ein kleines, viereckiges Loch in der Mitte, so dass sie, wenn sie mit dem Ohr darauf lag, auch noch das leiseste Geräusch in ihren Gemächern hören konnte. Ich wusste natürlich, dass man Guniang mehr als einmal nach dem Leben getrachtet hatte – nach einem Versuch, sie zu vergiften, hatte sie jahrelang an einer schweren Leberkrankheit gelitten –, doch erst in diesem Augenblick wurde mir klar, was es wirklich bedeutete, zu jeder Stunde seines Lebens, selbst im Schlaf, mit einem Mordanschlag rechnen zu müssen.

Einmal mehr schnürte sich mir das Herz vor Mitleid mit dieser alten Frau zusammen, und ohne an ihren hohen Rang zu denken, legte ich impulsiv meine Hand auf ihre. Bevor ich sie jedoch, erschrocken über meine Respektlosigkeit, hastig wieder zurückziehen konnte, hielt Guniang sie fest.

»Du bist in jeder Hinsicht das Ebenbild deiner Tante«, sprach sie leise weiter. Erst jetzt wurde mir bewusst, dass sie mich mit dem vertraulichen Du ansprach, was sie noch nie zuvor getan hatte, doch es erschien mir vollkommen natürlich, viel natürlicher als die formelle Anrede. »Die äußere Ähnlichkeit zwischen euch beiden war natürlich auch der Grund für deine Berufung an den Hof«, fügte sie dann im Plauderton hinzu, als spräche sie eine Selbstverständlichkeit aus.

Ich sog scharf die Luft ein, denn ich erinnerte mich nur allzu gut an die geflüsterten Gespräche meiner Mutter und meiner beiden älteren Schwestern, denen diese Ehre nicht zuteil geworden war. Und ich wusste auch, dass mein Vater mit dem kaiserlichen Boten verhandelt hatte, um ihn dazu zu überreden, meine zweitälteste, noch unverheiratete Schwester statt meiner in die Hauptstadt mitzunehmen. Doch der Bote hatte sich unerbittlich an seine Anweisungen gehalten. Die letzten beiden Wochen daheim waren kein Vergnügen für mich gewesen, denn selbst meine Mutter schien es mir zu verübeln, dass die Kaiserin ausgerechnet mich in ihr Gefolge berufen hatte.

Nur das gleichförmige Ticken der Uhren war zu hören, bis die Kaiserin weitersprach.

»Als du hierher kamst, hat dein Anblick mich bis in die Seele erschüttert«, sagte sie schließlich. »Ich wusste natürlich, dass du ihr ähneltest ...« Ihre Stimme verlor sich, und da sie noch immer meine Hand hielt, fasste ich mir ein Herz, um eine der vielen Fragen zu stellen, die sich in meinem Kopf überschlugen. »Woher wusstet Ihr ...«

Guniang lachte leise auf. »Da war keine Kunst im Spiel«, antwortete sie. »Schon bald nach – nach dem Tod deiner Tante habe ich Kundschafter in die Steppe geschickt. Ihre einzige Aufgabe bestand darin« – wieder stockte die Kaiserin, und es kostete sie einige Mühe fortzufahren –, »Malus Schwestern und Brüder zu beobachten – oder vielmehr deren Kinder.«

Das Schweigen in dem großen Raum, durch dessen Fenster das Morgenlicht fiel, dehnte sich. Ich ahnte, was Guniang mir erzählen wollte, obwohl ich nicht wusste, warum.

»Im Laufe der Jahre wurde es zu einer quälenden Besessenheit für mich«, fügte sie leise hinzu. »Malus Geschwister, deine Tanten und Onkel, bekamen viele Kinder, darunter auch etliche Töchter, wie du weißt.«

Ich nickte bestätigend. »Ich habe siebzehn Cousinen«, sagte ich.

»Und vier Schwestern«, ergänzte Guniang. »Doch keines der Mädchen hatte auch nur die geringste Ähnlichkeit mit Malu. Als deine Großmutter mit neununddreißig Jahren unerwartet noch einmal ein Kind zur Welt brachte – deine Mutter –, erwachten meine Hoffnungen von Neuem.« Wieder dieses trockene, freudlose Lachen. »Doch nach allem, was meine Kundschafter mir berichteten, hätte sie Malu nicht unähnlicher sein können.«

Ich errötete leicht, denn mir war der verächtliche Unterton in Guniangs Stimme nicht entgangen. Nur zu gern hätte ich meine Mutter verteidigt, doch es wollte mir nichts in den Sinn kommen, das in mir dieselbe Wärme entfachte, wie ich sie in Guniangs Stimme gehört hatte, als sie Malus Namen aussprach.

»Vor einigen Jahren dann«, fuhr die Kaiserin fort, »kehrte zum ersten Mal ein Kundschafter aus dem Norden zurück, um mir von einem kleinen Mädchen zu berichten, das … Malus Züge trug.« Diesmal ging ihr der Name meiner Tante ein wenig leichter über die Lippen, als gewöhne sie sich langsam wieder daran, ihn laut auszusprechen.

Ein leises Geräusch aus dem Vorzimmer ließ mich aufmerken, doch Guniang schien es nicht gehört zu haben. Unsere ungestörte Zeit näherte sich dem Ende, was ich zutiefst bedauerte. Im Raum nebenan waren bereits einige Eunuchen damit beschäftigt, Guniangs Kleidung für den Tag zurechtzulegen. Es würde nur noch wenige Minuten dauern, bis sie hereinkamen.

»Ich ließ dich weiter beobachten«, fuhr die Kaiserin fort, »und als du alt genug dafür warst, schickte ich einen Boten zu deinen Eltern, um dich hierher zu holen. Doch nichts hatte mich auf das Erschrecken vorbereitet, als ich dich das erste Mal sah.«

Ich runzelte die Stirn und dachte an den Tag vor über einem Jahr zurück, an dem ich der Kaiserin vorgestellt worden war. Ihr Gesicht hatte damals nicht die geringste Regung gezeigt – im Gegenteil, ich hatte ihr scheinbares Desinteresse sehr verletzend gefunden, obwohl ich natürlich wusste, wie wenig eine unbedeutende Hofdame in der Verbotenen Stadt galt.

Guniang schien meine Gedanken zu erraten, denn sie drückte kurz meine Hand. »Du kannst dir gewiss kaum vorstellen, wie tief mich dein Anblick erschüttert hat«, sagte sie sanft. »Ich hatte natürlich erwartet, dass du deiner Tante ähneln würdest – aber ich war nicht darauf gefasst, ihren Geist vor mir zu sehen.«

Schritte näherten sich der Tür, und noch bevor ich selbst reagieren konnte, hatte Guniang meine Hand losgelassen. Es hätte ihres knappen Winks, mich zu erheben, nicht bedurft, denn ich sprang sofort vom Bett auf. Eines der Riechsäckchen verfing sich in meiner Frisur, doch ich hatte keine Zeit, mir die lose Haarsträhne aus dem Gesicht zu streichen, bevor drei Eunuchen eintraten. Zu meinem Unbehagen erkannte ich in dem ersten der Männer den Obereunuchen Li. Es gehörte keineswegs zu seinen Aufgaben, der Kaiserin bei ihrer Morgentoilette zu helfen, daher war sein Erscheinen zu dieser Stunde äußerst ungewöhnlich, und es erregte meine Besorgnis, auch wenn ich nicht hätte sagen können, warum.

Mit einem einzigen Blick erfasste Li meine zerzauste Frisur und meine geröteten Wangen, und mit verletzendem

Hohn zog er kurz die Brauen in die Höhe, bevor er zu einem Kotau vor der Kaiserin ansetzte.

Doch Guniang ließ ihm nicht einmal Zeit zu einer Verbeugung.

»Wie könnt ihr es wagen, mich bei meiner Morgentoilette zu stören«, zischte sie. »Ihr seid zu früh! Viel zu früh!«

Ich wusste, dass die Eunuchen auf die Minute pünktlich waren – und Li und die Kaiserin wussten es ebenfalls.

»Hinaus mit euch!«

Mit einer unterwürfigen Entschuldigung, die seinen Ärger allerdings kaum verbergen konnte, zog Li sich, rückwärts gehend und mit vor Entrüstung starrer Haltung, in Richtung Tür zurück. Guniang jedoch blieb vollkommen gelassen. Wenn sie sagte, dass jemand zu früh sei, dann *war* er zu früh. Auch wenn ein Dutzend Uhren etwas anderes zeigten.

So sehr mich unser Gespräch aus der Fassung gebracht hatte, glitt jetzt doch ein Lächeln über meine Züge. Und es verwunderte mich kaum noch, dass Guniang mir beinahe verschwörerisch zuzwinkerte.

»Das sollte uns noch ein paar Minuten Zeit verschaffen«, bemerkte sie trocken und erhob sich dann von ihrem Bett, um an einen der langen Ankleidetische vor den Fenstern zu treten, wo ein Krug mit Wasser und eine Schüssel bereitstanden. Doch Guniang machte keine Anstalten, sich das Gesicht zu waschen. Stattdessen drehte sie sich wieder zu mir um und sah mich mit einer Offenheit an, die sie plötzlich sehr jung erscheinen ließ.

»Danach habt Ihr Euch so zurückhaltend und unauffällig benommen, wie es Malu nie gelungen ist«, sagte sie, und mir fiel sofort auf, dass sie von dem vertraulichen Du wieder in die förmliche Anrede zurückgefallen war – was ich sehr bedauerte.

»Ich glaubte, die Ähnlichkeit mit Eurer Tante beschränkte sich einzig auf das Äußere«, fuhr sie fort, »und statt darüber enttäuscht zu sein, wie man es eigentlich hätte erwarten dürfen, war ich zutiefst erleichtert.« Sie lachte bitter auf. »Mehr als vierzig Jahre lang habe ich gehofft, es könne einen Ersatz für Malu geben, und dann steht ein junges Mädchen vor mir, das ihr nicht nur bis aufs Haar gleicht, sondern auch mit ihrer Stimme spricht, und ich empfinde nichts als Erleichterung darüber, dass die Leere, die Malu in mir hinterlassen hat, nicht gefüllt werden kann.«

Abrupt wandte Guniang sich wieder dem Waschtisch zu und griff nach dem Wasserkrug, um eines der bereitliegenden weißen Gazetücher zu benetzen. Als sie weitersprach, konnte ich die Tränen, die ich nicht sehen sollte, in ihrer Stimme hören.

»Und bei dem Zwischenfall mit den Krähen«, fuhr sie fort, »musste ich dann erkennen, dass du viel mehr von Malu in dir trägst als nur ihre Schönheit.«

Ich stieß einen Laut der Überraschung aus, denn ich hatte mich, seit ich denken konnte, meines Aussehens geschämt: der viel zu langen Nase, der viel zu kräftig gezeichneten Augenbrauen und der Wangenknochen, die sich scharf unter der Haut abzeichneten und meinen Zügen, wie ich fand, eine beklagenswert männliche Note gaben.

Guniang, die sich nur achtlos das Gesicht benetzt hatte, legte das Gazetuch beiseite und wandte sich mir wieder zu, um mich prüfend zu mustern.

»Ich sehe, man hat dich gelehrt, Schönheit mit fader Lieblichkeit gleichzusetzen«, sagte sie geringschätzig. »Es gibt sie zu Hunderten, allein hier in Peking. Diese glatten, leblosen Gesichter, die so leer sind wie die einer Porzellanpuppe – und genauso seelenlos. Malu ...« Sie sprach den Namen mit solch großer Zärtlichkeit aus, dass es mir beinahe weh tat. »Malu dachte genau wie du, als sie hierher kam. Aber das Leben – so kurz es für sie war – hat ihr schließlich die Fähigkeit geschenkt, sie selbst zu sein, und sie wurde noch schöner ...«

Ein schriller Schrei zerriss die Luft, und wir fuhren beide erschrocken herum. Doch es war nur eine kleine, hölzerne Figur, die aus einer europäischen Kuckucksuhr herausgesprungen war, um – viel zu früh – die nächste volle Stunde anzukündigen. Trotzdem hatte mich dieser Zwischenfall so sehr aus dem Gleichgewicht gebracht, dass ich wieder einmal meine Stellung vergaß und mit unverzeihlicher Direktheit hervorstieß: »Warum hat sie ihrem Leben ein Ende gemacht?«

Guniang sah mich an, als hätte sie meine Frage nicht gehört, und ich wusste, dass ich – zumindest an diesem Morgen – keine Antwort erwarten durfte. Stattdessen machte sie eine scheinbar belanglose Bemerkung, die mich sofort von dem Gedanken an meine Tante ablenkte.

»Die Liebe zu einem Mann ist etwas sehr Kostbares«, sagte Guniang versonnen und ohne mich länger anzusehen, »aber das Leben hat mich gelehrt, dass die Freundschaft einer Frau, wenn sie echt und tief ist, nicht minder kostbar ist.« Sie ließ sich auf ihr Bett sinken, und ich reichte ihr mechanisch die feinen weißen Seidenstrümpfe, die sie unter ihren Beinkleidern zu tragen pflegte. Ebenso mechanisch machte Guniang sich daran, sie überzustreifen.

»Vielleicht«, sprach sie seltsam resigniert weiter, »hat

mich das Leben in Wahrheit etwas ganz anderes gelehrt.«
Sie nahm die bestickten blauen Bänder entgegen, mit denen sie sich die Strümpfe an den Knöcheln zusammenband. »Vielleicht«, fuhr sie fort, »ist Freundschaft für eine Frau am Ende noch kostbarer als Liebe. Denn die Liebe schlägt Wunden, wie die Freundschaft es kaum vermag. Liebe verlangt Ausschließlichkeit, und das tut Freundschaft, wenn sie wahr ist, niemals.«

Sie richtete sich wieder auf, und ich reichte ihr das blassrosa Hemd, wobei ich keine einzige überflüssige Bewegung machte, um Guniang nicht daran zu erinnern, wie ungeheuerlich es war, in solcher Weise mit einer Hofdame zu sprechen. Und die Kaiserin sprach tatsächlich weiter.

»Die Liebe ist ein Geschenk«, sagte sie, »nicht mehr, nicht weniger. Freundschaft dagegen ist eine Gabe – eine Gabe im doppelten Sinne des Wortes, denn sie setzt auch Talent voraus.«

Ich gab ihr stumm ein mit Bambusblättern besticktes Kleid aus feinster Seide. Es war ein kurzes Kleid, da sie vormittags stets Schuhe mit flachen Absätzen zu tragen pflegte.

»Ich glaube, auch Ihr besitzt diese Gabe – dieses Talent – der Freundschaft, nicht wahr, Prinzessin Anli?«, fragte sie.

Ich konnte förmlich spüren, wie Guniangs Stimmung von einem Augenblick zum anderen umschlug – von der Trauer der Erinnerung an eine tote Freundin zu dieser verschwörerischen Mädchenhaftigkeit, die ich an jenem Morgen auf der Barke zum ersten Mal bei ihr kennengelernt hatte. Da ich nicht die leiseste Ahnung hatte, welche Reaktion von mir erwartet wurde, zuckte ich hilflos die Schultern und sah diese unberechenbare alte Frau, der das dünne, noch unfrisierte Haar schlaff über die Schultern fiel, nur fragend an.

»Und dieser junge Eunuch«, fuhr sie fort, »der Euch seit zwei Wochen bedient, Bolo ... Ich denke, auch er besitzt jenes wunderbare, seltene Talent, ein Freund zu sein.«

Dieser neuerliche Gedankensprung verblüffte mich zu sehr, um Guniang zu antworten.

»Außerdem glaube ich«, fügte sie langsam und mit großer Sicherheit hinzu, »dass, wenn zwei Menschen aufeinandertreffen, denen beiden dieses verborgene Talent zu eigen ist, sie einander instinktiv erkennen – so wie es bei Euch und Bolo geschehen ist.«

Guniang bemerkte meine Verwirrung. »Oh, ich weiß natürlich, dass Ihr einen Unschuldigen – einen Gerechten, wie der Buddha es ausdrückt – vor jemandem gerettet habt, von dem ihm Feindseligkeit drohte ...« Ihre Stimme zitterte leicht. »Aber andererseits habt Ihr nicht irgendjemanden gerettet, Prinzessin Anli, sondern einen Menschen, der die Gabe besitzt, ein Freund zu sein.«

Ein beinahe verschmitztes Lächeln blitzte in ihren Augen auf, als sie mir die nächste Frage stellte und mich in noch tiefere Verlegenheit stürzte.

»Wie ist Euer Verhältnis zu diesem Jungen, Prinzessin?«

Einen Moment lang sah ich sie verständnislos an, denn ich hatte keine Ahnung, worauf sie hinauswollte. Dann fiel mir meine Auseinandersetzung mit Bolo am vergangenen Nachmittag wieder ein, und die Hitze schoss mir in die Wangen.

»Keine Sorge, meine liebe Prinzessin«, sagte Guniang, und wenn ich es nicht besser gewusst hätte, hätte ich geglaubt, eine kleine, silberne Glocke in ihrem Lachen hören zu können, »ich werde Euch die Verlegenheit ersparen, mir gestehen zu müssen, dass Ihr ihn zu einem höchst ungebührlichen, ja geradezu sträflich respektlosen Verhalten Euch gegenüber angestiftet habt.«

Als ich nichts darauf erwiderte, fuhr sie fort: »Ich glaube sogar, er nennt Euch nicht einmal mehr Taitai, wie die Etikette es verlangt? Und er verbeugt sich von Tag zu Tag immer seltener vor Euch?«

Als sie meine schuldbewusste Miene sah, gab sie mir mit einer ironischen Handbewegung zu verstehen, dass sie keine Antwort erwartete, und erhob sich von ihrem Bett, um sich ihr Morgenkleid überzustreifen.

»Und jetzt«, sagte sie, während sie ihr Gewand glatt strich, »könnt Ihr die Eunuchen hereinrufen. Und vergesst nicht, sie tüchtig auszuschimpfen. Sie sind viel zu spät.«

Kapitel 12

Guniang lag auf dem Ruhebett im Schlafzimmer des Theaterkomplexes und strich Shuida geistesabwesend über das warme Fell. Ein Eunuch hatte die kleine Hündin durch die Gärten getragen, da sie seit dem letzten Sommer den Weg aus eigener Kraft nicht mehr bewältigen konnte. Ein Gefühl von Wehmut erfüllte Guniang; dies würde Shuidas letzter Sommer sein, das wusste sie. Sie hatte schon zu viele Hunde draußen an einem entlegenen Winkel am Ostufer des Kunming-Sees begraben, um sich noch falschen Hoffnungen hinzugeben.

Wieder ein Abschied, noch ein Gefährte, den sie vermissen würde. An manche Dinge gewöhnte man sich nie …

Ein frischer, trockener Luftzug wehte durch die geöffneten Fenster; nach den heftigen Gewittern des vergangenen Tages war es heute beinahe kühl draußen, und Guniang glaubte zu spüren, dass Shuidas Zittern sich verstärkte. Mit einer schützenden Geste zog sie das zerbrechliche alte Tier näher zu sich heran, und dicht an ihrem Körper entspannte Shuida sich merklich.

»Nun, meine kleine Freundin«, flüsterte die Kaiserin, obwohl sie wusste, dass Shuida fast taub war und ihre Worte nicht hören konnte, wenn sie so leise sprach. »Für ein Weilchen ist uns beiden Ruhe vergönnt, und wir werden sie gut nutzen – jeder auf seine Weise. Du wirst schlafen, wenn du magst, und ich …« Sie schloss die Augen und sog den süßen Duft der Orangenblüten ein, die in einer hohen Vase neben ihrem Lager standen. »Ich werde eine Entscheidung treffen.«

Ihr blieben genau zwanzig Minuten, um das zu tun, zwanzig Minuten bis zum Ende des ersten Aktes, zwanzig Minuten, bis Anli wie befohlen zu ihr heraufkommen würde.

Im Allgemeinen versammelte sie für die Theatervorstellung jene Frauen ihres Gefolges um sich, deren Gesellschaft ihr am ehesten zusagte, und in den letzten Jahren hatte sie sogar gelegentlich Ausländerinnen zu solchen Anlässen eingeladen, wenn auch ohne jede echte Begeisterung und nur aus diplomatischen Gründen. Normalerweise waren auch diejenigen Hofdamen bei ihr, die in irgendeiner Weise zum Gelingen der jeweiligen Aufführung beigetragen hatten, was bedeutete, dass Prinzessin Xiao ihr recht häufig Gesellschaft leistete, da sie sehr geschickt im Umgang mit Pinsel, Papier und Seide war und gern bei der Gestaltung der Bühnenbilder mitwirkte. Heute jedoch wollte sie allein sein und hatte alle Hofdamen fortgeschickt.

Tief in Gedanken versunken ließ sie ihren Blick umherwandern, ohne wirklich etwas zu sehen. Ihre Umgebung war ihr so vertraut, dass sie sie mit geschlossenen Augen bis in alle Einzelheiten hätte beschreiben können: das fünfstöckige Theatergebäude, an dessen offener Vorderseite zwei Bühnen übereinander lagen, die untere hergerichtet wie jede andere auch, während die obere an diesem Tag einen Tempel darstellte. Darüber befanden sich drei weitere Stockwerke, die zum Befestigen der Bühnenapparaturen und als Lagerräume für Kostüme und Kulissen dienten. An den Seiten des offenen Hofes stand eine Reihe niedriger Gebäude, auf deren Veranden die Prinzen und hohen Würdenträger saßen, wenn sie einem Stück beiwohnten. Heute jedoch waren ihre Plätze leer, denn sie hatte das Stück, das gegeben wurde, im Stil der Pekingoper neu einrichten lassen und wollte sich zuerst selbst von seiner Wirkung überzeugen, bevor sie Gäste einlud.

Die Gazevorhänge, die im Sommer die Glasscheiben vor den Fenstern ersetzten, bauschten sich spielerisch in der leichten Brise wie körperlose weiße Geister, die sie in ihr Reich locken wollten. Guniang atmete tief durch. Hinter den geschlossenen Vorhängen ihr gegenüber fieberten die Schauspieler ihrem Auftritt entgegen, und sie wollte sie nicht länger warten lassen. Vor allem aber wollte sie ihre Entscheidung nicht länger hinauszögern. Langsam richtete sie sich in den Kissen auf, um dem Bühnenmeister, der vor dem Vorhang der Hauptbühne bereitstand, ein Zeichen zu geben, dass der erste Akt beginnen möge. Shuida stieß ein leises Seufzen aus, und Guniang ließ sich wieder zurücksinken.

Als sie erneut zur Bühne hinübersah, war der Eunuch bereits verschwunden, und im nächsten Augenblick hob sich auch schon der schwere Vorhang. Guniang konnte das Schauspiel bequem von ihrem Lager aus verfolgen, da sich ihre Wohnräume dem Theater gegenüber ebenfalls zehn Fuß über dem Boden befanden und auf gleicher Höhe wie die Bühne waren.

Der Bühnenmeister trat wieder vor und verkündete mit hoher, jedoch gut geschulter, weittragender Stimme den Titel des Stückes: »Das Gastmahl der Kaiserin des Himmels für buddhistische Priester, gegeben, um ihre berühmten Pfirsiche zu essen und ihren besten Wein zu trinken.«

Gleich darauf schwebte ein buddhistischer Priester in

einem hellen Gewand vom Himmel herab, um seine Brüder zu dem Fest einzuladen. Guniang stellte fest, dass es tatsächlich so aussah, als schwebe der Priester auf einer Wolke, etwas, das ihnen während der Proben erhebliche Schwierigkeiten gemacht hatte. Zur gleichen Zeit erhob sich in der Mitte der Bühne eine Pagode mit einem singenden Buddha darauf, der eine Weihrauchlampe in Händen hielt.

Warum hat sie ihrem Leben ein Ende gemacht?

Anlis Stimme, die auch die Stimme Malus war, drang deutlicher in Guniangs Gedanken als der klare, melodische Gesang des Buddhas. Es war einer der neuen Schauspieler, ein junger Eunuch namens Biao Yong, der erst wenige Monate bei Hof war und doch beinahe vom ersten Tag an mit seinem Talent ihr Interesse erregt hatte. Sie war stets auf der Suche nach begabten Schauspielern unter den Eunuchen, denn das Theater war die größte Leidenschaft ihrer späten Jahre geworden.

Warum hat sie ihrem Leben ein Ende gemacht?

An den Ecken der Bühne stiegen vier weitere Pagoden in die Höhe, auf denen ebenfalls jeweils ein Buddha saß. Guniang versuchte noch einmal, sich auf das Stück zu konzentrieren, während die Pagoden verschwanden und die fünf Buddhas singend über die Bühne spazierten. Sie hörte einen unreinen Ton von der rechten Seite der Bühne und runzelte ärgerlich die Stirn. Sie würde den Sänger, auf dessen Namen sie sich nicht besinnen konnte, später dafür tadeln müssen.

Aber noch während sie das dachte, wurde ihr klar, wie unwichtig das war, eine Nichtigkeit neben der Frage, die Anli ihr am Morgen gestellt hatte.

Die Stimme des Sängers, der ihren Unmut erregt hatte,

kippte jetzt vollends und verstummte dann ganz. Sein Name würde ihr gleich wieder einfallen ... wenn sie sich nur wirklich darauf konzentrierte ...

Warum hat sie ihrem Leben ein Ende gemacht?

»Es hilft nichts, Shuida«, sagte Guniang leise zu der kleinen Hündin, die inzwischen in ein sanftes, rhythmisches Schnarchen verfallen war, »wir werden wirklich entscheiden müssen, was wir ihr antworten.«

Warum hat sie ihrem Leben ein Ende gemacht?

Einen Augenblick lang abgelenkt, beobachtete sie wieder den jungen Eunuchen, der kurz zuvor den Wohlklang des Gesangs gestört hatte; verärgert stellte sie fest, dass er sich nun auch nicht mehr an die genauestens festgelegte Gestik hielt. Erneut stieg Unmut in ihr auf, doch dann schüttelte sie die Regung mit einem Schulterzucken ab.

»Wie töricht von mir, das so wichtig zu nehmen«, murmelte sie. »Wenn ich es recht bedenke, waren die wenigsten Dinge, denen ich in den letzten Jahren Bedeutung beigemessen habe, wirklich wichtig«, fügte sie in einem verächtlichen Tonfall hinzu, und Shuida hob den Kopf, um sie mit fragenden Augen anzusehen.

Guniang lachte trocken auf. »Nun ja, du hast recht«, sagte sie. »Ich vergesse in letzter Zeit manchmal, dass ich eben doch nicht nur eine müde alte Frau bin, die dem Ende ihres Lebens entgegensieht und die nichts Wichtigeres mehr zu tun hat, als den Blumen beim Wachsen zuzusehen.«

Shuida legte den Kopf auf die Pfoten, aber statt die Augen wieder zu schließen, musterte sie Guniang mit wachem, aufmerksamem Blick. Das kleine Tier mochte fast taub sein, aber Guniang war fest davon überzeugt, dass seine Augen so scharf waren wie je.

Anscheinend hatte dem kleinen Hund auf der Bühne ebenfalls etwas missfallen, denn er stieß plötzlich ein leises Bellen aus, ein Laut, der mehr wie ein Husten klang, heiser, ein wenig verschleimt – und sehr schwach.

Besorgt betrachtete Guniang das zarte Geschöpf, das in den letzten Jahren ihr engster Vertrauter gewesen war, ihr einziger Vertrauter.

Bitte nicht, betete sie stumm. Sie war noch nicht bereit, Shuida gehen zu lassen.

Aber war man denn je bereit, gehen zu lassen, was einem lieb geworden war? War sie bereit gewesen, Xianfeng, ihren Gemahl, ziehen zu lassen, als er starb, auch wenn sie schon lange auf seinen Tod gefasst gewesen war? War sie bereit gewesen, von ihrem Sohn Abschied zu nehmen, dessen neunzehnjährigen Körper eine Krankheit, die die ausländischen Ärzte Syphilis nannten, von innen zerfressen hatte?

Gequält schloss Guniang die Augen. Tongzhi, ihr einziges Kind, war nach einem erbärmlichen Leben eines nicht minder erbärmlichen Todes gestorben. Und sie hatte nur ohnmächtig zusehen können – seinem Leben ebenso wie seinem Sterben. Und wie an jenem Tag, seit er vor vierunddreißig Jahren in ihren Armen gestorben war, verfolgte sie auch heute die Frage, ob sie irgendetwas von dem, was geschehen war, hätte verhindern können.

Tongzhi hatte sich durch eine unverzeihlich nachlässige Erziehung, die von klein auf jede seiner Launen durchgehen lassen und ihm jede Bosheit verziehen hatte, zu einem Ungeheuer entwickelt. Bereits im Alter von zwölf Jahren kannte er jedes noch so schäbige Bordell Pekings, wo er seine Gier wahllos an Knaben wie Frauen gleichermaßen stillte.

Guniang hatte nie die Augen vor dem verschlossen, was er war, und doch war er für sie bis zum Ende im Grunde nur eines gewesen: ihr Kind, ein Kind, das sie nicht beschützen konnte, am wenigsten vor sich selbst.

Wieder bellte Shuida leise auf, als wolle sie sie daran erinnern, dass sie sich nicht in Gedanken an ihren Sohn verlieren dürfe.

Auf der Bühne wuchs jetzt eine gewaltige, aus kostbarer, rosafarbener Seide gefertigte Lotosblüte aus dem Boden empor, um sich im nächsten Moment zu öffnen und den Blick auf eine Frauengestalt preiszugeben, die Göttin der Barmherzigkeit.

Guniang spitzte ironisch die Lippen. Die Göttin der Barmherzigkeit hatte sie zu oft im Stich gelassen, um ihr jetzt mehr als einen flüchtigen Blick zu schenken.

Warum hat sie ihrem Leben ein Ende gemacht?

»Malu ...«, sagte sie und legte eine Hand auf Shuidas Kopf. Es war ein ungewohntes Gefühl, den Namen der toten Freundin wieder laut auszusprechen. Siebenundvierzig Jahre lang hatte sie es nicht mehr getan, nicht einmal dann, wenn sie allein gewesen war. Erst recht nicht dann. Jetzt stellte sie fest, dass es etwas seltsam Befreiendes, Heilendes hatte, ihren Namen zu flüstern: »Malu ...«

Es war beinahe so, als könne sie die Gegenwart der Freundin spüren, als könne sie ihren Geist heraufbeschwören, einfach indem sie ihren Namen aussprach. »Malu. Malu. Malu ...«

Wie ein Mantra, das Geist und Seele Frieden gab.

Guniang hörte auf, Shuida zu streicheln, und ihre Muskeln spannten sich unwillkürlich an. Plötzlich war sie mit allen Sinnen wach und klar.

»Yizhu?«, sagte sie leise, unsicher.

Natürlich hatte sie den dynastischen Namen ihres Gemahls, Xianfeng, bisweilen ausgesprochen, bei Audienzen, in denen von ihm die Rede war, oder bei den alljährlichen Ritualen der Ahnenverehrung. Aber niemals seit seinem Tod vor ebenfalls siebenundvierzig Jahren hatte sie seinen persönlichen Namen, Yizhu, laut ausgesprochen – nicht als Regentin, die von einem verstorbenen Herrscher sprach, sondern als Frau, die den Namen eines geliebten Mannes sagte.

»Yizhu.«

Ruhe durchströmte sie wie warmes Sonnenlicht.

»Yizhu.« Beinahe konnte sie seine Berührung spüren, die Zärtlichkeit, die sie nur während der vier kurzen Monate gekannt hatte, die ihrer Liebe vergönnt gewesen waren.

»Yizhu.«

Frieden.

Versöhnung.

Versöhnung mit dem eigenen Leben.

Fast ein halbes Jahrhundert lang hatte sie gehadert ...

»Yizhu.«

Ohne nachzudenken, griff sie nach der kleinen Bronzeglocke auf dem Tisch neben ihrem Ruhebett. Beinahe im selben Augenblick erschien der Eunuch, der hinter der geschlossenen Tür ihres Schlafgemachs auf ihre Befehle wartete.

Auf der Bühne wurden jetzt zwischen den Blättern der Lotosblüte ein Knabe und ein Mädchen sichtbar, die der Göttin der Barmherzigkeit dienten. Die drei entstiegen der Blume, und die Blütenblätter schlossen sich wieder. Bis auf die kleinen Patzer des Eunuchen, der einen der Buddhas darstellte – es war der des Nordens –, war die Darbietung bisher sehr zufriedenstellend verlaufen, wie Guniang flüchtig registrierte. Und ihr fiel auch der Name des untalentierten Sängers wieder ein. Es war Mengtian, der gegenwärtige Favorit des Obereunuchen Li. Guniang dachte kurz nach; er hatte bisher zumeist ordentliche Arbeit auf der Bühne geleistet, auch wenn sie ihn nie für besonders begabt gehalten hatte.

Sie würde sich später damit beschäftigen …

»Geh zum Pavillon der Hofdamen hinunter«, befahl sie dem Diener, noch bevor dieser sich von seinem Kotau wieder erhoben hatte. »Gib Prinzessin Anli Bescheid, dass ich sie erst zu Beginn des dritten Aktes sehen möchte, nicht vorher.«

Mit einem kurzen Nicken verabschiedete sie den Eunuchen, dann griff sie nach einem der dicken Sitzpolster und schob es sich in den Rücken, um, aufrecht sitzend, ihren Gedanken weiter nachgehen zu können. Shuida erhob sich zitternd, tappte über das Seidenlaken, drehte sich unbeholfen um die eigene Achse und schmiegte sich wieder an Guniang. Liebevoll drückte die Kaiserin sie an sich.

»Yizhu«, sagte sie noch einmal, aber mit festerer Stimme und genoss das Gefühl, das in ihr aufstieg, wie eine Liebkosung. Sie spürte nicht, dass ihre Züge sich zu einem Lächeln entspannten, wie es seit jenen Sommertagen vor dreiundfünfzig Jahren nicht mehr geschehen war.

Versöhnung …

Heilung.

Yizhu.

Guniangs Gedanken wanderten in den Spätsommer jenen Jahres zurück, als die Eunuchen sie zum ersten Mal in die kaiserlichen Schlafgemächer brachten. Mehr als zwei Jahre lang hatte Yizhu sie übersehen, wie er fast all seine Konkubinen und sogar die vierzehn Jahre alte Kaiserin übersehen hatte. Er hatte nur Augen für Li Fei gehabt, die eine Konkubine zweiten Ranges gewesen war. Li Fei hatte in der höfischen Hierarchie den Platz unmittelbar nach der Kaiserin eingenommen, weit über Guniang, die als Konkubine niederen Ranges kaum mehr galt als die Hofdamen. Und Li Fei hatte sich darauf verstanden, Yizhu an sich zu binden ...

Guniang horchte in sich hinein und stellte mit staunender Dankbarkeit fest, dass das Gefühl des Hasses, das sich im Laufe der Jahre wie ein bösartiges Geschwür in ihrer Seele ausgebreitet hatte, nur noch eine Erinnerung war.

Vier Monate lang hatte Yizhu ihr gehört, nachdem Li Fei schwanger geworden war und er sich ihr der Sitte gemäß nicht mehr nähern durfte. Vier Monate, in denen aus Zuneigung Zärtlichkeit und aus Zärtlichkeit Leidenschaft geworden war. Guniang hatte geglaubt, dass die Gefühle, die zwischen ihnen gewachsen waren, tief, echt und dauerhaft sein würden. Doch dann war sie selbst schwanger geworden, und nun musste Yizhu sich auch von ihr fernhalten. Die Entfremdung, die in jener kurzen Zeit einsetzte, sollte eine dauerhafte werden. Li Fei brachte ihr Kind zur Welt – zur großen Enttäuschung aller bei Hofe war es eine Tochter –, und nach dem Verstreichen der hundert Tage, in denen eheliche Enthaltsamkeit vorgeschrieben war, hatte Yizhu sich seiner Favoritin Li Fei von Neuem zugewandt.

Im nächsten Frühjahr, am dreiundzwanzigsten Tag des dritten Monats im Jahr Bingchen, dem sechsten Jahr der

Regierung Xianfengs, kam dann Guniangs Sohn zur Welt, und die Hoffnung, die sie während der langen Monate ihrer Schwangerschaft aufrechterhalten hatte – dass Yizhu sich nun wieder ihr zuwenden werde –, erfüllte sich nicht. Yizhu suchte bis zu seinem Tod in Jehol im Jahr 1861 zwar immer häufiger ihren Rat und ihre Kameradschaft – tagsüber. Aber nicht ein einziges Mal in den fünf Jahren bis zu seinem Tod ließ er sie nachts in seine Gemächer bringen.

Vier Monate. Wie viel Zeit hatten sie während dieser Monate miteinander verbracht? Sie war fast jede Nacht bei ihm gewesen, bis auf wenige Ausnahmen. Also einhundertundzwanzig Tage – und Nächte –, und wenn sie davon ausging, dass sie an jedem dieser Tage und Nächte fünf Stunden miteinander verbracht hatten, denn das war durchaus realistisch, dann hatten sie sechshundert Stunden lang ihre Liebe leben können. Sechshundert Stunden. Ist das viel? Ist das wenig? Welchen Preis ist eine Frau für fünfhundert solcher Stunden zu zahlen bereit? Ab wann ist der Preis zu hoch? Ist er jemals zu hoch?

Auf der Bühne hob sich jetzt der Vorhang zum zweiten Akt, und festlich gedeckte Tische waren zu sehen, auf denen große Schalen mit Pfirsichen und bauchige Weinkrüge prangten.

Vier Monate. Guniang wusste nicht, woher diese Gedanken gekommen waren, sie hatte sich eine solche Frage noch nie zuvor gestellt – aber die Frage hatte etwas Tröstliches …

»Yizhu.«

Eine Biene, ein mit übernatürlichen Fähigkeiten ausgestattetes Wesen, summte über die Bühne, blies den Dienern ein Schlafpulver ins Gesicht und verwandelte sich alsbald in einen großen Affen, um sämtliche Pfirsiche zu vertilgen und die Weinkrüge zu leeren.

»Yizhu ...«

Sechshundert Stunden lang war er nicht nur ihr Kaiser gewesen, sondern auch ihr Gemahl, ihr Geliebter, ihr Freund, ihr Vertrauter, ein Teil ihrer Seele.

Ein Trompetenstoß kündigte den Auftritt der Königin des Himmels an, und mit einem großen Gefolge von Priestern und Dienern erschien sie auf der Bühne.

Sechshundert Stunden. Guniang schloss die Augen und ließ den Klagegesang der Diener, die sich für das unerklärliche Verschwinden der Mahlzeit zu entschuldigen versuchten, über sich hinwegziehen. Wie einen friedlichen Refrain flüsterte sie immer wieder die Namen der Menschen, die sie geliebt und verloren hatte. Aber sie hatte sie nicht wirklich verloren. Nicht wenn sie ihre Nähe, ihren Geist, ihre Liebe so deutlich spüren konnte.

»Yizhu. Zaichun. Malu.«

Langsam glitt Guniang in einen ruhigen, tiefen Schlaf.

Kapitel 13

Biao Yong, der soeben als Wächter des Himmels der Himmelskaiserin berichtet hatte, dass ein großer, betrunkener Affe zum Südtor hinausgelaufen sei, verließ mit einem kunstvollen mehrfachen Salto die Bühne. Das Herz hämmerte ihm beinahe schmerzhaft in der Brust, und seine Zunge war wund und blutig, so oft hatte er damit den verhassten Eckzahn abgetastet, und er hatte unter der dicken Theaterschminke zu schwitzen begonnen – aber nichts konnte den Jubel trüben, der schon in den ersten Minuten der Aufführung in ihm aufgestiegen war. Es war sein erster richtiger Auftritt auf einer Bühne gewesen, und er wusste, dass er seine Aufgabe glänzend gemeistert hatte. Es waren nur zwei kleine Rollen gewesen, die er hatte spielen dürfen, aber es war ein Anfang – und mehr, als er sich je erträumt hätte. Er war vor der Kaiserin aufgetreten, und wenn ihn das Glück nicht verließ, würde es nicht lange dauern, bis auch der Kaiser ihm applaudierte. Er schloss die Augen und sah im Geiste eine Menge vornehm gekleideter Menschen, die von den Rängen auf ihn herabblickten, die ihm zujubelten und ihm Blumen und Goldmünzen auf die Bühne warfen. Und er stand in dieser schönen Vision einfach nur da, stolz und unnahbar, ein Prinz in seinem eigenen Reich, der den Tribut der Höchsten seines Landes mit gelassener Selbstverständlichkeit hinnahm …

Erst als direkt hinter ihm jemand dreimal laut in die Hände klatschte, zerstob die schöne Vision, und Biao Yong kehrte jäh in die Wirklichkeit zurück. Statt der vornehmen Umgebung seines Tagtraums umfing ihn jetzt wieder die Schäbigkeit der dunklen, schlecht belüfteten Räume hinter der Bühne. Erschrocken fuhr Biao Yong herum und sah den Obereunuchen dicht hinter sich stehen.

»Ich möchte dir zu deinem Erfolg gratulieren«, sagte Li unnötig laut. Biao Yong blickte nach rechts, wo Mengtian sich soeben in das Kostüm für seine nächste Rolle helfen ließ, die größte und wichtigste, die er heute zu spielen hatte. In dem hohen Raum hielten sich etwa vierzig Männer auf, Schauspieler und ihre Helfer, und wo soeben noch allerorten erregtes Getuschel geherrscht hatte, war mit einem Mal Totenstille eingekehrt. Nur der gedämpfte Gesang der Soldaten, die vor der Höhle des Affen gegen dessen übernatürliche Fähigkeiten kämpften, war noch zu hören.

»Du besitzt ein ungewöhnliches Talent, Biao Yong«, fuhr Li mit einer Freundlichkeit fort, wie Biao Yong sie noch nie bei ihm erlebt hatte. »Nicht ein einziger unreiner Ton, keine Geste, die nicht ihren Platz gehabt hätte – und ein Akrobat, wie man ihn schon lange nicht mehr auf dieser Bühne gesehen hat.«

Biao Yong errötete unter seiner Theaterschminke, deren saurer, abgestandener Geruch ihm plötzlich ins Bewusstsein drang. Er war sich nicht sicher, ob es das unerwartete Lob des Obereunuchen war, das ihn so aufwühlte, oder die Tatsache, dass Mengtian jedes Wort mit anhören musste. Mengtian hatte nicht nur im ersten Akt hoffnungslos die Kontrolle über seine Stimme verloren, sondern die Zuschauer auch zweimal mit einer falschen Geste verwirrt. Und ein großer Akrobat war er noch nie gewesen.

»Ich hatte ja keine Ahnung, welche Begabungen in dir schlummern, mein jüngerer Bruder«, sagte Li mit einer Selbstverständlichkeit, als seien sie tatsächlich blutsverwandt. Der Obereunuch spitzte die Lippen. »Meine Erfahrung lehrt mich jedoch, dass Begabung allein nicht solche Leistung hervorbringt.« Li wandte sich unmerklich in die Richtung, wo der Maskenmeister soeben noch eine letzte Korrektur an dem aufgemalten Stirnauge vornahm, das für Mengtians nächste Rolle unerlässlich war; er würde als Nächstes den Gott Erlangye spielen, dem es mit Hilfe eines gewaltigen Hundes gelang, den Affen endlich zu bezwingen. »Eine solch große Meisterschaft in Gesang, Gestik und Bewegung«, fuhr Li fort, »erreicht nur, wer viele Jahre hart an sich gearbeitet hat – und wer niemals, auch nicht im Erfolg, nachlässig geworden ist.«

Biao Yong schwieg und unterdrückte den beinahe übermächtigen Impuls, mit der Zunge nach dem überstehenden Zahn zu suchen. Der Obereunuch hatte recht, was die harte Arbeit betraf, und er wusste auch, dass er Talent besaß. Aber dennoch war er seltsam erleichtert, als Mengtian zu seinem Auftritt hinaus auf die Bühne musste.

»In den wenigen Monaten, die du hier bist, kannst du unmöglich so viel gelernt haben«, fuhr Li fort. »Wie erklären sich also deine ungewöhnlichen Leistungen als Schauspieler?«

Der Obereunuch hatte prompt die Stimme gesenkt, als Mengtian gegangen war, und Biao Yong wusste, dass Li zumindest die Hälfte seines Publikums verloren hatte. Nein, er mochte diesen Mann nicht. Aber sein Einfluss bei Hof war groß, vor allem was die Kaiserin betraf. Und die Kaiserin wiederum hatte das letzte Wort, wenn es um die Besetzung der Theaterrollen ging ...

Li wurde sichtlich ungeduldig wegen des Schweigens, das zwischen ihnen eingetreten war, und Biao Yong riss sich zusammen.

»Mein Vater«, antwortete er so leise, dass nur Li ihn hören konnte, »war ein Schüler des großen Zhang Zhenggeng.«

Die Augenbrauen des Obereunuchen zuckten in die Höhe. Der Name des berühmten Sängers, der den neuen Stil des chinesischen Schauspiels entscheidend beeinflusst und nur die begabtesten Nachwuchstalente als Schüler angenommen hatte, besaß auch heute noch, fast dreißig Jahre nach seinem Tod, einen magischen Klang. Wer von ihm ausgebildet worden war, dem hatte eine glänzende Laufbahn bevorgestanden.

»Und dein Vater«, fragte der Obereunuch weiter, »hat seine Kunst an dich weitergegeben?«

Biao Yong nickte. Auf der Bühne war ohrenbetäubender Lärm zu hören, als der besiegte Affe einem alten daoistischen Gott übergeben wurde, der ihn in ein Weihrauchgefäß einschließen und verbrennen sollte.

Li schnalzte ärgerlich mit der Zunge. »Ich möchte ein wenig mehr über deine Ausbildung hören«, sagte er, und Biao Yong straffte sich. Das war kein Thema, über das er gern sprach. Und am meisten fürchtete er die eine Frage, die unausweichlich folgen würde.

»Es gibt im Grunde nicht viel zu erzählen, alter Gebieter«, sagte er respektvoll. »Seit ich denken kann, hat mein Vater mich unterrichtet, denn ich war sein einziger Sohn.« Biao Yong biss sich auf die Lippe und plapperte hastig weiter, in der Hoffnung, dass der Obereunuch seine Dummheit nicht ausnutzen und ihn fragen würde, warum ein

Mann, der ein Schüler des berühmten Zhang Zhenggeng gewesen war, seinen einzigen Sohn hatte Eunuch werden lassen – und sich damit jeder Hoffnung auf einen männlichen Nachkommen für die Fortsetzung der Ahnenreihe beraubt hatte.

»Mein Vater hat mich in Gesang, in der Mimik und in der Akrobatik der Pekingoper unterrichtet.«

Biao Yong dachte an die langen, qualvollen Jahre, als er niemals mit den anderen Kindern hatte spielen dürfen. Mit elf Jahren hatte er bereits die wichtigsten Rollen von fünf Opern bis ins letzte Detail beherrscht, und sein Vater hatte ihn unerbittlich weitergetrieben, bis er zwei Jahre später insgesamt neun Stücke auswendig und ohne Fehler spielen konnte, eine Leistung, die nur zu schätzen wusste, wer selbst einmal eine Rolle in einer dieser Opern einstudiert hatte, von denen sich einige über mehrere Tage hinzogen.

»Wie war der Name deines Vaters«, wollte Li wissen.

Biao Yong war klar, dass der Name dem Obereunuchen nichts sagen würde. Niemand, der von Bedeutung war, hatte den Namen seines Vaters gekannt, obwohl sein Talent wahrhaftig groß gewesen war.

»Biao Langdi«, antwortete Biao Yong leise.

Li zuckte die Schultern und sah ihn fragend an.

Biao Yong wurde heiß in seinem Kostüm, und er spürte, wie der Schweiß langsam die dicke Schicht der Schminke durchdrang. Er brachte keinen Laut hervor.

»Opium«, sagte der Obereunuch schließlich, und es war keine Frage, sondern eine Feststellung. Auch Zhang Zhenggeng selbst war dem Opium verfallen gewesen.

Plötzlich ging eine Veränderung in dem jungen Eunuchen vor. »Ja«, sagte er mit fester Stimme und war Schauspieler genug, um seine Antwort so freimütig klingen zu lassen, als sei sie die reine Wahrheit – obwohl sie in Wirklichkeit von der Wahrheit kaum weiter hätte entfernt sein können. Sein Vater hatte das Opium von ganzem Herzen verabscheut – so wie er all die Dinge verabscheut hatte, die sein Volk zu zerstören drohten. So leidenschaftlich er die Musik und die Oper geliebt hatte, war er doch ein Rebell und ein Narr gewesen. Und am Ende, kurz nach Biao Yongs fünfzehntem Geburtstag, hatte er sich mit anderen Narren zusammengetan und versucht, den Kaiser zu töten, um den Weg für das zu ebnen, was er Selbstbestimmung des Volkes genannt hatte. Er war wie ein gemeiner Mörder hingerichtet worden.

Sein Vater hatte den falschen Weg gewählt und sein Talent verraten, doch er, Biao Yong, würde nicht denselben Fehler machen. Er war noch in der Nacht, in der das Verbrechen geschah, aus dem Haus seines Vaters geflohen, um den Häschern des Kaisern nicht ebenfalls in die Hände zu fallen. Anschließend hatte er sich monatelang wie ein gewöhnlicher Bettler in den schäbigsten Gassen der Hauptstadt versteckt – bevor er unter falschem Namen selbst zum Messerstecher gegangen war.

Es war der einzige Weg gewesen.

Auf der Bühne befreite sich soeben der Affe aus seinem Gefängnis, nachdem sich der daoistische Mönch, der ihn für tot hielt, entfernt hatte. Ein höllischer Lärm ertönte, und ihr Gespräch wurde für volle zwei Minuten unterbrochen, was Biao Yong Zeit zum Nachdenken gab.

Der Obereunuch hatte ihm soeben unbeabsichtigt die Erklärung für die seltsame Abwesenheit seines Vaters auf allen großen Bühnen seines Landes geliefert, eine Erklärung, an der er von jetzt an bis zu seinem Ende festhalten würde. Ein Zucken glitt über sein Gesicht, doch er wusste, dass die Theaterschminke Maske genug war, um den Ausdruck des Triumphs zu bemänteln. Nur mit Mühe konnte er sich daran hindern, reflexartig die geballte Faust in die Luft zu stoßen – die Geste, mit der er auf der Bühne sein Gefühl zum Ausdruck gebracht hätte.

Dort öffnete soeben der Affe eine Kürbisflasche, um die goldenen Pillen des Mönchs zu stehlen, die ewiges Leben schenkten. Mengtians Gesang, der als Gott Erlangye den alten Mönch zu warnen versuchte, klang dünn und unsicher. Biao Yong straffte mit neuem Selbstbewusstsein die Schultern. »Opium«, wiederholte er bekräftigend, als wieder Stille eingekehrt war.

Li nickte wissend. Dann spitzte er weibisch die Lippen, wie er es so häufig tat, und Biao Yong unterdrückte gewaltsam jede Regung, die seinen tiefen Widerwillen gegen den anderen Mann hätte verraten können.

»Der Vater ist am Opium zerbrochen«, sagte der Obereunuch jetzt in verändertem Tonfall, »und der Sohn will nun vollenden, was dem Vater nicht glücken wollte.«

Biao Yong schwieg, denn er wusste, dass der Obereunuch noch nicht fertig war. Und er ahnte, wie sich dieses Gespräch möglicherweise weiterentwickeln würde. Mit angehaltenem Atem wartete er ab.

»Um dem alten Ahnen Ehre zu erweisen«, fuhr Li beinahe beiläufig fort, »und um seinen Namen vom Makel zu reinigen, will der Sohn der Welt seine großen Talente zeigen.«

Biao Yong nickte vorsichtig. Mengtian kam jetzt von der Bühne zurück, mit hängenden Schultern und verkrampfter Miene. Aus den Augenwinkeln sah Biao Yong, dass der

Akrobatikmeister mit verärgertem Gesicht auf ihn zutrat. Biao Yong wusste, dass die Kampfszenen mit dem Affen eine harte Probe für Mengtian gewesen sein mussten. Nach der Miene des Akrobatikmeisters zu urteilen, hatte er seine Sache noch schlechter gemacht als während der Proben. Biao Yong unterdrückte das Mitleid, das in ihm aufsteigen wollte, und lauschte angespannt auf die nächsten Worte des Obereunuchen.

»In diesem Fall«, sagte Li, nun wieder mit überlauter Stimme, »benötigt der Sohn einen Gönner, der sein großes Talent fördert.« Er sah Biao Yong durchdringend an.

Biao Yong schwieg und wagte kaum zu atmen. Wieder waren alle Gespräche um sie herum erstorben. Selbst das wütende Zischen des Akrobatikmeisters war verstummt.

»Nun, mein geschätzter jüngerer Bruder«, fragte Li laut, »ist der Sohn auf der Suche nach einem solchen Gönner?« Leiser, so dass nur Biao Yong seine nächsten Worte verstehen konnte, fügte er hinzu: »Und weiß der Sohn, dass alle großen Dinge im Leben ihren Preis haben? Einen Preis, der in jedem Fall und immer zu zahlen ist?«

Biao Yong zögerte nur wenige Sekunden, doch diese kurze Zeit erschien ihm unendlich lang. Mit scheinbarer Gelassenheit betrachtete er den Obereunuchen, das aufgeschwemmte, hässliche Gesicht mit den vom Kinn herabhängenden Hautfalten, die reptilienhaften, gierigen Augen, den unnatürlich breiten Mund mit den schmalen Lippen. Er verabscheute den anderen Mann von ganzem Herzen, und seine bloße Gegenwart verursachte ihm Übelkeit.

Auf der Bühne verkündete ein plötzlicher, scharfer Trompetenstoß, dass der Affe soeben eine der goldenen Pillen schluckte. Nun würde er ewig leben. Nichts konnte ihm jemals wieder seinen Weg verstellen, nichts ihn daran hindern, zu tun, was immer er wollte.

Er würde unbesiegbar sein. Es gab keine Grenze mehr für ihn.

Biao Yong holte tief Luft.

»Der Sohn ist bereit«, sagte er laut. Dann zögerte er einen Moment lang und fügte wagemutig hinzu: »*Ich* bin bereit – mein geschätzter älterer Bruder.«

Li sah ihn ungerührt an, und in seinen Augen stand keinerlei Missfallen über die vertrauliche Anrede, die der Jüngere ihm gegenüber benutzt hatte.

»Dann haben wir jetzt also ein Abkommen?«, hakte Li noch einmal nach.

Biao Yong schluckte. Mit einem Ja auf diese Frage, das wusste er, würde er einen Weg beschreiten, von dem es kein Zurück mehr gab. Nie mehr. Er schluckte noch einmal, schluckte Abscheu und Ekel hinunter.

Er würde unbesiegbar sein, es gab keine Grenze mehr für ihn. Er blickte zu Mengtian hinüber, der mit versteinerter Miene auf seine Antwort wartete, eine Antwort, die auch über Mengtians Zukunft entscheiden würde. Und Biao Yong stellte erstaunt fest, dass das Mitleid mit dem älteren Mann, das er noch vor wenigen Minuten so deutlich empfunden hatte, nur noch eine Erinnerung war.

»Ja«, sagte er in einem harten Tonfall, wie er ihn noch nie in seiner Stimme gehört hatte.

Er hatte seinen Weg gewählt.

Kapitel 14

*I*ch bin bereit«, sagte Guniang, kaum dass ich eingetreten war. Sie stand mit der kleinen Pekinesenhündin auf dem Arm an einem der hohen Fenster, den Rücken der Bühne zugewandt, wo sich vor wenigen Sekunden der Vorhang zum dritten Akt gehoben hatte.

Ich konnte ihre Stimmung nicht abschätzen, daher machte ich nur schweigend eine tiefe Verbeugung. Nach der angenehmen Kühle des Morgens war es gegen Mittag viel zu heiß geworden, und ich fühlte mich immer unwohler in dem dicken Seidenbrokat meines Hofgewands. Aber es war nicht nur die Hitze, die mir zusetzte.

Als ich nach dem Morgendienst bei der Kaiserin in meine Gemächer zurückgekehrt war, hatte ich wie an jedem Tag während der letzten drei Wochen eine Reihe kleiner Geschenke dort vorgefunden. Doch heute war neben den bunten Bändern und den unbeholfen geschriebenen Glückszeichen wiederum ein Geschenk dabei gewesen, dessen Kostbarkeit mir den Atem verschlagen hatte. Und diesmal hatte der Absender auch seine Identität preisgegeben, mit einem Schreiben, das ich selbst beim besten Willen nur in eine einzige Richtung zu deuten vermochte.

Auf der Bühne marschierten die Buddhas und Soldaten auf, um zu versuchen, den Affen ein zweites Mal zu bezwingen, und Guniang ließ den Lärm ein wenig abschwellen, bevor sie fortfuhr: »Ich will Euch Eure Frage beantworten, Prinzessin.«

Einen Augenblick lang war ich verwirrt über diese Bemerkung. Die goldene Kette und der Gedanke an das, was sie bedeutete, hatten meine morgendliche Unterredung mit der Kaiserin in den Hintergrund gedrängt. Außerdem war da noch etwas anderes gewesen, das meine Aufmerksamkeit während der Theatervorstellung von den Gedanken an meine Tante abgelenkt hatte.

Die Kaiserin sah mich fragend an. »Ich hatte heute Morgen den Eindruck, dass Euch das Schicksal Eurer Tante wirklich am Herzen liegt«, sagte sie nach einem Moment, und ich errötete ein wenig.

Ich setzte zu einer neuerlichen Verbeugung an, doch Guniang vereitelte mein Vorhaben. »Lasst den Unfug, Prinzessin«, fuhr sie mich an, und ich richtete mich hastig wieder auf. Der Drang, mich zu verbeugen, war schier übermächtig, und in diesem Moment begriff ich, wie Bolo sich fühlen musste. Es war an diesem Ort praktisch ein Reflex, sich in Gegenwart einer höhergestellten Person unentwegt zu verneigen.

»Natürlich liegt mir das Schicksal meiner Tante am Herzen, Majestät«, versicherte ich Guniang hastig, denn auch wenn das kostbare Schmuckstück und diese andere Sache für einige Stunden meine volle Aufmerksamkeit beansprucht hatte, wollte ich doch mehr über Malu wissen. Und Guniang war für ihre Launenhaftigkeit bekannt. Es war gut möglich, dass sich eine solche Gelegenheit allzu bald nicht wieder bieten würde.

Ich konnte zu dieser Zeit nicht ahnen, wie sehr sich meine Vermutung bewahrheiten sollte.

»Verzeiht mir meine Unaufmerksamkeit, Euer Majestät«, bat ich Guniang aufrichtig. »Aber ich würde wirklich gern mehr über Malu erfahren.«

Die Kaiserin musterte mich kurz, dann blickte sie zur Bühne hinüber. Der Gott Erlangye kämpfte zum zweiten Mal mit dem Affen. Ich wusste, dass Mengtian, der Favorit des Obereunuchen, diese Rolle spielte, und obwohl ich den jungen Halbmann von Herzen verabscheue, tat er mir heute aufrichtig leid. Seine Leistungen hatten sich während der Vorstellung stetig verschlechtert, und ich konnte es kaum mit ansehen, wie er jetzt nach einem Salto der Länge nach hinschlug, statt elegant auf den Füßen zu landen. Obwohl uns etliche Meter trennten, konnte ich seine Verzweiflung so deutlich spüren, als stünde er mir direkt gegenüber. Das gedämpfte Lachen, das vom Pavillon der Hofdamen herüberklang, den einzigen Zuschauern außer der Kaiserin selbst, tat mir weh. Ich wusste, welch bittere Konsequenzen schon ein weitaus geringeres Versagen bei Hof nach sich ziehen konnte.

Erst als ich Guniangs forschenden Blick auf mir spürte, riss ich mich von dem Drama auf der Bühne los.

Doch statt mich für meine neuerliche Unaufmerksamkeit zu schelten, lächelte Guniang – dieses unerwartete Lächeln, das sie so jung erscheinen ließ und das sie mir so lieb machte.

»Kommt hier herüber«, sagte die Kaiserin sanft und führte mich zu einem kleinen Tisch in der Ecke des Raums, von dem aus man die Bühne nicht sehen und selbst nicht gesehen werden konnte.

Und wie am Morgen forderte Guniang mich auf, Platz zu nehmen. Diesmal zögerte ich nicht.

Auf der Bühne kehrte der Gott Erlangye inzwischen in den Himmel zurück, um seiner Herrscherin von seinem Missgeschick zu berichten, und ich atmete erleichtert auf. Zumindest von dieser Qual würde Mengtian bald erlöst sein.

»Dein Gesicht, mein Kind, ist wie ein Buch mit sehr großen Zeichen«, bemerkte Guniang leise, und ich errötete abermals. »Nein, du wirst dich nicht noch einmal entschuldigen«, fügte sie hinzu, als sie meinen unglücklichen Blick auffing.

Schweigend warteten wir ab, bis Mengtian seine letzte Arie beendet hatte. Seine Stimme war so brüchig, dass wir kaum die Worte verstehen konnten, die er an die Kaiserin des Himmels richtete.

»Die Gabe, von ganzem Herzen mit einem anderen Menschen mitzuleiden«, sagte Guniang schließlich, »und erst recht, wenn es sich um einen Menschen handelt, der keinerlei liebenswerte Züge besitzt, ist ein ganz besonderes und sehr seltenes Geschenk der Götter.«

Fasziniert beobachtete ich, mit welcher Zärtlichkeit und Behutsamkeit Guniang die magere alte Hündin auf ihren Schoß bettete und geduldig abwartete, bis das Tier es sich bequem gemacht hatte. Erst als Shuida sich endlich niedergelegt hatte, sah die Kaiserin mich wieder an.

»Wenn du wissen willst«, erklärte sie, »was für ein Mensch Malu war, dann brauchst du nur in dich hineinzuhorchen.« Sie deutete mit dem Kopf zu den Fenstern hinüber. »Ich kannte deine Tante sehr gut«, fuhr sie fort, »und deshalb kenne ich auch dich und deine Gedanken.«

Auf der Bühne rief die Kaiserin des Himmels einen ihrer jüngsten Götter zu sich, den fünfzehnjährigen Neur Cha, dessen Körper aus Lotosblumen und Blättern bestand. Ich hatte das Stück im Frühling schon einmal gesehen, denn es wurde traditionell in jedem Jahr am dritten Tag des dritten Monats aufgeführt. Daher wusste ich, auch ohne die Bühne sehen zu können, was dort geschah. Aber im Grunde interessierten mich die Darbietungen im Augenblick nur wenig, obwohl ich die Art, wie Guniang das Stück verändert hatte, ungemein fesselnd fand. Es wirkte jetzt weniger wie das traditionelle Theaterstück, das es eigentlich war, sondern eher wie eine der Opern, die in den letzten Jahrzehnten in Mode gekommen waren.

Dies war jedoch nicht die richtige Zeit, um der Kaiserin meine Bewunderung für ihre Arbeit auszusprechen. Ich schob die quälende Erinnerung an die goldene Kette energisch beiseite, beugte mich über den Tisch und fragte mit einer Unbefangenheit, die mich selbst erstaunte: »Ihr kennt meine Gedanken?« Dann aber zögerte ich doch weiterzusprechen.

Guniang lachte hell auf. »Du möchtest einen Beweis für diese Behauptung, nicht wahr?«, fragte sie zurück.

Die Heiterkeit, die in ihren Augen stand, gab mir den Mut zu nicken.

»Es ist eine bemerkenswerte Behauptung«, sagte ich, »und, ja, wenn Ihr einen Beweis dafür erbringen könnt, würde ich ihn gern hören.«

Guniang strich über das Fell der kleinen Pekinesenhündin, wobei sie sorgsam Acht gab, das Tier nicht mit ihren langen Fingernagelschützern zu verletzen.

Der Affe auf der Bühne verspottete den kleinen Gott, der es wagte, den Kampf mit ihm aufzunehmen. Er wusste zu diesem Zeitpunkt noch nicht, dass Neur Cha jede

Gestalt annehmen konnte, die ihm beliebte, und dem Affen trotz dessen großer Stärke noch arg zu schaffen machen würde.

»Zunächst einmal«, erklärte Guniang, die sich nicht im Mindesten für das Geschehen auf der Bühne zu interessieren schien, »zunächst einmal weiß ich, dass dir nach unserem Gespräch heute Morgen etwas widerfahren ist, das dich quält. Irgendetwas macht dir große Angst, weil du glaubst, dass du es nicht verhindern kannst.«

Betroffen sah ich die Kaiserin an und fragte mich einen Moment lang, ob sie irgendwie von der Kette erfahren haben konnte – und von dem übertrieben gefühlvoll geschriebenen Brief, der sie begleitet hatte.

Allein der Gedanke an den Inhalt dieses Briefs schnürte mir die Kehle zu, und ich brachte keinen Laut heraus.

»Aber das«, sprach Guniang weiter, »ist ein anderes Thema, und ich werde später darauf zurückkommen.« Sie sah mich prüfend an und setzte dann mit der sachlichen Strenge, die ich so häufig bei ihr erlebt hatte, hinzu: »Und ich werde eine Antwort verlangen.« Ihr Tonfall ließ keinen Zweifel daran, dass sie diese Antwort auch bekommen würde.

Ich nickte stumm, und die Miene der Kaiserin wurde wieder weich.

»Außerdem …«, sagte sie und blickte zu den Fenstern hinüber. Der kleine Gott verwandelte sich unter lauten Gongschlägen in einen großen, sehr starken Mann und versuchte, seinen Gegner zu fassen zu bekommen. Guniang schwieg, bis der Kampflärm verebbt war. »Außerdem«, nahm sie den Gedanken wieder auf, »weiß ich, dass du seit Beginn des Stücks darüber nachdenkst, ob du Mengtian, diesem widerwärtigen, kriecherischen Eunuchen, nicht irgendwie helfen kannst.«

Die Kaiserin lachte über meinen verblüfften Gesichtsausdruck. »Es ist keine große Kunst für mich, das zu wissen, mein Kind, denn deine Tante hätte dasselbe gedacht wie du soeben.« Guniang lachte immer noch, und Shuida hob den Kopf, um gegen die unliebsame Erschütterung zu protestieren. Geistesabwesend beruhigte Guniang das Tier, bevor sie zu sprechen fortfuhr. »Malu hat mich mit ihrem großen Herzen und ihrer unbesonnenen Güte mehr als ein Mal in eine schwierige Situation gebracht.« Das Lächeln auf ihrem Gesicht sagte mir mehr als alle Worte, wie sehr die Kaiserin meine Tante geliebt hatte. »Malu hätte keine Ruhe gegeben, bis ich einen Platz für diesen stinkenden jungen Nichtsnutz gefunden hätte, einen Platz, an dem er vor dem Groll des Bühnenmeisters – und des Obereunuchen – sicher wäre.«

Neur Cha stieß einen markerschütternden Schrei aus, als der Affe sich plötzlich in ein riesiges Schwert verwandelte und ihn mit einem einzigen Schlag entzweischlug. Das laute, lang anhaltende Zischen, das durch die Fenster drang, verriet, dass sich der kleine Gott nun in Feuer verwandelte, um seinen Gegner zu verbrennen. Guniangs Lachen und das keuchende Bellen des Hundes auf ihrem Schoß fügten sich in die Geräusche auf der Bühne, als seien sie ein Teil des Spektakels. Aber die Kaiserin fand offensichtlich, dass es für das kleine Tier zu unbequem wurde, und erhob sich vorsichtig, um Shuida auf das Ruhebett auf der anderen Seite des Raums zu legen.

Ich nutzte die kurze Unterbrechung, um meine Gedanken zu ordnen. Ich hatte tatsächlich, als Mengtian während der Aufführung einen Fehler nach dem anderen beging, trotz meiner eigenen Sorgen darüber nachgegrübelt, wie dem armen Kerl zu helfen sei – und ich wusste auch, wie man es anfangen musste.

Als Guniang an ihren Platz zurückkehrte, stieß ich übereifrig hervor: »Ich glaube, dass der Obereunuch langsam das Interesse an Mengtian verliert; er verhält sich ihm gegenüber in letzter Zeit äußerst abweisend. Und wenn ich mit meiner Vermutung richtig liege und Mengtian obendrein auf der Bühne zu nichts mehr nutze ist, dann wird sein Leben hier eine einzige Hölle sein.« Ich sah Guniang beschwörend an, ein wenig irritiert über ihre nachdenkliche Miene. Aber ich sprach trotzdem weiter. »Ich hätte auch eine Idee, wie man ihm helfen könnte. Man müsste ...«

»Man müsste!«, unterbrach Guniang mich mit einem theatralischen Seufzer. »*Man müsste* ... Wenn du wüsstest, wie oft ich diese Worte gehört habe! Vier Jahre lang, fast jeden Tag.« Die Kaiserin zwinkerte mir zu. »Deine Tante hat nämlich nicht so lange gewartet wie du, bevor sie mir Vorschläge machte, auf welche Weise ich mein Haus zu führen hätte. Im Grunde«, fügte sie nach kurzem Nachdenken stirnrunzelnd hinzu, »waren es keine Vorschläge, sondern Vorschriften. Denn allzu oft stellte Malu mich vor vollendete Tatsachen, und ich konnte nur noch nachträglich billigen, was sie längst eingefädelt hatte.«

Ich errötete schuldbewusst, denn tatsächlich war auch mir der Gedanke gekommen, genau das zu tun.

Guniangs Ernst verflüchtigte sich, und ich begriff, dass sie meiner Tante ihre Eigenmächtigkeit niemals verübelt hatte – was überaus bemerkenswert war, da sie im Allgemeinen auch nicht die kleinste Einmischung duldete.

»Ich weiß genau, in welche Richtung sich deine ›Idee‹ entwickelt hat«, erklärte sie. »Es gibt sicher noch irgendeine junge Hofdame – und ich glaube mich zu erinnern, dass in den letzten Wochen zwei oder drei neue hinzugekommen sind –, die noch keinen persönlichen Diener hat, nicht wahr?«

Wieder konnte ich nur verlegen nicken. »Wang Shuimin«, murmelte ich.

»Wang Shuimin«, wiederholte die Kaiserin trocken. »Ich kannte zwar bisher nicht einmal ihren Namen, aber jetzt weiß ich immerhin, wie ihr zukünftiger Leibdiener heißt. Und«, fuhr sie fort, »ich nehme nicht an, dass du ursprünglich die Absicht hattest, mich von deiner Idee in Kenntnis zu setzen – nur für den unwahrscheinlichen Fall, dass ich bereits andere Pläne für einen der Beteiligten haben könnte?«

Einen Moment lang wusste ich nicht, ob ich lachen oder um Entschuldigung bitten sollte, denn Guniang hatte natürlich vollkommen recht mit ihrer Vermutung, aber sie nahm mir die Entscheidung ab, und ich stimmte – noch ein wenig unsicher – in ihr Gelächter ein.

»Also ist es beschlossene Sache«, sagte sie. »Wang Shuimin wird einen Leibdiener bekommen – wenn du recht hast und Li seines Favoriten langsam überdrüssig ist.« Sie zog die Brauen zusammen. »Ist das übrigens dieses dicke, unleidliche Geschöpf, das zurzeit morgens mein Bett richtet?«

Ich nickte schweigend, obwohl ich Guniangs Beschreibung dieses offenkundig unglücklichen Mädchens sehr ungerecht fand.

»Nun«, erwiderte die Kaiserin, »dann hat sie Mengtian auch verdient.«

Wieder musterte Guniang mich mit diesem seltsam wissenden Blick, wieder seufzte sie übertrieben. »Ich sehe, du magst sie«, bemerkte sie. »Typisch.«

Ich zog fragend die Augenbrauen in die Höhe. »Typisch?«, wiederholte ich.

»Malu hätte sie auch gemocht«, antwortete Guniang, als sei das die Erklärung für alles. »Dieses Kind scheint unglücklich zu sein, und diese Tatsache allein hätte Malu vollauf genügt, um sie ins Herz zu schließen. Und«, fügte sie nach einer kleinen Pause hinzu, »sie hätte mit ihrer unermüdlichen Hartnäckigkeit keine Ruhe gegeben, bevor ich mich nicht ebenfalls für dieses Geschöpf interessiert hätte.«

Langsam wurde mir klar, was Guniang gemeint hatte, als sie behauptete, mich durch und durch zu kennen. Auch ich hätte versucht, Wang Shuimins Leben am Hof ein wenig erträglicher zu machen ...

»Man müsste ...«, sagte ich gedankenlos und biss mir auf die Zunge.

»*Man müsste*«, griff die Kaiserin meinen Satz auf, »ihr zunächst einmal eine befriedigendere Arbeit zuweisen, natürlich.«

Ein Tosen wie von einem Wasserfall brandete zu uns herüber. Einen verwirrenden Augenblick lang glaubte ich, es hätte aus heiterem Himmel wieder zu regnen begonnen. Nach all den erstaunlichen Dingen, die ich während der letzten Tage und Wochen erlebt hatte, hätte mich auch das kaum mehr wirklich verwundern können.

Aber es war nur der Affe, der sich auf der Bühne in Wasser verwandelte, um das Feuer des kleinen Gottes zu löschen.

Guniang wartete wiederum ab, bis ein wenig Ruhe eingekehrt war, dann wechselte sie mit plötzlichem Ernst das Thema.

»Deine Tante hat sich im Jahre Xinyou am siebenundzwanzigsten Tag des zehnten Monats auf dem Kohlehügel das Leben genommen«, sagte sie abrupt und ohne Überleitung, »weil sie einen Mann liebte, den sie nicht lieben durfte. Ein Leben ohne ihn war für sie schlimmer als der Tod.«

Die Trauer in Guniangs verschlossener Miene und der abschließende Tonfall, mit dem sie gesprochen hatte, verbot jede weitere Nachfrage meinerseits. Stumm wartete ich ab, während der kleine Gott die Arie beendete, mit der er der Kaiserin des Himmels erklärte, dass er zu schwach sei, um den Affen zu bezwingen, und dass es wohl auch niemand sonst vermöchte. Der kummervolle, perlende Gesang des Knaben schien die Tränen zu ersetzen, die Guniang gern um ihre tote Freundin geweint hätte, aber nicht weinen konnte.

Auf der Bühne trat eine kurze Stille ein, bevor die Kaiserin des Himmels ihrer Verzweiflung über die schier unlösbare Situation Ausdruck verlieh, und Guniang wechselte abermals und ebenso abrupt wie zuvor das Thema.

»Was ist heute Morgen geschehen, das Euch so sehr verstört hat?«, fragte sie, und die formelle Anrede machte mir klar, dass der vertrauliche Teil unseres Gespräches beendet war.

Instinktiv erhob ich mich von dem Stuhl, auf dem ich gesessen hatte, und die Kaiserin machte keine Anstalten, mich daran zu hindern. Die mädchenhafte Weichheit, mit der sie mir zuvor begegnet war – wie eine Frau einer anderen –, war aus Guniangs Zügen verschwunden, und an ihre Stelle war wieder die distanzierte Strenge getreten, mit der die Kaiserin einem Untergebenen begegnete.

In diesem Fall einer Untergebenen, die ihr auf eine Frage Rede und Antwort zu stehen hatte.

Auf der Bühne griff die Kaiserin des Himmels in ihrer Not zu dem letzten Mittel, das ihr noch einfiel, um dem schändlichen Treiben des Affen Einhalt zu gebieten: Sie schickte nach Yu Li, einem Vorfahren des Buddha, und nach Guan Yin, der Göttin der Barmherzigkeit. Der dritte und letzte Akt des Stückes näherte sich seinem Ende, und ich wusste, dass ich Guniang nicht warten lassen durfte.

Mit einer Verneigung, gegen die Guniang diesmal nicht protestierte, begann ich zu sprechen.

»Ich habe heute Morgen einen Brief und ein kostbares Schmuckstück erhalten«, sagte ich mit gepresster Stimme, dann korrigierte ich mich und fügte hinzu: »Genau genommen ist es schon das zweite Schmuckstück, das ich bekommen habe. Zuerst kam eine perlenbesetzte Nephritspange – allerdings wurde sie ohne ein Begleitschreiben vor meine Tür gelegt.«

Guniang hörte mir aufmerksam zu, und da sie die Frage, die ich erwartet hatte, nicht stellte, kam ich von selbst auf das zu sprechen, was mich an alledem so sehr erschreckt hatte.

»Heute nun wurde das Geschenk von dem Brief eines vornehmen Herrn begleitet, der im Dienst Seiner Majestät steht«, sagte ich. Ich musste mich zwingen weiterzusprechen, weil ich das Gefühl hatte, mit meinen Worten etwas, das bisher nur ein Alptraum gewesen war, Realität zu verleihen.

»Ich glaube«, stieß ich rau hervor, »dass dieser Mann die Absicht hat, mich zur Frau zu nehmen. Und«, fügte ich gequält hinzu, »er verfügt, wie ich weiß, über Rang und Vermögen. Er hat bereits einen Vermittler zu meiner Familie in die Steppe geschickt. Mein Vater wird den Vorschlag einer Heirat mit einem so reichen Mannes gewiss nicht ausschlagen, sondern bald um meine Entlassung aus Eurem Dienst bitten, um mich so schnell wie möglich zu verheiraten.«

Ich sah Guniang angstvoll an. Das Schauspiel steuerte inzwischen seinem Höhepunkt zu – der Läuterung des bösen Affen im Angesicht des ehrwürdigen Ahnen des Buddha und der Göttin der Barmherzigkeit –, doch ich nahm kaum etwas wahr von dem zu Herzen gehenden Gesang des Untiers, das nun keines mehr sein wollte.

Die Kaiserin nickte bedächtig, dann sprach sie langsam aus, was so offensichtlich aus meinen Worten geklungen war: »Und Ihr kennt den Mann und mögt ihn nicht«, sagte sie sachlich.

Ich schluckte. »Er ist alt«, antwortete ich, obwohl ich wusste, dass es keineswegs ungewöhnlich war, ein junges Mädchen mit einem Mann zu verheiraten, der dreißig oder sogar vierzig Jahre älter war als sie – wenn er nur genügend Reichtum besaß und einen hohen Rang bekleidete.

»Und ...«, fügte ich hinzu, hilflos, weil ich wusste, wie wenig meine Gefühle zählen würden, wenn mein Vater tatsächlich beschloss, mich mit diesem Mann zu verheiraten, »und«, flüsterte ich, »obwohl ich ihn nur ein einziges Mal gesehen habe, habe ich Angst vor ihm.«

Yu Li sprach das Urteil über den Affen und verkündete die Sühne, die er ihm als Strafe für seine Untaten auferlegen würde. Er würde den Affen unter einem Berg vergraben, wo er bleiben musste, bis er selbst, Yu Li, den Berg eines Tages wieder abtrug.

Als ich das Theaterstück das erste Mal gesehen hatte, war mir diese Strafe durchaus gerecht erschienen, doch jetzt wusste ich plötzlich, was für ein Gefühl es sein musste, bei lebendigem Leibe unter einem gewaltigen Berg begraben zu werden, unentrinnbar gefangen und dem Willen eines anderen machtlos ausgeliefert.

»Wer ist der Mann?« Guniangs ruhige Stimme riss mich aus meinen Überlegungen.

Ich räusperte mich, bevor ich antwortete, während ich wie gebannt dem Wehklagen des Affen lauschte, als er die Strafe auf sich nahm. »Es ist General Dun«, brachte ich endlich heraus. »General Dun Wangdi.« Und Guniangs Maske der Gelassenheit zerbrach. Das Entsetzen, das für einen Moment in ihren Augen auflöderte, fiel wie kalter Hagel in meine Seele.

Auf der Bühne schloss sich, begleitet von düsterer, drohender Musik, der Berg über dem unglückseligen Affen.

Mein Herz hämmerte so heftig, dass ich glaubte, mich übergeben zu müssen. Guniangs Erschrecken, als ich den Namen des Generals nannte, hatte meine eigenen Ängste mehr als bestätigt.

Die Schlussarie begann, in der Yu Li die Qualen beschrieb, die dem Affen bevorstanden. Wenn der Affe eines fernen Tages endlich von dem Berg befreit werden würde, waren seine Untaten damit noch lange nicht gesühnt. Er sollte anschließend in Begleitung eines buddhistischen

Priesters zu der Westseite des Himmels gehen und die heiligen Schriften holen, die dort aufbewahrt wurden. Auf dem Weg dorthin würde er schrecklichen Gefahren und grausamen Torturen ausgesetzt sein. Doch am Ende, auch das verkündete Yu Li, würde ein Platz im Himmel auf ihn warten.

Ohnmächtiger Zorn stieg in mir auf. So sehr ich an die Erlösung durch den Buddha glaubte, so wenig war ich bereit, in diesem Leben für nichts und wieder nichts zu leiden.

Unter lautem Getöse senkte sich schließlich der Vorhang. Das Stück war zu Ende. Und Guniang, die mich während der ganzen Schlussarie nur wortlos angesehen hatte, erhob sich.

Ich rechnete damit, dass sie zu ihrem Ruhebett hinübergehen und nach der Glocke greifen würde, um den hinter der Tür wartenden Eunuchen herbeizurufen, und dass sie im nächsten Augenblick Vorkehrungen für ihre Rückkehr in ihre Wohnräume treffen würde. Es war weit nach Mittag, und sie hatte gewiss Hunger. Und ich war nur eine unbedeutende Hofdame, deren weiteres Schicksal nicht allzu viel galt in diesem Land.

Womit ich nicht gerechnet hatte, war Guniangs tatsächliche Reaktion. Statt durch den Raum zu ihrem Bett zu gehen, auf dem Shuida noch immer friedlich schlief, trat Guniang vor mich hin und legte die Arme um mich, fest, schützend und unendlich tröstlich.

Sie hielt mich lange umfangen – minutenlang, wie mir schien. Nach dem Lärm des Theaterstücks war die Stille, die plötzlich um uns herum herrschte, beinahe unheimlich. Nur das leise, rhythmische Schnarchen des kleinen Hundes war zu hören und das Ticken der Uhren, die auch in diesem Raum nicht fehlten.

Die Zeit dehnte sich. Und ich wünschte mir, dass sie einfach stehen blieb. Ich wusste, dass ich die Geborgenheit, die ich in den Armen dieser alten Frau empfand, vielleicht niemals wieder erfahren würde. Mit geschlossenen Augen überließ ich mich dem Frieden dieser Minuten, und die Angst in mir löste sich langsam auf – bis auf einen kleinen, kalten Kern, der sich nicht zerstreuen ließ. Denn ich wusste ja, dass Guniang mich nicht für immer schützen konnte. Nicht gegen den Willen meines Vaters, der niemals begreifen würde, dass ich den General trotz seines gewaltigen Vermögens und seiner klangvollen Titel einfach nicht heiraten *konnte*.

Schließlich straffte sich Guniang, ließ die Arme sinken und trat einen Schritt zurück.

»Ich habe meine Entscheidung getroffen«, sagte sie und sprach dabei jede einzelne Silbe sehr klar und sehr deutlich aus, beinahe so, als diktierte sie einem der Hofschreiber ein Edikt, das eine wichtige politische Botschaft festhielt.

»Ich werde dich fortschicken«, fügte sie mit der gleichen bedächtigen Sprechweise hinzu.

Meine Augen weiteten sich erschrocken, und mein Herz begann von Neuem zu hämmern.

Guniang sah mich liebevoll, aber unendlich traurig an.

»Du wirst schon in wenigen Tagen abreisen ...« Sie dachte kurz nach, dann korrigierte sie sich. »Nein, du wirst bereits morgen reisen. Und jetzt lass mich allein. Ich muss über die notwendigen Vorkehrungen für deine Reise nachdenken, und du musst alles zusammenpacken, was du am dringendsten brauchst.«

Guniang wandte mir den Rücken zu und trat ans Fenster. Ich blieb wie versteinert stehen, zu verstört, um auch nur ein Wort hervorzubringen.

Bevor ich den Raum jedoch verlassen konnte, drehte die Kaiserin sich noch einmal um.

»Du bist für den Rest des Tages von deinem Dienst befreit.« Ein feines Lächeln spielte für einen Moment um ihre Lippen. »Wang Shuimin kann deine Aufgaben übernehmen.« Dann wurde ihre Miene wieder ernst, erschreckend ernst, als sie hinzufügte: »Du wirst mit niemandem außer Bolo über deine Pläne sprechen. Bolo wird dich begleiten, falls er sich aus freien Stücken dazu entscheiden sollte. Du musst ihn fragen, ob er das wirklich tun will. Er wird wissen, was es bedeutet, wenn er Peking verlässt.« Sie schwieg kurz, und ihr Schweigen verriet mir, dass Bolo eine schwere Entscheidung bevorstand. »Falls er dich nicht begleiten will«, sprach Guniang weiter, »werde ich dafür sorgen, dass er eine andere Stellung erhält, in der er vor dem Obereunuchen sicher ist. Sag ihm das. Und sieh zu, dass er dir glaubt. Und ich warne dich noch einmal: Niemand darf erfahren, was du vorhast.« Sie musterte mich scharf, als bestünde auch nur die geringste Gefahr, dass ich einen ihrer Befehle missachten könnte.

»Du wirst niemanden außer Bolo in deinen Plan einweihen«, wiederholte sie noch einmal. »Deine Zukunft hängt davon ab – und seine ebenfalls, wenn er dich begleitet.«

Dann wandte sie sich wieder dem Fenster zu, und ich war entlassen.

***

Guniang stand noch lange vor dem Fenster und blickte ohne echtes Interesse zur Bühne hinüber, wo einige Eunuchen die Kulissen beiseite räumten. Das Gespräch mit Anli hatte sie große Kraft gekostet, und es hatte erneut Ereignisse aus ihrer Vergangenheit heraufbeschworen, an die sie sich nicht erinnern wollte.

Schon einmal hatte sie einen Palasteunuchen aus Peking fortgeschickt. In ihrer Unerfahrenheit war sie davon überzeugt gewesen, dass ihre Macht ausreichen würde, um ihn zu schützen, dass nichts und niemand es wagen würde, sich ihr, der Kaiserin, in den Weg zu stellen.

An Dehai, ihr lieber Freund und Vertrauter, war Obereunuch gewesen, als sie mit sechsundzwanzig Jahren die Regentschaft für ihren kleinen Sohn übernommen hatte. An Dehai hatte sie beraten, sie getröstet, sie unterstützt. Er war immer da gewesen, wenn sie ihn brauchte – und sie hatte ihn oft gebraucht. Wie sehr, das hatte sie erst begriffen, nachdem sie ihn für immer verloren hatte.

Im achten Jahr ihrer Regentschaft hatte sie dann einen furchtbaren Fehler gemacht: Sie hatte geglaubt, sie könne sich über ein Gesetz hinwegsetzen, das ebenso alt wie dumm war, und sie hatte An Dehai in den Süden geschickt, wo er, getarnt durch eine andere, banale Mission, für sie spionieren sollte.

Ein lautes Krachen auf der Bühne ließ sie zusammenfahren. Kurz durchzuckte sie der aberwitzige Gedanke, der Gott Erlangye sei zurückgekehrt, um sie für die Vergehen der Vergangenheit zu strafen. Aber vermutlich hatten lediglich einige ungeschickte Eunuchen eines der schweren Hebegeräte auf der Bühne fallen lassen. Mit einem Mal spürte sie, dass sie stark schwitzte und ihre Beine sie kaum noch tragen wollten. Aber sie ging nicht zu ihrem Ruhebett hinüber, um ein wenig zu schlafen, zu vergessen ...

Es war an der Zeit, gegen das Vergessen anzukämpfen, der Vergangenheit ins Gesicht zu sehen.

An Dehai. Einige Monate nachdem sie ihn aus Peking fortgeschickt hatte, hatte der Clanrat sie dazu gezwungen, sein Todesurteil zu unterschreiben.

Nie wieder, hatte sie sich geschworen, während die schwarze Tinte auf dem Pergament trocknete, nie wieder würde sie einen solchen Fehler machen.

Und nun verlangte sie von Bolo, dass er Anli nach Baoding begleitete. Er würde mit ihr gehen, das wusste sie. Dieser junge Halbmann würde ohne einen Moment des Zögerns sein Leben für Anli geben.

Guniang schloss die Augen. Noch ein Mensch, der in den Mühlen des jahrtausendealten Wahns des chinesischen Herrschaftssystems zermahlen werden sollte.

Hatte sie wirklich das Recht, Bolo dieses Opfer abzuverlangen?, fragte eine Stimme in ihr, die sie so meisterlich zu überhören gelernt hatte.

Aber sie liebte Anli, sagte eine andere Stimme in ihr, sie liebte Anli, wie sie Malu geliebt hatte. Sie konnte nicht tatenlos zusehen, während Anli ein ähnliches Schicksal ereilte wie das, an dem Malu zerbrochen war.

Wäre es denn wirklich ein solch großes Ungück für Anli, einen reichen, mächtigen Mann wie General Dun zu heiraten?, meldete sich die erste Stimme zu Wort, die einzige Stimme, auf die sie während der letzten Jahrzehnte gehört hatte.

Nein, dachte sie, diesmal würde sie sich nicht gestatten, die Augen zu schließen und den bequemen Weg zu gehen.

Eine vage Erinnerung stieg in ihr auf, die Erinnerung an eine junge Hofdame, Yinggui, die ihr vor einigen Jahren gedient hatte. Sie war ein liebes, munteres Ding gewesen und sehr schön. Und sie war mit General Dun verheirat worden. Guniang runzelte die Stirn. Wann war das gewesen? Sie wusste nur, dass Yinggui einige Zeit nach ihrer Heirat gestorben war, an irgendeiner Krankheit, hatte es geheißen, sie erinnerte sich nicht mehr, an welcher. Aber sie erinnerte sich an ein Gefühl des Unbehagens, das sie damals hastig beiseite geschoben hatte. Sie musste herausfinden, was wirklich mit Yinggui geschehen war, und sie wusste auch, wer es ihr sagen konnte. Longyu, ihre Nichte und die Gemahlin Guangxus, war mit Yinggui sehr eng befreundet gewesen … Beinahe erstaunte es sie, dass sie das nicht vergessen hatte. Guniang strich sich müde über das Gesicht. Nein, es war wohl nicht verwunderlich, dass ihr gerade diese Einzelheit im Gedächtnis haften geblieben war. Die Freundschaft zwischen Longyu und Yinggui hatte sie zu sehr an ihre eigene Freundschaft mit Malu erinnert …

Aus dem Theater gegenüber kam jetzt eine Gruppe von Eunuchen, die als Schauspieler bei der Aufführung mitgewirkt hatten, und Guniang wandte sich vom Fenster ab. Wenn die Schauspieler bereits abgeschminkt waren – und dies war jedes Mal eine äußerst langwierige Prozedur –, dann musste viel Zeit vergangen sein, seit Anli sie verlassen hatte. Es gab noch so viele Dinge vor Anlis Abreise zu bedenken und in die Wege zu leiten, dass sie nicht länger hier verweilen durfte.

Entschlossen griff sie nach der Glocke neben ihrem Ruhebett, um den Eunuchen das Zeichen zu geben, die Sänfte für sie bereitzuhalten.

Ihr Entschluss stand unverrückbar fest. Anli würde Peking verlassen, und Bolo würde sie begleiten.

Sie selbst konnte jetzt nur noch beten, dass ihr Plan aufging. Alles andere lag in der Hand der Götter, an die zu glauben sie sich so schwertat.

TEIL II

*Wer in seinen frühen Tagen unwissend war,
später aber Weisheit fand,
dessen Licht erhellt die Welt
wie das des Mondes,
von dem die Wolken fortgezogen sind.*

Dhammapada

England, 1959

𝒟as Meer!
Wind weht heute von Westen, ein stürmischer Seewind, der hohe, graue Wellenberge gegen das Land wirft und die Luft vibrieren lässt wie dumpfer Donner. Ich lausche auf die Stimme des Meeres und verspüre einmal mehr große Dankbarkeit dafür, in seiner Nähe leben zu dürfen, denn das Meer ist etwas ganz Besonderes für mich. Und gerade heute ist dieses Gefühl noch greifbarer als sonst, heute, da sich der »Tag des dreifachen Glücks«, wie ich jenen fünften Tag des siebten Monats später zu nennen pflegte, zum einundfünfzigsten Mal jährt.

Dreifaches Glück – das war das Geschenk, das mir das Leben an diesem Tag in den Schoß legte, dreifache Leidenschaft, dreifache Liebe, unvergänglich und unzerstörbar bis ans Ende meiner Tage und, wie ich glaube, darüber hinaus bis in alle Ewigkeit.

Ich bin fest davon überzeugt, dass die Götter, die das Schicksal der Menschen lenken, ebenso ihre Lieblinge haben wie die Sterblichen, die, von ihrer Hand geführt, durchs Leben gehen. Und erst recht weiß ich heute, da ich in diesem Jahr meinen neunundsechzigsten Geburtstag begehe, dass diese Götter mich über jedes gewöhnliche Maß mit ihren reichsten Gaben gesegnet haben.

Das Meer raunt und seufzt – und lächelt in meine Gedanken hinein. Das Meer ... wie sehr ich es liebe, auch wenn es heute ein anderes ist, das zu mir spricht, als damals, auch wenn in meinem Herzen noch immer eine tiefe Sehnsucht nach diesem anderen Meer wohnt.

Seit fast fünfzig Jahren lebe ich nun in Cornwall an der Südwestküste Englands, wo man an jedem Tag das Meer riechen kann, und jeden Morgen, wenn ich aufwache, warte ich – auch nach all diesen Jahren noch – auf den schweren Duft nach Salz und Sommer, wie er mich an jenem Tag im Jahr Wushen, 1908 nach westlichem Kalender, zum ersten Mal einhüllte. Doch mein Warten ist vergebens, und obwohl ich schon lange weiß, dass mir der Atlantik mit seiner kühlen Frische das Gelbe Meer ebenso wenig zu ersetzen vermag, wie mir England wirklich jemals Heimat sein kann, bin ich jeden Tag aufs Neue ein wenig enttäuscht. Dennoch entschädigt mich die Nähe des Meeres auch hier für vieles. Die Weite, in der die Seele sich verlieren kann, ohne jemals verloren zu gehen, ist allen Meeren der Welt gemeinsam. Und Gott, welchen Namen man ihm auch geben mag, scheint am Meer immer ein wenig näher zu sein als an anderen Orten.

Das jedenfalls empfand ich vor so langer Zeit, als ich am Ende unserer beschwerlichen Reise zum ersten Mal an der Küste des Gelben Meeres stand und zu begreifen versuchte, was mit mir geschehen war: Die Kaiserin hatte mich also tatsächlich fortgeschickt. Jeder Aspekt meines Lebens hatte sich dadurch geändert. Am Morgen nach der Unterredung mit Guniang – im Theater – brachte ein geschlossener Wagen Bolo und mich aus der Stadt und dann – immer begleitet von einigen zuverlässigen Leuten der Palastgarde

– weiter bis zum Kaiserkanal, wo bereits eine Dschunke auf uns wartete. Die Reise, deren genaues Ziel wir selbst erst kurz zuvor erfahren hatten, führte uns in die Provinz Shandong im Osten des Reiches, bis wir schließlich unser Ziel erreichten, Baoding, einen kleinen Ort an der Südküste der Halbinsel. Angeblich sollte ich hier das Färben der Stoffe für die neue Hofgarderobe überwachen, die die Kaiserin für die Feiern anlässlich des nächsten Neujahrsfestes bestellt hatte. Mein Auftrag war ebenso klar wie verwirrend – denn mir fehlte jede besondere Eignung, um ihn zu erfüllen. Aber andererseits hatte Guniang ja ganz andere Gründe gehabt, mich aus Peking fortzuschicken. Und das verwirrte mich noch mehr. Am Abend vor meiner Abreise hatte sie mich noch einmal zu sich gerufen, um mir genaue Anweisungen zu geben, wie ich mich in den nächsten Wochen zu verhalten hätte, doch meine Fragen nach dem General, der um mich werben wollte, hatte sie beharrlich mit dem Hinweis beantwortet, ich solle mich ganz auf sie verlassen. Als ich am nächsten Morgen den Palast verließ, wusste ich nur, dass ich bei dem Besitzer der großen, in Baoding ansässigen Färberei, dem die Kaiserin anscheinend vertraute, Quartier finden würde. Ein Bote Guniangs würde mir vorauseilen, um dem Mann, der Gao Gong hieß, die Befehle der Kaiserin zu übermitteln. Er sollte mich als eine entfernte Nichte aus der Mandschurei ausgeben, die für einige Zeit mit ihrem Diener bei ihm wohnen würde. Der Diener war natürlich Bolo. Bolo, der sich schweigend meinen Bericht über mein Gespräch mit der Kaiserin angehört hatte. Bolo, der im Gegensatz zu mir anscheinend genau wusste, was es für ihn bedeutete, wenn er Peking verließ. Bolo, der alle Warnungen, die ich zu diesem Zeitpunkt noch nicht verstand, in den Wind schlug, um mich zu begleiten.

Einige Sekunden lang ist mein Blick getrübt von Tränen, und um mich abzulenken, greife ich wieder nach der englischen Zeitung, die seit Stunden auf meinem Schoß liegt. Was mich heute Morgen mit solchem Jubel erfüllt hat, ist ihr nur eine kleine Notiz auf der zweiten Seite wert. Doch der Jubel ist inzwischen dem Zweifel gewichen. Der junge Kaiser ist aus seinem Gefängnis in der Mandschurei entlassen worden. Ein Lächeln stiehlt sich auf meine Züge ... der junge Kaiser ... Pu Yi, den ich nur ein einziges Mal gesehen habe, als dreijährigen Knaben, ist inzwischen dreiundfünfzig Jahre alt, aber für mich wird er immer der junge Kaiser bleiben. Auch wenn man ihn in China jetzt Bürger Pu Yi nennt und er als Gärtner niedrigste Arbeiten zu verrichten hat. »Umerziehung« nennen die neuen Herrscher meines Heimatlandes den Prozess, mit dem sie den Menschen gewaltsam ihre Vergangenheit stehlen. Sie haben mein armes China seiner Wurzeln beraubt, haben seine mehr als zweitausend Jahre alte Kultur zum Verbrechen erklärt. »Kulturrevolution« nennen sie die Demütigung, mit der sie den freien Geist Chinas in Ketten zu legen versuchen. Aber Kultur und Revolution sind Begriffe, die einander ausschließen. Denn Kultur ist wie ein sehr alter Baum; Ring um Ring wächst sie von innen heraus, wird stark und schön und vielgestaltig, mit Ästen und Blättern, die zwar mit den Zeiten ihre äußere Gestalt wandeln, die aber immer Teil eines Ganzen sind. Nein, eine Kultur kann man nicht revolutionieren, man kann sie nur zerstören, so wie die Axt einen Baum zerschlägt.

Doch ich will nicht länger in der Gegenwart meines stolzen, gebrochenen Landes verweilen, denn auch wenn ich heute weiß – und es wohl damals schon ahnte –, dass Veränderung Not tat, dass zu viele Menschen zu lange unter zu großer Ungerechtigkeit leiden mussten, so glaube ich doch gewiss nicht, dass es Freiheit bringt, wenn man den Menschen ihre Dichtung, ihre Musik, ihre Tänze nimmt – und am Ende sogar ihre Farben.

Mich schaudert, wenn ich heute Bilder meiner Landsleute sehe, die, ungeachtet von Geschlecht, Geschmack oder Stand, die gleichen blauen, schmucklosen Uniformen tragen. Ja, vielleicht war das, aus der Ferne betrachtet, für mich der grausamste Schlag gegen mein Volk – dass China seine prächtigen Farben gestohlen wurden.

Denn die Farben wurden mir in jenen Wochen, die ich in Baoding verbrachte, zu einer Leidenschaft, die ihre Faszination bis heute nicht verloren hat. Aber die Farben waren nicht die einzige Liebe, die ich vor einundfünfzig Jahren an jenem besonderen Tag in meinem Leben entdeckte, und auch diese Liebe habe ich bis heute in meinem Herzen bewahrt.

In Baoding fand ich Malcolm, meinen Mar-ke, wie ich ihn nannte, auch lange noch nachdem ich gelernt hatte, mich in seiner Sprache zurechtzufinden.

Mar-ke. Malcolm ...

Inzwischen sind meine Tränen getrocknet, und nur der leicht bittere Geschmack ihres Salzes auf meinen Lippen ist zurückgeblieben. Ich liebe diesen Geschmack, denn er erinnert mich an das Meer, damals, an dem Abend, an dem ich ihn zum ersten Mal sah.

Vielleicht liebe ich das Meer deshalb so sehr, weil es in meiner Erinnerung unauslöschlich mit *ihm* verbunden ist.

Kapitel 15

Baoding, Sommer 1908

Er war schmutzig, und er trug die Kleider eines Bauern. Sein weites Baumwollhemd stand am Hals offen, so dass man den Ansatz der gelockten, vom Schweiß dunkel gefärbten Haare auf seiner Brust sehen konnte. Seine Hose, die er bis über die Knie hochgerollt hatte, wies Flecken in allen nur erdenklichen Farben auf. Aber keine dieser Farben konnte sich mit dem unglaublichen Blau seiner Augen messen oder mit dem schimmernden Goldton seines Haares, die allen Gesetzen der Natur hohnzusprechen schienen.

Ich hatte bei Hofe natürlich schon viele Ausländer gesehen – »weiße Teufel« –, aber nichts hatte mich auf den Anblick dieses Mannes vorbereitet, der mit langen, federnden Schritten durch die Tür trat.

Gao Gong, mein Gastgeber, erhob sich von der Sitzmatte in der Ecke des hellen und sparsam, aber mit kostbaren Möbeln eingerichteten Raums, wo wir zusammen mit seiner ersten Gemahlin süßen Jasmintee getrunken und geredet hatten – leise, damit die Diener unser Gespräch nicht belauschen konnten. Ich ließ meinen Fächer aufspringen, der bisher neben mir auf der Sitzmatte gelegen hatte, und hielt ihn mir vors Gesicht. Wenn auch hier, weit von der

Hauptstadt entfernt, die Anwesenheit der fremden Teufel unvermeidlich war, reichte es doch, wenn sie meine Augen sahen. Ich verspürte jedenfalls nicht die geringste Neigung, mich von einem ausländischen Bauerntölpel anstarren zu lassen.

»Gao Xiansheng!«, rief der Fremde aus und machte eine tiefe Verbeugung vor dem älteren Mann, wobei mir schien, dass er selbst in gebeugter Haltung noch größer war als Gao – und der Färber war wahrhaftig kein kleiner Mann.

»Sang Xiansheng«, erwiderte mein Gastgeber diese Begrüßung und verneigte sich seinerseits ebenso respektvoll wie sein Besucher zuvor – was mich erstaunte, denn der Neuankömmling machte ganz den Eindruck, als sei er von weitaus niedererem Stand als Gao selbst.

»Seid mir willkommen in meinem bescheidenen Heim«, fuhr Gao fort, »setzt Euch zu uns und trinkt eine Tasse Tee mit uns.«

Der weiße Teufel, den Gao wie einen vornehmen Herrn angesprochen hatte, hob die Hände, und ich sah, dass seine Unterarme bis zu den Ellbogen hinauf bläulich verfärbt waren. Vielleicht war es diese Verfärbung, die den Eindruck verstärkte, als sei alles an diesem Fremden monströs und gewaltig. Selbst seine Finger schienen doppelt so dick und doppelt so lang zu sein wie die meines Gastgebers. Verstohlen sah ich zur ersten Gemahlin hinüber, die zu meiner Linken saß, und erwartete, den gleichen Abscheu in den Zügen der älteren Frau zu sehen, den auch ich empfand. Doch Ningsu lächelte nur nachsichtig. Dann begann der Fremde wieder zu sprechen, und ich richtete mich unwillkürlich etwas auf, ohne jedoch meinen Fächer auch nur um eine Winzigkeit sinken zu lassen.

»Ich danke Euch für das großzügige Angebot Eurer Gastfreundschaft«, sagte der Ausländer – in reinstem, akzentfreiem Mandarin. »Aber zuerst muss ich Euch etwas zeigen!« Mit einer Anmut, die ich diesem riesigen Mann niemals zugetraut hätte, breitete er eine etwa eine halbe Elle breite Stoffbahn vor Gao aus.

Das strahlende Leuchten des Blaus dieser Seide war atemberaubend.

»Ich habe endlich einen Weg gefunden«, erklärte der weiße Teufel triumphierend, »wie wir diesen Farbton erhalten können, ohne dass er beim Waschen ausbleicht oder fleckig wird.«

Seine Augen weiteten sich vor Begeisterung, und dabei waren sie ohnehin schon furchtbar groß und rund – und sehr hässlich, wie ich damals fand. Aber in diesem Moment war es vor allem seine elegante und fehlerlose Verwendung meiner Muttersprache, die meine Aufmerksamkeit fesselte. Noch nie hatte ich einen Ausländer ein so reines, wohlklingendes Chinesisch sprechen hören. Bei Hofe war es mir stets als eine schier unerträgliche Strafe erschienen, mit anhören zu müssen, wie die weißen Teufel das Chinesische mit ihren ungelenken Zungen marterten, bis nichts mehr von seiner melodischen Anmut übrig blieb. Und wenn einige von ihnen es sogar schafften, die chinesischen Silben leidlich über die Lippen zu bekommen, so scheiterten sie doch alle jämmerlich bei den feinen Unterscheidungen der verschiedenen Töne, und ihre Wortwahl war im Allgemeinen plump und ohne jede Raffinesse.

»Ihr habt diese Seide bereits gewaschen, Sang Xiansheng?«, fragte Gao, den ich auf Mitte fünfzig schätzte. »Sie ist makellos ...«

Ich achtete kaum auf die Bemerkungen meines Gastgebers, sondern wartete voller Spannung auf die nächsten Worte des Fremden. Aus den Augenwinkeln sah ich, dass Ningsu der zweiten Gemahlin, die zusammen mit Bolo und einem weiteren Diener an einer Seitentür gestanden hatte, ein Zeichen gab. Die Frau, die etwa Anfang dreißig sein musste, kam von ihrem Platz neben der Tür unauffällig herbeigeeilt, um die geflüsterten Anweisungen der ersten Gemahlin entgegenzunehmen. Ich konnte Ningsus Worte nicht verstehen und hatte nur den flüchtigen Eindruck, dass, was immer sie gesagt hatte, der zweiten Gemahlin missfiel. Nach einem winzigen Zögern drehte sie sich um und verließ den Raum.

»Ich habe sie nicht nur ein Mal gewaschen, Gao Xiansheng«, antwortete der Fremde und ließ die lange, blaue Stoffbahn mit einer knappen, schwungvollen Bewegung seiner viel zu großen Hände durch den Raum flattern. Gao fing geschickt das andere Ende der Seide auf und trat rückwärts ans Fenster, durch das helles Nachmittagslicht fiel.

»Diese Seide«, fuhr der Fremde fort, »ist nicht nur ein Mal gewaschen und getrocknet worden, sondern drei Mal. In scharfer Seifenlauge.« In seiner Aufregung hatte er vergessen, seine Stimme respektvoll zu senken, und ich zuckte zusammen. Der volle, warme Klang dieser Stimme war ebenso gewaltig wie die ganze Erscheinung des weißen Teufels, und ein seltsamer Schauder überlief mich.

Der Mann musste meine Bewegung wohl gespürt haben,

denn er wandte sich plötzlich zu mir um. Und obwohl sein Gesicht dunkelbraun von der Sonne war, konnte ich mich des Eindrucks nicht erwehren, dass er errötete.

Gao Gong folgte seinem Blick, und seiner erstaunten Miene nach hatte er über der leuchtenden Seide wohl die Anwesenheit der Damen im Raum vergessen. Was ihn jedoch nicht im Mindesten zu bekümmern schien.

Mit einer knappen Kopfbewegung in meine Richtung bemerkte er beiläufig: »Das ist meine Nichte, Anli. Eine entfernte Verwandte aus dem Nordosten des Landes.«

Dem Beispiel meiner Gastgeberin folgend, erhob ich mich zur Begrüßung des Fremden, wobei ich sorgfältig darauf achtete, mein Gesicht weiterhin hinter dem Fächer, den ich in meiner Linken hielt, zu verbergen. Den rechten Arm schob ich, wie ich es den anderen Damen bei Hof abgeschaut hatte, unauffällig ein wenig nach hinten – vollauf darauf gefasst, dass er in der rüden Art der Ausländer unaufgefordert nach meiner Hand greifen und meine Finger zusammenpressen würde, dass sie noch am nächsten Tag schmerzten. Aber dieser Mann machte keine Anstalten, sich mir auf eine solch ungehörige Art zu nähern – und einen winzigen, unbegreiflichen Augenblick lang bedauerte ich es.

»Malcolm St. Grower, Euer Diener«, sagte er, nachdem er sich mit genau dem richtigen Maß an Respekt verneigt hatte, und wieder war da diese seltsame Regung in mir, der ich keinen Namen zu geben wusste. Denn das Gefühl war durchaus angenehm, obwohl ich doch alles an diesem Mann verabscheuen musste.

Er lächelte jungenhaft und fügte hinzu: »Sang Mar-ke, falls Euch das leichter über die Zunge geht.«

Nein, wenn ich ehrlich war, fand ich wohl doch nicht alles an ihm abscheulich. Zum einen seine Stimme, die trotz ihrer erschreckenden Kraft einnehmend weich und melodisch klang, und dieses Lächeln, das die hässlich runden Augen mit einem Schlag verzauberte.

Trotzdem – er blieb ein weißer Teufel, und seine Aufmachung war nicht nur schäbig, sondern auch unziemlich. Wer sich kleidete wie ein Bauer, musste damit rechnen, auch wie ein Bauer behandelt zu werden.

Ich erwiderte die Verbeugung auf eben die Art, die meine Mutter meine Schwestern und mich für solche Situationen gelehrt hatte: der Rücken eine winzige Spur steifer, eine nur für den Eingeweihten sichtbare Arroganz in der Haltung des Kopfes. Insgesamt also eine Abweichung vom Üblichen, die kein Ausländer jemals wahrnehmen konnte, mit der ich meiner Gastgeberin jedoch zu verstehen gab, dass ich mir meiner Herkunft sehr wohl bewusst war.

Als ich den Blick wieder hob, den Fächer immer noch vor dem Gesicht, stand mir allerdings eine Überraschung bevor. Der Fremde, der sich Sang Mar-ke nannte – seinen englischen Namen hätte ich zu diesem Zeitpunkt unmöglich wiederholen können –, sah mich mit hochgezogenen Brauen und einem feinen Ausdruck der Ironie in seinen unnatürlich blauen Augen an.

»Euer nichtswürdiger Diener bittet zehntausend Mal um Vergebung für die schäbigen Kleider, die er an seinem nichtswürdigen Leib trägt«, erklärte er – mit einer gekonnten Imitation des rauen, grollenden Dialekts, den ich bei den Fischern an der Flussmündung gehört hatte.

Einen Moment lang entglitt mir mein Gesichtsausdruck

der eisigen Überlegenheit, denn ich fühlte mich plötzlich keineswegs mehr überlegen. Und das leise Lachen Ningsus, die sich während unserer Bekanntmachung höflich im Hintergrund gehalten hatte, machte die Situation nur noch schlimmer. Jetzt war es an mir zu erröten.

Malcolm St. Grower hatte mir meine erste Lektion erteilt.

»Er ist und bleibt ein weißer Teufel«, stieß ich wütend hervor, als ich mit Bolo in meinem Schlafraum stand, und ließ meinen Fächer zum dritten Mal zusammenschnappen.
»Gewiss, Prinzessin.«
Bolo nahm mir das zerbrechliche Stück, das eher hübsch als zweckmäßig war, aus der Hand.
»Euer Fächer ist viel zu schade, um ihn zu zerbrechen«, bemerkte er mit einem Anflug von Missbilligung. »Der kleine gelbe Schmetterling hat schon einen Riss.« Bedauernd betrachtete er die feine schwarze Seide mit den aufgemalten Schmetterlingen und Blumen.
Ich besah mir den Fächer, den Bolo ausgebreitet vor mich hinhielt, und stellte fest, dass er recht hatte. Dem kleinen Zitronenfalter am linken oberen Rand war ein Teil des Flügels abgerissen. Neuerlicher Ärger stieg in mir auf, Ärger, der sich ungerechterweise gegen den Fremden richtete, als hätte er den Fächer eigenhändig zerstört. Meine Mutter hatte ihn mir zu meinem fünfzehnten Geburtstag geschenkt, und er war schöner gewesen als alle Fächer, die meine Schwestern besaßen. Das hatte mir viel bedeutet, denn seit ich denken konnte, spürte ich, dass meine Mutter mir alle meine Schwestern vorzog. Und inzwischen kannte ich auch den Grund dafür: meine Ähnlichkeit mit dieser

in Ungnade gefallenen Tante, von der meine Familie niemals sprach.

Unglücklich betrachtete ich den Fächer, dessen makellose Schönheit für immer zerstört war, und meine Augen füllten sich mit Tränen, die ich wütend fortwischte.

Impulsiv schob ich das hellblaue schlichte Kleid, das ich eigentlich heute Abend hatte tragen wollen, beiseite. Nach dem strahlenden Blau der Tuchbahn, die der Engländer so stolz meinem Gastgeber gezeigt hatte, kam mir das Kleid jetzt fad und eher grau als blau vor. Mit zusammengezogenen Brauen betrachtete ich die Garderobe, die ich aus Peking mitgenommen hatte. Bolo hatte gleich nach unserer Ankunft all meine Kleider ausgepackt und mit seiner bemerkenswerten Geschicklichkeit bereits von ihren schlimmsten Knitterfalten befreit. An einer cremefarbenen Hofrobe – der elegantesten in meinem Gepäck – blieb mein Blick hängen.

»Ich werde dieses Gewand anziehen«, erklärte ich und deutete auf das cremefarbene Kleid. Dann sah ich Bolo herausfordernd an; ich wusste selbst, dass das Kleid für ein gewöhnliches Abendessen eigentlich zu elegant war, aber ich hatte gehört, wie Ningsu der zweiten Gemahlin auftrug, den Dienern zu sagen, dass ein weiterer Gast zum Essen kommen werde. Und ich wusste, wer das sein würde.

Bolo zuckte mit keiner Wimper. »Gewiss, Prinzessin«, sagte er ungerührt und reichte mir das weiche Untergewand, das in Farbton und Länge genau dem dazugehörigen Kleid entsprach. Dann wandte er sich ab.

Als ich endlich alle Knöpfe und Schließen befestigt und mir auch die Knöchelbänder gebunden hatte, bereute ich schon beinahe meinen Entschluss, dieses Kleid zu tragen. Mir war jetzt schon zu heiß. Ich atmete tief durch.

»Ich bin so weit«, erklärte ich, und Bolo trat mit dem wunderschönen, aber recht steifen Gewand aus fast durchsichtiger Seide auf mich zu. Es war nach mandschurischer Art aus einem einzigen Stück Stoff gearbeitet, das vom Hals bis zum Boden reichte und von der rechten Schulter bis zum Saum von hübschen, gleichmäßig geschliffenen Bernsteinknöpfen zusammengehalten wurde.

»Auch wenn er wie ein Mandarin spricht und in diesem Haus offenkundig großes Ansehen genießt – was ich im Übrigen höchst eigenartig finde«, nahm ich meine Schimpftirade wieder auf, »bleibt er trotzdem ein weißer Teufel.«

»Gewiss, Prinzessin«, antwortete Bolo in jenem geduldigen Tonfall, den er stets dann anschlug, wenn er in einer Angelegenheit meine Meinung nicht teilte.

Mit mehr Nachdruck als nötig schob ich meine Arme in das Gewand, das Bolo mir hinhielt.

»Wer sich kleidet wie ein Bauer ...« Ich stach die Nadel einer schlichten Jadebrosche, die einen Phoenix darstellte, durch die Seide an meinem Kragen und bedauerte – nur für einen winzigen Augenblick –, dass ich die kostbare, elegante Brosche aus Nephrit, die der General mir geschenkt hatte, in Peking zurückgelassen hatte.

»... und wer, wenn es ihm beliebt, auch so reden kann wie ein Bauer oder ein Fischer ...«, führte Bolo meinen Satz weise nickend weiter, und ich funkelte ihn wütend an. Das war es ganz und gar nicht, was ich hatte sagen wollen.

»Der ...«, sagte ich heftig, »muss auch damit rechnen, dass er behandelt wird wie ein Bauer!«

»Gewiss, Prinzessin.« Bolo sah mich prüfend an. »Wenn ich mir eine Bemerkung erlauben darf – obwohl ich natürlich nur ein nichtswürdiger Diener bin …«

Ein winziges Zittern schwang bei diesen Worten in seiner Stimme mit, und ich konnte nur mit Mühe den Impuls unterdrücken, wie ein ungezogenes Kind mit dem Fuß aufzustampfen.

»Du kennst den Mann keinen Deut besser als ich«, fauchte ich meinen Freund an, »und deshalb ist es absolut nicht angebracht, dass du ihn verteidigst …«

»Gewiss, Prinzessin«, sagte mein närrischer junger Diener zum vierten Mal, und ich sog scharf die Luft ein. Aber bevor ich ihn unterbrechen konnte, sprach er bereits weiter.

»Das«, sagte er, und das Lächeln quoll förmlich aus seinen dunklen Augen, »war es auch nicht, was ich zu tun vorhatte.« Er streckte die Hand aus, berührte mich jedoch nicht. »Ihr habt Eure Brosche verkehrt herum angesteckt.«

Ich senkte den Blick und errötete bei dem Gedanken, dass ich so ins Speisezimmer gegangen wäre, hätte Bolo mich nicht auf mein Versehen aufmerksam gemacht. Verkehrt herum ähnelte der Schmuck eher einer ertrinkenden Ente als dem stolzen Fabelwesen, das er eigentlich nachbilden sollte.

Ungeschickt nestelte ich an der Brosche herum, bis Bolo meinem Bemühen ein Ende machte und eingriff. Die Verbeugung, mit der er das tat, hatte auffällige Ähnlichkeit mit den ungelenken Bewegungen der Fischer am Fluss – oder denen des Engländers kurz zuvor –, doch ich hätte eher in eine Kröte gebissen, als mich zu einer Bemerkung darüber hinreißen zu lassen.

Steif ließ ich es über mich ergehen, dass Bolo meinen Schmuck richtete, und eine Weile schwiegen wir beide, während er mein Haar bürstete.

Ein frischer Luftzug wehte durch die geöffneten Fenster, und ich atmete tief den würzigen Duft des Meeres ein. Während der Reise war es heiß und schwül gewesen, und Mücken und allerlei anderes Getier hatten mir übel zugesetzt, so dass ich jetzt umso dankbarer für mein sauberes, luftiges Quartier war, das der Nähe des Meeres ein angenehmeres Klima dankte.

Unaufgefordert teilte Bolo mein Haar in drei Partien ab; zu dem prächtigen Gewand hätte die schlichte Frisur, die ich am Nachmittag getragen hatte, wohl kaum gepasst. Und während er sich an die komplizierte Prozedur machte, mein Haar so aufzustecken, dass ich später den mandschurischen Kopfschmuck tragen konnte, hatte ich zum ersten Mal seit unserer Ankunft am Nachmittag genug Muße, um mir mein neues Zuhause genauer anzusehen. Als die Kaiserin den Färber erwähnt hatte, hatte ich mich auf ein weitaus bescheideneres Quartier gefasst gemacht als diese beiden hellen, großen Räume, die ich nun bewohnte. Sie waren mit der gleichen zurückhaltenden Eleganz eingerichtet wie der Wohnraum meiner Gastgeber, und anders als es der herrschenden Mode im Kaiserpalast entsprach, wurde die Düsterkeit des dunklen Mahagoniholzes hier von pastellfarbenen Kissen und Seidendecken gemildert, vermutlich allesamt Erzeugnisse aus der eigenen Färberei. Alles, was ich sah, gefiel mir, und nach einigen Minuten schien es mir, als hätte allein die Harmonie von Farben und Formen um mich herum mein Gemüt ein wenig beruhigt.

Bolo mit seinem feinen Gespür für die Stimmungen anderer Menschen durchbrach schließlich das Schweigen.

»Ich hätte weit mehr Grund«, sagte er leise, »die weißen Teufel zu hassen, als Ihr, Prinzessin.«

Er steckte die letzte, mittlere Haarflechte mit geübtem Griff auf – gerade fest genug, um den schweren mandschurischen Kopfschmuck zu halten, aber doch nicht so fest, dass die Kopfhaut spannte.

Augenblicklich war auch noch der letzte Rest meines kindischen Grolls verflogen. »Was ist das für ein Grund, Bolo?«, fragte ich ebenso leise zurück. Er hatte mir zwar von seiner verstorbenen Mutter erzählt, die er noch immer von ganzem Herzen liebte, und ich wusste, dass sein Vater Glasbläser gewesen war, aber den Grund, warum man ihn, Bolo, dem Messerstecher überlassen hatte, kannte ich noch immer nicht. Seine Bemerkung brachte mich auf den Gedanken, dass wahrscheinlich auch seine Familie von den Ausländern zerstört worden war. Die Fremden hatten unsägliches Elend über China gebracht – und obwohl dieses Elend viele Gesichter hatte, stellte doch eines davon in seiner ganzen hässlichen Abscheulichkeit alle anderen in den Schatten.

»Opium?«, flüsterte ich, als Bolo noch immer nichts sagte.

Statt einer Antwort griff er nach dem Kopfschmuck und drückte ihn mir mit behutsamer Präzision ins Haar.

»Ich habe allen Grund, die weißen Teufel zu hassen«, wiederholte er, ohne auf meine Frage einzugehen. »Und doch...«

Er hielt einen Moment lang inne, weil die Befestigung der Nadeln seine ganze Konzentration beanspruchte – jede

Nachlässigkeit bei diesem Teil der Prozedur konnte später zu peinlichen Missgeschicken führen, und da ich gerade an diesem Abend kein solches Debakel erleben wollte wie Prinzessin Mimi am Neujahrsfest, drängte ich ihn nicht zur Eile.

»Und doch«, griff Bolo seinen Satz wieder auf, sobald er sich von der Beständigkeit meiner Frisur überzeugt hatte, »glaube ich nicht, dass sie wirklich alle Teufel sind. Und was Sang Xiansheng angeht ...« Ich zog die Augenbrauen in die Höhe, als ihm dieser Ehrentitel so selbstverständlich über die Lippen kam, »nun, mehr wollte ich eigentlich gar nicht sagen: Die Ausländer sind nicht alle Teufel, die nur Verderben über unser Land bringen.« Sein Tonfall hatte etwas Endgültiges, und ich wusste, dass er – zumindest im Augenblick – nicht mehr zu dem Thema sagen würde.

Er schob die letzte Nadel in meinen Haarknoten im Nacken und begutachtete einen Moment lang mit unübersehbarer Selbstzufriedenheit sein Werk.

Ich trat vor den hohen, ovalen Spiegel, der an der Wand neben meinem Bett hing – ein Luxus, auf den ich im Kaiserpalast verzichten musste –, und betrachtete mich eingehend. Ich musste zugeben, dass Bolo in der Tat gute Arbeit geleistet hatte. Trotzdem wollte ich aus irgendeinem Grund, was diesen Sang Mar-ke betraf, das letzte Wort haben.

»Seine Haare sind blond«, sagte ich mit hörbarem Abscheu. »Im Theater und in der Oper werden die übelsten Dämonen meist mit hellen Haaren dargestellt – und ich denke, dafür gibt es gute Gründe!«

Bolo sah mich mit einem überlegenen Lächeln an, und ich begriff, dass wohl doch nicht ich es sein würde, die in dieser Angelegenheit das letzte Wort behielt.

»Habt Ihr«, begann er gelassen, »einmal darüber nachgedacht, dass die Dämonen in *seinen* Theatern vielleicht an ihrem schwarzen Haar zu erkennen sein könnten?«

Missmutig reckte ich das Kinn vor und wandte mich wieder vom Spiegel ab.

»Du kannst mich jetzt für den Abend schminken«, bemerkte ich steif und nahm an einem zierlichen Schminktisch Platz, auf dem Bolo bereits alles säuberlich zurechtgelegt hatte, was ich benötigte. Flüchtig fragte ich mich, wie er es fertiggebracht hatte, all das in der kurzen Zeit meiner Mittagsruhe herzurichten.

»Vor allem möchte ich, dass du mir die Lippen sorgfältig schminkst – nach mandschurischer Art.«

Bolo zog angesichts dieser Anordnung nicht einmal die Brauen hoch.

»Gewiss, Prinzessin«, sagte er nur und griff nach Farbe und Pinsel, um die mittlere Partie meiner Lippen, die ich viel zu groß und hässlich fand, mit roter Farbe zu bemalen, so dass mein Mund deutlich kleiner erschien.

Als er fertig war, trat ich abermals vor den Spiegel. Alles in allem war ich durchaus zufrieden mit dem, was ich sah. Mehr ließ sich aus mir nun einmal nicht machen.

Ich drehte mich um, um Bolo meine letzte Anweisung zu geben, doch er war mir bereits zuvorgekommen.

Mit einem Lächeln, das mich um ein Haar wieder aus der Fassung gebracht hätte, stellte er meine Schuhe vor mich hin – das einzige Paar mandschurischer Schuhe, das ich aus Peking mitgenommen hatte. Wegen ihrer sechs Zoll hohen Sohlen liebte ich diese Schuhe im Allgemeinen überhaupt nicht, da sie mich noch größer erscheinen ließen, als ich es ohnehin war.

Aber heute Abend war es genau das, was ich wollte.

Ich wäre deutlich zufriedener zu meiner ersten Mahlzeit in meinem neuen Heim gegangen, hätte ich nicht das starke Gefühl gehabt, dass Bolo meine Gedanken durchschaut hatte. Dass er besser als ich selbst wusste, was mich zu diesem Verhalten trieb.

Kapitel 16

Auf dem Weg von meinen Räumen im Westflügel des Hauses Gao hatte ich Bolos Schweigen dazu genutzt, noch einmal über den Ausländer nachzusinnen, der ein so perfektes Chinesisch sprach. Ich hatte ihm bei unserer ersten Begegnung keine Gelegenheit gegeben, einen Blick auf mein Gesicht zu werfen, so dass er mich nun im Grunde zum ersten Mal wirklich sehen würde. Was würde er von mir denken, wenn ich vor ihm stand? Wie würde er auf meinen Anblick reagieren: mit Bewunderung für den exotischen Reiz, den unsere Gewänder für die weißen Teufel hatten, mit Verachtung – aus demselben Grund – oder vielleicht mit blankem Hohn? Das alles war mir im Kaiserpalast, wenn Fremde dort zu Gast waren, in verschiedenen Abstufungen begegnet. Aber das Entsetzen, mit dem dieser Sang Mar-ke mich bei meinem Erscheinen anstarrte, brachte mich so sehr aus der Fassung, dass ich sogar vergaß, den Ausdruck abweisenden Hochmuts zu zeigen, mit dem ich ihm hatte entgegentreten wollen.

Das lebhafte Gespräch zwischen dem Engländer und meinem Gastgeber, die bis auf einige Diener allein im Raum gewesen waren, brach abrupt ab. Sang Mar-ke, der immer noch wie ein Chinese gekleidet war, jetzt aber nicht mehr die geringste Ähnlichkeit mit einem Bauern hatte, sah mich an, als sei ich ein Geist. Ich brauchte ein paar Sekunden, um mein Gleichgewicht wiederzufinden, dann trat Ärger an die

Stelle meiner Bestürzung, und ich reckte hochmütig das Kinn vor. Was immer in den Mann gefahren sein mochte, ein solches Benehmen war selbst für einen Ausländer ungeheuerlich.

Statt zumindest jetzt den Blick zu senken und sich für seine Unhöflichkeit zu entschuldigen, starrte Sang Mar-ke mich einfach nur weiterhin schweigend an. Jeder Chinese, der auch nur halbwegs kultiviert war, wäre eher gestorben, als in einem vornehmen Haus einer Dame mit derart ungebührlichem Benehmen entgegenzutreten. Dieser Mann bestätigte meine schlechte Meinung von den weißen Teufeln so nachdrücklich, dass ich mich am liebsten zu dem hinter mir stehenden Bolo umgedreht hätte, um meiner überlegenen Menschenkenntnis Ausdruck zu verleihen – aber das wäre genauso unhöflich gewesen wie das Verhalten des Engländers und kam natürlich nicht in Frage. Stattdessen beschloss ich in diesem Augenblick, den Fremden mit all der kühlen Verachtung zu strafen, die er zweifellos verdiente.

Einige Sekunden lang herrschte verwirrtes Schweigen, bis sich der Färber, der erschrocken zwischen mir und dem Engländer hin und her geblickt hatte, als Erster fasste und das Wort an mich richtete.

»Ich hoffe«, sagte er mit bewunderungswürdig ruhiger Stimme, »dass das bescheidene Quartier, mit dem Ihr in meinem Haus vorlieb nehmen müsst, Eure Billigung gefunden hat?«

Offensichtlich hatte das merkwürdige Betragen des Ausländers meinen Gastgeber doch mehr erschüttert, als er zu erkennen gab, denn ein vornehmer Mann, wie er es war, würde sein Haus einer entfernten Verwandten aus der Steppe gegenüber wohl kaum so herabsetzen – das tat man nur bei einem Gast, der von höherem oder zumindest gleichem Stand war. Aber der Engländer hatte, ungeachtet seiner vorzüglichen Kenntnis meiner Sprache, soeben gründlich bewiesen, dass er die feinen Nuancen der chinesischen Kultur kaum kennen konnte. Daher gab ich mechanisch die Antwort, die in einer solchen Situation angemessen war.

»Eure Großzügigkeit beschämt mich, ehrwürdiger Onkel«, erklärte ich. »Ich bin nur eine arme Verwandte und habe nichts getan, womit ich diese prächtigen Räume verdient hätte.«

Gao Gong verneigte sich mit einem erleichterten Lächeln – zumindest einer seiner Gäste schien zu wissen, wie man sich benahm. Ich machte mich auf eine weitere Fortsetzung dieses lästigen Rituals gefasst, als wir von dem Engländer unterbrochen wurden.

»Wer seid Ihr?«, stieß er in so scharfem Ton hervor, dass ich unwillkürlich zusammenzuckte. Sang Mar-ke war unter seiner Sonnenbräune erbleicht, und seine Haltung war die eines sprungbereiten Tiers. Der ungezähmten Kraft dieses Mannes, die ich am Nachmittag nur hatte ahnen können, war schwer zu widerstehen. Das weite, lange Seidenhemd, das er nach chinesischer Mode um die Taille eng gegürtet trug, brachte mir erneut zu Bewusstsein, wie breit seine Schultern waren. Und trotz meiner hohen mandschurischen Schuhe überragte er mich noch immer allzu deutlich, und das Blau seiner Augen, als er so auf mich herabstarrte, erinnerte mich plötzlich an die Farbe des Eises, wie man sie im Winter bei Morgengrauen auf den gewölbten Dächern des Kaiserpalastes sehen konnte – kalt, bedrohlich, abweisend wie etwas, das nicht von dieser Welt war.

»Wer – seid – Ihr?«, wiederholte der Fremde seine Frage und betonte dabei jede einzelne Silbe mit wütendem Nachdruck.

Verunsichert sah ich meinen Gastgeber an, der nur einen Augenblick zögerte, bevor er mit unbewegter Miene Antwort gab.

»Verzeiht mir meine Nachlässigkeit, Sang Xiansheng, ich habe es versäumt, Euch meine Nichte vorzustellen«, sagte er, obwohl ich mich genau daran erinnerte, dass er dem Fremden am Nachmittag sehr wohl meinen Namen genannt hatte.

»Oder genauer gesagt«, fügte Gao verbindlich lächelnd hinzu, »ist sie eine Nichte der ersten Gemahlin. Sie ist die dritte Tochter einer entfernten Cousine, die in der Mandschurei lebt.«

»Wie ist Euer Name?«

Der weiße Teufel, der jetzt, wie ich fand, durchaus große Ähnlichkeit mit einem Theaterdämon hatte, beachtete Gaos Worte kaum. Und er richtete seine Frage direkt an mich, was sehr unhöflich war. Schließlich war ich nur eine Frau, und mein Gastgeber hatte jedes Recht, für mich zu sprechen. Unsicher sah ich Gao an.

»Ihr Name ist Zhang Anli«, erklärte dieser, wie die Kaiserin es ihm aufgetragen hatte. Mir war nicht ganz klar, warum Guniang angeordnet hatte, dass ich in Baoding nicht meinen wahren Vatersnamen benutzen sollte, auch wenn ich eine vage Idee davon hatte, was ihre Gründe waren – Gründe, die mir Angst machten.

»Und wie heißt Eure Mutter?«

Der Fremde hatte mich keine Sekunde lang aus den Augen gelassen, auch nicht, während Gao Gong sprach.

So weit waren die Anweisungen der Kaiserin offensichtlich nicht gegangen. Mein Gastgeber zog die Augenbrauen leicht in die Höhe.

»Der Name ihrer Mutter«, wiederholte er die Frage, um Zeit zu gewinnen, als sich zu meiner Erleichterung die Tür öffnete, die in den Ostflügel des Hauses führte, und Ningsu eintrat. Ein junges Mädchen, das ich auf höchstens fünfzehn Jahre schätzte, folgte ihr. Das Mädchen war ebenso vornehm gekleidet wie die erste Gemahlin und hatte wie diese gebundene Füße, so dass sie keine Dienerin sein konnte. Ich vermutete, dass sie die Tochter der Gaos war, und erwiderte dankbar ihr scheues, freundliches Lächeln. Ihr Erscheinen war eine willkommene Ablenkung, denn ich konnte noch immer den finsteren Blick des Engländers auf mir spüren, obwohl ich mir alle Mühe gab, den Mann zu ignorieren.

Ningsu begrüßte Sang Mar-ke mit einer knappen Neigung ihres Kopfes, dann trat sie auf mich zu. »Du hast die dritte Schwester noch nicht kennengelernt«, sagte sie und bedeutete der jungen Frau, näher zu kommen.

»Das ist Sulian, die dritte Gemahlin des Herrn.«

Ningsu legte mit mütterlicher Geste einen Arm um meine Schultern. Ich hatte die ältere Frau, die ich in meinen mandschurischen Schuhen um mindestens zwölf Zoll überragte, vom ersten Moment an gemocht, und mit einem Mal wünschte ich, sie wäre wirklich meine Tante. Meine Verwandten in der Steppe waren mir niemals so offen und herzlich gegenübergetreten.

Nun verbeugte sich auch Sulian vor mir. Ihr Gesicht war rund und kindlich, und die kräftig aufgetragene Schminke verstärkte diesen Eindruck noch. Mich durchzuckte der

Gedanke, dass der Altersunterschied zwischen Sulian und Gao Gong ungefähr so groß sein musste wie der zwischen mir und General Dun.

»Ich freue mich, die Verwandte der ersten Schwester kennenzulernen«, sagte Sulian jetzt. In ihren Augen lag ein rührend hoffnungsvoller Ausdruck, als sie mich ansah, und ich begriff, wie einsam sie sich in diesem Haus fühlen musste.

»Und ich freue mich, die dritte Schwester kennenzulernen«, sagte ich mit ehrlicher Herzlichkeit. »Es wäre schön, wenn wir Freundinnen werden könnten.« Ich hatte diese letzten Worte ausgesprochen, ohne lange nachzudenken, und sie waren keine leere Formel gewesen.

Das junge Mädchen strahlte, und ihr Gesicht schien dabei noch runder zu werden. Dann blinzelte sie heftig, als sei ihr plötzlich etwas eingefallen, und an Ningsu gewandt stieß sie hastig hervor: »Die zweite Schwester hat mich gebeten, Euch zu bestellen, dass sie sich nicht recht wohlfühlt, und sie bittet darum, ihre Mahlzeit in ihren eigenen Räumen einnehmen zu dürfen.«

»Nun«, erklärte Ningsu energisch, »dann wären wir jetzt also vollzählig und wollen unsere Gäste nicht länger warten lassen. Du bist nach der langen Reise gewiss hungrig, Nichte«, fügte sie an mich gewandt hinzu.

Wir durchquerten den Raum, der viel größer wirkte als am Nachmittag, da die Diener die hölzernen Wandschirme beiseite geräumt hatten. Der Tisch stand vor dem großen Südfenster, durch das vom Meer her eine angenehme, laue Brise wehte. Es war noch früh am Abend, so dass die Hitze noch nicht abgeklungen war.

Gao Gong nahm am Kopfende des Tisches Platz, Ningsu

saß ihm gegenüber. Mir wies mein Gastgeber mit einer höflichen Geste den Platz zu seiner Linken zu, so dass ich dem Fremden gegenübersaß und die dritte Schwester an meiner linken Seite hatte. Flüchtig registrierte ich, dass der Tisch nur für fünf Personen gedeckt war, obwohl die zweite Schwester sich doch erst unmittelbar vor der Mahlzeit hatte entschuldigen lassen. Aber das Rätsel erschien mir zu unwichtig, um länger darüber nachzudenken, zudem begannen die Diener damit, die Speisen aufzutragen. Wie ich befürchtet hatte, waren es größtenteils Fischgerichte: gedämpfte Haifischflossen, Hummereier und etwas, von dem ich stark befürchtete, dass es Fischhirne waren – eine kostspielige, seltene Delikatesse, die ich von ganzem Herzen verabscheute und die zu vermeiden mir am Kaiserhof immer gelungen war. Mit – wie ich hoffte – gut verborgenem Abscheu beobachtete ich, wie einer der Diener eine Schale mit gerösteten Heuschrecken direkt vor mich hinstellte. Der Mann meinte es sicher gut, denn auch dieses Gericht war eine Delikatesse, zumindest hielten meine Landsleute es dafür.

Nachdem sich Gao Gong als Herr des Hauses als Erster bedient hatte, gab ich so viel Reis in mein Essschälchen, wie es die Höflichkeit gerade noch erlaubte – schließlich war Reis die Speise armer Leute und wurde in vornehmen Häusern nur in geringen Mengen verzehrt –, und löffelte dann vorsichtig etwas Gemüse von einem der Fischgerichte darauf.

Eine Weile war nur das Klappern der elfenbeinernen Essstäbchen zu hören, während hinter jedem von uns ein Diener bereitstand, für den Fall, dass wir irgendeinen Wunsch haben sollten.

Während wir schweigend die ersten Bissen unserer Mahlzeit kosteten, beobachtete ich verstohlen den Ausländer mir gegenüber. Doch wenn ich gehofft hatte, dass er sich beim Essen blamieren würde, wurde ich enttäuscht. Er benutzte die Stäbchen mit solcher Geschicklichkeit, als hätte er von Kindesbeinen an nur die besten chinesischen Tischsitten gekannt – auch wenn er, anders als die Chinesen, beim Essen trank. An seinem Platz stand ein hohes Glas mit einer schäumenden, goldgelben Flüssigkeit darin, die offensichtlich sehr kalt war, da das Glas sofort beschlug, als der Diener es auf den Tisch stellte.

Heimlich beobachtete ich den Mann auf der anderen Seite des Tisches – nur um sogleich ertappt zu werden. Unsere Blicke trafen sich, und dasselbe eigenartige Gefühl, das ich schon am Nachmittag nicht hatte benennen können, stieg wieder in mir auf. Und ärgerlicherweise schoss mir auch jetzt das Blut in die Wangen. Ich blinzelte kurz, als sei mir etwas ins Auge geraten, um seinem Blick ausweichen zu können, ohne dass es ihm auffiel.

Das Gemüse in meinem Schälchen war frisch und knackig und hervorragend gewürzt – wäre da nur nicht der Fischgeschmack gewesen. Im Stillen fand ich mich damit ab, dass meine Gastgeber in puncto Essen gänzlich andere Vorlieben hatten als ich. Was dagegen die Einrichtung ihres vornehmen Besitzes anging, konnte ich ihren Geschmack nur bewundern. Die Paneele in den größeren freien Flächen der Trennwände waren mit weißer Seide bespannt, auf der wunderschöne Malereien und großzügige Kalligraphien zu sehen waren.

So vertieft war ich in die Betrachtung meiner Umgebung, dass ich die dampfende Schale, die mein Gastgeber mir hinhielt, zuerst gar nicht bemerkte.

»Ihr müsst unbedingt von der dreifachen Kostbarkeit probieren«, sagte er, und ich riss mich von der schönsten der Malereien los, einem großen Bild des aufgewühlten, stürmischen Meeres. Gao sah mich auffordernd an. Es waren die Fischhirne, die er mir anbot, und ich hatte Mühe, meinen Ekel zu verbergen. Eine Ablehnung wäre jedoch eine unverzeihliche Unhöflichkeit gewesen. Also griff ich nach dem Porzellanlöffel, der zu dem widerwärtigen Gericht gehörte, und nahm eine winzige Portion, die ich an den äußersten Rand meiner Essschale legte.

Gao lachte leise auf. »Ihr seid zu bescheiden, liebe Nichte«, erklärte er, stellte die Schale vor mich hin und machte sich daran, mit seinen eigenen Essstäbchen mein Schälchen zu füllen – eine vertrauliche Geste, die mir unter anderen Umständen in diesem fremden Haus durchaus willkommen gewesen wäre.

Während ich die aufsteigende Übelkeit niederzukämpfen versuchte, kreuzte sich mein Blick mit dem des Engländers.

Was immer ihn bei meinem Anblick so sehr aus der Fassung gebracht hatte, er schien sich inzwischen wieder gefangen zu haben, denn der unerklärliche Ärger war aus seinen Zügen verschwunden. Die Gefühle, die ich stattdessen in seinen Augen las, wechselten zu schnell, als dass ich mir ganz sicher hätte sein können, aber ich glaubte, zuerst Bewunderung, dann Belustigung und schließlich Mitgefühl zu erkennen.

Mein Gastgeber fischte gerade den dritten schleimigen Brocken aus der Schale, als der Fremde abrupt das Wort an ihn richtete.

»Gao Xiansheng, welche Farbe wäre Eurer Meinung

nach die geeignetste, um unser Experiment zu wiederholen?«

Gao ließ das abscheuliche Stückchen Glibber, das er zwischen seinen Essstäbchen gehalten hatte, wieder in die Schale fallen, und wandte sich seinem Gast zu. Wenn die Unterbrechung ihm missfiel, so ließ er sich das nicht anmerken. Ich war dem Ausländer allerdings – ob es nun in seiner Absicht gelegen hatte oder nicht – ungeheuer dankbar dafür, dass er meinen »Onkel« daran gehindert hatte, mir noch mehr Fischhirn aufzudrängen. Jetzt musste ich nur noch das Problem lösen, wie ich die vier grässlichen, von einer dickflüssigen, grauen Soße umgebenen Bissen hinunterschlucken konnte, ohne dass mir übel wurde.

»Die Entscheidung liegt allein bei Euch, Sang Xiansheng«, sagte Gao Gong zu meiner großen Verblüffung. Seine Bemerkung klang so, als sei nicht er der Besitzer der Färberei, sondern der Ausländer. »Aber wenn Ihr mir die Wahl lasst«, fuhr er fort, »dann würde ich gern gelbe Seide nehmen. Ich habe gerade eine Bestellung von vierzig Dutzend Ballen in kaiserlichem Gelb erhalten ...« Er stockte kurz, und einen winzigen Moment lang huschte sein Blick zu mir herüber. »Ein Bote hat mir heute Morgen ein Schreiben Ihrer Majestät, der Kaiserin, überbracht.«

Gao Gongs Zögern war kaum merklich gewesen, und doch konnte ich mich des Eindrucks nicht erwehren, dass der Ausländer es bemerkt hatte. Seine Augen waren um eine Spur schmaler geworden, als er mir nun einen kurzen, nachdenklichen Blick zuwarf.

Ich senkte eilig die Lider. Um mich von der Verwirrung

abzulenken, die mich beim Anblick dieses Mannes erfasst hatte, schob ich mir wahllos irgendeinen Bissen aus meinem Schälchen in den Mund – und bereute es sofort.

Die gallertartige Masse schien in meinem Mund explodiert zu sein, und in meiner Hast, den abscheulichen Bissen hinunterzuschlucken, war er mir auch schon in die falsche Kehle geraten. Hustend und mit tränenden Augen legte ich meine Essstäbchen beiseite, aber bevor ich auch nur wieder genug Luft zum Atmen gefunden hatte, tauchte in meinem Blickfeld das Glas des Engländers auf.

»Trinkt das«, sagte er, »es wird Euch guttun.«

Ich zögerte nicht lange. Der Geschmack des Fischhirns, das gleichzeitig klebrig und viel zu salzig gewesen war, hatte einen starken Würgereiz ausgelöst, und einen Moment lang befürchtete ich tatsächlich, mich übergeben zu müssen.

Ich nahm einen Schluck von dem mir unbekannten Getränk – und blinzelte abermals. Es war bitter, aber auch sehr frisch, mit ein wenig Süße und durchaus angenehm. Und zu meiner eigenen Überraschung fand ich es ebenfalls angenehm, aus dem Glas des Fremden zu trinken, obwohl ich es normalerweise unter allen Umständen vermied, Trinkgefäße oder Essstäbchen anderer zu benutzen.

Der Husten verebbte, und das bittere Getränk hatte den abscheulichen Geschmack fast vertrieben. Die Höflichkeit gebot es, das Glas zurückzugeben, obwohl ich es bedauerte. Auch wenn das Trinken bei den Mahlzeiten eine fremdländische Unsitte war, hätte ich dieser Gewohnheit durchaus etwas abgewinnen können.

Der Engländer musste das unmerkliche Zögern, mit dem ich das Glas über den Tisch zurückgeschoben hatte, gespürt haben, denn er wandte sich zu dem hinter ihm stehenden Diener um.

»Bring noch ein zweites Glas, Fuduo.«

Gao Gong wartete nicht, bis der Diener den Befehl ausgeführt hatte, sondern nahm den Faden des Gesprächs dort wieder auf, wo er vor einer Minute gerissen war. Und er hatte inzwischen auch glücklicherweise jedes Interesse daran verloren, mich mit weiteren unerwünschten »Leckerbissen« zu versorgen.

Ermutigt vom Anblick des fremdländischen Getränks, das vor mich hingestellt wurde, beschloss ich, zuerst die beiden letzten glitschigen Fischhirne zu essen – oder sie vielmehr hastig und im Ganzen hinunterzuschlucken –, bevor ich mich dem Rest meiner Mahlzeit widmete. Und tatsächlich, das schäumende Gebräu trug wiederum dazu bei, den unangenehmen Geschmack zu vertreiben.

»Ihr solltet vielleicht nicht gar so schnell trinken«, bemerkte der Engländer, als sein Diener mir das Glas zum dritten Mal füllte.

Ich warf ihm einen hochmütigen Blick zu – oder zumindest hoffte ich, dass der Blick hochmütig war. Insgeheim hatte ich eher die Befürchtung, dass mein Gesicht ein albernes Lächeln zeigte.

Das Lächeln des Engländers bestätigte meinen Verdacht, und ich bemühte mich nach Kräften, meine Gesichtszüge zu ordnen. Doch aus irgendeinem Grund wollte es mir nicht gelingen.

»Das Bier, das die Deutschen brauen«, sagte Sang Mar-ke nun, »ist ziemlich stark, und wenn man es nicht gewohnt ist, steigt einem der Alkohol schnell zu Kopf.«

»Ich habe schon oft Alkohol getrunken«, erklärte ich so würdevoll wie möglich. Das entsprach nur zum Teil der Wahrheit. Zwar wurden bei Hof gelegentlich Pflaumenwein oder ein scharf gebrannter Schnaps gereicht, aber da ich weder das eine noch das andere besonders mochte, hatte ich stets nur an meinem Glas genippt und den Rest des Getränks stehen lassen.

Der Engländer sah mich mit einer Mischung aus Zweifel und Belustigung an, obwohl ich in seinen Augen immer noch diesen anderen Ausdruck erkennen konnte, den ich nicht verstand.

Herausfordernd erwiderte ich seinen Blick und trank, seiner Warnung zum Trotz, noch einen kräftigen Schluck von dem Getränk, das er Bier nannte. Ich fühlte mich wunderbar leicht, auch wenn ich den Eindruck hatte, dass es, statt kühler zu werden, mit der Zeit im Raum immer heißer wurde, was ich auf meine für den Sommerabend viel zu dicke Kleidung zurückführte. Morgen würde ich klüger sein und das leichte Gewand anziehen, das Bolo bereits für diesen Abend vorgeschlagen hatte.

Da ich sah, dass alle anderen bereits mit dem Essen fertig waren, leerte auch ich meine Schale. Ich hatte sie nur ein einziges Mal gefüllt, war aber trotzdem angenehm gesättigt. Beinahe hätte ich die Augen geschlossen und einen Seufzer des Wohlbehagens ausgestoßen. Ich wusste nicht, warum, aber alle Angespanntheit war während der vergangenen halben Stunde von mir abgefallen.

Als ich meine Essstäbchen niedergelegt hatte, war unauffällig ein Diener herbeigekommen, um unsere Schalen mit einer dampfenden, klaren Brühe zu füllen, damit von den Speiseresten und der Soße nichts zurückblieb. Ich war die Einzige, die die Brühe ablehnte; mir war ohnehin schon viel zu warm. Außerdem verlockte mich das kühle, bernsteinfarbene Getränk viel mehr als die Suppe.

Als der Diener des Engländers mir zum vierten Mal das Glas füllte, fiel das Lächeln, mit dem ich ihm dankte, weitaus herzlicher aus, als es sich einem Dienstboten gegenüber geziemte. Aber das kümmerte mich im Augenblick wenig.

Ein kühler Luftzug drang durch das geöffnete Fenster und strich mir über die Wangen. Der Duft, den er mit sich brachte, war frisch und würzig und auf eine undefinierbare Art und Weise erregend.

Plötzlich hatte ich Mühe stillzusitzen. Ich wollte nicht länger hier in diesem Raum bleiben, der mir trotz der beiseite geschobenen Trennwände viel zu eng erschien. Alles in mir verlangte danach, hinauszulaufen und den Wind einzuatmen, dessen Essenz, wenn auch gezähmt, selbst hier im Haus zu erahnen war.

»Seid Ihr schon am Meer gewesen, Zhang Taitai?«

Mir war nicht bewusst gewesen, dass ich die Augen geschlossen und für Sekunden einem Tagtraum nachgehangen hatte. Die Stimme des Engländers durchdrang nur mit Verzögerung mein Bewusstsein, zumal er mich mit dem mir noch unvertrauten falschen Vatersnamen angesprochen hatte.

Erschrocken richtete ich mich auf, blinzelte kurz – und konnte den Blick nicht mehr von den Augen des Mannes abwenden, der mir gegenübersaß. Erst jetzt wurde mir klar, dass das Meer, das ich in meinem Tagtraum vor mir gesehen hatte, von genau derselben Farbe gewesen war wie die Augen dieses Mannes.

Ich wusste, dass ich den Blick hätte abwenden müssen, dass es allen Geboten der Höflichkeit widersprach, mein Gegenüber derart anzustarren, aber ich war außerstande, zu tun, was meine Mutter – und gewiss auch meine Schwestern – in dieser Situation getan hätten. Stattdessen hörte ich mich mit einer Stimme sagen, die ich kaum als die meine erkannte: »Nein, ich war noch nicht am Meer.«

»Da Ihr aus der Mandschurei kommt, nehme ich an, dass Ihr auch vorher noch nie am Meer gewesen seid?«, fragte er.

Ich schüttelte nur stumm den Kopf.

»Dann solltet Ihr keinen Tag versäumen, es kennenzulernen.«

Ein vernehmliches Schlürfen durchdrang die kurze Stille. Mein Gastgeber hatte seine Schale geleert und bedeutete dem Diener, sie noch einmal zu füllen.

Ningsu, die ebenso wie Sulian während der ganzen Mahlzeit geschwiegen hatte, räusperte sich. Doch bevor sie etwas sagen konnte, ergriff der Engländer wieder das Wort.

»Dann erlaubt mir, Euch den Weg zu zeigen. Ich kenne ihn gut, denn ich gehe ihn jeden Tag.«

»Sang Xiansheng!«, riefen gleichzeitig Gao Gong und die erste Gemahlin aus.

Doch der Engländer war offensichtlich nicht in der Stimmung, sich unterbrechen zu lassen.

»Euer Diener wird uns begleiten«, erklärte er in einem Tonfall, der keinen Widerspruch duldete. »Fuduo wird ebenfalls mitkommen – und zwei oder drei Dienstboten aus dem Hause Gao. Damit dürfte den Regeln des Anstands Genüge getan sein.«

»Sang Xiansheng ...«, wollte mein Gastgeber protestieren, doch diesmal wurde er von der ersten Gemahlin unterbrochen.

»Ich bin sicher«, erklärte sie mit fester Stimme, »dass meine Nichte nach der langen Reise viel zu erschöpft für einen Spaziergang ist und lieber früh zu Bett gehen will. Das Meer kann warten.«

Ich kannte diesen Tonfall, kannte ihn nur allzu gut. Meine Mutter schlug ihn immer dann an, wenn sie befürchtete, eine ihrer Töchter könne eine Entscheidung treffen, die ihr missfiel. Meine Schwestern und ich hatten es niemals gewagt, ihr in solchen Fällen die Stirn zu bieten. Und ebenso wie meine Mutter ging Ningsu selbstverständlich davon aus, dass ich ihr gehorchen würde. Was sie betraf, war in dieser Angelegenheit das letzte Wort gesprochen.

Doch ich sah nicht Ningsu an, sondern den Engländer. Ich sah ihm in die Augen, die so rund waren – und so blau. Blau wie das Meer ... Und ich tat etwas, was ich noch nie zuvor getan hatte. Ich beugte mich nicht der Entscheidung, die ein anderer für mich getroffen hatte.

»Ich danke Euch für Eure Fürsorge, Tante. Aber ich möchte das Meer sehen. Ich bin keineswegs erschöpft und möchte es noch heute Abend sehen.« Noch immer blickte ich in die Augen des Mannes mir gegenüber. Ich wusste, dass es unhöflich war, sich nicht der Person zuzuwenden, mit der man sprach. Ich hätte meinen Blick von dem Engländer lösen müssen, doch ich konnte es nicht. Und ich stellte erstaunt fest, dass ich es auch gar nicht *wollte*.

Irgendetwas war mit mir geschehen, und ich glaubte nicht, dass der ungewohnte Alkohol der einzige Grund für diese eigenartigen, fremden und so vollkommen unverständlichen Gefühle war, die ich in mir spürte.

Aus den Augenwinkeln nahm ich eine Bewegung zu meiner Rechten wahr. Gao Gong hatte sich erhoben, und der Engländer folgte, ohne zu zögern, seinem Beispiel.

»Sang Xiansheng«, sagte mein Gastgeber, »meine Nichte ist noch sehr jung und unerfahren …« Er warf einen missbilligenden Blick in meine Richtung, und ich errötete schuldbewusst. Auch wenn er nicht wirklich mein Onkel war, so stand ich für die nächste Zeit doch unter seinem Schutz – was bedeutete, dass ich mich seinen Wünschen widerspruchslos unterzuordnen hatte. Ich kämpfte Trotz und Bedauern nieder und fand mich damit ab, dass ich das Meer wohl doch erst am nächsten Tag zu sehen bekommen würde.

Allerdings war das nicht das Einzige, was ich bedauerte, was ich mir zu diesem Zeitpunkt jedoch noch nicht eingestehen konnte.

»Ihr habt sicher Verständnis dafür …« Weiter kam Gao Gong nicht.

Faszinert beobachtete ich, wie die Miene des Engländers sich unmerklich veränderte. Er brachte es fertig, meinen Gastgeber mit einem einzigen Blick zum Schweigen zu bringen. Es war ein Blick, der eindeutig eine Botschaft enthielt. Ich konnte mir nicht vorstellen, was es war, das er soeben ohne Worte übermittelt hatte, aber es verfehlte seine Wirkung nicht. Gao Gong hob zu meinem Erstaunen die

Hände, um einzulenken, und einmal mehr beschlich mich der Verdacht, dass Gao auf irgendeine Weise von dem Engländer abhängig war. Eine andere Erklärung konnte es für seine plötzliche Nachgiebigkeit nicht geben.

Ich verfolgte das Geschehen inzwischen mit wachsender Verwirrung. Wie war es möglich, dass ein Fremder – noch dazu ein weißer Teufel – die Macht hatte, meinen Gastgeber zu einer Entscheidung zu zwingen, die ihm so offenkundig missfiel? Als mein »Onkel« hatte Gao in Abwesenheit meines Vaters nicht nur das Recht, sondern geradezu die Pflicht, über jeden meiner Schritte zu wachen. Und dass ein Spaziergang mit einem Mann, der nicht zu meiner Familie gehörte, gegen alle Regeln des Anstands verstieß, stand außer Zweifel.

Gespannt wartete ich auf Gaos Antwort, obwohl ich sie im Grunde bereits in seinen Augen gelesen hatte.

»Andererseits«, sagte er langsam, als sei ihm soeben ein vollkommen neuer Gedanke gekommen, »andererseits ist es wirklich noch sehr früh. Die Sonne wird erst in zwei Stunden untergehen.« Er lächelte mit erzwungener Freundlichkeit und deutete auf das Fenster hinter sich. »Es sieht so aus, als würde es heute einen besonders prächtigen Sonnenuntergang geben. Es wäre in der Tat eine Schande, wenn meine Nichte um das Vergnügen gebracht würde, ihn zu beobachten. Ihr seid Euch sicher«, fügte er, höflich an mich gewandt, hinzu, »dass die Reise Euch nicht zu sehr erschöpft hat?«

Strahlend verneinte ich.

»Nun«, erklärte Gao Gong, »dann ist es also beschlossene Sache.« Noch einmal dachte er kurz nach, dann fügte er hinzu: »Die dritte Gemahlin wird Euch begleiten, Sang

Xiansheng. Sie ist eine verheiratete Frau, und ihre Anwesenheit dürfte sicherstellen, dass der gute Ruf meiner Nichte keinen Schaden nimmt.«

Ich fand es ungeheuer komisch, dass dieses schüchterne Kind, das gut und gern ein halbes Dutzend Jahre jünger war als ich selbst, als Anstandsdame – oder Aufpasserin – fungieren sollte, doch es gelang mir, mir nichts von meiner Erheiterung anmerken zu lassen.

Bei der Aussicht auf den bevorstehenden Ausflug schien das Blut schneller durch meine Adern zu fließen als bei einem der wilden Ritte durch die Steppe, die ich als Kind unternommen hatte, bevor meine Mutter verfügte, es sei an der Zeit, dass ich mich wie eine Dame von Stand benähme, und mir das Reiten untersagte.

Ich erhob mich – und stellte fest, dass mein Körper mir nicht mit der Präzision gehorchte, die ich gewohnt war. Hastig und unauffällig, wie ich glaubte, hielt ich mich an der Tischkante fest.

Nicht unauffällig genug, wie sich herausstellte. Der Engländer blickte von der anderen Seite des Tisches auf mich herab, und in seinem Lächeln lag deutlicher, wenn auch nicht unfreundlicher Spott.

»Ich denke«, sagte er in seinem kultivierten Chinesisch, »dass die Zeit bis zum Sonnenuntergang noch lang genug ist, um Euch vor unserem Spaziergang umzuziehen. Ihr dürftet insbesondere Euer Schuhwerk am Strand recht unbequem finden.« Er verbeugte sich höflich, was mich nicht daran hinderte, einmal mehr zu erröten.

Meine Aufmachung war nicht nur für den Strand übertrieben. Bei aller Eleganz des Hauses Gao war sie auch für ein einfaches Abendessen schlicht unpassend.

Das war die zweite Lektion, die Malcolm mir erteilte. Noch am selben Abend verbannte ich die Robe mitsamt den hohen mandschurischen Schuhen in einen der Kleiderschränke in meinem Schlafraum, wo sie bis zu meiner Abreise aus Baoding blieben.

Kapitel 17

Guniang ließ sich erschöpft in ihre Kissen sinken. Die Krankheit, die sie am Tag von Anlis heimlicher Abreise vorgetäuscht hatte, um sich fürs Erste vor neugierigen Fragen zu schützen, war nun tatsächlich zurückgekommen. Sie litt seit einem Jahr immer häufiger unter Diarrhö, und mit jedem neuen Ausbruch dieses Übels hatte sie das Gefühl, schwächer zu werden.

»Ihr könnt Euch jetzt zurückziehen«, sagte sie zu der jungen Frau, die sie während der letzten fünf Tage bedient hatte. Anlis Schützling, wie sie Shuimin im Stillen nannte, hatte sich gut gemacht, fand Guniang und schenkte ihr ein Lächeln. Während der langen Stunden, die sie mit Shuimin allein gewesen war – angeblich aus Sorge, nicht allzu viele Hofdamen mit ihrer Krankheit anzustecken –, hatte sie nach und nach deren Geschichte erfahren und wusste nun auch, warum es unvermeidlich gewesen war, dass Anli sie in ihr Herz schloss. Shuimin war Witwe, ohne je verheiratet gewesen zu sein. Sie war bereits im Kindesalter einem Knaben aus gutem Haus versprochen worden, dem ersten Sohn eines ranghohen Beamten, dessen scharfer Verstand zu großen Hoffnungen berechtigt hatte. Und dann war der junge Mann in seinem achtzehnten Jahr bei einem Jagdunfall zu Tode gekommen. Shuimin würde für den Rest ihres Lebens allein bleiben müssen, und selbst die einfachsten Freuden einer Frau – bunte Kleider, hübscher Schmuck oder Schminke – würden ihr versagt bleiben. Sie würde bis ans Ende ihrer Tage Witwentracht tragen müssen. Kein Wunder also, dass Anli mit ihrem großen Herzen ihr helfen wollte. Malu hätte es genauso gemacht.

Guniangs Lächeln vertiefte sich bei dem Gedanken an diese beiden Frauen, die einander so ähnlich waren, und Shuimin, die das Lächeln offensichtlich auf sich bezogen hatte, strahlte schüchtern.

»Wenn Ihr noch irgendetwas benötigen solltet, Euer Majestät«, sagte sie und verbeugte sich respektvoll, »dann dürft Ihr nicht zögern, nach mir zu schicken.«

»Das werde ich gewiss nicht tun«, erwiderte Guniang freundlich. »Ihr macht Eure Sache sehr gut, und ich weiß, dass ich mich auf Euch verlassen kann.«

Shuimins Wangen röteten sich vor Freude, und Guniang dachte überrascht, dass das Mädchen gar nicht so reizlos war, wie sie zunächst geglaubt hatte. Wenn der verkniffene Ausdruck, den sie bisher zur Schau getragen hatte, einem Lächeln wich, war sie sogar hübsch. Ein Stich des Bedauerns durchzuckte Guniang. Was für eine Verschwendung. Einen Moment lang stellte sie sich die junge Frau als glückliche Gattin und Mutter vor, die auskostete, was ihr rechtmäßig zustand. So deutlich, als hätte sie ein reales Bild vor sich, sah sie vor ihrem inneren Auge Shuimin – eine schlanke, phantasievoll gekleidete Frau, die tatkräftig das Leben anpackte.

Was für eine Verschwendung.

»Aber ich nehme nicht an, dass ich Euch heute Abend noch einmal benötigen werde«, fuhr sie fort, nachdem sie das bedrückende Bild abgeschüttelt hatte. »Ihr könnt Euch jetzt für die Nacht zurückziehen.« Einem Impuls gehorchend, fügte sie hinzu: »Ihr seid mir eine große Hilfe, Shuimin. Ich danke Euch.«

Als die junge Frau gegangen war, wusste Guniang, dass sie eine Freundin gewonnen hatte, auf deren Treue sie sich zeitlebens würde verlassen können.

Wie einfach es hätte sein können, durchzuckte es sie. All die Frauen, die sie jahre-, manchmal jahrzehntelang bedient hatten. Und nach Malus Tod hatte sie nicht ein einziges Mal versucht, die Freundschaft einer dieser Frauen zu gewinnen. Meistens hatte sie sich nicht einmal bemüht, sich ihre Namen zu merken.

Bis Anli gekommen war – und mit ihr die Erinnerung.

Aber nein, wirklich erinnert hatte sie sich erst seit jenem Tag, an dem Anli so mutig für Bolo eingetreten war. Dem Tag, an dem sie bewiesen hatte, dass sie Malu nicht nur äußerlich ähnelte.

Und nach siebenundvierzig Jahren absoluter innerer Einsamkeit hatte sie wieder zu fühlen begonnen.

Mit einem Mal spürte sie, dass ihr Gesicht nass von Tränen war. Gewohnheitsmäßig hob sie die Hand, um sie wegzuwischen, doch dann besann sie sich anders.

Sie hatte die Tränen viel zu oft fortgewischt und mit ihnen die Trauer und auch jedes andere Gefühl.

Ihre Gedanken kehrten zu Shuimin zurück. Wie viele junge Frauen, deren Leben zerbrochen war, bevor es wirklich begonnen hatte, mochten ihren Weg gekreuzt haben, ohne dass sie es auch nur bemerkt hatte? Einige Gesichter, jung und nebelhaft verschwommen, nahmen in ihrer Erinnerung Gestalt an. Ja, es hatte viele von ihnen gegeben, zu viele. Und sie, Guniang, ihre Kaiserin, kannte nicht einmal mehr ihre Namen.

Ihre Gedanken wanderten zu einer Frau, deren Namen sie gewiss nicht vergessen würde – Prinzessin Xiao. Immer wieder hatte Xiao versucht, ihre Zuneigung zu erringen. Stunden und Tage hatte sie mit der Arbeit an Bühnenbildern verbracht – nicht, weil es ihr wirklich ein Bedürfnis war, sondern weil sie wusste, dass das Theater ihr, der Kaiserin, viel bedeutete. Ebenso große Mühe hatte sich die Prinzessin mit hübschen kleinen Gemälden von ihren Lieblingshunden gemacht, und eines dieser Bilder, das Shuida zeigte, war es, das Guniangs Argwohn erregt hatte.

Eigentlich hatte sie wie üblich nur einen kurzen Blick auf die Zeichnung werfen wollen, um sie dann von einer Dienerin wegschaffen zu lassen. Doch etwas hatte sie stutzig gemacht. Zum ersten Mal in all den Jahren war ihr wirklich bewusst geworden, was für eine begabte Malerin Xiao war – begabt genug, um die bösartigen Bilder von Anli angefertigt haben zu können. Und plötzlich hatte sie sich auch an den Hass erinnert, der in Xiaos Augen stand, wann immer sie Anli ansah.

Sie hatte die Prinzessin zu sich befohlen, um sie zur Rede zu stellen, und Xiao war weinend zusammengebrochen und hatte gestanden. Sie hatte behauptet, nur ein einziges Bild gemalt zu haben – das dritte –, aber Guniang hatte ihr kaum zugehört. Ebenso wenig hatte sich sich für Xiaos Beweggründe interessiert – und damit hatte sie der jungen Frau unrecht getan. Wie so oft zuvor. Inzwischen hatte sie begriffen, warum Xiao die jüngere Hofdame so sehr hasste: Anli hatte das bekommen, worum Xiao jahrelang vergeblich gebuhlt hatte – ihre Zuneigung.

Und sie, Guniang, hatte sich in all der Zeit nicht ein einziges Mal die Mühe gemacht, ein wenig mehr über die unglückliche junge Frau zu erfahren, sie sie tagein, tagaus bediente.

Ihr Versagen war es, das Xiao zu dieser schändlichen Tat getrieben hatte.

Scham stieg in ihr auf, ein Gefühl, das ihr in den letzten Jahren fast abhanden gekommen war. Im gleichen Augenblick regte sich in ihrem Innern auch schon Widerspruch: *Ich hätte nichts tun können. Ich hätte nichts ändern können. Die Dinge sind nun einmal, wie sie sind.* Nein, im Großen und Ganzen hätte sie wohl kaum etwas ändern können. Aber wie viel zählte dieses große Ganze im Angesicht eines einzelnen Menschenlebens? Das war ein Gedanke, der ihr fremd geworden war. Seit siebenundvierzig Jahren war es ihre Aufgabe, das große Ganze im Auge zu behalten. Doch war es deshalb richtig, den einzelnen Menschen zu übersehen? War es wirklich richtig, einen Einzelnen um des großen Planes willen zu opfern?

Wie ein Echo auf ihre Gedanken wurde in diesem Moment die Tür geöffnet, und die junge Kaiserin trat ein.

Longyu. Auch sie war ein Opfer. Ein Opfer, das Guniang selbst ausgewählt hatte. Ohne einen Hauch von Zweifel oder gar Bedauern hatte sie ihre Nichte, die Tochter ihres Bruders, mit Guangxu vermählt. Sie war eine Blutsverwandte, eine Cousine ersten Grades von Guangxu, aber vor allem war sie klug und stark, und Guniang hatte geglaubt, dass sie ein gutes Gegengewicht zu dem schwächlichen Träumer Guangxu darstellen würde. Dass Longyu sich mit Händen und Füßen gegen diese Ehe gesträubt hatte, hatte niemanden interessiert, am wenigsten ihre Familie.

Guniang betrachtete ihre Nichte zum ersten Mal seit Jahren genauer. Sie war schon als junges Mädchen ein reizloses

Geschöpf gewesen, mager und mit grässlich vorstehenden Zähnen, und jetzt, da sie sich ihrem vierzigsten Jahr näherte, war sie keinen Deut ansehnlicher. Aber in ihren Augen waren noch immer Humor und ein scharfer Verstand zu erkennen, genau wie damals. Nur dass heute ein Ausdruck von Resignation in den dunklen Augen lag, der vor neunzehn Jahren, als sie Guangxu heiratete, nicht dagewesen war. Longyu verneigte sich. »Wie ist das Befinden Eurer Majestät?«, fragte sie höflich. »Ich hoffe, Euer Leiden ist bereits im Abklingen?«

»Kommt näher, Longyu«, sagte Guniang. Plötzlich bedauerte sie, dass sie die jüngere Frau nicht auffordern konnte, sich neben sie aufs Bett zu setzen. Es war eine Sache, einer unbedeutenden Hofdame etwas Derartiges zu gestatten, doch Longyu, die junge Kaiserin, war ihr im Rang fast gleichgestellt, so dass ein solcher Verstoß gegen die höfische Etikette ihr gegenüber einfach undenkbar gewesen wäre.

»Ich habe Euch aus einem bestimmten Grund hergebeten«, fuhr Guniang fort, als Longyu schließlich dicht vor ihrem Bett stand. »Ich möchte mit Euch über Yinggui reden.«

Longyus Augen weiteten sich, und Guniang erinnerte sich, dass sie schon vor zwanzig Jahren erstaunt über die Ausdruckskraft dieser Augen gewesen war.

Jetzt spiegelten sie Trauer und Entsetzen wider – und eine Regung, die die jüngere Frau sich nur noch selten gestattete: Zorn.

Einen Moment lang senkte sie die Lider, und als sie die Augen wieder öffnete, schimmerten Tränen darin. Longyu blinzelte heftig.

»Ich bitte um Verzeihung, Euer Majestät«, sagte sie mit mühsam beherrschter Stimme. »Aber Eure Frage kam so überraschend, dass ich ...«

Sie verneigte sich tief, und Guniang hob die Hand. »Ihr braucht Euch Eurer Gefühle nicht zu schämen, mein Kind«, erwiderte sie, »ganz im Gegenteil. Sie gereichen Euch zur Ehre.« Sie wartete einen Moment lang, um ihrer Nichte Zeit zu geben, sich zu fassen. Dann fuhr sie fort: »Ich weiß, dass Yinggui Eure Freundin war.«

Longyu sah sie überrascht an, und Guniang biss sich auf die Unterlippe. Natürlich war es eine Überraschung für Longyu, dass sie, Guniang, etwas Derartiges gewusst hatte. Longyu war zu klug, als dass ihr die Gleichgültigkeit, mit der ihre Tante den Menschen in ihrer Umgebung begegnete, nicht bewusst gewesen wäre.

»Wie lange ist es her, dass Yinggui mit General Dun verheiratet wurde?«, fragte sie behutsam.

»Neun Jahre«, antwortete Longyu steif.

»Und wie lange liegt ihr Tod nun zurück?«

»Sieben Jahre«, erwiderte Longyu mit einer Verbitterung, die Guniang wie eine Ohrfeige traf. »Sieben Jahre, elf Monate und« – sie dachte kurz nach – »achtzehn Tage.«

Guniang nickte schweigend. Auch sie wusste auf den Tag, ja sogar auf die Stunde genau, wie lange Malus Tod zurücklag.

Minuten verrannen, ohne dass eine der Frauen etwas sagte. Dann durchbrach Longyu die Stille.

»Warum interessiert Ihr Euch jetzt dafür«, fragte sie kühl, »so viele Jahre nach ihrem Tod? Als sie starb, hat niemand Fragen gestellt.«

Guniang richtete sich auf und schob sich ein Kissen in

den Rücken, um sich hinzusetzen. Longyu machte keine Anstalten, ihr zu helfen, was Guniang auch nicht erwartet hatte.

»Wisst Ihr«, fragte Guniang weiter, als sie eine bequeme Sitzposition gefunden hatte, »ob der General inzwischen wieder geheiratet hat?«

»Er hat«, antwortete Longyu prompt und mit harter Stimme, »seither zwei Hauptfrauen genommen und fünf Nebenfrauen. Vier der Frauen sind bereits tot.«

Mehr sagte sie nicht, denn sie fand offenbar, dass ihre Worte für sich sprachen. Stolz und beinahe trotzig blickte sie auf Guniang hinab, und zum zweiten Mal an diesem Tag hatte die Kaiserin das unheimliche Gefühl, im Schatten der realen Frau, die vor ihr stand, die geisterhafte Erscheinung ihres anderen Ich zu sehen. Longyu war in dieser Vision ebenso reizlos wie jetzt, aber ihr Gesicht strahlte Zufriedenheit und Wärme aus, so dass auch sie auf ihre Weise beinahe hübsch wirkte. Und glücklich.

»Du hast einen anderen Mann geliebt, nicht wahr?«, fragte Guniang leise, aber sofort machte ihr die abweisende Miene der jüngeren Frau klar, dass diese, genau wie sie selbst, nicht an den Schmerz der Vergangenheit erinnert werden wollte. Inzwischen wusste Guniang, dass es falsch war, nicht zu trauern, aber sie wusste auch, dass Longyu, genau wie sie selbst, Zeit brauchen würde. Und vorerst war es ihr einziger Schutz, nichts zu fühlen.

»Warum interessiert Ihr Euch plötzlich für Yinggui?«, wiederholte Longyu nun statt einer Antwort. »Wenn ich mir diese Frage erlauben darf, Euer Majestät?«

Wieder verneigte sie sich respektvoll, und wieder bedauerte Guniang es von Herzen, dass sie sie nicht bitten durfte, sich zu ihr zu setzen. Sie spürte, dass eine solche Geste vielleicht die Kluft überbrückt hätte, die sie voneinander trennte. Aber es war unmöglich. Der starre Panzer der Hofetikette engte zwar ein – manchmal schien er einem fast die Luft zum Atmen zu nehmen –, aber er schützte auch, und nicht nur sie selbst, sondern auch die junge Kaiserin, die dieses Schutzes vermutlich sehr bedurfte. Sie durfte sich nicht darüber hinwegsetzen.

»Wie ist Yinggui gestorben?«, beantwortete sie Longyus Worte ihrerseits mit einer Frage.

Longyu zog verächtlich die Augenbrauen in die Höhe. »Ihre Familie bekam die Mitteilung, dass sie an Schwindsucht und einer plötzlich aufgetretenen Lungenentzündung – es war ein harter Winter damals – gestorben sei.« Ihre Mundwinkel zuckten, und Guniang begriff, dass es Longyu weit schwerer fiel als ihr selbst, alle Gefühle in sich abzutöten. Das war es, was die junge Kaiserin immer noch so verwundbar machte. Guniang beschloss, das Gespräch, das für ihre Nichte so schmerzhaft war, nicht unnötig in die Länge zu ziehen, doch bevor sie etwas sagen konnte, sprach Longyu weiter.

»Ihre Familie hat sich damit zufriedengegeben. Niemand hat Fragen gestellt.«

»Dann werde ich jetzt eine Frage stellen«, erwiderte Guniang. »Obwohl ich weiß, dass sie viel zu spät kommt.« Sie zögerte kurz, denn wenn sie ehrlich war, wollte sie die Antwort heute im Grunde ebenso wenig hören wie damals vor fast acht Jahren. Denn wie damals ahnte sie auch jetzt, wie diese Antwort ausfallen würde. Es war oft so viel einfacher, es bei einer Ahnung zu belassen, einer vagen Vermutung, die man ignorieren konnte.

»Wie ist Yinggui wirklich gestorben?«, fragte sie mit fester, entschlossener Stimme.

Die Stille im Raum, die nur vom Ticken der Uhren und von dem leisen Schnarchen Shuidas gestört wurde, nahm plötzlich etwas Düsteres, Bedrohliches an.

Sekundenlang rührte Longyu sich nicht. Nur ihre Augen verrieten, wie aufgewühlt sie war. Dann tat sie etwas, das Guniang gleichermaßen überraschte wie beunruhigte.

Sie griff nach dem kleinen, mit kostbaren, weißen Perlen bestickten Beutel, den sie seit vielen Jahren stets bei sich trug, zog die gedrehte Kordel auf und nahm ein Stück Pergament heraus.

Wortlos reichte sie Guniang das Papier, das bereits brüchig und von vielen Knitterfalten durchzogen war.

Guniang zögerte sekundenlang, als Longyu ihr den Brief hinhielt. Die Miene der jungen Kaiserin hatte einen herausfordernden Zug angenommen, und in ihren Augen stand wieder der Zorn, den sie kurz zuvor so tapfer zurückgedrängt hatte. Aber in diesem Moment schien es sie nicht zu kümmern, dass sie gegen alle Regeln der Höflichkeit verstieß.

»Bitte!«, sagte sie, und das Wort klang beinahe wie ein Befehl.

Guniang sah sie ruhig an – ohne jeden Hauch eines Tadels, den das Verhalten ihrer Nichte unter anderen Umständen gewiss zur Folge gehabt hätte.

Schließlich streckte sie die Hand nach dem Blatt Papier aus. Ihre Finger zitterten, und sie machte sich nicht die Mühe, es vor Longyu zu verbergen. Behutsam und mit einem Gefühl der Ehrfurcht faltete sie den Bogen auseinander. Die Schrift war an mehreren Stellen zerlaufen, und Guniang wusste instinktiv, dass es nicht die Tränen der Schreiberin gewesen waren, die die Tinte verwischt hatten.

Liebe Schwester.
Ich werde nicht mehr sein, wenn du diese Zeilen erhältst. Morgen früh, wenn die Stunde des Hasen anbricht, werde ich in den Glockenturm steigen. Und ich werde eine vierfach gedrehte Seidenkordel mitnehmen ...

Guniang konnte nicht mehr weiterlesen, denn die Schriftzeichen wurden von einem übermächtigen Bild überlagert. Einem Bild, das so tief in ihren Geist gemeißelt war, dass sie jede noch so kleine Einzelheit vor sich sehen konnte, auch nach all diesen Jahren.

Ein grauer, gesichtsloser Pavillon auf einem grauen Hügel vor einem grauen, hohen Himmel. Winterliches Eis überzog die gewölbten Dächer des Palastes, die im fahlen Licht des frühen Morgens ebenfalls grau waren. Stimmen ohne Worte um sie herum. Menschen, deren Gesichter nur graue, leere Flecken waren. Alles an diesem Bild war grau. Nur eine einzige weitere Farbe existierte noch. Rot. Rot wie Blut. Malus Kleid, das schönste, das sie besaß. Sie hatte es besonders gemocht und oft getragen.

An diesem grauen Wintermorgen hatte sie es angezogen, um darin zu sterben.

Ein anderer Ort, eine andere Frau.
Dasselbe Schicksal.
Was für eine Verschwendung.
Und in beiden Fällen – in diesen und in vielen anderen –

hatte sie, Guniang, sich schuldig gemacht. Auch wenn in Malus Fall die Schuld am schwersten wog ...

»Lest den ganzen Brief«, verlangte Longyu unerbittlich. Einen Moment lang trafen sich ihre Blicke, und Guniang erinnerte sich wieder daran, warum es ihr damals so wichtig gewesen war, Guangxu gerade dieses Mädchen als Kaiserin zur Seite zu stellen. Longyu besaß eine innere Stärke, die man den meisten Frauen schon im Kindesalter raubte, damit sie eines Tages gefügige Gemahlinnen eines Mannes wurden, der ihnen unter anderen Umständen unendlich unterlegen gewesen wäre.

Nur bei einigen wenigen Frauen versagte die Erziehung, weil ihr Geist durch nichts zu brechen war.

Longyu war eine solche Frau, ebenso wie sie, Guniang, eine gewesen war.

Sie hob den Brief hoch, den sie auf das Bett hatte sinken lassen, und las die wenigen Zeilen, die noch folgten.

... ich weiß, dass es eine unverzeihbare Verfehlung gegen die Ahnen ist, dem eigenen Leben ein Ende zu machen, hatte Yinggui weiter geschrieben, *und ich weiß, dass ich für viele Existenzen dafür werde büßen müssen. Nur darum habe ich so lange gezögert ...* Yinggu war keine vollen zwei Jahre mit dem General verheiratet gewesen, und selbst diese kurze Zeit musste ihr unsäglich lang erschienen sein. *Schon um deinetwillen, geliebte Schwester, wünschte ich, ich könnte weiter stark sein und das Leben ertragen, das ich führe. Aber du weißt besser als jeder andere, welche Freude es meinem Gemahl bereitet, mich zu quälen. Anfangs glaubte ich,*

er würde irgendwann das Interesse an mir verlieren, doch das war ein Irrtum. Er wird nicht ruhen, bis er mich gebrochen hat. Ich werde mir einen letzten Rest von Würde bewahren, indem ich selbst den Zeitpunkt bestimme, da dies geschieht. Verzeih mir, Schwester, dass meine Stärke nicht ausreicht.
Ich habe alles Geld, das ich besitze, einem reisenden Mönch gegeben, der dir diesen Brief überbringen will. Ich glaube, er ist verlässlich – und wenn er es nicht ist, so kann ich doch nicht mehr tun als hoffen. Meine Schwester, mein Herz wird bei dir sein morgen früh, wenn die Stunde des Hasen anbricht.

Guniang faltete das Pergament behutsam zusammen und reichte es Longyu. Ihre Nichte behielt es einen Augenblick lang in den Händen, dann schob sie es vorsichtig in den Beutel zurück.

»*Er* hat sie dazu getrieben«, sagte sie leise. »*Er* hat sie in den Tod getrieben.«

Obwohl sie sehr leise gesprochen hatte, hatte in ihrer Stimme ein Hass gelegen, der die hohe Halle plötzlich flach und eng erscheinen ließ.

Guniang sah ihre Nichte lange an. Sie hatte nicht gewusst, dass Longyu zu solcher Leidenschaft fähig war.

Was für eine Verschwendung, dachte sie zum vierten Mal an diesem Abend. *Was für ein Frevel gegen das Leben.*

Laut sagte sie: »Das muss ein Ende haben.«

»Es *wird* ein Ende haben, das verspreche ich Euch. Auch wenn es Euch Eure Freundin nicht zurückbringt, werde ich dafür sorgen, dass General Dun nicht noch eine Frau zerbrechen wird.«

Als Longyu den Raum verlassen hatte, lehnte Guniang sich erschöpft in den Kissen zurück. Die Zuversicht, die sie noch wenige Sekunden zuvor empfunden hatte, verwandelte sich in Sorge. Sie hatte Anli nach Baoding geschickt, zu Richard St. Growers Sohn. Aber was, wenn ihr Plan, der einer vagen Eingebung entsprungen war, nicht aufging? Was, wenn Anli diesen einzigen Ausweg nicht akzeptieren wollte? Wenn Richard St. Growers Sohn ganz anders war als sein Vater? Wenn er womöglich in England bereits eine Ehefrau hatte?

Entkräftet von ihrer Krankheit und zu vielen Sorgen, wurden ihre Lider schwer.

Malu, war ihr letzter Gedanke, bevor sie einschlief. *Lass nicht zu, dass es noch einmal geschieht. Malu ...*

Kapitel 18

*A*lso, wer seid Ihr wirklich?«

Die Sänfte, in der die dritte Gemahlin uns ans Meer begleitete – wegen ihrer gebundenen Füße kam es selbstverständlich nicht in Frage, dass sie den ganzen Weg zu Fuß ging –, war ein beträchtliches Stück zurückgefallen. Der Engländer hatte ein so schnelles Tempo vorgegeben, dass sich der Abstand zwischen uns und unserem Gefolge unweigerlich vergrößerte. Ich selbst hatte bisher nichts gegen seine Geschwindigkeit einzuwenden gehabt. Im Gegenteil – obwohl ich zu Anfang unseres Spaziergangs die Wirkung des Alkohols noch deutlich in meinen Gliedern gespürt hatte, genoss ich es jetzt, mich nach den langen Tagen erzwungenen Stillsitzens während der Reise endlich wieder zu bewegen. Und in meinem weiten, luftigen Gewand und mit flachen Schuhen hatte ich nicht die geringste Mühe, mit meinem Begleiter Schritt zu halten.

»Wer seid Ihr wirklich?«, wiederholte der Engländer. Dann sah er sich kurz nach unserem Gefolge um, das lächerlich groß für diesen Zweck war: Gao Gong hatte neben den vier Sänftenträgern fünf seiner eigenen Diener mitgeschickt. Zusammen mit Bolo und Fuduo, dem Diener des Engländers, waren es also zwölf Personen, die uns begleiteten – einschließlich der unsichtbaren dritten Gemahlin in ihrem Tragstuhl.

Die Entfernung zwischen uns und den Dienern schien

dem Engländer inzwischen groß genug zu sein, denn er blieb plötzlich stehen und wandte sich mir zu.

»Also?«, sagte er und musterte mich mit diesem eigenartig fassungslosen Blick, mit dem er mich schon früher am Abend gelegentlich angesehen hatte.

Ich war immer noch vollkommen verwirrt. »Ich weiß nicht, wovon Ihr sprecht«, erklärte ich. »Ich bin die Tochter einer Cousine der ersten Gem...«

»Unsinn«, erwiderte er scharf. »Ich weiß, dass Ihr keine Nichte des Hauses Gao seid. Und ich will von Euch hören, aus welchem Grund Ihr nach Baoding gekommen seid. Denn es *muss* einen Grund dafür geben. Es kann kein Zufall sein.«

Er hatte mit solch wütender Heftigkeit gesprochen, dass ich unwillkürlich zurückgeprallt war. Anscheinend wurde ihm plötzlich bewusst, wie unhöflich sein Verhalten war, denn er trat einen Schritt zur Seite, so dass ich wieder einen ungehinderten Blick auf das Meer hatte.

Die Sonne hing satt und dunkelrot am Horizont, und ihr unterer Rand berührte beinahe die Wasseroberfläche – zumindest sah es für mich so aus. Einen Moment lang vergaß ich das seltsame Verhalten des Engländers, vergaß überhaupt alles um mich herum, vergaß sogar, wer ich war. Das Meer war so gewaltig und so friedvoll. Deutlicher als je zuvor begriff ich in diesen Minuten, was mir bisher immer bedrückend und unverständlich erschienen war, auch wenn ich mich als gläubige Buddhistin bezeichnen durfte: die Auflösung des eigenen Ich in etwas Größerem, Gewaltigerem, als ein einzelner Mensch es sein konnte. Das Nirwana – die Auflösung allen Seins und Fühlens – hatte mich bisher stets mit Schrecken oder doch zumindest mit Unbehagen erfüllt. Aufzuhören zu existieren, nicht mehr die zu sein, die ich war, *nichts* zu sein. Aber hier, vor diesem gewaltigen, uralten Element, hier begriff ich mit einem Mal, dass es nichts Schreckliches hatte, dieses Nirwana, dieses Nichtsein. Und etwas von dem Frieden, den das Meer ausstrahlte, strömte in meine eigene Seele. *Warum sollte ein Mensch sich vor dem Tod fürchten, wenn er jemals in seinem Leben am Meer stehen und dort beten konnte,* ging es mir durch den Kopf. Wer einmal diese gewaltige Größe, diese Unendlichkeit erfahren und in sich aufgenommen hatte, brauchte keine Angst mehr davor zu haben, sich darin zu verlieren. Ja … vielleicht konnte er dann sogar Sehnsucht danach empfinden, eins zu werden mit diesem Wunder.

Sekundenlang standen wir schweigend nebeneinander; er respektierte offensichtlich, dass ich ein wenig Zeit brauchte, um dieses Geschenk anzunehmen, das mir so unerwartet zuteil wurde.

Und obwohl ich mir die ganze Zeit über seines forschenden Blickes bewusst war, konnte ich mich ganz und gar dem Staunen überlassen – und der Ehrfurcht, mit der mich das Meer erfüllte.

Das leise Murmeln der Wellen beruhigte meine Sinne auf eine nie gekannte Weise, und der schwache Wind schien meine Haut zu durchdringen und sich wie ein feiner, schützender Film um meine Seele zu legen.

»Ich wünschte, ich wäre am Meer geboren worden«, sagte ich leise und ohne mir wirklich bewusst zu sein, dass ich meinen Gedanken laut ausgesprochen hatte.

Der Engländer wandte kurz den Blick von mir ab, dann fasste er mich mit festem Griff am Arm und zog mich weiter. Unser Gefolge, eine feierliche, schweigende Prozession, war bis auf wenige Schritte herangekommen.

In demselben zügigen Tempo wie zuvor vergrößerten wir den Abstand wieder, und obwohl ich noch immer nicht wusste, worauf der Mann an meiner Seite hinauswollte, folgte ich ihm gern. Irgendwie – warum, hätte ich nicht sagen können – gefiel mir die Illusion, mit ihm allein zu sein, mit ihm … und dem Meer, das mich so sehr in seinen Bann geschlagen hatte.

Als wir außer Hörweite der Diener waren, fragte der Engländer, ohne seinen Schritt zu verlangsamen: »Wo genau seid Ihr denn geboren worden?«

Ich ahnte die Falle, die sich hinter seinen scheinbar harmlosen Worten verbarg, und antwortete nicht sofort.

»Lasst mich raten«, fuhr mein Begleiter mit einem scherzhaft leichten Unterton fort, der mich einen Moment lang in falscher Sicherheit wiegte. Bei seinen nächsten Worten blieb ich jedoch jäh stehen.

»Vielleicht«, sagte er langsam, »vielleicht seid Ihr ja in der Steppe geboren, bei Songling, im Nordosten des Reiches?«

Ich blinzelte erschrocken und wusste, dass ich mich verraten hatte – obwohl mir immer noch schleierhaft war, *was* ich eigentlich verraten konnte. Die Kaiserin hatte mir lediglich eingeschärft, einen falschen Namen zu benutzen; einen Grund dafür hatte sie mir nicht genannt.

»Wer seid Ihr, und warum seid Ihr nach Baoding gekommen?«

Die Diener hatten uns erneut fast erreicht – obwohl es für die Sänftenträger kein leichtes Unterfangen war, in dem losen Sand nicht das Gleichgewicht zu verlieren –, und der Engländer zog mich abermals weiter. Diesmal war sein

Griff so schmerzhaft, dass ich wütend zurückzuckte. Aber er ließ mich erst los, als er sicher war, dass niemand unser Gespräch belauschen konnte.

»Ihr seid bei Songling geboren«, sagte er schließlich. »Und Ihr seid keine Nichte des Hauses Gao.« Sein Tonfall machte jeden Widerspruch zwecklos, so viel begriff ich immerhin. Was ich nicht verstand, war der Grund, warum diese Dinge so wichtig für ihn sein sollten.

»Warum interessiert Euch das eigentlich so sehr, Sang Xiansheng?«, stieß ich aufgebracht hervor, wobei ich seinen Namen förmlich ausspie.

»Ich werde Euch Eure Frage beantworten, sobald Ihr mir Antwort auf meine gegeben habt.«

Ich war stehen geblieben, doch als der Engländer Anstalten machte, erneut nach meinem Arm zu greifen, setzte ich mich hastig wieder in Bewegung. Ich wollte am Morgen nicht noch einen blauen Fleck auf meinem Oberarm vorfinden.

»Und ich bin davon überzeugt«, fuhr der Engländer fort, »dass der Name Zhang nicht Euer eigener ist. Oder zumindest muss Eure Mutter einen anderen Vatersnamen haben.«

Ich schwieg beharrlich und versuchte, trotz des Tempos, das inzwischen selbst für mich eigentlich zu schnell war, einen Blick auf die untergehende Sonne zu werfen.

»Ich nehme an«, sagte der Engländer, »dass entweder die Familie Eures Vaters oder die Eurer Mutter zum Yong-Clan gehört.« Seine Worte waren keine Frage gewesen, sondern eine Feststellung.

Und er würde keine Ruhe geben, bevor er seine Antwort hatte – eine Antwort, die der Wahrheit entsprach.

Ich seufzte. »Meine Mutter heißt Yong Mayin«, sagte ich

und war ungeheuer erleichtert, dass dieses Spiel, dessen Sinn ich nicht begriff, endlich vorüber war. Jetzt war es der Engländer, der stehen blieb, und ich war diejenige, die sich nach den Dienern umsah.

Als ich mich wieder zu meinem Begleiter umwandte, stand ein Ausdruck des Schmerzes in seinem Gesicht, der mich meinen Ärger über sein respektloses Benehmen sofort vergessen ließ. Was immer ihn dazu getrieben hatte, er musste einen sehr guten Grund dafür gehabt haben.

»Malu«, sagte er dann, und ich stellte fest, dass es mich im Grunde kaum überraschte.

Du siehst genauso aus wie sie, und du sprichst auch wie sie.

Irgendetwas in mir hatte bereits gewusst, dass es um Malu ging, um diese Schwester meiner Mutter, die für eine Liebe, die zu leben ihr verwehrt blieb, gestorben war. Und die Worte der Kaiserin waren der Schlüssel zu diesem Rätsel. Plötzlich ergab alles einen Sinn: Ich war das genaue Abbild meiner Tante, und nur jemand, der Malu schon einmal gesehen hatte, hatte einen Grund, mich so anzustarren, als hätte er einen Geist vor sich.

Aber Sang Mar-ke *konnte* sie nicht gesehen haben.

»Meine Tante«, sagte ich stirnrunzelnd, »ist vor fast fünfzig Jahren gestorben, und obwohl es mir schwerfällt, das Alter der wei...« Errötend korrigierte ich mich. »... das Alter eines Ausländers zu schätzen, glaube ich doch nicht, dass Ihr *so* alt seid.«

Sang Mar-ke lächelte schwach. »Nein, das wohl kaum«, antwortete er. »Ich bin dreiunddreißig Jahre alt und kenne Malu nur von einigen Porträts. Diese Bilder waren allerdings sehr gut, wie ich jetzt weiß ...«

Der Engländer wollte noch etwas hinzufügen, doch in dem Moment wurde ein Keuchen hinter uns laut. Wir drehten uns beide um.

Einer der Diener meines Gastgebers hatte – offensichtlich im Laufschritt – die Entfernung zwischen uns und den anderen überwunden. Er war sehr groß und ungewöhnlich beleibt, so dass ihn das Laufen sehr angestrengt haben musste.

»Sang Xiansheng«, stieß er atemlos hervor. »Es wird Zeit umzukehren.« Er deutete mit dem Kopf zum Meer hinüber, wo soeben die Sonne endgültig versank. Dann verbeugte er sich, immer noch keuchend, und ich stellte fest, dass sein verschwitztes Gesicht beinahe blau vor Anstrengung war. Mit mildem Erstaunen sah ich ihm nach, als er, wiederum im Laufschritt, zu den übrigen Dienern zurückeilte, während wir ihm langsamer folgten. Ich fragte mich, warum er nicht einen der jüngeren Männer zu uns geschickt hatte, denen diese Aufgabe gewiss leichter gefallen wäre.

»Er ist der erste Diener des Hauses Gao«, sagte der Engländer wie als Antwort auf meine unausgesprochene Frage. »Sein Name ist Wang Shude, und er ist ein *sehr* auf seine Würde und das hohe Ansehen seines Amtes bedachter Mensch.« Er lächelte spöttisch. »Ich nehme an, sein Herr hat ihm eigens aufgetragen, Euch im Auge zu behalten«, fügte er hinzu. »Und es würde ihm nicht im Traum einfallen, eine so verantwortungsvolle und daher ehrenvolle Aufgabe einem geringeren Diener zu übertragen.«

Etwas in seiner Stimme sagte mir, dass er den Diener nicht mochte, obwohl ich gleichzeitig das starke Gefühl hatte, dass es nicht seine Art war, über Untergebene zu spotten. Es war mir schon während des Essens aufgefallen, dass er seinen eigenen Diener, Fuduo, durchaus respektvoll behandelte, mehr wie einen Freund und nicht wie einen Sklaven, wie es die meisten Chinesen zu tun pflegten. Auch das war etwas, das mich für den Mann einnahm – selbst wenn er ein weißer Teufel war.

Wang Shude hatte die übrigen Diener, die die Gelegenheit für eine kurze Pause nutzten, beinahe erreicht, und wir waren nur noch wenige Schritte hinter ihm. Der Engländer schlug plötzlich einen zwanglosen Plauderton an.

»Ihr solltet, solange Ihr hier seid«, sagte er so laut, dass die Diener, die uns am nächsten standen, jedes Wort hören konnten, »auf keinen Fall die Gelegenheit versäumen, Euch einige der größeren Orte hier in der Gegend anzusehen. Vor allem Qingdao lohnt gewiss einen Besuch ...«

Die Sänftenträger schulterten den Tragstuhl aufs Neue, und als wir auf gleicher Höhe angelangt waren, nickte ich Sulian, die durch den Vorhang spähte, grüßend zu. Sie wirkte so verloren in der eleganten Sänfte und so wenig geeignet für die Rolle, die ihr zugefallen war. Ich konnte sie mir viel besser beim Spiel mit anderen Kindern vorstellen denn als Anstandsdame für eine Frau, die älter war als sie selbst. Und erst recht konnte – und wollte – ich sie mir nicht in der Rolle der Gemahlin des alten Gao vorstellen.

»Zhang Taitai?«

Meine Aufmerksamkeit war einen Moment lang abgeschweift, und ich hatte die letzte Bemerkung des Engländers nicht wahrgenommen.

»Ich muss um Verzeihung bitten, Sang Xiansheng«, sagte ich ein wenig verlegen. »Ich habe Sie nicht ganz verstanden.«

»Das habe ich bemerkt«, erwiderte er leise. Dann fügte er noch leiser hinzu: »Und ich bin Eurer Meinung. Die Kleine ist erst dreizehn Jahre alt, sie sollte ...«

Bestürzt sah ich ihn an. Mir war zwar aufgefallen, wie jung Sulian wirkte, aber ich war dennoch davon ausgegangen, dass sie zumindest das fünfzehnte Jahr erreicht haben musste, das Alter, in dem viele Chinesinnen verheiratet wurden.

Sulian beobachtete uns sehnsüchtig; mit ihren gebundenen Füßen konnte sie sich nicht einmal an etwas so Einfachem wie einem Spaziergang am Meer erfreuen. Statt den Wind auf der Haut zu spüren und mit allen Sinnen auszukosten, was das Meer in so reichem Maße verschenkte, saß sie gefangen in einem engen, stickigen kleinen Käfig und konnte nur durch einen schmalen Spalt in den dicken Vorhängen jeweils einen winzigen Ausschnitt der herrlichen Szene betrachten.

Plötzlich überwältigte mich maßloser Zorn. Welches Recht hatten Menschen, andere, die schwächer waren als sie, zu verstümmeln und zu versklaven? Instinktiv beschleunigte ich meinen Schritt, als könne ich auf diese Weise dem Unrecht entfliehen. Doch der Engländer hielt mich unauffällig zurück und begann wieder zu sprechen. Ich begriff, auch ohne dass er es sagte, warum er das tat. Dienstboten waren von Natur aus geschwätzig; besser, sie konnten zumindest einen Teil unseres Gesprächs mit anhören. Dann hatten sie später etwas, worüber sie reden konnten, ohne auf ihre Phantasie zurückgreifen zu müssen.

»Ihr wisst wahrscheinlich«, sagte der Engländer laut, »dass die Deutschen beträchtlichen Einfluss auf der Halbinsel haben?«

»Ich weiß, dass Deutschland dem Kaiser vor zehn Jahren einen ›Pachtvertrag‹ für die Bucht von Jiaozhou aufgezwungen hat«, antwortete ich steif, »genauso wie andere weiße Teufel es andernorts in China getan haben.« Der Zorn, den ich erst vor wenigen Sekunden zu unterdrücken versucht hatte, schwang überdeutlich in meinen Worten mit. Betroffen sah ich den Mann an meiner Seite an. »Verzeiht mir, Sang Xiansheng«, murmelte ich.

»Ihr habt keinen Grund, Euch zu entschuldigen«, erwiderte Sang Mar-ke gelassen. »Außer vielleicht«, fügte er mit einem kleinen Lachen in der Stimme hinzu, »für den weißen Teufel – aber selbst den kann ich Euch durchaus nachsehen. Was die Europäer in China angerichtet haben, ist ein unverzeihliches Unrecht.«

Die Leidenschaft, mit der er gesprochen hatte, überraschte mich. »Das«, erwiderte ich langsam, »klingt beinahe so, als wäre China für Euch mehr als nur eine weitere Beute, die es zwischen Eurem und den anderen westlichen Ländern aufzuteilen gilt.« Ich schwieg kurz, denn mir war plötzlich ein neuer Gedanke gekommen. »Ihr sprecht unsere Sprache besser als jeder andere …« Gerade noch rechtzeitig verschluckte ich die Worte »weiße Teufel«. »… als jeder andere Ausländer, dem ich bisher begegnet bin. Ist es möglich, dass Ihr in China aufgewachsen seid?«

»Nein«, antwortete er schnell. »Ich bin in England geboren und auch dort aufgewachsen. Dies ist mein erster Besuch in Eurem Land.«

Bevor ich noch einmal nachfragen konnte, sprach er im selben entschlossenen Tonfall weiter. »Aber auch wenn die Europäer viel Unglück und Leid über China gebracht haben, solltet Ihr Euch Qingdao trotzdem nicht entgehen lassen.« Wieder lachte er. »Nicht nur wegen der Brauerei, die dieses köstliche Bier braut, das Euch so sehr zusagt.«

Ich errötete leicht, denn mir war durchaus bewusst, dass ich zu Beginn unseres Ausflugs mehrmals den stützenden Arm des Engländers gebraucht hatte. An der frischen Luft war die Wirkung des Alkohols zwar bald verflogen, aber ich hatte dennoch den festen Entschluss gefasst, in Zukunft Maß zu halten. Jetzt zog ich es jedenfalls vor, seine Worte nur mit würdevollem Schweigen zu beantworten.

Wir hatten unser Tempo nach und nach beschleunigt und inzwischen die Spitze der kleinen Gruppe erreicht.

»Wenn Ihr nach Qingdao kommt«, fuhr der Engländer fort, »werdet Ihr das Gefühl haben, eine vollkommen andere Welt zu betreten. Es gibt Viertel in der Stadt, die kaum noch daran erinnern, dass man in China ist …«

»Ich bin mir nicht sicher, ob ich darin einen Vorteil sehen soll«, erwiderte ich kühl.

»Ihr habt natürlich recht – in gewisser Hinsicht. Aber ich denke, es wäre dennoch ein unvergessliches Erlebnis für Euch. Falls Ihr niemals nach Europa kommen solltet …«

»Was ich auch keineswegs vorhabe …«, unterbrach ich ihn.

»… so werdet Ihr Euch zumindest ein besseres Bild von diesem Teil der Erde machen können, wenn Ihr einmal in Qingdao gewesen seid«, beendete er ungerührt seinen Satz. »Es wäre gewiss auch interessant, wenn Ihr einen Blick in die Kirchen werft, die die Deutschen dort gebaut haben …«

»Wenn ich ehrlich bin«, unterbrach ich ihn abermals, »interessieren mich im Moment andere Dinge viel mehr.« Es kümmerte mich nicht, dass mein Verhalten unhöflich war. Die Diener waren inzwischen wieder außer Hörweite – und bis zum Anwesen der Gaos war es nicht mehr weit.

»Das ist nur recht und billig.« Der Engländer hatte sofort verstanden, was ich meinte, und ließ sich nicht lange bitten. »Ihr habt meine Fragen beantwortet, also werde ich jetzt Eure beantworten. Sagt Euch der Name St. Grower etwas?«

Ich schüttelte den Kopf.

»Richard St. Grower?«

»Ich glaube nicht, dass ich diesen Namen schon einmal gehört habe«, sagte ich stirnrunzelnd. »Aber andererseits klingen alle fremdländischen Namen irgendwie ähnlich …«

Das große Rundtor, durch das man vom Garten der Gaos zum Meer hinunterging, kam in Sicht, und ich verlangsamte meinen Schritt ein wenig. Die Zeit wurde knapp, und ich wollte unbedingt mehr erfahren, bevor wir uns trennen mussten.

»Richard St. Grower«, erklärte der Engländer nun, »ist mein Vater. Er war es, der die Porträts von Malu gemalt hat; er hatte eine sehr ausgeprägte künstlerische Begabung.« Sang Mar-ke schwieg einen Augenblick, dann fügte er leise hinzu: »Und er war der Mann, den Eure Tante geliebt hat.«

»Ein Ausländer«, sagte ich. »Ich verstehe …«

»Es war undenkbar, dass der Vater Eurer Tante ihr jemals die Erlaubnis gegeben hätte, ihn zu heiraten.«

»Völlig undenkbar …«, antwortete ich mechanisch. Aus irgendeinem Grund musste ich plötzlich wieder an Sulian denken, an Sulian mit ihren gebundenen Füßen, die mit dreizehn Jahren mit einem Mann verheiratet worden war, der ihr Großvater hätte sein können. Und ich dachte an Malu, die so sehr geliebt hatte, dass sie lieber gestorben war, als das Leben ohne diesen Mann zu ertragen.

Sekundenlang konnte ich nicht sprechen, weil mich all das Unrecht, all das unnötige Leid, das Menschen von Menschen zugefügt wurde, zu ersticken drohte.

»Es gab also keine Hoffnung für sie«, flüsterte ich schließlich mehr zu mir selbst als an den Engländer gewandt.

»O doch«, antwortete er zu meiner Überraschung. »O doch, es gab durchaus Hoffnung.«

Ich sah ihn fragend an.

»Ja, es gab tatsächlich Hoffnung für die beiden«, stieß Sang Mar-ke heftig hervor. »Mein Vater und Malu wollten nach England fliehen. Er hatte mit viel Geld eine Hand voll Eunuchen am kaiserlichen Hof bestochen, die Eure Tante in einer Plane versteckt auf einem Müllkarren aus der Verbotenen Stadt schmuggeln sollten. Eine Dschunke stand am Kanal bereit, und in Tianjin wartete bereits ein Dampfschiff, mit dem sie nach Japan reisen und von dort aus nach England weiterfahren wollten.«

Ich brauchte einige Sekunden, um diese schockierende Enthüllung zu verarbeiten. Malu hatte aus China fliehen wollen! Sie hatte der väterlichen Autorität, die ein ehernes Gesetz war, trotzen und ihrem Geliebten in ein fremdes Land folgen wollen. Hin- und hergerissen zwischen Entsetzen und Bewunderung, hatte ich Mühe, die Frage zu formulieren, die mich bewegte. Ich wusste, dass Malu sich erhängt hatte – der Plan musste also irgendwie schiefgegangen sein.

»Ihre Flucht ist entdeckt worden?«, fragte ich zögernd. »Die Eunuchen haben sie verraten?«

»Nein«, sagte der Engländer hart. »Drei Tage vor dem vereinbarten Termin bekam mein Vater einen Brief von ihr.« Seine Stimme war plötzlich dunkel und drohend, und wie schon zuvor an diesem Abend strahlte er die ungezähmte Kraft einer wilden Raubkatze aus.

»Eure Tante«, erklärte er weiter, »schrieb meinem Vater, dass sie nicht mit ihm gehen werde.«

Obwohl es immer noch viel zu warm war, fror ich plötzlich und war dankbar dafür, dass wir bereits das Gartentor der Gaos erreicht hatten.

»Sie schrieb ihm«, fuhr der Engländer unerbittlich fort, »dass ihre Liebe nicht groß genug sei, um ihre Ahnen zu verraten. Eine ›Sommerliebe‹ nannte sie es.« Seine Stimme verlor ihren verächtlichen Klang und wurde von einer Sekunde auf die andere vollkommen ausdruckslos. »Sie schrieb, dass sie einen mandschurischen Prinzen heiraten werde, wie ihr Vater es arrangiert habe.«

Am Eingang zu seinem Garten stand mein Gastgeber, zusammen mit der ersten Gemahlin. Als wir nur noch wenige Schritte entfernt waren, lösten sie sich aus dem Türrahmen, um uns entgegenzugehen.

»Mein Vater«, sagte der Engländer, und ich wusste, dass es das Letzte war, was ich heute Abend von ihm erfahren würde, »mein Vater ist ohne Malu – und mit gebrochenem Herzen – nach England zurückgekehrt.«

Kapitel 19

Die Welt war ein einziger, opulenter Tanz der Farben. Endlos lange Stoffbahnen flatterten von hohen Holzgerüsten, in riesigen Bottichen brodelten schäumende Flüssigkeiten, und Arbeiter mit bloßem Oberkörper und schwitzenden Gesichtern rührten mit langen Stäben in den verschiedensten Farben oder kneteten vorsichtig die kostbaren Stoffe in den Bottichen, damit sich die Farbe gleichmäßig verteilte. Immer wieder stimmte der eine oder andere ein Lied an, so dass die ganze Szene etwas Leichtes, Schwebendes hatte, losgelöst von Alltag und Wirklichkeit.

»Hier werden die gelben Farben hergestellt«, setzte Gao Gong seine Erklärung fort. Er hatte es selbst übernommen, mich – in Begleitung Bolos – durch seine Färberei zu führen, obwohl sich uns gleich zu Beginn der Engländer angeschlossen hatte. Wie am vorigen Nachmittag trug er auch jetzt ein weites, am Hals offenes weißes Baumwollhemd. Trotzdem hatte er für mich keine Ähnlichkeit mehr mit einem Bauern, was zum Teil daran lag, dass seine Kleidung heute makellos sauber war und er auch am Körper keine Farbspritzer aufwies.

Wir kamen zu einem Bottich, der sich durch seine Bronzebeschläge von den anderen unterschied. Gao, der in der hochsommerlichen Hitze bereits stark schwitzte, tupfte sich mit einem bestickten Tuch die Stirn ab.

»Und hier wird das kaiserliche Gelb hergestellt, das einzig seiner Majestät und der kaiserlichen Familie vorbehalten ist«, sagte er mit einem kurzen Seitenblick auf den Engländer. Ich gewann mehr und mehr den Eindruck, dass ihm die Anwesenheit des anderen Mannes unbehaglich war. »Wir mischen der Farbe Ocker und eine Spur Rot bei. Es ist nicht einfach, immer sofort den richtigen Ton zu erzielen.«

Zwei Arbeiter, die an dem Bottich mit dem kaiserlichen Gelb beschäftigt waren, nickten Gao respektvoll zu, und dieser warf einen prüfenden Blick auf das Ergebnis ihrer Bemühungen. Bolo, dessen Begeisterung von Anfang an unübersehbar gewesen war, folgte Gao und spähte ebenfalls über den Rand des Bottichs.

»Die Lauge ist noch ein wenig zu hell, denke ich«, bemerkte Gao, an den älteren der beiden Männer gewandt. »Ihr solltet noch einige Tropfen Rot zugeben.«

Der Arbeiter, den er angesprochen hatte, verbeugte sich und lief zu einem flachen Gebäude hinüber, in dem, wie ich inzwischen wusste, die kostbaren Farbstoffe gelagert wurden.

»Vor zwei Wochen«, begann Gao nun von Neuem zu sprechen, »haben wir einen unserer tüchtigsten Arbeiter verloren. Ein bedauerlicher Unfall ...« Er vermied es ein wenig zu offenkundig, den Engländer anzusehen, und fügte hastig hinzu: »Der Mann, der jetzt seine Arbeit tut, wird noch einige Zeit brauchen, bis er mühelos die richtige Zusammensetzung der Farben beherrscht, aber er ist sehr erfahren und umsichtig, und ich denke, dass er Ding ...« Gao stockte kurz, dann zuckte er die Schultern. »... dass er seinen Vorgänger schon bald zur vollen Zufriedenheit ersetzen wird.«

»Baoyis Witwe und die fünf Kinder, die er zurückgelassen hat, könnten da durchaus anderer Meinung sein.«

Der Engländer hatte in einem beiläufigen Tonfall gesprochen, aber in Gaos Miene flackerte dennoch Ärger auf, den er jedoch sofort hinter einer Maske kühler Höflichkeit verbarg. Er neigte nur den Kopf, dann sagte er zu mir: »Wir haben noch einige Seidenballen in kaiserlichem Gelb vorrätig, Nichte, falls es Euch gefallen würde, einen Blick auf den fertigen Stoff zu werfen? Das Lager befindet sich am nördlichen Ende des Grundstücks ...«

Bolo entfuhr ein leiser Seufzer, und ich teilte seine Enttäuschung, denn ich begriff, dass mein Aufenthalt in der Färberei damit fürs Erste beendet war. Gao Gong hatte den Sänftenträgern Befehl gegeben, am Nordtor auf mich zu warten. Doch bevor ich etwas erwidern konnte, kam ein Arbeiter im Laufschritt auf uns zu.

»Gao Xiansheng«, rief er, noch bevor er uns erreicht hatte. »Mit dem Pfauenblau ist irgendein Missgeschick passiert.« Er verbeugte sich hastig und mit hochrotem Gesicht. »Es muss zu viel Schwarz in die Mischung geraten sein, obwohl ich nicht begreife, wie das geschehen konnte. Ich habe mich genau an die Anweisungen gehalten«, jammerte er und verbeugte sich abermals. »Trotzdem ist die Farbe viel zu dunkel geworden ...«

Gao drehte sich zu mir um. »Es tut mir leid, Nichte, aber ich muss mich persönlich um diese Angelegenheit kümmern. Ihr habt gewiss einen ersten Eindruck gewonnen, und für den Augenblick wäre es wohl das Beste ...«

»Ich werde Eurer ... Nichte«, unterbrach der Engländer ihn, »den Rest der Färberei zeigen.« An mich gewandt, fügte er dann höflich hinzu: »Ihr seid doch noch nicht allzu erschöpft, nicht wahr?«

Hastig verneinte ich, auch wenn mir klar war, dass ich wieder einmal gegen die Wünsche meines »Onkels« verstieß. Er hatte mir zu verstehen gegeben, dass er die Führung durch die Färberei für beendet hielt, und ich hätte das Angebot des Engländers selbstverständlich ablehnen müssen. Aber es war nicht nur die Färberei, die mich interessierte. Ich brannte auch darauf, unser Gespräch vom vergangenen Abend fortzusetzen.

Gao Gong verbeugte sich steif und mit unbewegter Miene. »Eure Sänfte erwartet Euch am Nordtor, wenn Ihr fertig seid«, erklärte er und folgte dann gemessenen Schrittes dem Arbeiter, der bereits wieder fortgeeilt war.

Der Engländer lachte leise. »Baoyi war bisher für das Pfauenblau verantwortlich, nach dem kaiserlichen Gelb die schwierigste Farbmischung überhaupt.« Er sah mich kurz an. »Ganz so einfach sollte es denn doch nicht sein, einen Menschen zu ersetzen. Jedenfalls nicht da, wo mein Wort auch ein wenig Gewicht hat.«

Bolo, der dicht hinter mir stand, sog hörbar die Luft ein, und ich brauchte nur einen Augenblick länger als er, um Verdacht zu schöpfen. Allerdings wagte ich es nicht, den Engländer direkt danach zu fragen, ob er womöglich die Lauge mit dem Pfauenblau manipuliert hatte, um Gao eine Lektion zu erteilen. Stattdessen fragte ich: »Wie ist denn dieser andere Arbeiter, dieser …« Ich zögerte, weil ich mich nicht mehr auf den Namen besinnen konnte.

»Ding Baoyi«, half Sang Mar-ke mir aus.

»Wie ist Baoyi ums Leben gekommen?«

»Er hat oben auf dem Querbalken das Gleichgewicht

verloren, als er einen Ballen Seide zum Trocknen aufhängte.«

Der Arbeiter, der jetzt Baoyis Aufgabe übernommen hatte, kehrte zurück, und Sang Mar-ke bedeutete Bolo und mir, weiterzugehen.

»Ich habe Gao Gong mehr als einmal darauf hingewiesen«, fuhr er fort, als wir außer Hörweite der beiden Männer waren, »dass die Sicherung der Arbeiter bei dieser Tätigkeit absolut mangelhaft ist. Aber wie Ihr selbst gehört habt, ist ein Mensch in seinen Augen jederzeit zu ersetzen. Es gibt genug Männer, die sich mehr als glücklich schätzen würden, überhaupt eine Beschäftigung zu finden. Doch hier, in dieser Färberei, werde ich das nicht dulden.«

Spontan beschloss ich, ihm die Frage zu stellen, die mir schon an meinem ersten Abend als Gast des Hauses Gao durch den Kopf gegangen war. »Wie ist es möglich, dass ihr so viel Einfluss auf Gao habt?«

Sang Mar-ke zögerte einen Moment mit der Antwort und sah sich kurz um. Außer Bolo und mir war niemand in Hörweite.

»Die Arbeiter«, erklärte er schließlich, »wissen nicht, wie groß der Anteil der Färberei ist, der mir gehört, und sie sollen es auch nicht erfahren, weil das einen argen Gesichtsverlust für den armen Gao bedeuten würde. Aber die Geschichte ist im Grunde ganz einfach und alltäglich: Gao hatte hohe Spielschulden, die er am Ende nicht mehr begleichen konnte. Um die Färberei nicht ganz zu verlieren, brauchte er Kapital.« Der Engländer trat zu einem Gerüst, an dem leuchtend grüne Stoffbahnen hingen, und ließ das noch feuchte Tuch prüfend durch die Finger gleiten. Als er sich von der Qualität des Stoffs überzeugt hatte, wandte er sich wieder zu mir und Bolo um. »Ich habe ihm das Kapital gegeben, und deshalb gehört die Färberei jetzt zum größten Teil mir«, beendete er seine Erklärung.

Eine Weile gingen wir schweigend weiter, vorbei an Bottichen, in denen Farben in allen nur erdenklichen Schattierungen hergestellt wurden, und an weiteren Holzgerüsten zum Trocknen der Stoffe.

»Was wird jetzt aus Ding Baoyis Witwe und den Kindern?« Ich überwand mich zu fragen, obwohl ich ahnte, wie die Antwort lauten würde: Ohne das Einkommen des Mannes bleiben seine Angehörigen als Bettler zurück.

Aber ich hörte nicht, was ich zu hören erwartet hatte.

»Für ihren Lebensunterhalt wird gesorgt«, erklärte der Engländer knapp.

Ich begriff den Sinn seiner Worte, ebenso wie Bolo begriffen hatte. Obwohl er hinter mir ging und ich sein Gesicht nicht sehen konnte, wusste ich genau, was er dachte: *Sie sind nicht alle Teufel.*

Baoyis Witwe würde nicht als Bettlerin durch die schmutzigsten Straßen Baodings irren und zusehen müssen, wie ihre Kinder eins nach dem anderen verhungerten. Sang Mar-ke würde für sie sorgen, obwohl es niemand von ihm verlangt hatte.

Ich war so tief in Gedanken versunken gewesen, dass ich heftig zusammenzuckte, als plötzlich ein lautes Jauchzen das gedämpfte Murmeln der Arbeiter durchdrang. Wir befanden uns inzwischen an einer Stelle, an der an einem Flaschenzug kleinere Bottiche, die für die fertigen, aber noch nassen Stoffe bestimmt waren, an den Holzgerüsten hinaufgezogen wurden. Die leeren Bottiche wurden dann wieder zu Boden gelassen – nur dass jetzt ein Bottich unten angekommen war, den man beim besten Willen nicht als leer hätte bezeichnen können. Dem hölzernen Gefäß, das in etwa die Größe eines Fasses hatte, entstieg das schmutzigste Kind, das mir je unter die Augen gekommen war. Ich schätzte es auf etwa zwölf oder dreizehn Jahre, ein Junge, dessen Fröhlichkeit offenkundig seiner Schmutzigkeit in nichts nachstand. Wie ein Hase sprang er aus seinem Transportbehälter, und es erschreckte ihn nicht im Mindesten, dass der Engländer direkt vor ihm stand. Im Gegenteil, sein Lächeln wurde noch verschmitzter, als er Sang Mar-ke mit einer schwungvollen Verbeugung begrüßte, einer Verbeugung, die viel zu tief ausfiel und unübersehbar ironisch war. Statt den Jungen für sein ungebührliches Benehmen zu tadeln – und dafür hätte der Engländer wahrhaftig Grund genug gehabt –, erwiderte er dessen Lachen. »Weibo! Wie schön, dass du dich bei der Arbeit so prächtig amüsierst«, erklärte er und erwiderte die Verbeugung des Jungen, wenn auch nicht ganz so tief, so doch gewiss genauso ironisch. »Ich darf deine gute Laune sicher darauf zurückführen, dass die Kräuterfrau deiner Mutter helfen konnte?«, fragte er mit hochgezogenen Augenbrauen.

Der schmutzige, schelmische kleine Kobold lachte noch lauter. »Nun ja«, erwiderte er und hielt sich dann mit einer komischen kleinen Gebärde die Nase zu, bevor er mit gespieltem Ernst hinzufügte: »So ganz überzeugend waren ihre Leistungen bisher noch nicht …« Er hielt sich immer noch die Nase zu. »Aber meine Brüder und ich haben beschlossen, auf keinen Fall die Hoffnung aufzugeben. Wer weiß, wenn die Kräuter versagen, besteht ja immer noch die Möglichkeit, dass ein Wunder geschieht.«

»Richte deinen Brüdern aus, dass ihr mein volles Mitgefühl habt – bis entweder die Wirkung der Kräuter oder das erhoffte Wunder eintritt. Und bis dahin«, fügte Sang Marke augenzwinkernd hinzu, »kann ich euch bestenfalls einen schönen Schnupfen wünschen, der eure Nasen gegen jede nächtliche Unbill schützt.«

Ein Arbeiter brachte einen neuen Stoffballen, der mit dem Flaschenzug nach oben transportiert werden musste, und Weibo hatte es mit einem Mal sehr eilig. Erstaunt beobachtete ich, mit welcher Behendigkeit er an dem Holzgerüst emporkletterte, offenkundig in der festen Absicht, sich diesen Spaß auch ein zweites Mal nicht entgehen zu lassen. Eine Weile gingen wir schweigend zwischen den hohen Holzgerüsten hindurch, bis das Lachen des kleinen Kobolds nicht mehr zu hören war. Aber trotz des munteren Zwischenspiels, dessen Zeuge ich geworden war, erschienen mir die gelben Stoffbahnen mit einem Mal nicht mehr so freundlich und verheißungsvoll, ganz im Gegenteil. Irgendwo hier in der Nähe war vor wenigen Tagen ein Mensch gestorben. Ein unwichtiger Mensch, den man mühelos durch einen anderen ersetzen konnte.

Ich wusste, dass es nichts Ungewöhnliches war, so zu denken. Im Gegenteil. Und je reicher und mächtiger ein Mensch war, umso eher neigte er dazu, andere, die niederen Standes waren als er selbst, wie Vieh zu behandeln. Starb ein Schaf, so kaufte man eben ein neues. Sein Fleisch würde genauso gut schmecken, seine Wolle genauso gut wärmen.

Und dieser Mann, der mich noch gestern an die Dämonen der Opernbühne erinnert hatte, sorgte dafür, dass die Familie eines unbedeutenden Färbers nicht verhungern würde.

Plötzlich verdunkelte sich die Sonne, und ich blickte erschrocken auf. Aber nicht die Sonne hatte sich verfinstert. Wir waren jetzt in den Bereich gelangt, in dem die schwarzen Stoffe gefärbt wurden, und die dunklen Stoffbahnen, die links und rechts von uns zum Trocknen von den Holzgerüsten flatterten, verschluckten das helle Licht des Sommertages fast zur Gänze.

»Danlu!«, rief der Engländer einem der Männer zu, die soeben tropfnasse, tiefschwarze Seide aus einem Bottich zogen. »Wie geht es deiner Frau?«, fragte er weiter, und ich sah, dass er dem jungen Mann verschwörerisch zuzwinkerte. »Ist das Baby schon da, oder dürft ihr noch die letzten ruhigen Nächte miteinander genießen?«

»Yaying ist so rund wie ein Kürbis und genauso saftig«, antwortete der junge Färber, den der Engländer mit Danlu angesprochen hatte, »aber seinen Kern hat mein kleiner, süßer Kürbis noch nicht hergegeben.«

Danlu, dessen Arme fast bis zu den Schultern hinauf schwarz waren, sah sich kurz um, dann ließ er die Seide wieder in den Bottich zurückplumpsen und wischte sich eine Haarsträhne aus dem Gesicht. Mit verheerenden Folgen, denn nun zogen sich auch über seine Wange dunkle Schlieren.

»Pang Bo«, sagte Sang Mar-ke lachend, »ich glaube, du musst besser auf deinen Freund aufpassen.« Der zweite Arbeiter, der ebenfalls kaum älter als zwanzig Jahre sein konnte, ließ sein Ende der Stoffbahn ebenfalls fallen. »Werdende Väter«, fügte der Engländer mit komischem Ernst hinzu, »haben schwer zu leiden und brauchen alle Fürsorge, die sie bekommen können. Aber keine Bange, es kommt noch schlimmer. Wenn die Wiege erst ihren Bewohner willkommen geheißen hat, wirst du die halbe Arbeit für Danlu mittun müssen. *Junge* Väter müssen nämlich tagsüber schlafen, weil sie nachts dazu keine Zeit mehr finden.«

Nach einigen weiteren Scherzen, deren Derbheit mir die Röte ins Gesicht trieb, gingen wir weiter. Die bunte Welt der Färberei hatte für mich ein wenig von ihrem heiteren Glanz verloren. Mit einem Mal war sie auch ein Ort, an dem Menschen starben und litten, ein Ort, an dem es ebenso viel Unrecht gab wie überall sonst im Land, und ich glaubte plötzlich, aus den fröhlichen Liedern der Arbeiter auch einen traurigen, hoffnungslosen Unterton herauszuhören. Die Farben sprachen nicht mehr wie zuvor zu mir; sie waren stumm geworden.

Dann verließen wir den Bereich der schwarzen Stoffbahnen, und die Sonne entfaltete wieder ihre volle Kraft. Licht und Wärme überfluteten mich, und ich atmete erleichtert auf.

»Ich denke, wir haben jetzt alle eine kleine Erfrischung nötig«, sagte der Engländer, dessen prüfender Blick mir erst jetzt bewusst wurde. Er deutete auf einen schmalen Weg, der von der Färberei in einen kleinen Hain hoher Bäume führte. Nachdem wir dem Weg gefolgt waren, kam im Halbschatten der lichten Baumkronen schon bald eine Gruppe von weiß gestrichenen Holzbänken und Tischen in Sicht. »Wir werden hier ein wenig Rast machen, bevor ich Euch die Säurebecken zeige, in denen unsere Farben ihre Haltbarkeit bekommen.« An Bolo gewandt fügte er hinzu: »Würdest du so freundlich sein und uns aus dem Pavillon dort drüben« – er zeigte auf ein kleines zweistöckiges Gebäude links des Rastplatzes – »eine Kanne Jasmintee holen. Und vergiss nicht, auch eine Trinkschale für dich mitzubringen, Bolo.«

Als Bolo gegangen war, sah ich den Engländer nachdenklich an. Er hatte seine Bitte an Bolo so höflich formuliert, als sei dieser seinesgleichen und kein Diener. Und er hatte ihn beim Namen genannt, obwohl er diesen höchstens ein oder zwei Mal von mir gehört haben konnte. Ich war bisher so sehr mit all den neuen Eindrücken um mich herum beschäftigt gewesen, dass ich einen Umstand, der höchst merkwürdig war, völlig übersehen hatte.

»Wie viele Arbeiter sind in der Färberei beschäftigt?«, fragte ich unvermittelt.

»Ungefähr fünfzig«, antwortete er prompt. »Wenn Ihr es genau wissen wollt, arbeiten hier zurzeit siebenundvierzig Männer und acht Knaben, die das Handwerk erlernen oder einfache Hilfsarbeiten verrichten – wie Weibo, zum Beispiel.«

Wir nahmen auf zwei gegenüberliegenden Bänken an einem langen Tisch Platz. Bis auf einige von einer Mahlzeit übrig gebliebene Reiskörner war alles makellos sauber.

»Siebenundvierzig Männer und acht Knaben«, wiederholte ich, »und Ihr kennt sie alle mit Namen? Und Ihr wisst, wer ein Kind erwartet und wessen Mutter unter Blähsucht leidet?«

»Nun«, erwiderte Sang Mar-ke mit einem spöttischen Lächeln, »was die Blähsucht angeht, bin ich mir nicht sicher, ob ich wirklich über jeden einzelnen Fall genau informiert bin ...«

»Und Gao Gong erinnert sich nicht einmal an den Namen des Mannes, der vor drei Tagen in seiner Färberei zu Tode gekommen ist«, stellte ich ohne Vorwurf fest. Das Verhalten meines Gastgebers entsprach bei weitem mehr den normalen Gepflogenheiten als die Fürsorge des Engländers.

Sang Mar-ke nickte nur, ohne ein weiteres Wort darüber zu verlieren.

Ein kleiner, braunschwarzer Vogel landete auf dem Tisch vor uns und pickte ohne Scheu die Reiskörner auf. Das Lärmen der Arbeiter drang nur gedämpft zu uns herüber, nicht lauter als das Singen der Vögel und das Zirpen der Heuschrecken, die sich irgendwo hinter uns im Gebüsch verbargen.

»Sang Xiansheng«, sprach ich den Engländer zögernd an. Ich hatte in der Nacht lange Stunden wach gelegen und war dankbar dafür, dass sich so bald schon eine Gelegenheit bot, die Frage zu stellen, die mir keine Ruhe ließ. »Es gibt da etwas, das ich nicht verstehe. Es betrifft meine Tante ...«

Schlagartig fiel alle Gelassenheit von ihm ab, und er richtete sich angespannt auf.

»Ja?«, sagte er.

»Ihr habt mir erzählt, dass Euer Vater drei Tage vor der geplanten Flucht aus Peking einen Brief von Malu bekam, in dem sie ihm mitteilte, dass ihre Liebe zu ihm nicht groß genug sei, um ihm in seine Heimat zu folgen?«

Sang Mar-ke nickte nur schweigend, und ich sah, dass die Knöchel seiner Hände, die er um seine Oberschenkel gelegt hatte, weiß hervortraten.

»Das verstehe ich nicht«, sagte ich.

»Was gibt es daran nicht zu verstehen?«, fragte er schroff. »Malu hat es sich anders überlegt. Sie hat meinem Vater unsterbliche Liebe geschworen und dann festgestellt, dass diese Unsterblichkeit gerade einen Sommer währte ...«

Das ergab einfach keinen Sinn. »Meine Tante hat nie aufgehört, Euren Vater zu lieben, das weiß ich genau«, sagte ich. »Sie …« Noch während ich nach Worten suchte, kam Bolo mit einem großen Tablett, auf dem er geschickt eine Teekanne, drei Trinkschalen und einen Teller mit Obst balancierte.

Sang Mar-ke atmete tief durch, dann griff er nach einem Stück Apfel, das säuberlich geschält und entkernt auf dem Teller lag. Ich spürte, dass es ihn Mühe kostete, das Thema nicht weiter zu verfolgen, andererseits hatte ich bisher genug von diesem Mann erfahren, um zu wissen, dass er Bolo nicht ohne Weiteres wegschicken würde. Was im Übrigen auch gar nicht nötig gewesen wäre.

»Setz dich zu uns«, sagte ich zu Bolo, der inzwischen die Trinkschalen gefüllt hatte, aber keine Anstalten machte, Platz zu nehmen. »Ich habe keine Geheimnisse vor meinem …« Ich sah in Bolos junges, verwundbares Gesicht, »vor meinem Freund«, beendete ich entschlossen meinen Satz. »Er weiß um die Dinge genauso gut wie ich selbst, und es gibt nichts, was ich vor ihm würde verbergen wollen.«

Ich lauschte meinen eigenen Worten und begriff, dass sie weit mehr waren als eine freundliche Geste. Sie waren die volle Wahrheit.

Auch Sang Mar-ke schien das gespürt zu haben, denn seine Züge wurden plötzlich weich.

»Ich verstehe«, sagte er. »Auch ich würde Fuduo jederzeit mein Leben anvertrauen – und erst recht meine Geheimnisse.« Er nickte Bolo zu und deutete mit der rechten Hand auf den Platz neben sich. Bolo setzte sich, ohne sich ein weiteres Mal bitten zu lassen, neben ihn. Seine Wangen waren vor Freude gerötet, und sein Gesicht wirkte vollkommen entspannt. Wenn ein Chinese von dem gleichen hohen Stand, wie Sang Mar-ke ihn offenkundig bekleidete, ihn dazu aufgefordert hätte, wäre er niemals so gelassen gewesen, das wusste ich. Und das war wiederum etwas, was mich für den Engländer einnahm.

»Hat man dich in der Teeküche freundlich bedient?«, wandte Sang Mar-ke sich nun ohne jede Herablassung an Bolo, von dem daraufhin auch noch die letzte Scheu abfiel.

»Ich war allerdings sehr erstaunt«, antwortete Bolo, »dass es hier überhaupt so etwas wie eine Teeküche gibt. Und es ist im Grunde ja auch mehr als nur eine Teeküche, denn ich habe gesehen, dass dort Vorbereitungen für ein einfaches Mittagessen im Gange waren.«

Er sah den Engländer abwartend an, und als dieser nichts auf seine Bemerkung erwiderte, fügte er hinzu: »Es ist eine Mahlzeit für viele Personen, die dort zubereitet wird; ich schätze, dass gut und gern fünfzig Männer davon satt werden können.«

Sang Mar-ke nickte nur.

»Ich habe so etwas in meinem Land noch nie gesehen«, sprach Bolo langsam weiter, »und ich habe auch noch nie von etwas Ähnlichem gehört. Normalerweise essen die Arbeiter in den Fabriken kalten Reis oder irgendetwas anderes, das sie sich von zu Hause mitgebracht haben.« Er ließ seinen Blick über die Bänke und Tische um uns herum wandern. »Und sie essen es an ihrem Arbeitsplatz, ohne wirklich eine Pause zu machen«, fügte er hinzu.

»Die Männer arbeiten vierzehn Stunden am Tag und oft noch länger in der Färberei«, erwiderte der Engländer sachlich, »und es ist eine harte Arbeit.«

Mehr sagte er nicht, aber ich begriff, worauf Bolo hinauswollte. War es denn wirklich möglich, dass all diese Veränderungen das Werk eines Ausländers waren?

»Die Garküche«, fuhr Bolo fort, »gibt es erst seit diesem Frühjahr, wie ich erfahren habe – und ich nehme nicht an, dass diese Bänke und Tische sehr viel älter sind.«

»Nun«, sagte der Engländer mit einer abwehrenden Handbewegung, »alles hat irgendwann einmal angefangen, nicht wahr?«

»Seit wann seid Ihr übrigens in China, Sang Xiansheng, wenn ich fragen darf?«, schaltete ich mich nun in das Gespräch ein.

Sang Mar-ke sah mich mit schmalen Augen an; die Richtung, in die sich das Gespräch entwickelte, war ihm offensichtlich peinlich – was meine Vermutung bestätigte, dass diese Dinge sein Werk waren. Und ich nahm an, dass er das alles auch selbst bezahlte, denn Gao Gong machte auf mich nicht den Eindruck, als gäbe er unnötigerweise Geld für Menschen aus, die er nur als Arbeitsvieh betrachtete. Im Grunde konnte man Gao Gong nicht einmal einen Vorwurf daraus machen – die meisten reichen Chinesen dachten so wie er, denn es gab mehr als genug hungrige Menschen in meinem Land. Wenn ein Arbeiter starb, rückte eben ein anderer nach, die Lücke, die er hinterließ, war leicht zu schließen. Und wen interessierte es schon, ob die Arbeiter irgendwann im Laufe ihres langen Tages eine warme Mahlzeit bekamen oder ob sie einen Ort hatten, an dem sie sich ein wenig ausruhen konnten? Betroffen senkte ich den Blick. Ich hatte noch niemals einen Gedanken an das Leben der Arbeiter in den Fabriken verschwendet, von deren Existenz ich nur vom Hörensagen wusste, und beschämt stellte ich fest, dass ich unter anderen Umständen auch heute nicht auf die Idee gekommen wäre, nach den Lebensumständen dieser Menschen zu fragen.

»Was wolltet Ihr mir von Eurer Tante erzählen?«, fragte der Engländer unvermittelt, und mich beschlich die vage Ahnung, dass Sang Mar-ke mein Unbehagen gespürt hatte und deshalb das Thema wechselte. »Vor allem eine Eurer Bemerkungen interessiert mich«, fuhr er fort. »Was bringt Euch auf den Gedanken, dass Malu nie aufgehört hat, meinen Vater zu lieben?«

Die Feindseligkeit, die ich bei ihm gespürt hatte, wann immer die Rede auf Malu kam, war plötzlich von ihm abgefallen – was mich verwirrte.

»Ihr wisst, dass Malu tot ist?«, fragte ich behutsam.

Der Engländer nickte. »Mein Vater hat ihr von England aus viele Male geschrieben«, sagte er. »All seine Briefe blieben unbeantwortet, bis er sich, Jahre später, an die Kaiserin persönlich wandte. Sie teilte ihm mit, dass Malu im Winter nach seiner Abreise an einem zehrenden Fieber gestorben sei.«

Ich schwieg betroffen und trank einen Schluck von dem aromatischen Tee, um Zeit zu gewinnen, damit ich ein wenig Ordnung in meine Gedanken bringen konnte.

Warum hatte Guniang gelogen? Um die Gefühle eines weißen Teufels zu schonen? Das sah ihr wahrhaftig nicht ähnlich. Und warum hatte Malu sich das Leben genommen, nachdem sie Malcolms Vater selbst zurückgewiesen und eine gemeinsame Flucht nach England abgelehnt hatte?

»Meine Tante ist nicht an einem zehrenden Fieber gestorben«, sagte ich und hörte meine eigene Stimme wie ein fernes Echo. Auch der Ruf der Pirole, der schon eine ganze Weile aus den Wipfeln der Bäume an einem Bachlauf ein

Stück hinter uns erschallte, erschien mir plötzlich gedämpft und bedrohlich. Ein große, schwarze Krähe flog träge über den Ruheplatz der Färbereiarbeiter wie ein Bote, der mir den Widerhall einer lange vergangenen Tragödie überbringen wollte.

»Malu ...« Es fiel mir schwer weiterzusprechen. Der Engländer drängte mich mit keinem Wort, mit keiner Geste, sondern wartete nur schweigend, dass ich meinen Satz beendete. Ich wollte ihm nicht erzählen, wie Malu wirklich gestorben war, denn ich hatte das unerklärliche Gefühl, dass damit Dinge ans Licht kommen würden, die ich gar nicht wissen wollte. Dinge, die mir wehtun würden.

Eine Gruppe von Männern näherte sich von der Färberei her dem Ruheplatz. Die Zeit des Zögerns war vorüber; in wenigen Sekunden würden wir nicht mehr ungestört sein. Ich beugte mich über den Tisch und senkte unwillkürlich die Stimme, als ich weitersprach.

»Malu hat sich das Leben genommen.« Ich sah den Mann mir gegenüber fest an. »Sie ist im Jahre Xinyou am siebenundzwanzigsten Tag des zehnten Monats auf den Kohlehügel – unmittelbar nördlich des Palastes – gestiegen und hat sich dort im höchstgelegenen Pavillon erhängt. Nach Eurem Kalender war das im Jahr 1861.«

Die Arbeiter, die jeder eine große Essschüssel mitgebracht hatten, nahmen an dem von uns am weitesten entfernten Tisch Platz, und kurz darauf wurde das leise Klappern von Stäbchen hörbar.

Ich hatte den Blick nicht von Sang Mar-ke abgewandt und beobachtete, wie sich der Ausdruck seiner Augen von Sekunde zu Sekunde veränderte: Bestürzung, die zu tiefem

Mitleid wurde, dann Trauer. Trauer, die sich in einen flüchtigen Ausdruck von – Triumph verwandelte!

Ich blinzelte verwirrt. Die ersten Regungen des Engländers hatte ich durchaus verstanden, der Triumph dagegen war mir unbegreiflich. Sang Mar-ke schien meinen fragenden Blick nicht zu bemerken, denn er murmelte leise, als spräche er zu sich selbst und nicht zu mir:

»Dann hatte ich also recht.«

Geistesabwesend erwiderte er den Gruß Weibos, der sich als Nachzügler zu seinen Kameraden gesellt hatte.

»Wie meint Ihr das – Ihr hattet recht?«, flüsterte ich, und Sang Mar-kes Augen wurden wieder klarer, als sei er von der Vergangenheit in die Gegenwart zurückgekehrt.

»Ich konnte mir nie ganz sicher sein«, sagte er langsam, »es war so gut gemacht – beinahe perfekt –, dass selbst mein Lehrer, ein wahrer Meister der Kalligraphie, kein endgültiges Urteil fällen wollte.«

Ich holte tief Luft, denn ich hatte, ohne es zu bemerken, den Atem angehalten, während der Engländer sprach.

Von der Färberei her näherte sich nun ein weiterer Mann, der im Gegensatz zu den Arbeitern keine Essschüssel in Händen hielt. Als er nur noch wenige Schritte von uns entfernt war, erkannte ich, dass es sich um Gao Gong handelte, meinen Gastgeber. Er kam direkt auf uns zu.

»Worüber wollte Euer Lehrer kein endgültiges Urteil fällen?«, stieß ich flehentlich hervor. Plötzlich wollte ich die Antwort hören, die mir zuvor solche Angst gemacht hatte. Ich hätte es nicht ertragen, auf diese Antwort womöglich noch Tage warten zu müssen, bis sich erneut eine Gelegenheit zu einem vertraulichen Gespräch mit dem Engländer ergab. Mein Gastgeber war schon fast in Hörweite.

»Ich glaube«, sagte Sang Mar-ke leise, »und nach all dem, was Ihr mir soeben erzählt habt, bin ich mir dessen sogar gewiss, dass der Brief, den Malu angeblich meinem Vater schickte, eine Fälschung war.«

Gao Gong hatte unseren Tisch erreicht.

Kapitel 20

»Das Wasser ist zu heiß«, zischte Li seinem neuen Leibdiener zu, während er in den hölzernen Badezuber stieg. Biao Yong murmelte hastig eine Entschuldigung, obwohl ihn wahrhaftig keine Schuld an den Schmerzen des Obereunuchen traf. Dessen Ausschlag hatte sich in der Augusthitze verschlimmert, die Haut der Oberschenkel war wund, und an vielen Stellen zeigte sich das rohe Fleisch. Hinzu kam, dass er in letzter Zeit immer häufiger sein Wasser nicht halten konnte und der Harn zusätzlich an den blutigen Schrunden fraß.

»Und was ist das für ein verfluchtes Kraut, das du ins Wasser gegeben hast?«, schimpfte der Obereunuch weiter. »Es brennt, als würden tausend Teufel ihre Dolche an meinem Fleisch wetzen.«

Biao Yong fuhr sich nervös mit der Zunge über den überstehenden Eckzahn, dann leerte er vorsichtig einen großen Krug mit kaltem Wasser in den Badezuber, verbeugte sich dreimal und erklärte: »Es ist eine Pflanze, von deren heilender Wirkung die ausländischen Ärzte schon seit vielen Jahrhunderten wissen. Man nennt sie Kamille, und es ist mir gelungen, einen Beutel getrockneter Blüten zu erstehen …«

Li schnaubte verächtlich. »Ich glaube nicht, dass die Medizin der weißen Teufel unserer überlegen ist …«

»Die Pflanze ist ungeheuer kostbar, und nur die reichsten und vornehmsten Europäer können sich eine Tinktur daraus leisten, geschweige denn darin baden«, fügte Biao Yong hinzu, obwohl er genau wusste, dass das eine Lüge war. In Wirklichkeit hatte er den ganzen Beutel auf dem Markt für eine Hand voll Kupfermünzen gekauft. Aber er kannte den Obereunuchen inzwischen gut genug, um zu wissen, dass dieses Argument ihn weit eher überzeugen würde als jede noch so wohltuende Wirkung eines Arzneimittels.

Und tatsächlich entspannten sich Lis Züge, und er lehnte sich bequem in seinem Bad zurück.

Biao Yong griff nach einem frischen Schwamm und machte sich daran, den aufgedunsenen, von eitrigen Pickeln übersäten Oberkörper seines neuen Herrn zu waschen. Im Licht der zahlreichen, mit feinem gelbem Papier bespannten Lampions, die überall im Raum hingen, wirkte Lis Fleisch noch fahler und teigiger, als es ohnehin war, doch Biao Yong hatte während der vergangenen zwei Wochen so viel Zeit mit dem Obereunuchen verbracht, dass er seinen Ekel vor dem älteren Mann kaum mehr wahrnahm.

»Ist das Bad noch warm genug, verehrter älterer Bruder?«, fragte er, nachdem eine ganze Weile vergangen war. Der süßliche Geruch der fremden Pflanze hing schwer in der Luft, und es war so stickig in dem von Wasserdampf geschwängerten Raum, dass Biao Yong kaum noch atmen konnte. Aber darauf kam es nicht an. Das Einzige, was zählte, war die Zufriedenheit des Obereunuchen, denn Biao Yong wollte heute Abend endlich die Frage stellen, die ihn seit mehr als zwei Wochen Tag und Nacht bewegte. Zuerst hatte er gehofft, dass Li von selbst darauf zu sprechen käme, aber inzwischen wusste er, dass dem Obereunuchen nichts größere Freude bereitete, als andere Menschen zu quälen – und sei es auch nur, indem er sie warten ließ.

»Die Pflanze, so hat man mir berichtet«, sprach er weiter, »entfaltet ihre Wirkung am besten in warmem Wasser.«

Li schien aus einer tiefen Nachdenklichkeit aufzutauchen. »Was hast du gesagt?«, fragte er, obwohl Biao Yong sich ganz sicher war, dass er ihn sehr wohl verstanden hatte. Gehorsam wiederholte er seine Worte.

»O ja, gewiss«, erwiderte der Obereunuch. »Dann hole jetzt heißes Wasser.«

Während Biao Yong einen schweren, irdenen Eimer mit dampfendem Wasser von der Feuerstelle holte, fragte Li: »Sind noch mehr von diesen Blüten da? Ich spüre tatsächlich bereits eine Linderung meiner Qualen.«

Biao Yong goss den Inhalt des Eimers in den Badezuber. Auf dem Wasser schwammen noch immer zahlreiche ehemals gelbe Blüten, die sich inzwischen bräunlich verfärbt hatten.

»Der Beutel ist noch zur Hälfte gefüllt, verehrter älterer Bruder«, sagte er.

Li schnalzte ärgerlich mit der Zunge. »Dann verstehe ich nicht, warum du nicht gleich alles in mein Bad gegeben hast.«

Biao Yong verbeugte sich so tief, dass ihm ein Schweißtropfen ins Auge rann. »Ich dachte, dass Ihr vielleicht morgen Abend noch einmal ...«, erklärte er heftig blinzelnd.

Der Obereunuch fischte eine der durchweichten Blüten aus dem Wasser und besah sie sich näher. »Es erstaunt mich keineswegs, dass diese reichen Europäer so viel Geld dafür ausgeben. Es ist wirklich eine Wohltat. Und was mein morgiges Bad angeht ...«

Er sah Biao Yong ärgerlich an. »Was ist los mit dir? Hörst du mir überhaupt zu?«

Biao Yong fuhr sich mit dem Handrücken über die tränenden Augen. »Verzeiht, älterer Bruder, mir ist etwas ins Auge geraten. Ich wollte nicht unaufmerksam erscheinen.«

Sein Blick war noch immer getrübt, und er dachte bei sich, dass das in diesem Fall durchaus eine Verbesserung war. Der Obereunuch war jetzt nur noch ein bleicher Fleck, und Biao Yong stellte sich einen Moment lang vor, Li sei nur ein besonders großer Fisch, den er mit brühheißem Wasser übergießen würde, um ihm dann, in Erwartung eines schmackhaften Mahles, genüsslich die Haut abzuziehen. Eine Phantasie, von der er sofort wusste, dass er an ihr festhalten würde. Sie würde ihm in Zukunft so manche Arbeit erleichtern. Ohne jedoch auch nur einen Augenblick Zeit zu verlieren, sprach er respektvoll weiter. »Ihr habt von Eurem morgigen Bad gesprochen. Wünscht Ihr, dass ich noch einmal auf den Markt gehe, um mehr von dieser Pflanze zu kaufen?« Er griff in den nicht ganz sauberen Beutel und streute eine weitere Hand voll Blüten auf die Wasseroberfläche. Ein dicker Käfer kroch ihm über die Finger, doch es gelang ihm, das Insekt im letzten Moment festzuhalten, damit es nicht in den Zuber fiel. Er warf den Käfer auf den Boden, wo er ihn achtlos zertrat.

»Unbedingt«, antwortete Li schnell. »Was hast du für diesen Beutel bezahlt?«

»Zwei Silbertael«, erwiderte Biao Yong ebenso schnell. »Der Händler hat vier verlangt, doch ich konnte ihn überreden, mir im Preis entgegenzukommen.« In Wahrheit hatte er sich nicht einmal die Mühe gemacht, auch nur um eine einzige Kupfermünze zu feilschen, was ganz und gar gegen die Sitten auf dem Markt verstieß. Aber er war in Eile gewesen, und der Preis war ohnehin gering genug.

Li dachte kurz nach. Auch ihm stand jetzt, da Biao Yong reichlich heißes Wasser nachgegossen hatte, der Schweiß auf der Stirn, und sein Gesicht hatte eine ungesunde rötliche Farbe angenommen. »Ich werde dir selbstverständlich zurückerstatten, was du für die Pflanzen ausgelegt hast, und ...«

»Es wäre mir eine Ehre, teurer älterer Bruder«, erklärte Biao Yong, »wenn Ihr diese bescheidene Gabe als ein Geschenk annehmen würdet, ein Zeichen meiner Verehrung für Euch, das in seiner Geringfügigkeit natürlich niemals das ganze Ausmaß meiner Dankbarkeit für Eure Güte ausdrücken könnte ...« In Wahrheit wären zwei Silbertael natürlich ein Vermögen für ihn gewesen, was der Obereunuch sehr wohl wusste.

Li neigte huldvoll den Kopf. »Ich nehme Euer Geschenk an, geschätzter jüngerer Bruder«, erwiderte er in dem herablassenden Tonfall, den Biao Yong nur allzu gut kannte. »Aber es ginge natürlich nicht an, wenn ich dir gestattete, noch mehr Geld für mich auszugeben. Erinnere mich später daran, dass ich dir zehn Silbertael gebe, damit du morgen auf dem Markt einen noch größeren Beutel von diesen Blüten kaufen kannst. Aber«, fügte er streng hinzu, »ich erwarte von dir, dass du den Händler dazu überredest, dir mindestens das Sechsfache, wenn nicht gar das Siebenfache dafür zu geben. Das sollte dir gewiss keine allzu große Mühe bereiten.«

Biao Yong verneigte sich und brachte es fertig, seinem Gesicht einen sorgenvollen Ausdruck zu geben, obwohl er innerlich frohlockte. Zehn Silbertael! Der Händler würde höchstens fünf Schnüre Kupfer für die Blüten verlangen – und der Rest würde ihm gehören. Er beugte sich mit einer anmutigen Bewegung über Lis Badezuber, um die Blüten besser im Wasser verteilen zu können, und seine Zufriedenheit, die sich nun womöglich doch in seinen Zügen zeigte, vor Li zu verbergen. Ursprünglich hatte er sich mit dem fremdländischen Heilkraut nur bei dem Obereunuchen einschmeicheln wollen, um ihn freundlich zu stimmen, aber jetzt erkannte er mit einem Mal eine ungeahnte Möglichkeit, zu Geld zu kommen. Wenn die Kamille tatsächlich Wirkung zeigte, gab es gewiss noch mehr »kostbare« Arzneien, die zu Lis Wohlbefinden beitragen konnten.

Als hätte der Obereunuch seine Gedanken erraten – oder zumindest einen Teil davon –, murmelte er mit einem Seufzer der Erleichterung: »Ja, ich glaube wirklich, dass diese Pflanze magische Wirkungen hat. Ich bin sehr zufrieden mit dir, jüngerer Bruder. Und wer weiß, ob die Ausländer nicht noch die eine oder andere weitere Pflanze kennen, die meine Qualen lindern könnte.«

Biao Yong nickte eifrig. »Das halte ich durchaus für möglich, verehrter älterer Bruder. Ich habe sogar schon den Händler danach gefragt – einen ungeheuer kenntnisreichen Mann übrigens ...« Der Händler war ein schmutziger, ungebildeter Kerl, der nicht einmal lesen konnte. Ohne jedoch auch nur eine Miene zu verziehen, fuhr Biao Yong fort: »Ich habe ihm Euer Leiden genau beschrieben, und er meinte, wenn Euch die Kamille helfe, sei das ein gutes Zeichen, denn dann gäbe es gewiss noch andere fremde Salben und Tinkturen für Euch. Er hat mir versprochen, sich mit dem ausländischen Heiler zu beraten, der ihn mit Arzneien beliefert. Wenn Ihr gestattet, werde ich gleich morgen noch einmal zu ihm gehen.«

»Das ist eine gute Idee«, antwortete Li. »Ich sehe, dass ich mich nicht in dir getäuscht habe. Du machst deine Sache hundertmal besser als dieser Wurm von Mengtian.«

Die Miene des Obereunuchen verfinsterte sich wie immer, wenn er von Mengtian sprach. Für gewöhnlich war es Biao Yong durchaus recht, wenn die Rede auf seinen ehemaligen Rivalen kam, aber heute wollte er nicht riskieren, dass Lis Laune sich zum Schlechteren wandelte.

»Es ist eine große Ehre für mich, Euch zu dienen«, sagte er hastig und fischte die letzten gelben Blüten aus dem Lederbeutel. »Und es ist mir ein Herzenswunsch, zu Eurem Wohlergehen beizutragen. Als ich vor einigen Tagen zum ersten Mal von dieser Wunderpflanze hörte, wusste ich sofort, dass ich alles daransetzen musste, sie für Euch aufzutreiben. Und die Götter des Schicksals scheinen Euch wirklich gewogen zu sein, geschätzter älterer Bruder, denn sie haben meine Schritte gelenkt und mich schon so bald zu diesem alten Händler geführt. Das muss einfach ein gutes Omen sein.« Auch das wusste Biao Yong inzwischen: Der Obereunuch war ebenso abergläubisch, wie er anfällig für Schmeicheleien war – sofern sie geschickt genug vorgebracht wurden, um nicht sofort als solche durchschaut zu werden.

»In der Tat«, sagte Li nun. »Manche Dinge scheinen sich wirklich zum Besseren zu wenden – auch wenn es mich immer noch erbittert, dass dieser treulose Feigling Mengtian ungeschoren davongekommen ist. Es ist ein eigenartiger Zufall, dass er gleich am Tag nach der verpatzten Theatervorstellung in den Dienst dieser Hofdame gerufen wurde ...«

Wieder leuchtete blanke Wut aus den Augen des Obereunuchen, und Biao Yong beeilte sich, das Thema zu wechseln – wobei er sehr genau wusste, dass er Li mit seiner nächsten Bemerkung ein Stichwort liefern würde, das seine Laune sofort wieder heben musste. »Nun, in jedem Fall haben wir noch das Mittherbstfest, auf das wir uns freuen können«, erklärte er nur scheinbar zusammenhanglos.

Li spitzte die Lippen und fischte geistesabwesend einige Blüten aus dem Wasser. »Ja, das Mittherbstfest«, wiederholte er bedächtig. Dann sah er zu Biao Yong auf, und die Bosheit, die in seinen Augen stand, erschreckte den jungen Eunuchen für einen Moment. Auch ohne dass Li davon gesprochen hätte, wusste er, was der Obereunuch plante. Mit Macht unterdrückte er die leichte Übelkeit, die in ihm aufgestiegen war, und atmete tief durch den Mund ein, um sich ein wenig gegen die Mischung aus dem Duft des Bades und des sauren Schweißes seines Herrn zu wappnen. Um nicht über Mengtians Schicksal nachdenken zu müssen, konzentrierte Biao Yong sich auf das verzweifelte Bemühen eines weiteren dicken, schwarzen Käfers, der mit den Blüten ins Badewasser geraten war und nun versuchte, am Rand des großen Zubers hinaufzuklettern. Seine Situation war hoffnungslos – ebenso wie die Mengtians, durchzuckte es Biao Yong. Mit einem Mal konnte er den Anblick des Käfers nicht länger ertragen und beugte sich hastig über den Zuber, um das Tier herauszufischen.

Li, der das Insekt nicht bemerkt hatte, sah ihn mit hochgezogenen Augenbrauen an.

»Ungeziefer«, erklärte Biao Yong tonlos, während er den Käfer auf seinem Finger kurz betrachtete. Er glaubte zu spüren, dass das Tier aufatmete, weil es der tödlichen Gefahr entkommen zu sein schien. Genau wie Mengtian es in diesem Augenblick wohl tat. Biao Yong biss die Zähne zusammen, schüttelte das Insekt ab und zertrat es, auch wenn er es nicht mit derselben Gedankenlosigkeit tat wie zuvor bei dem ersten Käfer.

Der Obereunuch stieß ein unangenehmes, hohes Lachen aus. »Du hast recht, jüngerer Bruder«, bemerkte er trocken. »Ungeziefer muss zertreten werden. Zu mehr taugt es nicht.«

Biao Yong erwiderte seinen Blick vollkommen ungerührt. Die Übelkeit war abgeklungen. Er stellte fest, dass diese Anfälle von Abscheu immer schneller vorübergingen. Einen Moment lang beschäftigte ihn die Frage, ob dies ein gutes oder ein schlechtes Zeichen war, doch auch diese Überlegung trat schnell wieder in den Hintergrund.

»Ich nehme an, Ihre Majestät ist bereits mit den Vorbereitungen für das Fest beschäftigt?«, fragte er beiläufig.

»Ihre Majestät ist zurzeit damit beschäftigt, um Ihrer Majestät verstorbenen Gemahl zu trauern, wie jedes Jahr im siebten Monat. Und das seit nunmehr siebenundvierzig Jahren«, antwortete der Obereunuch abweisend.

Biao Yongs Schultern sanken ein Stück herab. Obwohl es nur eine winzige Bewegung war, sagte ihm Lis Blick, dass sie ihm nicht entgangen war. Eine Sekunde lang hoffte er unsinnigerweise, dass der Obereunuch von selbst auf seine Zusage zu sprechen kommen würde, bei der Kaiserin ein gutes Wort für ihn einzulegen. Doch schon im nächsten Moment schalt er sich einen Narren. Eine solche Freundlichkeit von seinem neuen Herrn zu erwarten bewies nichts anderes als maßlose Dummheit.

Er straffte sich. »Dann habt Ihr gewiss noch keine Gelegenheit gehabt, Ihre Majestät zu fragen, ob sie mir bei der nächsten Aufführung vielleicht eine größere Rolle geben wird ...« Er ließ seine Worte wie eine Feststellung klingen, um sich nicht die Blöße zu geben, wie ein hungriger Hund um einen Knochen zu betteln. Obwohl er sich genauso fühlte.

»Nun«, sagte der Obereunuch langsam und mit gerunzelter Stirn, »wenn ich es recht bedenke, habe ich vor einigen Tagen ihr gegenüber tatsächlich etwas in dieser Richtung erwähnt ...«

Biao Yong vergaß in seiner Aufregung, durch den Mund zu atmen, und der beißende Gestank von Schweiß würgte ihn in der Kehle. Li fischte abermals ein paar Blüten aus dem Wasser, um sie eingehend zu betrachten. Schließlich konnte Biao Yong seine Ungeduld nicht länger bezähmen. »Und was hat sie gesagt?«, stieß er heiser hervor. »Wird sie es in Erwägung ziehen, mir eine größere Rolle zu geben?«

Der Obereunuch schien seine volle Konzentration auf das Studium der fremdländischen Blüte zu verwenden. Biao Yong brach am ganzen Körper der Schweiß aus. Mit einem Mal hatte er das Gefühl, als hinge sein Leben von der Beantwortung dieser Frage ab – oder zumindest seine Seele. Denn er wusste sehr wohl, dass er diese Seele für eine vage Chance auf eine Rolle auf der kaiserlichen Bühne verkauft hatte. Und immer wieder verkaufen würde.

Aber Li ließ ihn warten, und Biao Yong war klar, dass es seiner Sache nicht dienen würde, wenn er ihn bedrängte.

Endlich ließ der Obereunuch die Blüten wieder ins Wasser fallen. »Ich denke, ich habe jetzt lange genug gebadet. Die Pflanzen sind vollkommen durchweicht, und ihre Wirkung dürfte inzwischen verbraucht sein. Bring mir die Handtücher.«

Die Enttäuschung und die Hitze in dem stickigen Raum trieben Biao Yong die Tränen in die Augen, und er tastete halb blind nach den feinen Leinentüchern, die hinter ihm für Li bereitlagen. Eines davon legte er mehrfach gefaltet auf den Fußboden vor den Badezuber, damit der Obereunuch darauf treten konnte. Dann half er ihm aus der Wanne.

»Worüber sprachen wir gerade?«, bemerkte Li, als Biao Yong ihm eines der Leinentücher um die Schultern legte.

»Die Kaiserin, verehrter älterer Bruder«, sagte Biao Yong mit erstickter Stimme. »Ihr habt sie gefragt, ob sie mich für eine größere Rolle ...«

»Ach ja.« Li wischte sich mit dem Handrücken den Schweiß von der Stirn. »Du kannst dir sicher denken, dass sie im Augenblick wichtigere Dinge im Kopf hat. Aber zumindest hat sie meinen Vorschlag nicht sofort zurückgewiesen. Das muss dir fürs Erste genügen.«

»Ich danke Euch, verehrter älterer Bruder, dass Ihr so gütig wart, Euch bei Ihrer Majestät für mich zu verwenden«, antwortete Biao Yong und schluckte seine Enttäuschung hinunter wie eine bittere Medizin.

Angenehm entspannt legte sich der Obereunuch in seinem bequemen Sessel zurück, um seinen Besucher zu erwarten. Das Bad und die Salbe, die Biao Yong anschließend aufgetragen hatte, hatten ihm tatsächlich ein wenig Linderung verschafft, und abgesehen von der Frage, wie er Mengtian seiner wohlverdienten Strafe zuführen konnte, war er tatsächlich sehr zufrieden mit der Entwicklung, die die Dinge nahmen. Der General war auf bestem Weg, seinen dümmsten und gröbsten Fehler wiedergutzumachen – man mochte es nicht glauben, aber er hatte doch tatsächlich direkt mit Briefen und Geschenken um Prinzessin Anli geworben, wie es die ausländischen Barbaren zu tun pflegten! Wie er darauf verfallen war, blieb völlig unerklärlich, war es doch im Reich der Mitte unerlässlich, sich zur Anbahnung einer Ehe an eine zur Vermittlung geeignete Person zu wenden, die dann an die Familie des Mädchens herantrat. Selbst wer mit einem Singmädchen in ein engeres Verhältnis treten wollte, hatte sich zunächst einmal mit dessen »Mutter« ins Benehmen zu setzen! Doch nun hatte er, wenn auch verspätet, von Anlis Vater die Erlaubnis erhalten, um die Prinzessin werben zu dürfen – der Fürst würde sogar persönlich nach Peking kommen, um die notwendigen Vorkehrungen für die Heirat zu treffen. Und um die Dinge noch besser zu machen, stellte sich inzwischen mehr und mehr heraus, was für einen Glücksgriff er mit Biao Yong getan hatte. Biao Yong war nicht nur ein anstelliger, hübscher Knabe mit einem einzigartigen Talent für das Theater, sondern offensichtlich auch intelligent und aufmerksam, was die Beschaffung der ausländischen Medizin bewiesen hatte. Trotzdem würde er ihn, was die Entscheidung der Kaiserin betraf, noch eine Weile warten lassen. Es würde den Eifer erhöhen, mit dem er ihn bediente, und wenn er dann in der nächsten Theatervorstellung tatsächlich eine große Rolle bekam, würde seine Dankbarkeit umso größer sein. Außerdem amüsierte es Li, zu beobachten, wie sein neuer Leibdiener sein ganzes schauspielerisches Talent darauf verwendete, seine brennende Ungeduld und seine Enttäuschung zu verbergen, wann immer die Rede auf die Kaiserin kam. Die im Übrigen so begeistert von Biao Yongs Leistungen auf der

Bühne war, dass sie ihn, Li, schon wenige Tage nach der Aufführung des letzten Stückes von sich aus auf Biao Yong angesprochen hatte. Aber da es während der Trauerzeit für Kaiser Xianfeng weder Aufführungen noch Proben für das Theater gab, sah Li keine Notwendigkeit, Biao Yong auf die Nase zu binden, dass Guniang ihn für eine Hauptrolle in dem nächsten Stück vorgesehen hatte.

Ein leises Kratzen an der Tür verriet die Ankunft seines Besuchers, und noch bevor er Biao Yong einen Wink geben konnte, eilte dieser bereits durch den Empfangsraum, den Li auch hier im Sommerpalast wie eine Miniaturausgabe der kaiserlichen Audienzhalle eingerichtet hatte. Im nächsten Augenblick trat ein kleiner, gebeugter Eunuch ein, der unter dem Arm eine Rolle aus Pergamentblättern trug.

»Wang Dingho!« Li schrie mehr, als dass er sprach, denn der alte Eunuch war praktisch taub. Aber seine Augen waren noch so scharf wie eh und je, und seine Hand war genauso sicher wie in jungen Jahren. Und nur darauf kam es an. »Lass sehen, was du zustande gebracht hast«, fügte er ebenso laut hinzu, und Wang kam mit einer Verbeugung näher, die bei seinem stark verkrümmten Rücken kaum noch als solche zu erkennen war.

Jetzt entrollte er mit erstaunlich flinken, schlanken Fingern das oberste der Blätter, die er mitgebracht hatte. Ein quälendes Gefühl stieg in den Lenden des Obereunuchen auf, als er die Zeichnung betrachtete, und einen Moment lang dachte er an eine fast vergessene Zeit zurück, als er noch ein ganzer Mann gewesen war. Prinzessin Anli hatte ihn von Anfang an an die Tochter des Krämers erinnert, an die er seine Unschuld verloren hatte. Sie hatte ihm nur eine einzige kurze Nacht geschenkt, in der er glaubte, sein Paradies gefunden zu haben. Und danach hatte sie nur noch Spott und Verachtung für ihn übrig gehabt und ihn wegen seiner Unbeholfenheit verhöhnt. Damals, als halber Knabe, war ihm seine gerechte Rache verwehrt gewesen, denn er hatte keine Macht gehabt.

Das war heute anders. Und auch wenn er *ihr* die Qualen nicht eigenhändig zufügen durfte, würde er doch die Gewissheit haben, dass sie litt. Und das würde ihm genügen.

Noch einmal besah er sich die Zeichnung, die Wang ihm gebracht hatte. Das Ziehen in seinen Lenden verstärkte sich, aber er wandte den Blick nicht ab, sondern kostete das Gefühl aus, bis er etwas wie Befriedigung verspürte.

Nach dem Auftauchen des Spottbildes, das Prinzessin Anli als lüsterne Tara zeigte, hatte er gehofft, dass es noch mehr solcher Zeichnungen geben werde, doch diese Hoffnung hatte sich nicht erfüllt. Er vermutete, dass das Bild von einer Hofdame stammte, denn von den Eunuchen hatte keiner einen Grund, Anli zu schaden – außer ihm. Er wollte verhindern, dass der General in ihrer Abwesenheit womöglich das Interesse an der Prinzessin verlor, und so war er auf die Idee verfallen, Wang Dingho mit der Anfertigung einer neuen Zeichnung zu beauftragen, um die Glut ein wenig zu schüren …

Er nickte dem alten Eunuchen zu. »Du hast dich selbst übertroffen«, schrie er. »Ich glaube nicht, dass ich deine Dienste in dieser Angelegenheit noch einmal benötigen werde. Die Zeichnung dürfte ihren Zweck erfüllen.« Er nickte Biao Yong zu, der daraufhin zwei Goldmünzen aus einem Beutel nahm und Wang übergab.

»Ich werde zwei der Zeichnungen behalten«, erklärte Li laut. »Die restlichen verteilst du. Und ich erwarte, dass niemand die Zeichnungen mit dir – oder gar mit mir – in Verbindung bringen kann.«

Der alte Eunuch zog sich rückwärts gehend zur Tür zurück, doch Li beachtete ihn nicht mehr. Stattdessen betrachtete er die linke untere Ecke des Bogens in seinen Händen. Wang hatte die kostbare kleine Löwensckulptur, die aus der kaiserlichen Schatzkammer in der Verbotenen Stadt gestohlen worden war, ganz ausgezeichnet getroffen.

Kapitel 21

»Der Clanrat ist zu dem Schluss gekommen, dass es sich bei den Briefen, die die Schuld des Generals Dun Wangdi beweisen sollten, eindeutig um Fälschungen handelt.«

Prinz Qings Worten folgte eine Stille, die Guniang noch schwerer traf als das Urteil, das er soeben verkündet hatte. Der Sieg des Generals, das wusste sie, war in erster Linie eine Niederlage für sie selbst. Eine Niederlage, die sie in diesem Ausmaß nicht erwartet hatte. Zwar war ihr von Anfang an bewusst gewesen, dass Dun einige Fürsprecher im Clanrat hatte – einer davon war Prinz Qing –, aber da die Prinzen untereinander schon seit Jahren zerstritten waren, hatte Guniang auf keinen Fall mit einem so schnellen und vor allem einmütigen Urteil rechnen können.

Ohne den Blick von dem mit mehreren Stempeln versehenen Papier in seiner Hand zu heben, fuhr Prinz Qing, das Oberhaupt des Clanrats, mit seiner salbungsvollen Ansprache fort: »Wir, die Prinzen und Würdenträger des Reiches, sind äußerst bestürzt darüber, dass derart ungeheuerliche Vorwürfe gegen einen Mann erhoben wurden, dessen Verdienste um das chinesische Vaterland so groß sind.« Es sah zu Guangxu hinüber, der heute seit einigen Wochen zum ersten Mal wieder in der Lage war, an einer Ratssitzung teilzunehmen. Die Zusammenkünfte begannen traditionell um vier Uhr morgens, in der Stunde des Tigers, und sie waren nur der Auftakt zu einem langen Tag voller mühseliger, aufreibender Pflichten, denen Guangxu sich zu keiner Zeit seines Lebens wirklich gewachsen gezeigt hatte.

Auch jetzt sah er die Kaiserin nur hilflos an. Er wusste, dass es ihr wichtig war, den General verurteilt oder zumindest mit einem schwerwiegenden Makel behaftet zu sehen.

»Der Kaiser schließt sich dem Urteil des Clanrats an«, erklärte Guniang stellvertretend für Guangxu, wie sie es so oft in den vergangenen neunzehn Jahren getan hatte. »Sofern keines der Ratsmitglieder irgendwelche Bedenken hegt«, fügte sie ohne große Hoffnung hinzu.

Der Reihe nach sah sie die Prinzen und Großräte an. Ihr Blick traf jedoch nur auf verschlossene Mienen, auf Gesichter, die hart und abweisend waren.

»Dann können wir uns jetzt also den übrigen Fragen zuwenden«, sagte sie so ruhig, als sei der Freispruch des Generals nur eine von vielen Bagatellen, über die der Rat heute zu befinden hatte.

Einen Moment lang kreuzte ihr Blick den des Prinzen Qing, und sie hatte Mühe, den Anschein von Gelassenheit zu wahren. Seit wann hatte sich der Clanrat zur eigentlichen Macht hinter dem Thron aufgeschwungen? Seit der Inthronisierung des damals noch minderjährigen Guangxu vor nunmehr dreiunddreißig Jahren – eines kränklichen Kindes, das von seiner Mutter, Guniangs eigener Schwester, so schwer misshandelt worden war, dass ihm jegliche Willenskraft und auch Durchsetzungsvermögen fehlten? Nur ein einziges Mal hatte ihr Neffe versucht, sein Land tatsächlich zu regieren, und sich vor zehn Jahren darum bemüht, China nach japanischem Vorbild zu reformieren. Ein Parlament, das sich die Herrschaft mit ihm, dem Kaiser, teilen sollte, war sein Ziel gewesen – was die vollkommene Entmachtung der großen Clans und der Militärführer bedeutet hätte. Guangxu hatte sein Vorhaben überraschend klug geplant und nur einen einzigen verhängnisvollen Fehler begangen: Er hatte sich dem Verräter Yuan Shikai anvertraut.

»... der Clanrat schlägt daher die Ernennung Su Yeshis als Beamten vierten Ranges für das Zensorat vor und bittet den Kaiser um seine Zustimmung.«

Guniang, die den Ausführungen Qings bisher nur mit halbem Ohr gelauscht hatte, nickte kurz. »Der Kaiser ist mit der Ernennung Su Yeshis einverstanden«, erklärte sie, ohne Guangxu anzusehen. Sie wusste, dass er keine Einwände gegen die Ernennung des Zensors hatte, obwohl dieser der Geheimpolizei angehörte und ein Günstling von Zensor Yang war. Yang hatte zusammen mit Qing und dem Verräter Yuan Shikai Guangxus Reformversuche im Keim erstickt und dem jungen Kaiser ein für alle Mal den Mut genommen, sich selbst um die Angelegenheiten seines Landes zu kümmern. War Guangxu vor jener hundert Tage währenden Reform bereits nur eine Marionette des Clanrats gewesen, so war er jetzt eine Marionette mit durchschnittenen Fäden, willenlos und ohne jede Lebenskraft.

Noch ein weiterer Beamter wurde für eine Beförderung vorgeschlagen, wiederum ein Mann, der ein unbestrittener Anhänger der Ewiggestrigen war, und wiederum gab Guniang ihr Einverständnis. Sie wollte die Sitzung so schnell wie möglich hinter sich bringen, denn sie spürte, dass Guangxus Kraft erschöpft war.

Sie kämpfte die lähmende Müdigkeit nieder, die ihr in letzter Zeit immer schwerer zu schaffen machte, und war dankbar, als Prinz Qing endlich die abschließenden Worte sprach.

»Es tut mir leid, dass das Urteil des Clanrats nicht anders ausgefallen ist«, sagte Guangxu leise, nachdem sich die Halle geleert hatte. Nur an der hohen Doppeltür standen noch zwei Eunuchen, zu weit entfernt, um ihr Gespräch mit anhören zu können. Trotzdem wirkte Guangxu angespannt und ängstlich, als befürchte er, dass die beiden Halbmänner übernatürliche Kräfte besaßen und auf diese Weise dennoch jedes Wort, das er sprach, verstehen konnten. Er litt seit Jahren unter zunehmender Nervosität, die manchmal an Paranoia grenzte.

Allerdings nicht ganz ohne Grund, dachte Guniang.

»Ich wünschte, ich hätte etwas für Euch tun können, Ayang«, fügte er schließlich hinzu, und der Ausdruck von Qual und Hoffnungslosigkeit, der in seine Augen trat, schmerzte Guniang noch mehr als die Furcht, die sie zuvor darin gesehen hatte. Und er hatte sie »Ayang« genannt – Tante –, was seit vielen Jahren nicht mehr vorgekommen war.

»Es ist schon gut, Zaitian«, erwiderte sie beschwichtigend. Ohne nachzudenken hatte sie seinen Kindernamen benutzt und auch denselben Tonfall angeschlagen, mit dem sie zu ihm gesprochen hatte, als er noch ein kleiner Junge gewesen war.

»Dann wird Prinzessin Anli General Dun also heiraten müssen«, sagte er, und in seiner Stimme schwang neben der vertrauten Resignation echtes Bedauern mit.

Guniang zog erstaunt die Augenbrauen hoch. Sie hatte ihrem Neffen erzählt, daß sie eine Verurteilung des Generals durch den Clanrat wünschte, aber keinen Grund genannt. Die Gründe für die Entscheidungen, die sein Reich betrafen, interessierten Guangxu schon lange nicht mehr. Umso mehr überraschte sie seine letzte Feststellung.

Guangxu hatte ihren Blick aufgefangen und zuckte die Achseln. »Ihr wart nicht die Einzige, die in den vergangenen Wochen über den General gesprochen hat. Longyu hätte seine Verurteilung ebenso begrüßt wie Ihr ...« Er runzelte die Stirn, dann fügte er hinzu: »Nein, sie hätte seine Verurteilung wohl eher bejubelt ... Sie hasst diesen Mann ...« Wieder geriet er ins Stocken, als bereite es ihm Mühe, seinen Gedanken in Worte zu kleiden. »Für das, was er ihrer Freundin, Yinggui, angetan hat ...« Seine Worte verloren sich, und Guniang spürte einmal mehr seine Hilflosigkeit. Er wusste, dass er nichts ausrichten konnte, und er hatte den Kampf endgültig aufgegeben.

»Ich werde alles tun«, sagte sie langsam, »um zu verhindern, dass Prinzessin Anli dasselbe Schicksal erleidet wie Yinggui. Auch wenn es nicht leicht wird.«

»Solange die Prinzessin in den Diensten des Hofes steht, kann sie nicht heiraten«, sagte Guangxu, und seine Miene hellte sich ein wenig auf. »Das wäre immerhin eine Lösung.«

»Nein.« Guniang schüttelte den Kopf. »Der Vater der Prinzessin hat bereits um ihre Entlassung aus dem Hofdienst gebeten, und ich kann diese Bitte nicht ignorieren. Wenn Anli ein unbedeutendes Mädchen wäre, lägen die Dinge anders, aber sie ist eine Prinzessin von kaiserlichem Geblüt. Ich werde versuchen, ihre Entlassung hinauszuzögern, aber das ist das Äußerste, was ich tun kann.«

»Dann gibt es keine Rettung für sie.«

Guangxu ließ die Schultern sinken. Seine Worte waren eine Feststellung, eine unausweichliche Tatsache, gegen die man ebenso wenig kämpfen konnte wie gegen Dürre oder Überschwemmung. Man konnte sich nur in sein Schicksal ergeben – so wie er selbst es getan hatte.

Draußen vor der Halle erklang ein dumpfer Gong, der den Beginn der Stunde des Drachens ankündigte. Guangxu schrak heftig zusammen, und sein linkes Augenlid begann unkontrolliert zu zucken.

Es hatte eine Zeit gegeben, da hatte sie ihn für seine Schwäche verachtet, hatte geglaubt, dass der erwachsene Mann die Ängste des Kindes müsse bezwingen können. Dann hatte sie allmählich begriffen, dass ihr Neffe niemals ein Mann geworden war. Das Leben hatte ihm jede Chance auf Reife und Eigenständigkeit verwehrt, und nach dem Scheitern seiner einzigen Bemühung, seinem Land wirklich zu dienen, war mit der Hundert-Tage-Reform auch jede Hoffnung in ihm gestorben, jemals mehr zu sein als eine zerbrochene Puppe in prächtigen Gewändern.

»Hat dir die neue Medizin ein wenig Linderung verschaffen können?«, erkundigte sie sich, um dem Gespräch eine andere Wendung zu geben.

Guangxu zog spöttisch die Augenbrauen hoch. »Sie hilft so gut wie alle anderen Arzneien auch«, sagte er schulterzuckend.

Guniang sah ihn an, und irgendetwas gefror in ihr. Sie hatte diesen Ausdruck schon zweimal in den Augen eines Mannes gesehen, zuerst bei Xianfeng, ihrem Gemahl, und Jahre später bei Tongzhi, ihrem Sohn. Zwei Kaiser hatte sie auf dem Weg zu ihrer letzten Ruhestätte vor den Toren Pekings begleitet, und jetzt griff mit unbarmherziger Kälte die

Gewissheit nach ihrem Herzen, dass sie auch den nächsten Kaiser überleben würde.

Das letzte Echo des Gongs verklang, und Guniang erhob sich von ihrem Thron, der links neben dem von Guangxu stand. Aufrecht und mit der Miene einer Frau, die von nichts im Leben wirklich besiegt worden war, verließ sie die Halle.

Kapitel 22

Und man kann in diesem ... Automobil also wirklich eine Tagesreise von dreihundert Li zurücklegen?«

Immer noch ungläubig sah ich Malcolm an, der mich zusammen mit Bolo und Fuduo in dem knatternden, stinkenden Gefährt nach Qingdao gebracht hatte. Ich nannte Malcolm im Geiste schon lange nicht mehr »den Engländer« oder gar »den weißen Teufel«, auch wenn ich es selbstverständlich nicht gewagt hätte, ihn mit seinem englischen Vornamen anzusprechen. Aber während der vier Wochen, die ich jetzt in Baoding lebte, war etwas zwischen mir und diesem Mann geschehen, das ich nicht beschreiben oder gar verstehen konnte. Ich hatte mehr und mehr begonnen, die Dinge mit seinen Augen zu sehen – und vieles von dem, was ich sah, war vollkommen neu für mich. Wobei ich keineswegs nur die fremdartigen, konkreten Dinge meinte, mit denen er mich bekannt gemacht hatte, wie dieses Automobil oder das Fahrrad, auf dem Bolo seit einigen Tagen mit großer Leidenschaft umherfuhr.

»In England gibt es Automobile, die es sogar auf einhundertfünfzig Li in der Stunde bringen.« Malcolm, der neben mir an dem großen, hölzernen Lenkrad saß, konnte den Blick nicht von der Straße abwenden, da er vollauf damit beschäftigt war, sein Gefährt zwischen Eselskarren und Rikschas hindurchzumanövrieren. Im Gegensatz zu anderen Ausländern, die ich in Peking in Automobilen hatte herumkutschieren sehen, verzichtete Malcolm darauf, sich mit der schrill tönenden Hupe Respekt und freie Bahn zu verschaffen. Stattdessen passte er sich geduldig dem gemächlichen Tempo der einheimischen Transportmittel an. Sein Verhalten an diesem Tag – es war für mich das erste Mal, dass ich in einem Automobil fuhr – erstaunte mich inzwischen nicht mehr im Geringsten. Von der selbstherrlichen Arroganz, mit der die meisten weißen Teufel auftraten, war bei ihm nichts zu spüren. Im Gegenteil. Ich hatte mehr als einmal das Gefühl gehabt, dass er sich von ganzem Herzen für das Verhalten seiner Landsleute schämte.

Wir hatten soeben das Stadttor passiert, und Malcolm bremste den Wagen an einer Straßenecke ab, damit ein träges Ochsengespann genug Platz hatte, um die enge Kurve nehmen zu können. Als der Weg schließlich frei war und Malcolm in die Straße einbog, aus der das Gespann gekommen war, stockte mir der Atem. Mir bot sich ein Bild, das nur aus einem Märchen stammen konnte – oder aus einer anderen Welt. Links und rechts der Straße standen die Häuser dicht an dicht, so dass kein Finger mehr dazwischen passte. Sie waren hoch, drei Stockwerke, aber anders als bei den höheren chinesischen Bauten hatte nicht jede Etage wenigstens eine kleine Dachtraufe. Die Dächer wirkten sehr steif, keine Spur von den geschwungenen Linien der chinesischen Dächer, und statt der schönen geschmückten Firste und goldenen Knäufe unserer Dächer hatten sie nur kleine viereckige Aufbauten oder runde Röhren, die aus den Firsten ragten, und dann etwas größere, aufgesetzte Häuschen mit einem kleinen eigenen Dach auf den schrägen Flächen.

In den geschmackvoll mit Pastelltönen bemalten Fassaden vermisste ich die Säulen. Wie konnten diese Häuser stehen, fragte ich mich, zumal die Fronten ein Übermaß an großen Fenstern aufwiesen, die wiederum rechteckig unterteilt und verglast waren? Im Erdgeschoss führten teilweise große Tore in oder hinter die Häuser, oder es waren schöne, aber nicht übermäßig verzierte Haustüren da. Das Überraschendste waren jedoch die großen Schaufenster in vielen Gebäuden, oft von bunten Markisen vor der prallen Sonne geschützt, hinter denen die Händler ihre Waren ausgebreitet hatten. Es schienen sogar Personen hinter diesen Fenstern zu stehen, auf die Mar-ke mich immer wieder hinwies. Erst nach einer Weile merkte ich, dass er mich nur necken wollte – es waren alles Puppen, an denen die neueste westliche Mode zur Schau gestellt wurde.

Obwohl die Straße vor uns im Augenblick relativ frei war, fuhr Malcolm so langsam, dass ich Zeit hatte, die fremdartige Szenerie mit allen Sinnen aufzunehmen. Vor allem die ausländischen Damen, die mit zierlichen, weißen Sonnenschirmen die erhöhten Gehwege entlangflanierten, faszinierten mich; ich hatte bei Hof natürlich schon viele Europäerinnen gesehen, aber das waren größtenteils ältere, gesetzte Damen gewesen, die als Gattinnen wichtiger Männer bei der Kaiserin zum Tee eingeladen wurden. Hier traf ich zum ersten Mal auf junge, unbeschwerte Frauen, die zu meinem großen Erstaunen ohne männliche Begleitung durch die Straßen gingen.

»Sind das alles Dienerinnen oder Frauen von niederem Stand?«, fragte ich Malcolm, ohne den Blick von den Europäerinnen abzuwenden.

»Das glaube ich kaum«, sagte er. »Die meisten von ihnen sind die Gattinnen oder Töchter deutscher Kaufleute, die sich hier angesiedelt haben.« Seine nächste Bemerkung verriet mir, dass er wieder einmal meine Gedanken erraten hatte: »In Europa und Amerika sind die Sitten nicht so streng wie hier. Die Frauen dürfen sich dort durchaus auch außerhalb ihrer Häuser frei bewegen.«

»Dürfen sie auch Fahrrad fahren?« Ich platzte mit dieser Frage heraus, die mich bewegte, seit Malcolm Bolo vor einigen Tagen beigebracht hatte, wie man sich auf diesem merkwürdigen Gefährt fortbewegte – und Bolo schließlich mit kindlichem Jubel über die gepflasterten Gehwege des Gao'schen Gartens gejagt war.

Malcolm lachte auf, und für den Augenblick vergaß ich sowohl das Fahrrad als auch die deutschen Frauen auf der Straße. Ich bemerkte nicht einmal, dass das Automobil zum Stehen gekommen war. Malcolm erwiderte meinen Blick, und eine Wärme, die nichts mit der brennenden Sommersonne zu tun hatte, durchströmte mein ganzes Wesen.

Jiu shi ta, dachte ich. *Das ist er.*

Alle Fragen, die ich an das Leben gehabt hatte, alle Zweifel, alle Furcht fielen von mir ab, hörten einfach zu existieren auf.

Jiu shi ta.

Ich wusste, dass der Gedanke nicht aus meinem Kopf gekommen war, ja, dass er im Grunde nicht einmal in den Worten irgendeiner Sprache Ausdruck fand. Er war einfach *da,* ein Wissen, das mit mir geboren worden war und das direkt aus meiner Seele floss. Das vielleicht sogar etwas Größerem entsprang als einer einzelnen kleinen Seele.

Jiu shi ta.

Für einen Herzschlag, der mein ganzes Leben veränderte, wurde ich eins mit der unsterblichen, unteilbaren Essenz des Kosmos, die die Menschen aller Zeiten und aller Rassen dieser Welt vereinte. All die Buddhaworte, die ich von Kindheit an auswendig gelernt hatte, verloren ihre Bedeutung und gewannen noch im selben Augenblick eine vollkommen neue.

Es ist wahr, dachte ich.

Malcolm hatte meinem Blick die ganze Zeit über, die mir ungeheuer lang erschien, ohne einen Wimpernschlag standgehalten.

Jiu shi ta, las ich in seinen Augen. *Das ist sie.*

Einige Sekunden lang waren Himmel und Erde, Licht und Dunkel, Wissen und Ahnung in perfektem Einklang miteinander. Ich hatte meinen Platz in diesem Leben gefunden.

Helle Mittagssonne, gefiltert von den unendlich vielen, kleinen bunten Scheiben der Fenster, durchströmte den hohen, nach Weihrauch duftenden Raum, dessen fremdartige Würde mir in diesem Moment ebenso natürlich erschien wie Malcolms Hand, die meine umfangen hielt. Diese Geste, die noch am Morgen vollkommen undenkbar gewesen wäre, war jetzt so selbstverständlich für mich wie der Atem, der durch meine Lungen floss.

»Warst du schon einmal in einer Kirche?«, fragte Malcolm leise.

Ich schüttelte nur stumm den Kopf. Es war das erste Mal, dass ich einen Tempel des fremden Gottes betreten hatte. Doch noch bevor ich diesen Gedanken wirklich gedacht hatte, spürte ich, dass er falsch war. Der Gott, dem die Europäer huldigten, war mir nicht fremd. Ehrfürchtig und scheu sah ich mich in der Kirche um. Sie konnte noch nicht alt sein, das wusste ich, denn die Deutschen waren kaum ein Jahrzehnt hier. Dennoch strömten mir aus dem hellen Marmor, den mir unbekannten Szenen der Buntglasfenster und den von der Zeit noch unberührten Holzstatuen in den Nischen und Winkeln des Gebäudes Alter, Würde und Weisheit entgegen.

Meine Hand fest in der Malcolms, ging ich langsam durch den Mittelgang auf den Teil der Kirche zu, der sich auf einem um drei Stufen erhöhten Podest befand. Ein riesiger, aus grauem Granit gehauener Stein beherrschte den Raum, und darüber hing, von dünnen, starken Seilen gehalten, ein großes Holzkreuz. Die Figur auf dem Kreuz war erschreckend realistisch und schien mir die Essenz menschlichen Leidens zu sein. Ich hatte schon früher Bilder dieses leidenden Gottes gesehen und mich stets zutiefst davon abgestoßen gefühlt. Die Religion der weißen Teufel, die mit Inbrunst sinnlosem Schmerz huldigte, hatte meine Verachtung für sie nur noch verstärkt.

Als wir einige Schritte von den Stufen des Podests entfernt waren, blieb ich abrupt stehen. Malcolm hielt im selben Augenblick inne. Bolo und Fuduo waren nicht mit uns in die Kirche gekommen, und es waren auch kaum Gläubige in dem großen Kirchenschiff. Bei unserem Eintreten hatte ich flüchtig registriert, dass in den mittleren Bankreihen eine Hand voll älterer Frauen saß, deren Anwesenheit ich inzwischen jedoch vollkommen vergessen hatte.

Schweigend und ohne Malcolms Hand loszulassen, sah ich zu dem Kreuz auf. Und was ich jetzt sah, war etwas ganz anderes als das, was ich auf den wenigen verschwommenen Abbildungen dieses Gottes gefunden hatte. Der Schmerz dieses Jesus Christus schien mir mit einem Mal nebensächlich zu sein, nur eine Facette einer größeren Botschaft, die eine vollkommen andere war.

Langsam senkte ich den Blick auf den Steinquader unter dem Kreuz. Ohne dass ich hätte sagen können, woher, wusste ich plötzlich, dass ich das Kreuz nicht losgelöst von diesem Stein betrachten durfte, wenn ich den Gott der Europäer verstehen wollte.

»Das ist der Altar«, flüsterte Malcolm. »Der Ort, an dem wir Christen beim Gottesdienst, mit unserem Priester als Mittler, die heiligste unserer Zeremonien vollziehen.«

Bevor ich eine weitere Frage stellen konnte, deutete Malcolm auf einen kleinen Bogengang an der linken Seite der Kirche. Ich verstand sofort, was er meinte. Die Frauen auf den Bänken hinter uns waren in ihre Gebete vertieft, und wir durften sie nicht in ihrer Andacht stören.

Obwohl es mir widerstrebte, dem Stein, den Malcolm als Altar bezeichnet hatte, den Rücken zu kehren, folgte ich ihm. Eine Reihe flacher Steinstufen führte in einen niedrigen, nur von Kerzen erhellten Raum hinunter, der wie eine Grotte anmutete. Der einzige Schmuck dieser schlichten Zuflucht war eine Frauenstatue, die mich sofort in ihren Bann schlug. Malcolm bedeutete mir, mich auf eine der vier schmalen Bänke zu setzen, die Platz für acht, bestenfalls zwölf Menschen boten. Das, was ich unter dem Kreuz gespürt hatte, schien hier, in dieser fensterlosen, halb unterirdischen Grotte, noch stärker zu sein.

»Wer ist diese Frau?«, fragte ich Malcolm, als er neben mir Platz genommen hatte.

»Das ist Maria, die Mutter unseres Gottes«, erklärte Malcolm leise. »Viele Menschen meines Glaubens verehren sie, als sei sie selbst eine Göttin.«

»Du auch?« Ich bemerkte kaum, dass ich die vertraute Anredeform benutzte, so selbstverständlich war es in diesem Moment für mich.

Ich wusste, dass Malcolm lächelte, obwohl ich den Blick weiterhin auf die Frauenstatue gerichtet hielt.

»Ich selbst glaube, dass Gott, wie immer wir ihn auch nennen mögen, nicht teilbar ist«, sagte er ernst. »Maria ist für mich die weibliche Erscheinungsform Gottes, der weibliche Aspekt, den Jesus, als er Mensch war, ebenso verkörpert hat wie die männliche Seite Gottes. So wie der Buddha sich in verschiedenen Emanationen zeigt.«

Diesmal war ich es, die Malcolms Hand suchte. Dann saßen wir lange Zeit schweigend nebeneinander an diesem gleichzeitig alten und jungen Ort.

Und wie zuvor in dem Automobil beantworteten sich auch hier all meine Fragen von selbst. Etwas von der ungreifbaren Gewissheit dieser Augenblicke sollte mich nie mehr verlassen, auch nicht in den schlimmsten Stürmen des Lebens, ja nicht einmal in den Stunden bitterster Angst.

Ich wusste mich aufgehoben in der Liebe dieses Mannes und, was vielleicht noch wichtiger war, aufgehoben in der Generationen und Völker umspannenden Liebe einer Gottheit, die viele Namen hatte.

Jesus Christus und Buddha waren nur zwei davon.

***

»Hast du eine Erklärung für den plötzlichen Sinneswandel des Färbers?«, fragte Fuduo, und Bolo fuhr jäh aus seinen Gedanken auf. Obwohl sie nun bestimmt schon eine halbe Stunde in der Stadt verbracht hatten, hatte er kaum etwas von seiner Umgebung wahrgenommen. Das, was in dem Automobil zwischen Malcolm und Anli geschehen war, ließ ihn nicht mehr los.

Der vage Verdacht, der ihn seit ihrer Ankunft in Baoding begleitete, war faszinierende Realität geworden, und es war ihm erheblich angenehmer, seine Gedanken um dieses Thema kreisen zu lassen, als über jenen seltsamen Augenblick im Automobil nachzugrübeln, der nur ihn und Anli betraf. Wie so viele Male in den vergangenen Wochen beschwor er die Erinnerung an seine letzte Nacht im Kaiserpalast herauf, an den heimlichen Besuch bei der Kaiserin, die ihn zu später Stunde zu sich hatte rufen lassen. Und sie hatte ihm befohlen, seiner Herrin gegenüber Schweigen über dieses sonderbare Gespräch zu wahren.

Eines der beiden Dinge, die die Kaiserin mit ihm besprechen wollte, war keine Neuigkeit für ihn gewesen – auch wenn es ihn sogar jetzt noch mit tiefster Angst erfüllte, was seine eigene Zukunft betraf. Dennoch hatte er keine Sekunde lang gezögert, als die Kaiserin ihm noch einmal vor Augen führte, welche Konsequenzen sein Weggang aus Peking für ihn haben würde.

Außerdem hatte Guniang ihm befohlen, ihr ein Mal in der Woche durch einen geheimen Kurier von den Geschehnissen in Baoding zu berichten – wiederum jedoch, ohne Anli davon in Kenntnis zu setzen. Einen Moment lang hatte sich sein ganzes Wesen gegen dieses Ansinnen aufgelehnt, bis er in die Augen der Kaiserin geblickt hatte. Die Botschaft dieser klugen alten Augen hatte binnen einer Sekunde all seine Zweifel zerstreut.

Diese Frau liebte Anli ebenso sehr, wie er selbst es tat. Diese Erkenntnis war die größte Überraschung seines letzten Tages im Kaiserpalast gewesen, denn er hatte sich zuvor niemals vorstellen können, dass die Kaiserin überhaupt in der Lage war, einen anderen Menschen selbstlos zu lieben. Aber etwas in Guniangs Augen hatte ihm Gewissheit gegeben, und jetzt war er bereit, blind jeden ihrer Befehle auszuführen.

Sie bogen um die Ecke einer Seitenstraße, die zurück auf die große, alleeartige Straße führte, auf der sie in die Stadt gelangt waren, und vor ihnen ragte ein langgestrecktes, niedriges Gebäude aus rotem Backstein auf.

Plötzlich erklang vor ihm ein lautes, wütendes Schnauben wie von einem in die Enge getriebenen Raubtier, und Bolo fuhr so heftig zusammen, dass er um ein Haar über seine eigenen Füße gestolpert wäre.

Noch bevor er sich von seinem Schrecken erholen konnte, zerriss dasselbe Geräusch abermals die Luft. Entsetzt drehte er sich zu seinem Begleiter um.

Doch Fuduo lachte nur. »Eine Dampflokomotive«, erklärte er so gelassen, als seien derartige Vorkommnisse etwas Alltägliches für ihn. »Die Deutschen«, fuhr er fort, »sind sehr gründlich, wenn sie sich erst einmal etwas in den Kopf gesetzt haben. Sie haben in China zwar nur das allerkleinste Stück vom Kuchen abbekommen, aber dafür sind sie fest entschlossen, das Beste daraus zu machen – und das heißt in ihrem Fall das Deutscheste.« Wieder lachte Fuduo, dann wurde er plötzlich ernst. »Du hast meine Frage noch nicht beantwortet«, sagte er. »Wie kommt es, dass der alte Gao Anli auf einmal so ohne Weiteres …«

Das motorisierte Ungetüm, das Bolo inzwischen nicht nur hören, sondern auch sehen konnte, brüllte abermals.

»*Prinzessin* Anli«, korrigierte Bolo seinen Begleiter ärgerlich. Selbst im größten Schrecken würde er niemandem gestatten, respektlos von seiner Herrin zu sprechen. Im nächsten Augenblick jedoch schoss ihm das Blut in den Kopf, und er sah Fuduo entsetzt an. Er hatte Anlis Identität verraten! Auch wenn der Engländer seit ihrem ersten Besuch in der Färberei um Anlis wahre Geschichte wusste, war es doch etwas gänzlich anderes, sie an einen Diener zu verraten. Noch dazu an einen Diener, der vom ersten Tag ihrer Bekanntschaft an Bolos Argwohn erregt hatte.

Doch Fuduo reagierte vollkommen gelassen. »Prinzessin Anli«, wiederholte er, »natürlich. Verzeih mir, ich wollte deine Herrin nicht herabsetzen. Glaub mir, nichts läge mir ferner.«

Bolo blinzelte erstaunt. Die Dampflokomotive war inzwischen mit schrillen Misstönen zum Stehen gekommen und spie dicken, weißen Rauch in den wolkenlos blauen Himmel.

»Dann hat dein Herr dich also ins Vertrauen gezogen?«, fragte Bolo, nachdem er seine Fassung wiedergefunden hatte. Nicht er hatte Anli verraten, sondern der Engländer. Ein unerwarteter Stich der Enttäuschung durchzuckte ihn. Er hätte niemals geglaubt, dass Sang Mar-ke ausgerechnet einem Diener gegenüber Anlis Identität preisgeben würde. Allerdings, dachte er dann, als sein angeborener Gerechtigkeitssinn sich wieder zu Wort meldete, war auch er in Anlis Geheimnisse eingeweiht – und er war noch weniger als ein Diener, er war ein Sklave. Und daran änderte auch die Tatsache nichts, dass Anli ihn wie einen Freund behandelte.

Fuduo fasste ihn am Arm und drehte ihn zu sich herum. »Malcolm hat mir nichts verraten, was ich nicht schon vorher geahnt – vielleicht sogar gewusst – habe. Genau wie er habe ich Prinzessin Anli sofort als das erkannt, was sie ist: eine enge Verwandte von Prinzessin Malu.«

Bolo taumelte einen Schritt zurück, und Fuduo, der seine Hand hatte sinken lassen, trat hastig auf ihn zu, um ihn zu stützen.

»Es ist nichts«, murmelte Bolo. »Nur die Hitze ...«, fügte er hinzu, obwohl er sehr wohl wusste, dass die grelle Mittagssonne nur wenig mit seinem plötzlichen Schwindelanfall zu tun hatte. Und da er von Grund auf ehrlich war, zwang er sich, dem Gefühl, das ihn seit der Szene in dem Automobil quälte, einen Namen zu geben. Es hieß Liebe. Er liebte seine Herrin, liebte sie, wie ein Mann eine Frau liebte.

»Wir sollten allmählich zurückkehren«, sagte Fuduo leise. »Oder möchtest du dich vorher ein wenig ausruhen? Im Bahnhof gibt es sicher Sitzbänke ...«

»Das ist nicht notwendig«, antwortete Bolo. »Es war nur ein kurzer Schwindelanfall. Es geht mir schon wieder besser.«

Dankbar dafür, dass er sich von Fuduo abwenden musste, machte Bolo kehrt, um über die lange, breite Allee zurück zu der Seitenstraße zu gehen, an der die Kirche lag.

Im Grunde war es keine wirkliche Überraschung, was vorhin im Automobil geschehen war. Er hatte es kommen sehen, schon am ersten Tag nach ihrer Ankunft in Baoding. Anli und der Engländer waren füreinander bestimmt, waren von den Göttern des Schicksals zusammengebracht worden. Die Götter des Schicksals ... Trotz der Tränen, die er in seinen Augen spürte, stieg ein Lächeln in ihm auf. Die Kaiserin mochte eine großartige und kluge Frau sein, aber eine Göttin war sie gewiss nicht.

Ein wenig von dem Kummer, der ihn in der letzten Stunde niedergedrückt hatte, fiel mit einem Mal von ihm ab.

Wie töricht und selbstsüchtig er gewesen war, Anli das Glück zu missgönnen, das er aus ihren Augen hatte leuchten sehen, als sie aus dem Automobil gestiegen war! Niemand hatte es mehr verdient als sie, zu lieben und geliebt zu werden. Und all seine Instinkte sagten ihm, dass der Engländer ein guter Mann war. Das hatte er in den vergangenen Wochen mit hundert kleinen Gesten der Freundlichkeit und Güte immer wieder unter Beweis gestellt.

Unterwegs erinnerte sich Bolo wieder der Frage, auf die er Fuduo vorhin eine Antwort schuldig geblieben war. Aber bevor er den anderen Mann ins Vertrauen ziehen konnte, musste er etwas von ihm in Erfahrung bringen. Er fasste den Diener des Engländers am Arm und blieb unvermittelt stehen, so dass ein älterer Ausländer, der dicht hinter ihnen gegangen war, mit ihm zusammenstieß. Der korpulente Mann ließ vor Schreck seinen silberbeschlagenen Gehstock fallen, und als Bolo sich gleichzeitig mit ihm bückte, um den Stock aufzuheben, prallten sie abermals zusammen.

Schnaubend richtete sich der Ausländer wieder auf. »Stinkende Krähe«, schimpfte er in einem groben, aber erstaunlich flüssigen Chinesisch. »Kannst du nicht aufpassen? Was hast du überhaupt hier zu suchen?«

Er wollte noch mehr sagen, als zu Bolos Erstaunen Fuduo vortrat und dem Fremden einige zornige Worte entgegenschleuderte – in einer Sprache, die Bolo noch nie gehört hatte.

Der weiße Teufel erblasste und wich erschrocken einen Schritt zurück. Bolo wusste nicht, was Fuduo gesagt hatte, aber es war sicher nichts Freundliches gewesen. Einen Moment lang maßen die beiden einander schweigend mit Blicken, dann riss der Ausländer sich zusammen und setzte seinen Weg fort.

Fuduo sah dem Fremden schweigend nach, und Bolo riss vor Staunen die Augen auf. Langsam setzten sie sich ebenfalls wieder in Bewegung.

»Was war das für eine Sprache, in der du mit ihm gesprochen hast?«, fragte Bolo, als sie einige Schritte gegangen waren.

»Deutsch«, antwortete Fuduo, als sei es das Selbstverständlichste von der Welt. »In Shandong ist die Wahrscheinlichkeit, auf einen Engländer oder Franzosen zu treffen, äußerst gering.«

Eine Weile gingen sie schweigend nebeneinander her, während Bolo die Bedeutung dessen zu verdauen versuchte, was er soeben erlebt hatte.

»Das heißt also«, sagte er schließlich, »dass du gar kein Diener bist, sondern ein gebildeter Mann wie dein … wie Sang Mar-ke.«

Fuduo zuckte gleichmütig die Schultern. »Macht das so einen großen Unterschied?«

Ob es einen großen Unterschied machte, ob man Herr war oder Knecht? Fassungslos sah Bolo den Mann, der neben ihm ging, an. Und noch bevor er zu einer Antwort ansetzen konnte, begriff er plötzlich. Das ungezwungene Benehmen Fuduos dem Engländer gegenüber, das er beinahe als Dreistigkeit empfunden hatte, die Tatsache, dass Fuduo Sang Mar-kes englischen Vornamen benutzte, wenn er von seinem »Herrn« sprach, seine Kenntnis der deutschen Sprache …

»Du bist nicht in China geboren, nicht wahr?«, fragte er,

immer noch ungläubig. Er blieb stehen, um einen Rikschakuli vorbeizulassen, der in der Hoffnung auf Kundschaft seinen Schritt verlangsamt hatte.

Fuduo schwieg kurz, dann sagte er zögernd: »Malcolm vertraut dir, und er hat sich noch nie in einem Menschen geirrt.« Er warf einen kurzen Blick auf Bolo, dann gab er dem Kuli ein Zeichen. »Lass uns den Rest des Weges ein wenig bequemer zurücklegen. Das hilft uns und ihm auch.«

Er drückte dem Kuli eine Schnur Kupfergeld in die Hand – viel zu viel für einen so kurzen Weg, wie Bolo sah –, und Bolo ließ sich dankbar auf den Sitz der Rikscha sinken. Obwohl ihn normalerweise ein Spaziergang wie dieser nicht besonders angestrengt hätte, fühlte er sich mit einem Mal so erschöpft, als hätte er nächtelang nicht geschlafen. Und er war davon überzeugt, dass Fuduo es gespürt und nur deshalb die Rikscha herbeigewinkt hatte.

Der Kuli, der an harte Arbeit gewöhnt war, legte ein erstaunliches Tempo an den Tag, so dass ein leichter, erfrischender Luftzug über Bolos brennende Wangen strich.

»Malcolm vertraut dir«, wiederholte Fuduo nach einer Weile, »also werde ich es auch tun.« Dann senkte er die Stimme, obwohl es unwahrscheinlich war, dass der Kuli lauschte. »Du hast recht«, fuhr er fort. »Ich bin nicht in China geboren, sondern in England, im gleichen Jahr wie Malcolm. Wir sind zusammen aufgewachsen und auch zusammen erzogen worden. Mein Vater war einer unserer Lehrer. Er ist 1861 mit Malcolms Vater zusammen aus China geflohen. Der Name meines Vaters ist Long Dingbo.«

Fuduo schwieg kurz, um abzuwarten, ob dieser Name Bolo etwas sagte.

»Long Dingbo ...« Der Name weckte tatsächlich eine Erinnerung in Bolo. »Long Dingbo ...«

Plötzlich richtete er sich kerzengerade auf und sog scharf den Atem ein.

»Sch...«

Bolo schluckte. »Du bist Long Dingbos Sohn?«, flüsterte er ehrfürchtig.

»Einer seiner Söhne«, erwiderte Fuduo, »mein Vater hat vier Söhne, von denen ich der jüngste bin.«

»Long Dingbo.« Bolo schämte sich nicht dafür, dass seine Stimme zitterte, als er diesen Namen aussprach. Seine Mutter hatte ihm, bevor sie starb, oft aus den verbotenen Schriften dieses Mannes vorgelesen. Long Dingbo war der Hoffnungsschimmer gewesen, an den sie sich geklammert hatte, bis ihre Kraft endgültig versiegt war. Long Dingbo, der mit glühenden Worten eine Zukunft Chinas in Freiheit, Gleichheit und Brüderlichkeit heraufbeschworen hatte, jene Ideale, für die die Europäer vor gut hundert Jahren in einem Land namens Frankreich gekämpft hatten.

Freiheit ist möglich. Das war der Titel der berühmtesten Denkschrift Long Dingbos gewesen. Und der damalige Kaiser, Xianfeng, hatte ihn und seine Nachkommen bis in die dritte Generation des Hochverrats für schuldig gesprochen und zum Tod verurteilt.

Bolo atmete tief durch. Fuduo war ein großes Risiko eingegangen, als er seinen englischen Freund nach China begleitet hatte – und es war ein noch größeres Risiko gewesen, ihm, Bolo, dieses Geheimnis anzuvertrauen.

»Euer Vertrauen ehrt mich, Long Xiansheng«, sagte Bolo rau. »Ich ...«

Doch Fuduo ließ ihn nicht weitersprechen und legte ihm eine Hand auf den Arm. »Ich wäre nicht würdig, meines Vaters Sohn zu sein, wenn ich Wert auf diese Anrede aus deinem Mund legte«, sagte er entschieden. »Ich heiße Fuduo – Franklin ist mein englischer Name.« Dann lachte er leise auf. »Aber fürs Erste nennst du mich wohl besser weiter Fuduo. Selbst meine Mutter hat es bis heute nicht fertiggebracht, das englische ›R‹ zu meistern.« Dann wurde er plötzlich wieder ernst. »Ich will deine Verehrung nicht«, erklärte er. »Deine Freundschaft, ja. Und dein Vertrauen, wenn du dich dazu überwinden kannst.«

Bolo sah den anderen Mann lange an, und ein warmes, wohltuendes Gefühl stieg in ihm auf. Er wusste, dass Fuduo keine leeren Worte machte – und das nicht nur, weil er Long Dingbos Sohn war. Alle Anspannung fiel plötzlich von ihm ab.

»Du hast mein Vertrauen«, sagte er, »und meine Freundschaft, wenn du sie willst.«

Fuduo drehte sich halb zu ihm um und hielt ihm die Hand hin, wie die Ausländer es taten.

Als Bolo einen Moment lang zögerte, sagte Fuduo lächelnd: »In dem Land, in dem ich geboren bin und das ich als meine Heimat betrachte, besiegeln Männer von Ehre ein Versprechen mit einem Handschlag.«

Und zum ersten Mal in seinem Leben tauschte Bolo einen Handschlag mit einem anderen Menschen.

Ein seltsames Gefühl der Vorahnung durchströmte ihn, als seine Finger sich um die Fuduos schlossen.

Es wird nicht das letzte Mal sein, dachte er mit staunender Gewissheit.

»Darf ich dir eine Frage stellen, auch wenn ich weiß, dass es eine sehr persönliche ist?«

Bolo spannte unwillkürlich seine Muskeln an. Er hatte gehofft, dass Fuduo die verletzende Schmähung des Deutschen nicht ernst genommen hatte. Niemand in Baoding wusste, dass er ein Eunuch war, und er hatte es genossen, wie ein ganz normaler Mensch behandelt zu werden. Die Tatsache, dass einzig Anli hier um sein Geheimnis wusste, hatte etwas wunderbar Befreiendes für ihn gehabt, und manchmal war es ihm sogar beinahe gelungen, selbst zu vergessen, was er war: eine verstümmelte Kreatur, die nur auf Spott oder Mitleid hoffen durfte.

Er sah Fuduo an, dann nickte er langsam.

»Es ist wahr.«

Er erwartete Ekel oder, was noch schlimmer für ihn gewesen wäre, Erbarmen in den Augen des anderen zu lesen, stattdessen fand er dort nur Sorge und Ehrlichkeit.

»Die Palasteunuchen dürfen Peking unter keinen Umständen verlassen, nicht wahr? An dem Gesetz hat sich nichts geändert?«

Als Bolo nicht sofort antwortete, fuhr Fuduo fort: »Das heißt also, dass du dich von jetzt an bis an dein Lebensende vor den Häschern des Kaisers wirst verstecken müssen – weil sie dich töten würden, wenn sie dich finden?«

Bolo sah Fuduo fest an, dann atmete er tief durch und nickte schweigend. Es war eigenartig, aber jetzt, da ein anderer dieses furchtbare Wissen mit ihm teilte, fühlte er sich tatsächlich ein wenig erleichtert.

»Und Prinzessin Anli weiß nichts davon?«, fragte Fuduo weiter.

»Nein!«, stieß er hervor. »Und sie darf auch nichts davon

erfahren. Sie hätte niemals eingewilligt, mich mitzunehmen, wenn sie gewusst hätte, was das für mich bedeuten würde.« Er sah Fuduo forschend an und begriff, dass er die Frage, die ihm auf den Lippen lag, nicht zu stellen brauchte.

Von Fuduo würde Anli nichts erfahren. Er konnte sich auf ihn verlassen, ebenso wie er sich auf Malcolm verlassen konnte.

Sie hatten den Rest des Weges bis zu der Kirche schweigend zurückgelegt, und als der Rikschakuli sie dort absetzte, war von Anli und Malcolm noch nichts zu sehen.

»Wir sind früher zurück als geplant«, sagte Fuduo und zog eine der fremdländischen Uhren aus der Tasche, die Bolo bisher noch nie aus der Nähe hatte betrachten können. Unter anderen Umständen hätte er begierig die Gelegenheit genutzt, die Uhr genauer zu betrachten, aber im Augenblick fühlte er sich einfach zu elend, um neugierig zu sein. Fuduos letzte Bemerkung in der Rikscha hatte ihm noch einmal das ganze Ausmaß seiner aussichtslosen Lage klar gemacht.

Er spürte den forschenden Blick des anderen Mannes auf sich und konnte das Schweigen mit einem Mal nicht länger ertragen. Er wusste, was Fuduo dachte, und noch weniger als sein Schweigen hätte er sein Mitgefühl ertragen können, daher platzte er mit dem ersten Gedanken heraus, der ihm in den Sinn kam: »Du wolltest vorhin wissen, was Gao Gongs plötzlichen Sinneswandel verursacht hat, und ich habe deine Frage noch immer nicht beantwortet.«

Fuduo nickte. »Das ist in der Tat ein Rätsel, dessen Lösung mich sehr interessieren würde«, erwiderte er. »Bis zum gestrigen Tag hat der Färber Prinzessin Anli bewacht wie ein eifersüchtiger Gockel seine Lieblingshenne. Entschuldige«, fügte er hastig hinzu, »der Vergleich war unpassend. Ich wollte die Prinzessin nicht beleidigen.«

Aber Bolo lächelte nur. »Was den Färber betrifft, ist der Vergleich durchaus gut gewählt«, sagte er. »Aber ...« Er dachte kurz nach, dann vertiefte sich sein Lächeln. »Er ist nicht der Gockel, der in *diesem* Stall das Sagen hat.« Dankbar dafür, seine Gedanken in eine andere Richtung lenken zu können, spann er das Bild weiter, das Fuduo begonnen hatte. Allerdings konnte er sich die Kaiserin beim besten Willen nicht in einem Hühnerstall vorstellen – und allein die Idee erschien ihm schon unsäglich respektlos. Er errötete verlegen, dann sah er Fuduo mit offenem Blick an. »Ich weiß«, erklärte er, »dass Gao gestern Nachmittag ein Schreiben der Kaiserin bekommen hat. Ich habe ebenfalls einen Brief von ihr erhalten. Die Kaiserin«, fügte er mit einem Gefühl des Staunens hinzu, das er noch immer nicht ganz überwunden hatte, »die Kaiserin scheint die Verbindung zwischen Prinzessin Anli und Sang Mar-ke zu fördern.«

In diesem Moment wurden die schweren Doppeltüren der Kirche geöffnet. Hand in Hand traten Anli und der Engländer in den hellen Tag hinaus.

Und Bolo wusste, dass der Plan der Kaiserin endgültig aufgegangen war.

Kapitel 23

*I*ch hebe den Becher, den Mond zu grüßen; zusammen mit meinem Schatten sind wir zu dritt.«

Guniang stand ein wenig abseits ihres Gefolges am Bug des großen Drachenbootes, das von Eunuchen über den Kunming-See gerudert wurde. Auf dem See schwammen wie weit geöffnete Lotosblüten ungezählte Laternen, deren Licht sich mit dem der zinnoberroten Lampions entlang der Ufer vermischte. Sie schienen sich in dem sanften Rhythmus der Musik zu wiegen. Ein junger Eunuch, den Guniang eigens zu diesem Anlass auf ihr Boot bestellt hatte, sang zur Begleitung einer vielsaitigen Zither mit hoher, reiner Stimme.

»Ich hebe den Becher, den Mond zu grüßen; zusammen mit meinem Schatten sind wir zu dritt.«

Diese Worte Li Bais waren schon immer eines ihrer Lieblingsgedichte gewesen, und langsam hob sie nun ihren Becher mit altem, süßem Wein, um zu tun, was vor über einem Jahrtausend, in den Jahren der einstmals glanzvollen, aber schon lange untergegangenen Tang-Dynastie, der Dichter selbst getan hatte. Stumm grüßte sie den runden Mond und grüßte auch Chang E, die der Sage nach im Mondpalast lebte und der die Menschen in ihrem Land an diesem Tag ebenso huldigten wie dem Mond selbst und der Fülle, die sie sich von ihm erhofften.

»... zusammen mit meinem Schatten sind wir zu dritt...«

Guniang trank einen Schluck von ihrem Wein. Ihr Schatten ... Ja, sie konnte ihn heute deutlicher denn je spüren, ihren eigenen Schatten. Nicht mehr lange ... Dies würde das letzte Mondfest sein, das sie feierte. Sie wartete auf die Furcht, die sie früher bei dem Gedanken an den Tod verspürt hatte, doch heute war diese Furcht nur noch eine Erinnerung.

Der junge Eunuch, dessen Name ihr wieder einmal entfallen war, stimmte das nächste Lied an. Es handelte von Chang E, wie so viele Lieder, die an diesem Tag überall im Land gesungen wurden.

Guniang blickte über den See; sie hatte der wartenden Gesellschaft den Rücken zugekehrt. Es war inzwischen vollkommen dunkel, und ihre Gäste – hohe kaiserliche Beamte, Minister und einige wenige ausgewählte Hofdamen – hofften gewiss, dass sie sich endlich umdrehen und das üppige Festmahl und damit auch das Feuerwerk über dem See eröffnen würde.

»Strahlen wie Feuer versengten den Boden«, erklang es von der Mitte des Bootes. »Die Gewässer brodelten, Berge stürzten zusammen, und die Erde spaltete sich. Alle Pflanzen waren verwelkt.«

Guniang lauschte der vertrauten Sage, als hörte sie sie zum ersten Mal. Noch nie zuvor hatte sie so viel Wahrheit in dieser Erzählung gefunden wie heute, so viele Dinge, die sie in ihrem eigenen Leben wiederentdecken konnte.

»Zehn Sonnen verbrannten in uralter Zeit die Welt, und die Menschen fanden keinen Ort mehr, an dem sie sich verbergen konnten.«

Kein Ort mehr, keine Zuflucht ...

Guniang leerte ihren Becher und bemerkte kaum, dass Wang Shuimin ihn wieder auffüllte.

»... doch da gab es einen tapferen Mann namens Hou Yi, der verfügte über wundersame Künste mit Pfeil und Bogen. Er zielte in den Himmel und schoss nacheinander neun Sonnen ab. Nur eine ließ er übrig.«

Eine der Laternen auf dem Wasser vor ihr neigte sich zur Seite. Ihr Feuer erlosch, und nur ein winziges Fleckchen Dunkelheit blieb zurück – dort, wo sie zuvor geleuchtet hatte. Eine kleine Sonne, fortgewischt von den Launen des Sees. Wer war in ihrem Leben der Hou Yi gewesen? Vielleicht alle drei Kaiser, die sie begleitet hatte? Sie glaubte daran, dass sie allesamt im Grunde gute Männer gewesen waren, doch die Last ihres Amtes hatte sie zerstört. Genau wie sie Hou Yi zerstört hatte.

»So rettete Hou Yi das schwarzhaarige Volk vor dem Unheil und erwarb sich große Verdienste um die Welt der Menschen. Das schwarzhaarige Volk liebte und verehrte ihn und ernannte ihn zum König.«

Xianfeng, Tongzhi, Guangxu ...

»Aber nachdem Hou Yi König geworden war, frönte er allen bösen Lastern. Nach Belieben ließ er Menschen hinmorden und wandelte sich zu einem Tyrannen, den die Menschen zutiefst zu hassen begann.«

Tongzhi.

Wieder leerte Guniang ihren Becher, doch als Wang Shuimin diesmal auf sie zutrat, um ihn aufzufüllen, wehrte sie ab. Stattdessen sagte sie leise: »Gib den Eunuchen Bescheid, dass sie mit dem Feuerwerk beginnen sollen.«

Ohne einen Augenblick zu zögern, wandte Shuimin sich ab, um Guniangs Befehl weiterzugeben. Guniang lächelte.

Anli hatte recht damit gehabt, ihr die junge Frau ans Herz zu legen. Sie hatte Shuimin in den letzten Wochen tatsächlich liebgewonnen.

Noch ein zerstörtes Leben.

Guniangs Lächeln erlosch.

»Als Hou Yi spürte, dass seine Kräfte schwanden, ging er ins Kunlun-Gebirge zur Königinmutter des Himmels, Wangmu, um sich von ihr das Elixier der Unsterblichkeit brauen zu lassen.«

Der erste hellrote Funkenbogen spannte sich knisternd über den See. Guniang folgte ihm mit ihrem Blick, bis er sich auflöste.

»Chang E, Hou Yis Gemahlin, fürchtete den Schaden, den er seinem Volk zufügen würde, wenn er unsterblich wäre. Sie entwendete den Wundertrank, während Hou Yi schlief, und nahm ihn selbst zu sich.«

An allen Ufern flammten bunte Feuerbögen auf. Die nächsten Worte des jungen Eunuchen gingen beinahe in ihrem lauten Prasseln und Zischen unter, doch Guniang kannte die Sage gut genug, um sie dennoch zu verstehen.

»Chang E hatte kaum ausgetrunken, da schien es ihr, als ob ein starker Wind unter ihren Füßen wehe. Ihr Körper wurde leicht wie eine Wolke ...«

Guniang schloss die Augen, und einen Moment lang glaubte sie zu schweben – genau wie Chang E, die den Mut und die Weisheit besessen hatte, das einzig Richtige zu tun.

»... und einem Nebelstrom gleich flog sie gen Himmel, um ewige Wohnung im unvergänglichen Leuchten des Mondpalastes zu nehmen.«

Guniang öffnete die Augen wieder und sandte der klugen

Chang E einen schweigenden Gruß zu ihrem sanft schimmernden Gestirn hinauf. Sie wusste, was sie zu tun hatte. Der mit schweren Siegeln verschlossene Brief, den sie am Morgen erhalten hatte, musste kein Todesurteil sein. Nicht, wenn sie es verhindern konnte. Und Chang E hatte ihr soeben den Weg gezeigt.

Sie drehte sich zu Wang Shuimin um und lächelte, als sie die bekümmerte Miene des jungen Mädchens sah.

»Mir geht es gut, mein Kind«, sagte sie so leise, dass nur Shuimin sie verstehen konnte. »Besser als seit langem.«

Dann zog sie vorsichtig den Brief aus Tianjin hervor, der den ganzen Tag über wie ein Stein in der Tasche ihres Gewandes gelegen hatte.

Anlis Vater, Fürst Aban, teilte ihr mit, dass er für die Bereitschaft Ihrer Majestät danke, Anli zwecks Verheiratung aus dem Hofdienst zu entlassen. Da die Hochzeit bereits verabredet und sogar schon ein glückverheißender Termin ausgewählt worden sei, habe er sich entschlossen, seine Tochter persönlich zurück nach Peking zu begleiten. So sei am besten sichergestellt, dass die Reise in nun geziemender Weise erfolge. Mit einigem Glück habe er in Tianjin noch das Schiff erreicht, das mit dem bestellten Stoff für den Hof auch seine Tochter aus Shandong zurückbringen solle. Es hätte sich auch eine kleine Einsatztruppe der Palastgarde – ein höherer Offizier und zwei Offiziersanwärter – mit eingeschifft. Sie seien, so erwähnte er beiläufig, auf der Suche nach einem entflohenen Eunuchen des kaiserlichen Hofs ...

Guniang war zu lange Herrscherin über ein großes Reich gewesen, um an Zufälle zu glauben.

Bolo ... Sie konnte nur hoffen, dass die Ankunft des

Schiffes in Baoding bekannt wurde und es ihm gelang zu fliehen, bevor die kaiserlichen Wachen ihn aufspürten. Es blieb ihr keine Zeit mehr, ihn zu warnen. Ebenso wenig wie sie vor fast vierzig Jahren An Dehai hatte warnen können.

Schließlich straffte sie die Schultern und wandte sich wieder Wang Shuimin zu.

»Nimm dieses Schreiben und geh ganz nach hinten ans Heck des Bootes«, trug sie dem jungen Mädchen auf. »Dann zerreiß es in so kleine Fetzen, wie du es nur vermagst, und wirf die Fetzen ins Wasser. Danach soll das Mahl endlich beginnen.« Sie schwieg kurz, dann fügte sie hinzu: »Aber bevor du gehst, füll mir noch einmal den Becher.«

Ohne das geringste Erstaunen über Guniangs Worte zu zeigen, nahm Shuimin den Brief entgegen, verneigte sich und ging dann, Guniangs Befehl auszuführen.

Sie hätte ein besseres Schicksal verdient, dachte Guniang. *Wie so viele von ihnen. So viele...*

Sie konnte sie nicht alle retten, und das war vielleicht die schlimmste Erkenntnis in all ihren Jahren als Herrscherin.

Guniang atmete tief ein und wandte sich dann wieder dem See zu.

Der volle, runde Mond leuchtete auf sie herab, heller als alle von Menschenhand gefertigten Laternen, und verdoppelte sein Spiegelbild im See. Wenn der Himmelsgott einen guten Bissen von seinem makellosen Rund verschlungen hatte, würde Fürst Aban mit Anli in Peking eintreffen.

Außerdem hatte sie dringendere Aufgaben zu bewältigen. Der Fürst hatte in seinem Schreiben angekündigt, dass er Anli am vierundzwanzigsten Tag des zehnten Monats mit Dun verheiraten werde. Die Wahrsager hatten den Tag als außergewöhnlich glückverheißend für die Zeremonie ausgewählt, und das vermutlich sehr hohe Brautgeld war entrichtet.

Seine eigene Ehe war der Fürst ebenfalls wegen des Brautgeldes eingegangen, wie Guniang nur allzu gut wusste. Anlis Mutter hatte damals nach dem Selbstmord ihrer älteren Schwester kaum noch eine Chance auf eine standesgemäße Verbindung gehabt. Aber die Ehe mit ihr hatte den Fürsten reich gemacht. Und jetzt wollte er noch reicher werden, indem er seine Tochter mit diesem Ungeheuer verheiratete. Und er hatte das Recht dazu.

Das Recht des Vaters. Diesem Recht würde auch sie, die Herrscherin ihres Landes, sich beugen müssen.

Doch allzu oft hatte sie sich in ihrem Leben einem Recht gebeugt, das in Wahrheit bitteres Unrecht war. Diesmal würde sie sich nicht beugen.

Entschlossen straffte Guniang die Schultern. Eine Lichtfontäne, so blau wie frisches Quellwasser auf den Steinen des Langen Weißen Gebirges, erhob sich über dem See.

***

Mengtian ging achtlos durch die für das Fest geschmückten Korridore, in denen in hohen, bronzenen Vasen Osmanthusblüten ihren schweren Duft verbreiteten. Große Schalen mit frischen Früchten, Lotoswurzeln, Erdnüssen und anderen Leckereien standen einladend in den Hallen aufgereiht, doch nicht einmal seine geliebten Mondkuchen mit ihrer süßen Füllung aus Nüssen, Eidotter und Honig konnten ihn heute verlocken. Zu tief saß noch immer die Kränkung seiner Herabsetzung zum Leibdiener einer unbedeutenden Hofdame. Er, der während der vergangenen zwei

Jahre der Favorit des Obereunuchen gewesen war, musste jetzt niedere Arbeiten für dieses reizlose Geschöpf tun, musste Kleider für sie zurechtlegen, ihr Bett machen, ihren Badezuber mit Wasser füllen ...

Nun gut, dieselben Dinge hatte er auch für Li getan, aber das war etwas anderes gewesen. Li war ein einflussreicher Mann, ein Mann, dem dreitausend andere gehorchen mussten. Und er, Mengtian, hatte sich in seinem Glanz gesonnt und den Respekt genossen, den die anderen Eunuchen ihm aufgrund seiner Position entgegenbrachten.

Aber vor allem hatte er seinen Herrn geliebt. Trotz aller Demütigungen und Schmähungen in den vergangenen Wochen hatte er ihn geliebt – und liebte ihn immer noch.

Wenn nur dieser erbärmliche Kriecher Biao Yong nicht gewesen wäre! *Er* war es, der seinen Herrn geblendet und ihn dem einzigen Menschen entfremdet hatte, der ihn aufrichtig liebte.

Biao Yong. Biao Yong war der Feind.

Mengtian verlangsamte seinen Schritt. Wenn Biao Yong nicht wäre, könnte er Lis Gunst zurückgewinnen. Wenn Biao Yong etwas zustieße ... Wenn er versehentlich zu viel Opium zu sich nähme ... Aber nein, Biao Yong gehörte nicht zu denen, die ihren Monatslohn in die Opiumhöhlen vor den Toren des Palastes trugen. Also müsste es etwas anderes sein. Goldstaub vielleicht ... Früher, als er noch der Favorit des Obereunuchen gewesen war, wäre es ein Leichtes für ihn gewesen, sich Zutritt zu jedem Gift zu verschaffen, das in den geheimen Kammern des Palastes aufbewahrt wurde.

Plötzlich hellte seine Miene sich auf. Also gut. Es würde nicht einfach sein, aber war es deshalb unmöglich?

Niemand wusste besser als er, dass nichts unmöglich war in diesen Mauern.

Ein Lächeln trat in seine Augen. Er war ein Narr gewesen, dass er sich so ohne Weiteres in sein Schicksal gefügt hatte. Aber es war noch nicht zu spät.

Goldstaub oder Opium?

Opium oder Goldstaub?

Er bog in den letzten Korridor ein, der direkt zu seiner kleinen Kammer hinter dem Schlafgemach seiner neuen Herrin führte.

Goldstaub war schwerer zu beschaffen, aber der Tod war viel qualvoller und dauerte um so vieles länger. Nein, entschied er, Opium war ein viel zu sanfter Tod für den Mann, der ihm die Gunst des Obereunuchen gestohlen hatte.

Endlich hatte er Wang Shuimins Räume erreicht. Der Lärm des Feuerwerks und der feiernden Menschen draußen klang hier, mitten im Palast, nur noch wie ein gedämpftes Flüstern. Davon abgesehen war alles still; niemand ließ sich diesen Teil der Zeremonie freiwillig entgehen. Nur er versäumte den Höhepunkt des Festes, den neunköpfigen Drachen, der wahrscheinlich gerade in diesem Augenblick sein vielfarbiges Wunder am Himmel entfaltete. Und er war nicht draußen bei den anderen, weil seine dumme, hässliche Herrin ihren dummen, hässlichen Fächer vergessen hatte. Wozu brauchte sie mitten in der Nacht einen Fächer? Es war eine törichte Laune, wie man sie nur von einer Frau erwarten konnte. Aber die Nachricht, die sie ihm über eine Dienerin hatte ausrichten lassen, war ein unmissverständlicher Befehl gewesen: Er hatte auf der Stelle und ohne Verzug in ihr Schlafgemach zu gehen und den elfenbeinernen Fächer zu holen, der auf ihrem Frisiertisch lag.

Wütend stieß Mengtian die Tür auf, die den Vorraum von Wang Shuimins Schlafgemach trennte – und sein Herz setzte mitten im Schlag aus.

Die Tür zu seiner eigenen Kammer im hinteren Teil des Raumes stand offen, und Li lehnte mit einem boshaften Grinsen im Rahmen.

Li weidete sich an dem Entsetzen in den Zügen seines einstigen Günstlings, als dieser die hübschen, juwelenbesetzten Kleinodien auf seinem Bett ausgebreitet liegen sah. Das Prunkstück der kleinen Sammlung war natürlich die goldene Löwenskulptur, die ebenso wie die anderen Stücke in den vergangenen Monaten aus der kaiserlichen Schatzkammer »verschwunden« war.

Der zweite Hofkämmerer und sein Schreiber hatten ihn hierher begleitet, um den schändlichen Frevel aufzudecken, und genau wie er konnten sie es kaum erwarten, den Dieb seiner gerechten Strafe zuzuführen.

»Sun Mengtian, du bist angeklagt, diese kostbaren Stücke aus den kaiserlichen Schatzkammern gestohlen zu haben.«

Ein Wimmern Mengtians unterbrach den zweiten Kämmerer nur kurz, hinderte ihn aber nicht, seine Rede ungerührt fortzusetzen.

»Wer den Sohn des Himmels um seinen gerechten Besitz zu betrügen versucht, ist ein abscheulicher Verbrecher und hat nichts Besseres verdient, als den Tod der tausend Hiebe zu sterben. Die Hinrichtung …«

Wie von Sinnen ließ sich Mengtian vor dem Obereunuchen auf die Knie fallen. Aus dem Wimmern war ein langgezogener, schriller Schrei geworden, den zu übertönen der zweite Kämmerer alle Mühe hatte.

»Die Hinrichtung wird übermorgen beim ersten Sonnenlicht vollzogen werden.«

Auf Knien rutschend, bewältigte Mengtian die zwei Meter, die ihn von dem Obereunuchen trennten, und schlang ihm die Arme um die Oberschenkel. Als Li seinen einstigen Favoriten abzuschütteln versuchte, als sei dieser ein lästiges Insekt, krallte Mengtian dem anderen Mann die Finger in das weiche Fleisch und drückte ihm sein Gesicht in den Schoß. Die Laute aus der Kehle des Beschuldigten formten sich nicht einmal mehr zu Worten.

Li gab zwei Eunuchen, die er eigens wegen ihrer enormen Körperkräfte mitgenommen hatte, ein Zeichen. Aber selbst diese beiden brauchten zwei geschlagene Minuten, um Mengtian, der sich am Ende sogar mit den Zähnen in den Körper des Obereunuchen verbissen hatte, aus seiner verzweifelten Umklammerung zu lösen.

Blut, Urin und Eiter liefen dem Obereunuchen, der sich vor Schmerz krümmte, bis in die kostbaren Seidenpantoffeln.

»Schafft ihn weg«, stieß er mit letzter Kraft hervor, als seine beiden Handlanger es endlich geschafft hatten, ihn von dem schreienden, winselnden Tier zu seinen Füßen zu befreien.

»Dafür wirst du mir büßen«, keuchte er atemlos. »Ich werde dafür sorgen, dass du ihn dreimal stirbst, den Tod der tausend Hiebe. Vom Sonnenaufgang bis zu ihrem Untergang sollst du sterben, bevor ich dein erbärmliches Fleisch eigenhändig den Hunden vorwerfe.«

»Das hat er mit Absicht getan, dieser räudige Hund.«

Biao Yong brauchte nicht zu fragen, von wem der Obereunuch sprach. Wie ein Lauffeuer hatte es sich unter den Eunuchen herumgesprochen: Der Dieb, der seit Monaten die kaiserlichen Schatzkammern plünderte, war gefasst worden. Allerdings war Biao Yong nicht der Einzige, der an Mengtians Schuld zweifelte. Aber wie alle anderen empfand auch er nur Dankbarkeit darüber, dass Mengtians Schicksal nicht ihn selbst getroffen hatte.

»Und bei allen Göttern, er wird bereuen, was er getan hat. Die Strafe, die er erhalten wird, ist noch lange nicht genug für den Schmerz, den er mir zugefügt hat. Und nichts – absolut nichts – ist Strafe genug für einen Mann, der den Sohn des Himmels bestohlen hat.«

»Gewiss, Herr«, antwortete Biao Yong, wie er es in der letzten halben Stunde schon mindestens zwanzig Mal gesagt haben musste. Seit er in das Schlafgemach des Obereunuchen getreten war, hatte Li immer wieder dieselben Verwünschungen ausgesprochen – und Biao Yong war es durchaus recht. Ratlos betrachtete er die tiefe, offene Bisswunde, die in der Innenseite von Lis rechtem Oberschenkel klaffte. Bisher hatte er die Wunden seines Herrn einigermaßen gut versorgen können, aber das hier war etwas, das seine Fähigkeiten überstieg.

»Steh nicht einfach so da!«, zischte Li ihm plötzlich wütend zu. »Tu etwas!«

»Ja, Herr, gewiss«, antwortete Biao Yong, obwohl er nicht die geringste Ahnung hatte, was er tun *konnte*.

»Vielleicht solltet Ihr die Verletzungen doch besser einem Arzt zeigen ...«, begann er vorsichtig.

»Und mich dem Gespött des ganzen Palastes aussetzen?« Li richtete sich halb von seinem Lager auf, nur um sich sogleich stöhnend wieder in seine Kissen zurücksinken zu lassen. »Bei dir weiß ich wenigstens, dass du nicht hinter meinem Rücken reden wirst«, fügte er hinzu.

Biao Yong verbeugte sich tief. »Selbstverständlich nicht, verehrter älterer Bruder, ich würde niemals irgendetwas tun oder sagen, das Euch schaden würde ...«

Weiter kam er nicht mit seinen Beteuerungen. Der Obereunuch stieß ein boshaftes Lachen aus. »Nein, das wirst du bestimmt nicht tun«, unterbrach er ihn und zuckte zusammen, als Biao Yong sich daran machte, die Stelle um die Bisswunde herum mit lauwarmem Kamillenwasser abzutupfen. »Und ich kann dir auch sagen, warum du nicht reden wirst. Du bist ein kluger Bursche.«

Li stöhnte laut auf, und Biao Yong hielt inne.

»Verzeiht mir, Herr«, murmelte er ängstlich. »Nichts liegt mir ferner, als Euren Schmerz zu vergrößern, aber es sind Fasern von Eurem Untergewand in die Wunde geraten. Ich schwöre, ich tue mein Bestes, damit Ihr nicht mehr als nötig zu leiden habt.«

»Das weiß ich«, stieß der Obereunuch zwischen zusammengebissenen Zähnen hervor. »Du bist ein kluger Bursche«, wiederholte er dann. »Du hast begriffen, dass ich sie am Ende alle kriege. Alle, die meinen Unwillen erregen. Am Ende kriege ich sie alle.«

Ein Laut, der halb Kichern, halb Keuchen war, jagte Biao Yong einen eisigen Schauder über den Rücken. Er wusste, wie schnell es geschehen konnte, dass jemand Lis Unwillen erregte. In Mengtians Fall hatte es vollkommen genügt, dass der Obereunuch seines einstigen Günstlings überdrüssig geworden war. Übelkeit stieg in ihm auf. Mengtians Schicksal kümmerte ihn wenig; an diesem Ort musste jeder für sich allein kämpfen. Mengtian hatte seine Chance gehabt und verspielt. Ihm, Biao Yong, konnte das nicht passieren. Er hatte Talent, wo Mengtian ein Stümper gewesen war, und einen scharfen, berechnenden Verstand, wo der andere nur sklavische, blinde Ergebenheit für seinen Herrn gekannt hatte.

Mir wird das nicht passieren, dachte Biao Yong immer wieder. Doch seine Hände zitterten trotzdem, während er die Baumwollfasern aus Lis Wunde spülte.

»... Hörst du mir überhaupt zu?«, hörte er plötzlich die scharfe Frage des Obereunuchen.

Nur mit größter Selbstbeherrschung gelang es Biao Yong, nicht so heftig zusammenzuzucken, dass er seinem Herrn am Ende doch noch zusätzlichen Schmerz zufügte.

»Verzeiht mir meine Unaufmerksamkeit, verehrter älterer Bruder«, sagte er heiser. »Ich war so in meine Arbeit vertieft, Euer Leiden zu lindern, dass mir Eure letzten Worte entgangen sind ...«

Li hob die Hand. »Schon gut«, erwiderte er, offensichtlich zufriedengestellt von Biao Yongs Erklärung.

»Ich wollte dich nur an einem ganz besonderen kleinen Vergnügen teilhaben lassen, das uns in einigen Tagen erwartet.«

Endlich gelang es Biao Yong, das Zittern seiner Hände unter Kontrolle zu bringen.

»Welcher Art wird dieses Vergnügen denn sein?«, fragte er den Obereunuchen, obwohl dessen Tonfall ihm sagte, dass es zumindest für einen Menschen *kein* Vergnügen sein würde.

»Es betrifft diesen ach so tugendhaften kleinen Freund unserer geschätzten Prinzessin Anli«, antwortete Li. »Ich frage mich, ob wir Mengtians Hinrichtung nicht um einige Tage hinauszögern sollten, damit sich die beiden auf ihrem Weg in die Nachwelt ein wenig Gesellschaft leisten können.«

Biao Yong schluckte die bittere Galle, die sich in seinem Magen gesammelt hatte, entschlossen hinunter. Er hielt es für ein gutes Zeichen, dass diese Übelkeitsanfälle in der Gegenwart des Obereunuchen von Woche zu Woche seltener wurden.

Kapitel 24

Wie fröhliche kleine Geister wippten die roten Laternen in der abendlichen Brise, die vom Meer her über den Garten von Gaos Anwesen strich. Überall entlang der Wege hingen Lampions an Holzpfählen und in den Bäumen, und jeder noch so schwache Luftzug veränderte das Bild: Hier schien ein kleines Feuer zu erlöschen, dort erwachte ein anderes zum Leben. Ausgelassenen Kindern gleich tanzten die Lichter durch den weitläufigen Garten, beinahe so, als würden sie von den bald sehnsüchtigen, bald überschwänglichen Melodien gejagt, die vom Festplatz zu uns herüberwehten.

Malcolm stand hinter mir, ohne mich zu berühren, und wir blickten aus dem Schutz dichter Sträucher zum Innenhof des Haupthauses hinüber, wo Gao mit über hundert Gästen singen und zechen würde, bis um Mitternacht das Feuerwerk begann. Malcolm war den ganzen Abend über sehr still und ernst gewesen, und auch mir war die heitere Unbeschwertheit der Menschen um mich herum eigenartig fremd geblieben.

Ich legte den Kopf in den Nacken und sog tief die Luft ein, in der sich ein Hauch des Mandelaromas der Mondkuchen mit dem scharfen, salzigen Duft des Meeres und dem schweren Parfüm der verblühenden Rosen mischte. Und genau wie die Lichter wechselten auch die Gerüche mit dem Wind, so dass mal der eine, mal der andere vorherrschte.

Honig und Mandeln, Rosen und staubige, warme Erde – in diesem Augenblick hatte ich das Gefühl, dass es nichts Geringeres war als die Seele Chinas, die ich einatmete.

»Ich hebe den Becher, den Mond zu grüßen ...«

Das süße Klagen einer Laute durchdrang die Nacht, und ich schloss die Augen, ohne die Tränen aufhalten zu können, die unter meinen Lidern hervorquollen.

Ich hatte das Mittherbstfest schon als Kind geliebt, obwohl ich es stets mit gemischten Gefühlen feierte, denn so schön das Fest selbst war, bedeutete es doch immer auch den Abschied vom Sommer.

In diesem Jahr jedoch würde es weit mehr sein als der Sommer, von dem ich Abschied nehmen musste, wenn ich Malcolm nach England folgen wollte.

Malcolm berührte mich noch immer nicht, und ich war ihm dankbar dafür, denn diese Entscheidung musste ich allein fällen.

Seit unserem Ausflug nach Qingdao hatten wir uns jeden Tag gesehen, und Bolo und Fuduo hatten sich gegenseitig darin übertroffen, uns Gelegenheiten zu verschaffen, ungestört miteinander reden zu können. Nur dass wir kaum geredet hatten. Diese Stunden zu zweit waren uns zu kostbar gewesen für Worte.

Doch die Zeit des Schweigens war vorüber, das spürte ich so deutlich, wie ich Malcolms Körper hinter mir spürte.

Malcolm wartete auf die Antwort auf eine Frage, die er mir nie gestellt hatte, eine Frage, der auch ich während der vergangenen Tage ausgewichen war.

Der Abschied vom Sommer ...

In Gedanken kehrte ich in die Steppe zurück, in der ich geboren und aufgewachsen war und in der die Erde selbst Leben zu atmen schien. Die Steppe war meine Heimat gewesen und so selbstverständlich wie Regen und Sonne, so selbstverständlich wie das Stampfen schwerer Hufe, das den Boden unter meinen Füßen erzittern ließ, wenn die Herden zum nächsten Weideplatz getrieben wurden. So selbstverständlich wie der Grasgeruch im Wind, wenn ich meiner Stute die Zügel freigab und schwerelos einem Ziel entgegenflog, das ohne jede Bedeutung war für das Glück und die Freiheit des Fluges selbst.

Der Abschied vom Sommer ...

In der Steppe gab es in jedem Jahr einen bestimmten Tag, an dem man zum ersten Mal den Winter in der Luft wahrnehmen konnte. Die Erinnerung an diesen ganz eigenen Geruch – so klar wie Wasser und so scharf wie das Eis, zu dem es am nächsten Morgen erstarrt sein würde – traf mich so plötzlich, dass ich sekundenlang nicht mehr atmen konnte.

Der Abschied vom Sommer.

Der Abschied vom Winter, von Herbst und Frühling. Auch der Frühling hatte seinen eigenen Geruch, fiel mir nun wieder ein. All die Gräser und die Blumen, die noch in der Knospe schliefen, legten dann das unverbrüchliche Versprechen ab, zu den Menschen zurückzukehren.

Wie mochte der Frühling in England riechen? Und hatte er überhaupt einen Geruch? Würde ich, weil ich in diesem Land keine Wurzeln hatte, vielleicht niemals wieder mit allen Sinnen den Tanz der Jahreszeiten feiern können?

Bis zu diesem Augenblick war mir niemals bewusst gewesen, was Heimat wirklich bedeutete. Es waren die Gerüche, die Farben und die Melodien eines Landes, die seine

Seele ausmachten, eine Seele, die jedem Menschen als Geburtsgeschenk in die Wiege gelegt wurde. Es war eine Gabe wie die Muttersprache, etwas, das man in den allerersten Lebensjahren erlernte, um es nie wieder zu vergessen oder zu verlieren. Diese unendliche Vertrautheit würde man niemals in einem anderen Land oder einer anderen Sprache wiederfinden.

Der Abschied vom Sommer.

Trotz des warmen Abends überlief mich ein Frösteln, das mir bis in die Seele reichte. Ich zitterte so heftig, dass ich glaubte, den Boden unter den Füßen zu verlieren. Atemloser Schwindel schien mich in eine dunkle Tiefe reißen zu wollen.

Und dann löste sich plötzlich die Erstarrung, ohne dass ich sofort begriff, warum.

Das Leben kehrte in meinen Körper und in meine Seele zurück. Malcolm hatte die Arme um mich gelegt, so sanft und vorsichtig, wie man einen Schmetterling berühren würde.

»Sag mir, woran du denkst«, bat er leise.

Atmende Erde, glasscharfer Winter, Rosen und Mandeln, grenzenlose Flüge auf dem Rücken wilder Pferde, winzige, blaue Blüten, die sich im Frühling über den Steppenboden legten, als wollten sie dem fernen Meer beweisen, was echte Schönheit war.

Ein Windhauch strich über meine feuchten Wangen. Eine winzige Bewegung, nicht vom Verstand gelenkt, sondern vom Instinkt, genügte, um Malcolms Wärme spüren zu können.

Wie von selbst legte sich ein Lächeln auf meine Züge, und die Tränen wurden bereits Erinnerung.

Ich drehte mich in seinen Armen um und sah zu ihm auf.

»Ich denke an dich«, sagte ich und wusste, dass es die Wahrheit war. Denn auch wenn ich mit allen Fasern meines Seins die Schönheit meiner Heimat zu trinken versucht hatte, war es doch Malcolm, der in diesen Momenten in meinen Gedanken Wirklichkeit gewesen war, greifbar und wichtiger als alles andere.

»Keine Zweifel?«, fragte er sanft.

Ich sah ihn lange an, nicht weil ich unsicher war, sondern weil ich mir so *sehr* sicher war.

»Nein, keine Zweifel«, antwortete ich schließlich mit fester, klarer Stimme. Ich wusste, was mir China bedeutete, wusste um meine tiefen Wurzeln in diesem Land, wusste nur zu gut, was ich verlieren würde. Aber vor allem wusste ich – über jeden Zweifel erhaben –, was ich gewinnen würde, wenn ich diesem Mann folgte, wo immer er hinging.

»Keine Zweifel«, wiederholte ich, und diesmal musste etwas in meiner Stimme zu hören gewesen sein, das Malcolm überzeugte.

»Komm.« Mehr sagte er nicht, nur dieses eine Wort, und ich folgte ihm, ohne zu fragen, wohin.

Im nördlichen Teil des Gartens, der direkt an das Grundstück der Färberei grenzte, brannten nur wenige Lampions, weil niemand damit rechnete, dass sich heute Abend einer der Gäste hierher verirren würde. Doch Malcolm hatte mich zielsicher durch den Irrgarten der Wege zu diesem Ort geführt – und plötzlich stand er vor mir: der Pavillon der Sickernden Quelle.

Ich hatte den erhöht gelegenen Pavillon schon oft bei Tag gesehen, da man auf dem Weg zur Färberei unweigerlich daran vorbeikam, doch als ich mich nun zum ersten Mal bei Dunkelheit dem filigranen, zweigeschossigen Rundbau näherte, vergaß ich sekundenlang das Atmen. Im hellen Licht der Sonne war der Pavillon nur einer von vielen schönen Plätzen auf Gao Gongs Besitz gewesen, aber die Nacht schien ihm ein neues, märchenhaftes Gewand übergestreift zu haben. In jedem der offenen Fensterdurchbrüche brannte eine rote Laterne, und der schwarze Lack, mit dem die hölzernen Tragebalken überzogen waren, schimmerte wie kostbarer schwarzer Jade. Selbst das Dach schien kein Dach mehr zu sein, sondern ein sanft gewölbtes Juwel, das den Pavillon eins werden ließ mit dem Himmel und dem Mond, dessen Licht sich behutsam und unaufdringlich mit dem der Laternen vermischte.

Ich umfasste Malcolms Hand ein wenig fester und wandte mich zu ihm um. Plötzlich war mir sogar der geringe Abstand zwischen uns zu groß, und ich trat näher an ihn heran, so nah, dass ich ihn berührte. Wie eine Welle durchlief mich dieses mittlerweile so vertraut gewordene Gefühl, dem ich, als ich Malcolm zum ersten Mal sah, noch keinen Namen hatte geben können. Ich senkte die Lider, öffnete die Lippen und wartete auf seinen Kuss.

Selbst mit geschlossenen Augen konnte ich das Lächeln spüren, mit dem er mich einhüllte, zärtlicher als jede Liebkosung.

»Noch nicht«, flüsterte er, und obwohl mein Körper sich beinahe schmerzlich nach seiner Berührung sehnte, verstand ich ihn.

Sein Lächeln fand ein Echo in meinen Zügen, und gemeinsam taten wir den ersten Schritt in eine neue, wunderbare Welt.

Ich glaubte, das Licht der Sterne selbst auf meiner Haut zu spüren, als die blaue Seide meines neuen Festgewands zu Boden glitt. Das Flüstern der Quelle, der der Pavillon seinen Namen dankte, umspielte uns wie Musik, und der Duft der Rosen und Orangenblüten hüllte uns in einen Mantel, den nichts und niemand zu durchdringen vermochte.

Malcolm hatte mich in das obere Stockwerk des Pavillons geführt, und schon als wir über die schmale Treppe hinaufgegangen waren, hatte ich die Welt draußen weit hinter mir gelassen.

Als Malcolm jetzt behutsam und ohne Hast die Knöpfe an meinem Unterkleid löste, hatte seine Berührung nichts Erschreckendes, nichts Fremdes.

So selbstverständlich wie Schneeflocken im Winter sich dem Wind überließen, überließ ich mich diesem Mann, überließ ihm meine Gegenwart und meine Zukunft und machte ihm meine Vergangenheit zum Geschenk.

Ich war keine Prinzessin mehr, war nicht länger die Tochter eines Fürsten, die Hofdame einer Kaiserin; ich war nur noch eine Frau, die einen Mann liebte, bedingungslos und ohne Fragen.

Stolz und ohne Angst trat ich ihm entgegen, einen flüchtigen Moment lang selbst erstaunt darüber, dass meine ungewohnte Nacktheit mich nicht beschämte.

In Malcolms Augen stand eine Frage, die ich mühelos erriet. Lächelnd hob ich die Hände, öffnete den ersten Knopf seines weißen Leinenhemds und sog erschrocken die Luft ein.

Der feingemaserte Stoff, unter dem ich seine Haut nur ahnen konnte, schien unter meinen Fingerspitzen zu einem lebendigen Geschöpf geworden zu sein, das meinem ganzen Körper seinen Willen aufzwang. Atemlos hielt ich inne.

Malcolm berührte mich nicht, drängte mich nicht. Das warme rote Licht der Laternen in den Fensterbögen tanzte über seine ernsten Züge, während er meinen Blick erwiderte.

Erst als der Schwindel, der mich erfasst hatte, sich wieder legte, wagte ich es, ihn abermals zu berühren.

Mit zitternden Fingern löste ich Knopf um Knopf aus seiner mit Seide eingefassten Schließe. Mein Herz schlug heftig und gleichmäßig, und das Beben meiner Hände war verebbt.

Malcolm berührte mich noch immer nicht, doch seine Reglosigkeit machte mir keine Angst, denn ich las in seinen Augen alles, was ich wissen musste. Was ich hier tat, musste meine Entscheidung sein, mein Weg, den ich selbst gewählt hatte.

Aber seine Augen sagten mir noch mehr: Wenn ich diesen letzten Schritt tat, würde er mich nie wieder gehen lassen.

Lächelnd sah ich zu ihm auf. Das weiße Leinen brannte nicht länger unter meinen Händen, als ich ihm das Hemd – sehr langsam und sehr sicher – von den Schultern streifte. Ich trat dicht von ihn hin, und als ich ihm diesmal meine Lippen darbot, wusste ich, dass er nicht länger zögern würde.

Der Himmel schien in Flammen zu stehen, eingetaucht in einen Reigen vielfarbiger Lichter, und ein Prasseln, das wie die Brandung des Meeres klang, lag in der Luft, als wir gemeinsam die letzte Grenze überschritten, die zwei Menschen voneinander trennt.

Erst sehr viel später begriff ich, dass es das Feuerwerk über dem Garten gewesen war, auf dem wir uns hatten treiben lassen.

Als ich in Malcolms Armen wieder zu Atem kam, hatte sich eine neue Stille über das Land gesenkt, durchbrochen nur vom Gesang der nächtlichen Insekten und der kleinen Quelle unter uns. Der Wind, der durch die Fensterbögen wehte, war weich wie feinste Seide, das Parfüm der Rosen war so süß und lockend wie zuvor, und doch glaubte ich, einen Hauch von herbstlicher Schärfe im Gemisch der Düfte wahrzunehmen.

Der Abschied vom Sommer.

Dicht an den Mann geschmiegt, den ich liebte, horchte ich tief in mich hinein. Ich wusste, was ich in diesen Stunden aufgegeben hatte, ich wusste, dass China im Herzen immer meine Heimat sein würde.

Der Abschied vom Sommer.

Lächelnd wandte ich mich zu Malcolm um und richtete mich ein wenig auf, so dass ich in seine Augen blicken konnte.

Dieser Sommer mochte enden, aber das Geschenk, das er mir gemacht hatte, würde auch Herbst und Winter überstehen, dessen war ich gewiss.

Kapitel 25

»Wann wird das Baby denn kommen?«

Bevor Sulian, die allzu junge dritte Gemahlin des Färbers, mir eine Antwort geben konnte, rechnete ich schnell nach. »Wenn du es erst seit vier Wochen sicher weißt, wird es wahrscheinlich Sommer werden ... Freust du dich?«

Ich warf einen Blick auf meine Begleiterin und verstummte jäh. Sulians Gesicht war schmerzverzerrt. Erschrocken sah ich auf ihre winzigen Füße in den hellblauen Seidenschuhen. Durch den dünnen Stoff der Sohlen konnte man bestimmt jeden noch so kleinen Stein auf dem säuberlich geharkten Kiesweg spüren. Der Spaziergang durch den Garten war meine Idee gewesen, weil ich den herrlichen Herbstmorgen nicht im Haus hatte verbringen wollen. Ich hatte nicht bedacht, dass das Laufen, das für mich reine Freude war, für Sulian eine Qual bedeuten musste.

»Sollen wir umkehren?«, fragte ich besorgt. Sulian strauchelte, und ich griff instinktiv nach ihrem Arm. »Oder ... soll ich eine Sänfte ...«

»Nein!«

Die Antwort kam mit solchem Nachdruck, dass ich mich verblüfft zu dem Mädchen umdrehte.

In Sulians Augen glänzten Tränen. »Ich halte es nicht aus in diesem Haus«, stieß sie hervor. »Bitte, lass uns im Garten bleiben. Es ist jetzt nicht mehr weit bis zum Blumenpavillon. Den Rest des Weges werde ich schon noch schaffen.«

Bolo, der bisher taktvoll Abstand gehalten hatte, war jetzt näher gekommen. Auch er begriff sofort, was geschehen war, aber er hatte Sulians letzte Worte nicht gehört.

»Soll ich ins Haus laufen und einen Tragstuhl kommen lassen?«, fragte er leise.

»Nein, das ist nicht nötig.« Sulian blinzelte die Tränen aus ihren Augen. »Es ist nichts, nur eine offene Stelle an meinem rechten Fuß, die mir manchmal zu schaffen macht.«

Sulian biss die Zähne zusammen und tat tapfer den nächsten Schritt. Ich konnte nur ahnen, welche Schmerzen sie leiden musste. Mir selbst war der Weg sehr kurz erschienen, aber für Sulian, die sich normalerweise außerhalb des Hauses nur in einem Tragstuhl fortbewegte, musste er eine schlimme Strapaze gewesen sein.

Endlich machte der Weg eine Biegung, und wir konnten den kleinen Pavillon sehen, dem Gao den Namen Pavillon des Goldenen Herbstes gegeben hatte – sehr zu Recht, wie ich fand. Der Pavillon, der etwa auf halbem Weg zwischen dem Haupthaus und dem kleinen, nördlichen Gartentor lag, durch das man zur Färberei gelangte, war in meinen Augen der schönste Teil des Gao'schen Besitzes. Man hatte von dort aus einen zauberhaften Blick über die Gärten, aber vor allem auf die kleine Quelle, die einen schmalen Wasserlauf speiste. Ich konnte schon jetzt das sanfte Murmeln des Wassers auf den rund geschliffenen Steinen hören, ein Geräusch, das mir selbst von ferne zuzuflüstern schien: Für immer, für immer.

Als alle anderen vor zwei Tagen im Haus einen alten Freund des Färbers mit einem Bankett willkommen geheißen hatten, waren Malcolm und ich in dieser märchenhaften

Zuflucht vor allen bösen Dingen dieser Welt zusammengekommen.

Warme Röte stieg mir bei der Erinnerung an diese unwirklichen Stunden ins Gesicht, doch es war keine Röte der Scham, sondern des Glücks.

Wir hatten den von acht rot gestrichenen Säulen getragenen, doppelstöckigen Pavillon erreicht und stiegen langsam die schmalen Stufen hinauf. Sulian ließ sich mit einem Seufzer der Erleichterung auf eine der hölzernen Sitzbänke sinken. Bolo war uns nicht in das filigrane Gebäude gefolgt, aber als ich mich neben Sulian setzte, sah ich, dass er auf einem Stein an der Nordseite des Pavillons Platz nahm. Ich war froh darüber, ihn in Rufweite zu wissen, falls Sulian sich den Rückweg zu Fuß nicht zutraute und wir doch noch einen Tragstuhl für sie benötigen sollten.

Als Sulian ein wenig Zeit gehabt hatte, sich von der Anstrengung des Gehens zu erholen, drehte ich mich zu ihr um und vergaß beinahe mein eigenes Glück, als ich den verzweifelten Kummer in ihren Augen las.

Unwillkürlich legte ich ihr einen Arm um die Schultern und zog sie an mich.

»Willst du mir erzählen, was dich bedrückt?«, sagte ich leise, doch es hätte meiner Frage nicht bedurft, so sehr verlangte es das Mädchen danach zu reden.

»Sie hassen mich, alle beide«, flüsterte sie mit brüchiger Stimme. »Vor allem die zweite Schwester quält mich, wo sie nur kann. Und seit ich sein Kind in mir trage, ist es noch hundertmal schlimmer geworden.«

Ihr magerer Körper begann in meinen Armen zu zittern. Hilflos strich ich ihr übers Haar. Ich hätte viel dafür gegeben, hätte ich sie irgendwie trösten können. Über ihren dunklen Kopf hinweg konnte ich die flammend roten Chrysanthemen sehen, die im frühen Morgenlicht beinahe überirdisch schön waren. Das Bild, das sich mir bot, war so makellos und vollkommen, dass das Unglück dieses Mädchens umso grausamer schien.

Das Schweigen zog sich in die Länge, bis ich es schließlich nicht mehr ertragen konnte. Ich musste etwas sagen, irgendetwas, um das Mädchen, dessen Schultern immer heftiger zuckten, zu beruhigen.

»Ich hatte eigentlich den Eindruck, dass Ningsu kein unfreundlicher Mensch ist, obwohl ich sie natürlich im Grunde gar nicht kenne.« Dann fiel mir wieder ein, dass Sulian mich ja für Ningsus Nichte hielt, und ich fügte eilig hinzu: »Jedenfalls kannte ich sie vor meinem Besuch hier nicht persönlich. Nur aus den Briefen, die sie mit meiner Familie gewechselt hat.«

Aber ich hätte mir keine Gedanken zu machen brauchen, dass Sulian etwas Merkwürdiges an meinen Worten finden könnte. Sie war zu sehr mit ihrem eigenen Kummer beschäftigt.

»Du hast recht«, sagte sie, als ihr Schluchzen allmählich verebbte. »Die erste Schwester meint es nicht wirklich böse. Und seit der Herr nachts nicht mehr zu mir kommt, ist sie auch nicht mehr so kalt zu mir wie früher. Ich glaube, sie liebt den Herrn wirklich …«

Das Schaudern, das Sulians Körper bei dieser Feststellung durchlief, erschütterte mich beinahe noch mehr als das, was sie mir erzählt hatte. Ich dachte an jene Stunden in der Nacht, als Malcolm und ich in eben diesem Pavillon zusammen gewesen waren, und stellte mir vor, wie es sein musste, auf solche Weise von einem Mann berührt zu werden, den ich nicht liebte.

Das feiste, verschwitzte Gesicht des Generals erschien vor meinem inneren Auge, und eine nie gekannte Übelkeit stieg in mir auf. Hastig drängte ich den Gedanken beiseite. Malcolm würde es nicht zulassen, dass mein Vater mich mit diesem Mann verheiratete. Und so sehr es mich auch schmerzte, die Kaiserin zu enttäuschen, würde ich dennoch nicht zögern, in weniger als zwei Wochen mit Malcolm nach England zu fliehen – auf dem gleichen Weg, auf dem vor fast fünfzig Jahren meine Tante mit Richard hatte fliehen wollen.

Beinahe schämte ich mich meines eigenen überschäumenden Glücks, als ich wieder in Sulians verzweifelte Augen blickte. Ich riss mich zusammen; zumindest solange ich hier war, konnte ich versuchen, Sulians Leben ein wenig heller zu machen, und sei es auch nur, indem ich ihr meine Freundschaft anbot.

»Wenn Ningsu ihren Mann liebt«, begann ich behutsam, »dann ist ihre Eifersucht durchaus verständlich. Ihre Schönheit ist schon lange verblasst. Vielleicht solltest du ihr sagen, dass du nicht einmal im Traum daran denken würdest, ihr die Zuneigung deines Herrn zu stehlen. Das ist wahrscheinlich ihre größte Angst – oder verübelt sie dir auch die Schwangerschaft, weil sie selbst nie Kinder bekommen konnte?«

Ein Mandarinenentenpaar flog von dem kleinen Bach auf, und Sulian beobachtete seinen Weg mit unverhohlener Sehnsucht. Ich brauchte sie nicht zu fragen, was sie dachte, ich wusste es auch so.

Als die Enten am Horizont zu einem einzigen Punkt verschmolzen waren, stieß Sulian einen kaum hörbaren Seufzer aus. »Ich wäre so froh, wenn die erste Schwester mit mir jemals so liebevoll sprechen würde, wie sie es mit dir tut«, sagte sie, ohne den Blick von der Stelle am Himmel abzuwenden, wo die Vögel verschwunden waren. »Dann könnte ich vielleicht die Bosheiten der zweiten Schwester besser ertragen.«

»Die zweite Schwester hat nur Mädchen geboren, nicht wahr?«, fragte ich.

Sulian nickte. »Fünf Mädchen in sieben Jahren. Und nun ist sie schon seit vier Jahren nicht mehr schwanger geworden«, antwortete sie bedrückt. »Deshalb hat der Herr ja auch mich ins Haus geholt. Er braucht einen Sohn, der später einmal die Färberei übernehmen kann. Und vor allem muss natürlich nach seinem Tod jemand da sein, der den Ahnen die Opfer darbringt.«

»Ich denke, dass die erste Gemahlin Verständnis für diesen Wunsch hat.« Ich griff nach Sulians Hand und drückte sie sanft. »Aber du bist jung und schön, während die Jahre in Ningsus Gesicht schon lange ihre Spuren hinterlassen haben. Und ich glaube, dass sie deshalb Angst vor dir hat. Vielleicht hat die zweite Schwester früher ja versucht, Ningsu die Gunst ihres Mannes zu stehlen?«

Sulian lachte freudlos. »Früher?«, wiederholte sie. »Sie versucht es noch immer. Und sie schreckt auch nicht vor gemeinen Lügen zurück. Sie wagt es zwar schon lange nicht mehr, böse Worte über die erste Schwester auszusäen, aber dafür lässt sie keine Gelegenheit aus, dem Herrn schlimme Dinge über mich zu erzählen ...« Wieder waren Tränen in Sulians Augen getreten. »Kurz bevor du herkamst«, sprach sie mit rauer Stimme weiter, »hätte der Herr mich beinahe geschlagen, weil sie behauptet hat, ich ließe in den Nächten, die er nicht in meinem Schlafgemach verbringt, einen Jungen aus der Färberei in mein Zimmer. Sie hat ihm sogar den Namen dieses Jungen genannt! Weibo ...« Eine leichte Röte stieg ihr ins Gesicht, dann fügte sie leise hinzu: »Es stimmt, dass ich ein paar Mal mit ihm gesprochen habe, als er dem Herrn eine Nachricht aus der Färberei überbracht hat, aber er war niemals in meinem Zimmer, niemals.«

Ich hob den Kopf und lauschte kurz, weil ich glaubte, in der Ferne Stimmen zu hören; mit ein wenig Phantasie hätte es durchaus mein Name sein können, der da gerufen wurde. Eine seltsame Unruhe befiel mich, die ich jedoch sogleich wieder beiseite schob. Was konnte mir hier in diesem herrlichen Garten schon passieren? Ich wandte mich wieder Sulian zu.

»Was genau hat die zweite Schwester dem Herrn denn erzählt?«

Sulian lachte traurig. »Sie hat behauptet, sie hätte Weibo in den vergangenen zwei Wochen dreimal des Nachts bei mir gesehen.«

»Und was hat der Herr daraufhin getan?«

»Die erste Schwester hat ihn davon abgehalten, mich zu schlagen. Sie wusste, dass die zweite Schwester durchaus imstande war, gemeine Lügen über mich zu erzählen. Deshalb hat sie den Herrn gebeten, der Sache auf den Grund zu gehen, bevor er mich bestraft. Und schließlich stellte sich heraus, dass Weibo gerade während dieser letzten beiden Wochen mit schlimmem Durchfall zu Bett gelegen hatte. Daraufhin hat der Herr die zweite Schwester bestraft. Er hat ...«

Jetzt waren die Rufe deutlich zu hören. Ich hatte es mir

vorhin tatsächlich nicht nur eingebildet: Irgendjemand rief meinen Namen. Und dann wusste ich auch, wem die Stimme gehörte.

»Malcolm!«

Ich sprang von der Bank auf und rannte die Stufen des Pavillons hinunter. Auch Bolo hatte die Rufe gehört und war von der anderen Seite des Pavillons herbeigelaufen gekommen, so dass wir gemeinsam auf Malcolm und Fuduo trafen. Beide Männer waren mit dem Fahrrad gekommen, und beide waren verschwitzt und außer Atem, als hätten sie den Weg von der Färberei bis hierher mit geradezu unmenschlicher Geschwindigkeit bewältigt.

Noch bevor sein Fahrrad ganz zum Stehen gekommen war, stieg Malcolm ab und ließ das Rad achtlos auf den Kiesweg fallen. Mit zwei langen Schritten kam er auf Bolo und mich zugelaufen. Ich hatte kaum Zeit, den gehetzten Ausdruck in seinen Augen wahrzunehmen, als er auch schon zu sprechen begann. Doch er wandte sich dabei nicht an mich, sondern an Bolo.

»Schnell«, sagte er keuchend und fasste Bolo an den Schultern. »Du musst weg von hier. Sofort!«

»Was ist passiert?«, flüsterte ich, doch niemand gab mir eine Antwort. Bolo tauschte einen Blick mit Fuduo, der, anders als Malcolm, sein Rad nicht hatte zu Boden fallen lassen.

Einige Sekunden lang standen wir vier nur schweigend da. Und ich begriff noch immer nicht.

Fuduo begann als Erster wieder zu sprechen. »Nimm Malcolms Rad und komm mit mir«, sagte er ruhig, obwohl die Anspannung in seiner Stimme nicht zu überhören war. »Du kannst nicht mehr ins Haus zurückkehren, um deine

Sachen zu holen, dafür reicht die Zeit nicht. Ich bringe dich zu einem Freund im nächsten Dorf, dem du vertrauen kannst. Er wird dich so lange verstecken, bis wir wissen, was als Nächstes zu tun ist.«

Jetzt erwachte auch ich aus meiner Erstarrung. »Verstecken?«, fragte ich heiser. »Warum soll Bolo sich verstecken – und vor wem? Er hat nichts Unrechtes getan. Er würde niemals etwas Unrechtes tun ...« Meine Stimme verlor sich, als ich den angstvollen Ausdruck in Malcolms Augen sah.

»Ich kann Prinzessin Anli nicht allein lassen, nicht jetzt«, sagte Bolo, dessen Gesicht schneeweiß geworden war.

»O doch, das kannst du«, erwiderte Malcolm scharf. »Tot wirst du Anli überhaupt nichts nutzen. Nie mehr. Bitte, nimm mein Fahrrad.« Er hob das auf dem Kies liegende Rad hoch und schob es Bolo hin.

Dann fügte er, an Fuduo gewandt, hinzu: »Ihr dürft keine Zeit verlieren. Sie werden bald hier sein. Nehmt einen der Wege, die vom Haus aus nicht einsehbar sind.« Er warf einen Blick in die Richtung des Hauses und lauschte kurz. »Wenn du Bolo bei Landong abgesetzt und ihm alles erklärt hast, komm sofort zurück. Ich will heute noch nach Peking aufbrechen.«

Ich wusste immer noch nicht, was eigentlich vorging – oder vielleicht wollte ich es einfach nicht wahrhaben.

»Vor wenigen Minuten ist das Schiff angekommen, das die Stoffe für den Kaiserhof abholen sollte«, erklärte Malcolm heiser, als Bolo und Fuduo nicht mehr zu sehen waren.

»Es liegt jetzt in der Bucht auf Reede. Wir waren dabei, als ein Beiboot drei Leute von der Palastgarde und einen

Mandschurenfürsten mit einigen Dienern an Land gebracht hat. Sie haben unsere Leute, die gerade ein anderes Schiff beladen wollten, nach dem Haus des Färbers Gao gefragt.«

»Ein mandschurischer Fürst und die Palastgarde ...«, stammelte ich.

»Der Fürst fragte ausdrücklich nach seiner Tochter – Prinzessin Anli«, ergänzte Malcolm seinen Bericht.

»Mein Vater ...« Ich spürte, dass alle Farbe aus meinem Gesicht wich. »Das kann nur heißen, dass er meine Hochzeit mit dem General bis zum Letzten arrangiert hat. Die Kaiserin hätte mich bestimmt nicht aus dem Hofdienst entlassen, wenn nicht bereits der Hochzeitstermin feststände ... Wir müssen fliehen, sofort.«

»Das ist unmöglich«, erwiderte Malcolm und sah sich abermals besorgt um. Erst jetzt entdeckte er Sulian, die oben an der Balustrade des Pavillons stand und auf uns herabblickte. Er griff nach meiner Hand und trat einen Schritt auf das Gebäude zu, das mir noch vor wenigen Minuten als das schönste auf der Welt erschienen war.

»Dritte Herrin!« Malcolm zog mich noch enger an sich, und ich spürte, dass er zögerte weiterzusprechen. Doch Sulian hatte die Situation auch ohne weitere Erklärungen erfasst.

»Ich gebe Euch Bescheid, wenn sich jemand vom Haus aus nähert«, rief sie uns zu, »von hier oben kann ich den ganzen Garten überblicken.«

Im nächsten Moment hatte sie bereits auf der Südseite des Pavillons Position bezogen, und Malcolm wandte sich wieder zu mir um. Die Angst in seinen Augen schnürte mir die Kehle zu.

»Warum können wir nicht sofort fliehen?«

Malcolm schüttelte den Kopf. »Wir werden so schnell kein Schiff finden, und eine Flucht über Land wäre völlig aussichtslos. Wir würden nicht weit kommen. Nein. Dich könnten furchtbare Strafen erwarten ...«

»Was für eine Strafe könnte schlimmer sein als ...«, wandte ich ein, verstummte aber wieder. Mir fiel die junge Frau ein – sie war kaum als solche erkennbar gewesen –, die ich auf meinem Weg nach Baoding in einem großen Fluss hatte treiben sehen, auf ein Brett gefesselt oder genagelt. Eine Ehebrecherin, hatte Bolo mir nur widerstrebend erklärt.

Bis zu diesem Augenblick hatte ich gehofft, dass es trotz allem noch einen Ausweg gäbe, aber wenn wir nicht fliehen konnten, gab es keinerlei Hoffnung mehr. Ich sah Malcolm schweigend an. Mein Entsetzen war zu groß für Worte, zu groß für Tränen.

Mit einem Mal saß ich wieder in der Sänfte aus meinem Traum, den ich, bevor ich nach Baoding gekommen war, so oft geträumt hatte und aus dem ich jedes Mal schweißgebadet erwacht war. Die dunkelroten Vorhänge der Sänfte verwandelten sich auch jetzt wieder in undurchdringlichen Stein; es gab kein Entrinnen aus diesem engen, luft- und lichtlosen Gefängnis. Nie mehr. Nie mehr ...

Die Welt um mich herum versank in Grauen, färbte sich rot wie Blut, und ich wusste, dass es mein eigenes Blut war, das ich sah.

»Anli!«

Ich musste für einen Moment die Besinnung verloren haben, denn als ich wieder zu mir kam, lag ich auf dem

Boden, den Kopf in Malcolms Schoß gebettet. Das Rot meines Alptraumgefängnisses löste sich auf im Blau seiner Augen, und ich konnte wieder freier atmen. Noch hatten wir nicht verloren. Ich musste einfach glauben, dass es so war. Aber neben der Liebe sah ich auch die Angst in Malcolms Augen, und der winzige Hoffnungsschimmer, der in mir aufgeflackert war, erlosch. Mein Vater war auf dem Weg hierher, mein Vater, der ein reiches Brautgeld gewiss nicht ausgeschlagen hatte, mein Vater, der das Recht hatte, mich mit diesem Mann zu verheiraten, ob ich es wollte oder nicht.

Ich würde nach Peking zurückkehren müssen – mit Bolo als meinem einzigen Freund und Beschützer ...

Bolo!

Mit einem Mal fiel die Benommenheit von mir ab, und ich richtete mich auf.

»Bolo! Was ...« Ich konnte nicht weitersprechen, weil mein Mund so trocken war, dass mir die Zunge am Gaumen festklebte.

Malcolm sah mich unsicher an. »Kannst du aufstehen?« Er warf einen Blick zu dem Pavillon hinauf, und einen Moment lang lauschten wir beide. Es war alles still; nur das Plätschern des kleinen Wasserlaufs und ein letzter herbstlicher Vogelgesang war zu hören.

Malcolm half mir auf die Beine, dann tauchte er sein Taschentuch in das klare, kühle Wasser des Bachs und tupfte mir die Lippen ab.

Ich würde in den Palast zurückkehren müssen – allein.

»Bolo«, stieß ich abermals hervor. »Warum ...?«

»Bolo hat sich in eine aussichtslose Lage gebracht, als er

Peking verließ«, antwortete Malcolm ernst. »Den Palasteunuchen ist es streng verboten, Peking zu verlassen. Wenn sie es doch tun, droht ihnen die Todesstrafe, falls man sie findet.«

Ich konnte nicht glauben, was ich da hörte. Die Kaiserin musste es gewusst haben, und doch hatte sie ...

Ich stockte. Das Gespräch mit Guniang während der Theatervorstellung war mir wieder eingefallen.

Bolo wird dich begleiten, falls er sich aus freien Stücken dafür entscheiden sollte. Du musst ihn fragen, ob er das wirklich tun will. Er wird wissen, was es bedeutet, wenn er Peking verlässt ... Dein Leben hängt davon ab – und seines ebenfalls, wenn er dich begleitet.

»Die Kaiserin hat schon einmal einen Eunuchen so verloren«, erklärte Malcolm hastig. »Das war im Jahr 1869. Sie hatte ihren Obereunuchen nach Nanchang entsandt, zu den Fabriken, in denen die Seiden und Brokatstoffe des Hofes gewoben wurden«, erklärte Malcolm hastig. »Guniang hatte neue Muster in Auftrag gegeben, und An Dehai sollte die Herstellung überwachen.« Er stieß ein trockenes Lachen aus, in dem keine Heiterkeit lag. »Die beiden Fälle haben eine beinahe groteske Ähnlichkeit. Aber wie dem auch sei«, fuhr er fort, »der Clanrat erfuhr damals davon, und obwohl oder vielleicht gerade weil An Dehai der einzige Freund war, den Guniang nach dem Tod Malus noch bei Hof hatte, zwang man sie, eigenhändig sein Todesurteil zu unterzeichnen. Es war eine Intrige, die ihre Feinde eingefädelt hatten, um ihre Stellung zu schwächen. Ich weiß, dass die Kaiserin damals alles darangesetzt hat, An Dehai durch einen Boten zu warnen. Aber der Bote kam zu spät. An Dehai war bereits in der Gewalt seiner Häscher. Am zwölften September

1869 wurde er in Peking hingerichtet. Guniang konnte nichts für ihn tun.«

Entsetzt sah ich Malcolm an. »Er hat nicht gezögert«, flüsterte ich heiser. »Er hat keinen Augenblick lang gezögert, als ich ihn gefragt habe, ob er mich begleiten wolle.«

Malcolm lächelte schwach. »Er wäre nicht der, der er ist, wenn er gezögert hätte. Bolo würde sein Leben für dich geben – genau wie ich.«

Er umfasste mit beiden Händen mein Gesicht, und ich wusste, dass er sein Versprechen niemals brechen würde. Kein Ehegelübde konnte mehr bedeuten als dieser eine Augenblick.

»Ich werde dafür sorgen, dass Bolo nichts zustößt.« Dann senkte er den Kopf, und sein Kuss löschte für einige Sekunden alle Angst in mir aus.

»Sang Xiansheng!«

Sulians Stimme drang wie aus einer anderen Welt zu mir vor.

»Sang Xiansheng!«

Malcolm befreite sich mit sanfter Gewalt aus meinen Armen.

»Sie kommen!«

»Ich muss gehen. Sie dürfen mich nicht hier finden«, sagte er leise.

»Malcolm!« Es war ein Hilfeschrei, auch wenn meine Stimme kaum lauter war als ein Flüstern.

»Ich werde nicht zulassen, dass es noch einmal geschieht. Es *darf* nicht noch einmal geschehen.«

Doch die Furcht in seinen Augen strafte die grimmige Entschlossenheit seiner Worte Lügen.

Rote Seide, die zu einem steinernen Gefängnis wurde …

Er küsste mich lange und leidenschaftlich, bis alles Blut aus meinen Lippen wich.

»Sang Xiansheng!«

Einen Moment lang hasste ich Sulian dafür, dass sie Malcolm zum zweiten Mal dazu brachte, sich von mir zu lösen.

»Ich werde es nicht zulassen. Wir werden einen Weg finden.« Er fasste mich an den Schultern und schüttelte mich sanft. »Hör mir zu! Ich weiß noch nicht, was ich tun kann, um dich aus dem Palast zu holen. Aber wir werden nur eine Chance haben, wenn du deinem Vater nicht den geringsten Grund lieferst, dich strenger bewachen zu lassen als unbedingt nötig.«

Gedämpfte Männerstimmen wehten zu uns herüber, Stimmen, die von Sekunde zu Sekunde näher kamen.

»Du musst ihn glauben machen, dass du mit der Heirat einverstanden bist. Hast du das begriffen?«

Er schüttelte mich abermals, diesmal heftiger als zuvor. »Du darfst dich nicht gegen diese Heirat auflehnen. Unsere einzige Hoffnung ist, dass du zunächst in den Palast zurückgebracht wirst und noch eine Zeit lang unter der Obhut der Kaiserin stehst. Solange du dort bist, bist du in Sicherheit ...«

»Sang Xiansheng!«, rief Sulian. »Die Männer werden gleich hier sein!«

In Sulians Stimme schwang mühsam unterdrückte Panik mit.

Malcolm küsste mich ein letztes Mal, kurz und wild.

»Ich schwöre bei meinem Leben, dass ich diese Heirat nicht zulassen werde ...«

Das Echo seiner Worte schien noch in der Luft zu vibrieren, als er hinter der Biegung des Weges verschwunden war.

Wenige Augenblicke später stand mein Vater vor mir, und ich glaubte zu spüren, wie sich die steinernen roten Vorhänge endgültig um mich schlossen.

Kapitel 26

»Ihr werdet also den General heiraten. Das freut mich zu hören.«

Mehr als die Worte selbst erschreckte mich der wohlwollende Blick Guniangs. Ich war nach einer gut zweiwöchigen Seereise am vergangenen Tag in Peking eingetroffen, und an diesem Morgen hatte die Kaiserin mich zusammen mit meinem Vater zu einer Audienz in ihre privaten Räume bestellt. Das Wiedersehen mit Guniang war während dieser letzten zwei Wochen mein einziger Lichtblick gewesen, meine einzige Hoffnung. Doch jetzt schien es, als könnte ich von ihr keine Hilfe erwarten. Und im Grunde wunderte ich mich nicht einmal darüber: Schon bei der Begrüßung hatte ich große Mühe gehabt, mein Entsetzen zu verbergen. Guniang war in der Zeit meiner Abwesenheit grausam gealtert. Ihre Haut war ohne jede Farbe und wirkte so dünn, als würde sie bei der geringsten Beanspruchung reißen. Außerdem hatte die Kaiserin, die trotz ihres beachtlichen Appetits nie eine kräftige Frau gewesen war, so stark abgenommen, dass sie in ihrem Gewand förmlich zu versinken schien.

Am schlimmsten jedoch hatte mich der Ausdruck ihrer Augen getroffen. Ich hatte schon früher bisweilen Müdigkeit und Resignation darin gesehen, doch immer war da auch dieser Funke von Lebendigkeit und innerer Kraft gewesen.

Heute jedoch war Guniang nur noch ein Schatten der Frau, die ich gekannt hatte. Wie durfte ich da hoffen, dass sie mich retten konnte?

Wie erstarrt saß ich da, während die Kaiserin meinem Vater wortreich zu der vorteilhaften Verbindung zwischen mir und dem General gratulierte.

Ich konnte es kaum ertragen, ihrem Gespräch zuzuhören: meinem Vater, der von meiner Heirat sprach und dabei so tat, als hätte er mit deren Anbahnung eine heldenhafte Leistung vollbracht, und Guniang, die höflich die erwarteten Antworten gab.

Immer fester schlossen sich meine Finger um das feine, weiße Leinentuch, mit dem Malcolm mir an meinem letzten Tag in Baoding die Lippen benetzt hatte, bis ich spürte, wie die Haut meiner Handfläche dort, wo sich die Nägel ins Fleisch gruben, aufplatzte.

Und die ganze Zeit über lächelte ich, lächelte wie die vermummte und seelenlose Puppe, die ich war. Eine Puppe, die an den Meistbietenden versteigert worden war.

Malu, dachte ich, *hilf mir, Malu …*

Malcolm hatte mir erzählt, dass es in seiner Religion durchaus üblich war, einen Verstorbenen, dem man sich verbunden fühlte, um Fürsprache bei dem Gott der Christen zu bitten.

Auf dem Schiff hatte ich einige Male auch das Bild der Marienstatue aus der Kirche in Qingdao heraufbeschworen und versucht, diese Frau im Gebet zu erreichen, doch in meiner größten Not war es immer nur Malu, zu der ich eine Verbindung fühlen konnte.

Wie ein Mantra hatte ich während der vergangenen zwei Wochen Malus Namen immer wieder vor mich hingeflüstert, auf dem Schiff, wo ich krank und elend auf meinem Bett gelegen hatte, ohne ein einziges Mal an Deck zu gehen. Ich hatte ursprünglich die Absicht gehabt, Seekrankheit vorzutäuschen, um meinen Vater nicht ständig sehen zu müssen. Doch es war nicht notwendig gewesen, irgendetwas vorzutäuschen; vom ersten Tag an hatte ich es nicht vermocht, auch nur einen Bissen bei mir zu behalten, und mein Vater hatte keinerlei Neigung gezeigt, sich mit einer kranken Frau abzugeben – wofür ich überaus dankbar gewesen war.

Die lähmende Übelkeit hatte auch auf der anschließenden Reise von Tianjin nach Peking kein Ende gefunden, aber das kümmerte mich wenig. Ich ließ die Krämpfe, die mich vor allem in den frühen Morgenstunden quälten, ebenso gleichgültig über mich ergehen wie alles andere.

Und ich hatte mich auch nicht gegen die Verheiratung mit dem General aufgelehnt, genau, wie Malcolm es mir aufgetragen hatte.

»Wie ich höre«, sagte Guniang jetzt, »haben die Wahrsager schon einen glückverheißenden Tag für die Hochzeit festgelegt?«

»Jawohl, Euer Majestät«, antwortete mein Vater mit schier unerträglicher Selbstzufriedenheit. »Die Heirat wird am vierundzwanzigsten Tag des zehnten Mondes stattfinden. Meine Gemahlin, Anlis Mutter, und meine unverheirateten Töchter werden in den nächsten Tagen in Peking eintreffen, um alles vorzubereiten und der Zeremonie beizuwohnen.«

Mein Vater machte eine bedeutungsvolle Pause, und ich wandte den Blick von ihm ab, weil ich mich sonst womöglich übergeben hätte – was in den Gemächern der Kaiserin schlicht undenkbar war. Ich atmete in tiefen Zügen ein und aus und zwang mich, an etwas anderes zu denken als an das grobe, harte Gesicht meines Vaters, in dessen Zügen ich so gar nichts von mir selbst wiederfinden konnte – und auch nicht wiederfinden wollte.

»Meine Gemahlin und ich wären Euer Majestät sehr dankbar, wenn Ihr es einrichten könntet, unsere Töchter zu empfangen«, fuhr mein Vater fort, und ich ahnte, was als Nächstes kommen würde.

Aber Guniang ließ meinen Vater nicht zu Ende sprechen.

»Selbstverständlich werde ich Eure Töchter empfangen, lieber Fürst«, erklärte sie freundlich. »Und wenn sie auch nur annähernd so reizend und anstellig sind wie Anli, wird es mir eine Freude sein, sie später in mein Gefolge aufzunehmen.«

Für diese Worte war ich Guniang ehrlich dankbar, denn ich wusste, dass sie mir das Leben ein wenig erleichtern würden, sobald meine Mutter und meine Schwestern im Palast waren. Zumindest würden meine Schwestern mich mit ihren neidischen, boshaften Sticheleien verschonen, wenn sie selbst die Gelegenheit bekamen, als Hofdamen der Kaiserin eine ebenso vorteilhafte Ehe einzugehen wie ich.

Um ein Haar hätte ich laut aufgelacht, doch im letzten Augenblick gelang es mir, das Lachen, in dem keinerlei Heiterkeit gelegen hätte, in ein trockenes Husten umzuwandeln. Eine vorteilhafte Heirat, wahrhaftig!

Immerhin hatte ich durch mein Husten die Aufmerksamkeit der Kaiserin erregt, und sie hob die Hand, um meinem Vater, der voller Begeisterung von den Vorbereitungen der Hochzeitszeremonie gesprochen hatte, zu unterbrechen.

»Verzeiht mir, Fürst«, sagte sie liebenswürdig, aber bestimmt. »Ich bin eine alte Frau, und meine Kräfte erlahmen in letzter Zeit sehr schnell. Was die Einzelheiten des Hochzeitszeremoniells betrifft, lasse ich Euch selbstverständlich freie Hand. Aber ich habe noch einige Fragen an Eure Tochter. Ihr wisst sicher bereits, dass sie in meinem Auftrag in Baoding war, um das Färben der Stoffe für die neue Hofrobe anlässlich meines Geburtstags zu überwachen?«

»Ich muss gestehen, Euer Majestät, dass ich ein wenig erstaunt war, dass Eure Wahl für diesen Auftrag ausgerechnet auf meine Tochter gefallen ist ...«

Guniang zog, wie ich es sie so oft hatte tun sehen, die Augenbrauen in die Höhe und musterte meinen Vater mit jener Mischung aus Kühle und Befremdung, die im Laufe ihrer langen Jahre als Herrscherin auf dem Drachenthron schon weitaus kühnere Männer als ihn aus der Fassung gebracht hatte.

»Nicht dass ich je an der Weisheit Euer Majestät gezweifelt hätte ...«, murmelte mein Vater hastig.

»Das hatte ich auch nicht erwartet«, erwiderte die Kaiserin mit einem herablassenden Nicken. Da das Thema für sie damit offensichtlich hinreichend erörtert war, wandte sie sich wieder an mich.

»Konntet Ihr Euch von der Qualität der Stoffe des Färbers überzeugen, Prinzessin?«, fragte sie und fügte, noch ehe ich Zeit zu einer Antwort gehabt hatte, hinzu: »Aber natürlich konntet Ihr das!«

Zum ersten Mal, seit ich mit meinem Vater ihre Gemächer betreten hatte, lächelte die Kaiserin. »Die Proben, die Ihr mir aus Baoding geschickt habt, waren exzellent.«

Einen Moment lang blinzelte ich verwirrt – ich hatte keine Proben irgendwelcher Stoffe nach Peking geschickt, aber ich war klug genug, das in Gegenwart meines Vaters nicht zu sagen.

»Ihr habt glänzende Arbeit geleistet, Prinzessin«, fuhr Guniang fort, »und das nicht nur in Baoding, sondern auch hier im Palast. Ich bedaure es sehr, Euch schon so bald wieder zu verlieren.«

Abermals ließ Guniang mir keine Zeit zu einer Erwiderung, was sonst – gerade mir gegenüber – gar nicht ihre Art war.

»Und nun noch ein Wort zu dieser ärgerlichen Angelegenheit, die den Eunuchen betrifft, der Euer Diener war.«

Der verächtliche Tonfall, in dem Guniang von Bolo sprach, traf mich völlig unerwartet, und ich zuckte zusammen – was Guniang offensichtlich nicht entgangen war.

»Ich mache Euch keinen Vorwurf, Prinzessin«, sagte sie schnell. »Der dumme, junge Narr hat anscheinend geglaubt, irgendwo anders ein besseres Leben finden zu können als hier im Palast. Nun, darüber braucht Ihr Euch keine Gedanken zu machen. Die Häscher der Palastgarde werden dieses Problem gewiss bald auf ihre Weise gelöst haben.«

Die nächsten Worte der Kaiserin gingen in einem schwarzen Nebel unter, der mir die Sinne raubte. Alle Farbe wich aus dem Raum um mich herum, und ich verlor jedes Zeitgefühl. Allein gelassen und willenlos trieb ich durch ein unendliches Nichts, in dem ich nur einen einzigen Wunsch hatte – zu sterben. So also musste Malu sich gefühlt haben, als sie an jenem Wintermorgen vor fast fünfzig Jahren auf den Kohlenhügel gestiegen war.

Malu …

Vielleicht war es nur der Gedanke an meine verstorbene

Tante, deren Ebenbild ich war, vielleicht war es jedoch auch die Essenz ihrer Seele, die nie zu existieren aufgehört hatte – aber irgendetwas befreite mich aus diesem schwarzen Nebel, der mich zu ersticken drohte.

Dann spürte ich kühle Feuchtigkeit auf meinen Lippen und die Nähe eines Menschen, der sich über mich beugte.

Ich schlug die Augen auf und blickte in das runde, mitfühlende Gesicht Shuimins, die mir mit einem Leinentuch Stirn und Wangen befeuchtete.

Ich hatte ihre Anwesenheit im Raum vorher nicht bemerkt; vermutlich hatte sie hinter einem der Wandschirme gestanden, falls die Kaiserin sie benötigte.

»Die Reise hat Euch überanstrengt, mein Kind.« Aus dem Tonfall Guniangs sprach nun echte Anteilnahme, und diese menschliche Regung gab mir die Kraft, mich auf dem Stuhl, auf dem ich zusammengesunken war, wieder aufzurichten.

»Es ist nichts, Majestät.« Ich war noch nicht ganz wieder Herr meiner Sinne, so dass meine Worte nur ein heiseres Flüstern war. »Ich bin durchaus in der Lage, die Fragen Euer Majestät zu beantworten.«

»Ich habe für den Augenblick keine weiteren Fragen an Euch«, erwiderte die Kaiserin beinahe liebevoll. »Die anderen Dinge, die ich mit Euch zu besprechen wünsche, können durchaus noch ein paar Tage warten.«

Plötzlich veränderte sich etwas im Gesicht der Kaiserin, und zuerst glaubte ich, dass ich nach meinem Schwächeanfall noch nicht wieder klar denken konnte und mir nur einbildete, was ich sah.

Aber es war keine Einbildung. Einen Herzschlag lang stand in Guniangs Augen wieder dieser wache, beinahe listige Ausdruck, mit dem sie die Menschen anzusehen pflegte, wenn sie eine Idee verfolgte – und beabsichtigte, ihr Gegenüber zu narren, damit der Betreffende genau das tat, was sie von ihm wollte.

Ganz sicher waren das nicht dieselben müden und mutlosen Augen, mit denen sie mich erst vor wenigen Minuten in ihrem privaten Empfangsraum begrüßt hatte.

Die Kaiserin hatte einen Plan, aber ich hätte in diesem Moment unmöglich sagen können, ob er mir gefallen – oder zutiefst missfallen würde.

Er missfiel mir.

»Da Ihr nach der dreisten Flucht dieses Eunuchen jetzt ohne Leibdiener dasteht«, sagte sie in einem Tonfall, der keinen Widerspruch duldete, »habe ich einen anderen Eunuchen ausgesucht, der Euch bis zu Eurer Heirat bedienen wird.«

Ich öffnete den Mund, um zu protestieren, und wieder ließ Guniang mich nicht zu Wort kommen.

»Keine Widerrede, Prinzessin«, fuhr sie fort. »Ich habe meine Wahl bereits getroffen. Und da Ihr solches Pech mit diesem Jungen hattet, der, wenn ich mich recht entsinne, noch ein halbes Kind und obendrein erst ein knappes Jahr bei Hofe war, werde ich Euch diesmal einen erfahrenen und verlässlicheren Diener zuweisen.«

Abermals wollte ich Einwände erheben, doch Guniang wandte sich, kaum dass sie ihren Satz beendet hatte, an meinen Vater.

»Ich denke, eine solche Wahl wäre gewiss auch in Eurem Sinne, Fürst?«

Mein Vater stürzte sich wie ein hungriger Fuchs auf die freundlichen Worte der Kaiserin.

»Es ist eine große Ehre für meine Tochter, dass Ihr die Mühe auf Euch genommen habt, persönlich einen geeigneten Diener für sie auszusuchen. Ihr habt gewiss Wichtigeres zu tun, als Euch um einen Diener für eine unbedeutende Hofdame zu kümmern, Euer Majestät.«

Die Kaiserin nickte. »Ihr dürft Euch jetzt zurückziehen, Fürst.«

Mein Vater erhob sich von seinem Stuhl, verneigte sich tief und warf mir dann aus den Augenwinkeln einen ärgerlichen Blick zu.

Hastig erhob ich mich ebenfalls, ohne auf den leichten Schwindel zu achten, der mich seit meiner Schiffsreise häufig plagte, wenn ich abrupt aufstand.

Ich brauchte einige Sekunden, um das Gleichgewicht zurückzuerlangen, dann tat ich es meinem Vater gleich und verbeugte mich vor Guniang. »Ich weiß Eure Großzügigkeit sehr zu schätzen, Euer Majestät«, sagte ich höflich – wie es von mir erwartet wurde. »Es war sehr aufmerksam von Eurer Majestät, daran zu denken, mir jetzt, da Bolo ...« Ich stockte kurz. Welches Wort sollte ich wählen? Sollte ich das falsche Spiel der Kaiserin mitspielen und von feiger Flucht sprechen? Nein. Das würde ich *nicht* tun! »... jetzt, da Bolo nicht mehr bei mir ist«, sagte ich stattdessen, »einen anderen Diener zur Verfügung zu stellen.«

Ich stand noch immer ein wenig unsicher auf den Beinen, und Wang Shuimin trat wie zufällig einen Schritt auf mich zu und griff, ohne dass es irgendjemand im Raum bemerkte, nach meinem Arm.

»Dann dürft Ihr Euch nun ebenfalls zurückziehen, Prinzessin«, sagte Guniang. »Wang Shuimin wird Euch in Euer neues Quartier begleiten.«

»Ein neues Quartier? Warum …?«

Ich hätte es mir denken können. Es schien, als wolle die Kaiserin mit Macht verhindern, dass ich auch nur einen einzigen vollständigen Satz sprach.

Aber statt ihre Antwort an mich zu richten, wandte Guniang sich an meinen Vater. »Ihr werdet gewiss Verständnis dafür haben, dass ich Eure Tochter in den wenigen Wochen, die ich mich noch ihrer Gesellschaft erfreuen darf, in meiner Nähe haben möchte.«

Zu meinem Erstaunen zögerte mein Vater mit seiner Antwort. Den Grund dafür sollte ich schon bald herausfinden.

»Und natürlich«, fuhr die Kaiserin fort, als hätte es die peinliche Pause nicht gegeben, »wäre es jetzt, da Eure Tochter die Braut eines ranghohen Generals des Reiches ist, nicht schicklich, wenn sie bei den übrigen Hofdamen wohnte.«

Jetzt war Guniang es, die einige Sekunde schweigend verstreichen ließ, bevor sie einen Köder auswarf, den mein Vater sich unmöglich entgehen lassen konnte. »Dasselbe gilt natürlich auch für Eure Gemahlin und für Eure Töchter – das heißt, sofern die Damen mir die Freude machen wollen, bis zu der Zeremonie meine Gäste zu sein? In dem Fall könnten auch sie kaum bei den gewöhnlichen Hofdamen wohnen.«

Ich brauchte die überschwängliche Reaktion meines Vaters nicht abzuwarten, um zu wissen, wie sie ausfallen würde.

Wenn die weiblichen Mitglieder seiner Familie bei Hof nicht nur geduldet waren, sondern wie hochgeschätzte Gäste besonders elegante Quartiere zugewiesen bekamen –

statt wie »gewöhnliche Hofdamen« behandelt zu werden –, dann hatte er mehr erreicht, als er sich in seinen verwegensten Träumen erhofft hätte.

Alle schienen höchst zufrieden mit dieser Lösung zu sein, sogar Shuimin. Nur ich begriff einfach nicht, was daran so erfreulich sein sollte, dass ich drei Wochen lang Tag und Nacht in der Nähe meiner Familie leben sollte.

Der Käfig schloss sich immer enger um mich herum.

Malu ...

Kapitel 27

Der Weg zu meinem neuen Quartier war nicht weit, aber ich war dennoch dankbar dafür, dass Shuimin mich begleitete. Ich zitterte mittlerweile am ganzen Leib und hätte es ohne sie kaum geschafft, mich aufrecht zu halten.

»Kann ich Euch jetzt für ein paar Minuten allein lassen?«, fragte sie mitfühlend, nachdem sie mich im Vorraum des mir zugewiesenen Schlafgemachs auf ein bequemes Sofa gesetzt hatte. »Ihre Majestät hat einigen Eunuchen den Befehl gegeben, Eure Sachen hierher bringen zu lassen, aber man weiß nie, ob sie nicht die Gelegenheit nutzen, den einen oder anderen kostbaren Gegenstand auf dem Weg zu verlieren.«

»Nicht alle Eunuchen sind unehrlich«, murmelte ich automatisch – und nun füllten sich meine Augen doch noch mit Tränen, als ich an Bolo dachte. *Die Häscher der Palastgarde werden dieses Problem gewiss bald auf ihre Weise gelöst haben...* Ich konnte nur beten, dass es Malcolm irgendwie gelingen würde, Bolo zu schützen. Und was meine Habseligkeiten betraf, war es mir unendlich gleichgültig, ob sie auf dem Weg in meine neuen Räume verschwanden oder nicht. Meinetwegen konnten die Eunuchen alles behalten, was ihnen gefiel.

Trotzdem war ich erleichtert, als Shuimin schließlich fortging, um den Transport der wenigen Dinge, die ich besaß, zu überwachen. Erschöpft ließ ich den Kopf gegen das weiche Polster der Rückenlehne sinken und machte mir nicht einmal die Mühe, die Tränen fortzuwischen, die mir übers Gesicht liefen.

Ich musste wohl vor Erschöpfung eingeschlafen sein, bis ein leises Kratzen an der Tür mich aufschreckte.

Im nächsten Moment stand ein geradezu lächerlich dünner, alter Mann vor mir. Sein Schädel war bis weit über die vorgeschriebene Grenze kahl, und an seinem Hinterkopf baumelte ein grauer Zopf, der kaum breiter war als mein Daumen. Einige Sekunden lang glaubte ich, ein Traumbild vor mir zu sehen, so unwirklich, so körperlos wirkte der Alte.

Dann jedoch begann er nach einer tiefen Verbeugung zu sprechen, und ich begriff, dass er doch kein Geist war, der durch meinen Schlaf irrte.

»Prinzessin Anli«, sagte er mit kultivierter, erstaunlich jung klingender Stimme, »es ist mir eine größere Ehre, Euch kennenzulernen, als Ihr es Euch vorstellen könnt. Die Kaiserin hat mich gebeten, Euch in der Zeit bis zu Eurer Heirat zu bedienen.«

Er verbeugte sich abermals, und ich fand, dass die Anmut und Behendigkeit seiner Bewegungen in einem seltsamen Gegensatz zu seiner Greisengestalt standen. Auch die Augen in dem alten, zerfurchten Gesicht passten nicht zu seiner sonstigen Erscheinung, denn sie blickten wach und klar und waren trotz der tief verborgenen Trauer, die ich dort fand, ungeheuer lebendig.

Allerdings verwirrte mich der eindringliche, prüfende Blick, mit dem er mich betrachtete, seit er durch die Tür getreten war.

»Ja …«, sagte er schließlich, so leise, dass ich ihn kaum

verstehen konnte. »Ja – Ihr seht genauso aus wie sie ...« Seine Stimme verlor sich.

Mit einem Schlag war ich hellwach. Es gab nur eine Frau, die mit diesen Worten gemeint sein konnte!

»Ihr habt Malu gekannt?«, fragte ich.

»Sch! Die anderen Eunuchen werden gleich mit Eurer Garderobe und den anderen Habseligkeiten hier sein. Sie sollten diesen Namen besser nicht hören.«

Er machte eine tiefe Verbeugung vor mir, aus der eine Verehrung sprach, die ich mir nicht erklären konnte, und als er sich wieder aufrichtete, sagte er leise: »Ich werde Lao Wei genannt.«

Während der nächsten beiden Wochen verließ ich nicht ein einziges Mal mein Bett. In Peking grassierte eine heftige Grippeepidemie, die auch vor dem Kaiserpalast nicht Halt machte. Von Shuimin, die mich zusammen mit Lao Wei liebevoll pflegte, wusste ich, dass auch Guniang schwer erkrankt war. Davon abgesehen nahm ich in dieser Zeit der Fieberträume kaum wahr, was um mich herum geschah. Einige Male hatte ich allerdings in meinem Dämmerzustand das Gefühl, von fremden Menschen beobachtet zu werden, doch ich brachte nicht einmal die Kraft auf, darüber nachzudenken oder mich gar zu fürchten. In diesen Wochen war es mir gleichgültig, ob ich lebte oder starb. Ich glaubte, Malcolm für immer verloren zu haben, und versuchte nicht einmal, gegen die Krankheit zu kämpfen. Im Grunde hieß ich sie sogar willkommen. Und wenn sie mir den Tod brachte, würde ich dankbar dafür sein.

Shuimin und Lao Wei kämpften jedoch an meiner Stelle.

Wann immer ich erwachte, saß einer von ihnen an meinem Bett, betupfte mir das Gesicht mit Wasser oder flößte mir mit Honig und mit Salz versetzten Tee ein – das Einzige, was ich bei mir behalten konnte.

Zwischen Schlafen und Wachen plagten mich seltsame Träume; am erschreckendsten waren die, in denen ich in meiner steinernen Sänfte reiste, endlose Stunden ohne Weg und Ziel. Dann wieder stand ich, einen gedrehten Seidengürtel in der Hand, in einem Pavillon auf dem Kohlenhügel über der Verbotenen Stadt. Feuchte Nebelschwaden umschlossen mich, und das erste graue Morgenlicht kroch über die Westmauern des Palastes. Unendliche Verlorenheit. Trauer, die keine Worte fand, weil es keine Worte dafür gab. Nur Leere. Leere ohne jede Hoffnung.

Richard, dachte ich. *Warum hast du mich verraten? Richard ... Richard ...*

Das Seidenband glitt durch meine Finger. Der Stoff war feucht vom Regen, und ich hatte Mühe, den Knoten zu binden. Immer wieder rutschte mir die Seide weg, entzog sich meinem Griff. Verzweifelt zürnte ich den Göttern, die mir diesen letzten Weg verwehren wollten.

Und immer wieder schrie es in mir, schrie nur das eine Wort, den einen Namen: *Richard, Richard ...*

Endlich gelang es mir, die von der Feuchtigkeit schwere Seide an dem Querbalken zu befestigen. Ich empfand beinahe so etwas wie Glück – endlich! Es würde ein Ende haben. Bald.

Ich schob einen kleinen Schemel, den ich auf dem obersten Stockwerk des Turmes fand, unter die Stelle, an der der Seidengurt hing.

Richard ... Richard ...

Die Schlaufe berührte meinen Hals; ich versicherte mich, dass sie sich zusammenziehen würde, wenn ich sprang.

Richard.

Straff gespannte Seide über meiner Kehle.

Richard.

Ein Schmerz im Nacken. Mein Kopf schwillt an.

Richard.

Die Welt ist rot. Rot wie Blut. Rot wie der Tod. Rot wie die Hoffnungslosigkeit.

Richard ...

Richard. Warum?

Danach – Stille. Unendliche, unauslotbare Stille. Und Staunen darüber, dass diese Stille nicht schmerzte. Dass sie Frieden brachte und Ruhe – und vor allem: Begreifen.

Richard!

Er hatte mich nicht verraten. Er war selbst verraten worden. Und er liebte mich, liebte mich mit derselben Tiefe, mit der ich ihn liebte, würde niemals aufhören, mich zu lieben.

Und wir würden uns wiederfinden. Der Tod war nicht das Ende. Er war nur eine kurze Unterbrechung auf dem ewigen Weg der Seele.

Richard.

Bald, mein Geliebter. Bald.

Eines Nachts brach das Fieber schließlich, und als ich am nächsten Morgen erwachte, war ich zwar ebenso in Schweiß gebadet wie in den vergangenen zwei Wochen, aber zumindest wusste ich, wo ich war – und wer ich war, was mir in den Tagen meiner Krankheit nicht immer klar gewesen war.

Und ich hatte Hunger.

Lao Wei saß auf einem Schemel an meinem Bett und beobachtete mich forschend.

Nachdem ich die Augen aufgeschlagen hatte, erhob er sich sofort von seinem Platz, um sich vor mir zu verbeugen.

»Den Göttern sei Dank«, murmelte er. »Es geht Euch besser. Wir hatten große Angst um Euch, Prinzessin.«

Er machte Anstalten, sich abermals zu verbeugen, doch ich winkte ab. Ich hatte Wochen gebraucht, um Bolo diese lästige Angewohnheit auszutreiben, und jetzt …

Ich richtete mich so abrupt in meinem Bett auf, dass mir schwindelig wurde.

»Bolo!«, stieß ich hervor, bevor mich ein heftiger Krampf würgte und ich mich übergeben musste.

Lao Wei hielt mir geistesgegenwärtig eine Schale hin, und während ich bittere Galle erbrach, sprach er beruhigend auf mich ein, als sei ich ein Kind.

Endlich verebbte der Krampf, und ich ließ mich wieder in meine Kissen sinken.

Die nächsten Worte Lao Weis hatten eine wohltuendere Wirkung auf mich als all die Tees und Arzneien, die er und Shuimin mir während der vergangenen Tage eingeflößt hatten.

»Bolo ist in Sicherheit«, sagte er sanft.

Abermals fuhr ich in meinem Bett hoch, und der Schwindel, der mich diesmal befiel, war bei weitem nicht mehr so schlimm wie zuvor.

»Bolo!«, rief ich. »Was ist mit ihm? Was wisst Ihr?«

»Sch.« Lao Wei ließ sich vor meinem Bett nieder, und ich registrierte mit leichtem Erstaunen, dass er einen Putzlappen in der Hand hielt.

»Euer Vater ist sehr misstrauisch«, flüsterte er, während er mit dem Lappen den sauberen Fußboden vor meinem Bett wischte. »Er hat einige Eunuchen bestochen, sich in regelmäßigen Abständen mit eigenen Augen davon zu überzeugen, dass Ihr nicht zu fliehen versucht.« Jetzt ließ er den Putzlumpen sinken und sah zu der Tür hinüber, die vom Vorraum in mein Schlafgemach führte.

»Natürlich klopfen sie an, bevor sie eintreten«, fuhr er fort, »aber es vergeht nie viel Zeit, bevor sie hereinkommen. Und sie kommen sogar nachts«, fügte er hinzu. »Wie gesagt, Euer Vater – oder wie ich vermute, der General, der ihn dazu angestachelt hat – ist sehr misstrauisch. Und sehr entschlossen, die Hochzeit wie geplant stattfinden zu lassen.«

Ich schluckte, und abermals spürte ich, wie sich kalter Schweiß auf meiner Oberlippe bildete. Trotzdem musste ich zuerst einmal wissen, was mit Bolo geschehen war.

»Bolo«, flüsterte ich drängend. »Was wisst Ihr?«

»Bolo ist in Peking«, antwortete Lao Wei. »Zusammen mit Sang Mar-ke – dem Mann, den Ihr liebt.«

Ich blinzelte verwirrt. Aber bevor ich etwas sagen konnte, hob Lao Wei die Hand.

»Legt Euch wieder nieder, Prinzessin, und schließt die Augen«, sagte er. »Sie waren jetzt schon seit über einer Stunde nicht mehr hier. Es wird sicher bald jemand kommen. Und solange sie glauben, dass Ihr noch zu krank seid, um das Bett zu verlassen, werden sie weniger wachsam sein.«

Gehorsam tat ich wie geheißen.

»Sang Mar-ke hat ein Haus in der Nähe der englischen Gesandtschaft gemietet, und dort wird er Bolo versteckt halten, bis ...«

Lao Wei verstummte jäh, und als ich die Augen öffnete, sah ich, dass er mit tief gebeugtem Rücken den Boden vor dem Bett wischte.

Erst dann hörte ich ein Klopfen an der Tür und hatte gerade noch Zeit, den Kopf abzuwenden, als auch schon jemand in den Raum trat.

»Geht es ihr immer noch nicht besser?«, erklang eine mir unbekannte, aber sehr melodische Stimme.

»Sie ist sehr krank«, hörte ich Lao Wei sagen. »Die Grippe nach der anstrengenden Reise macht ihrem Körper ärger zu schaffen, als man das bei einem so jungen Menschen erwarten sollte.«

Dann trat wieder Stille ein, aber ich spürte, dass der Fremde – vermutlich ein Eunuch – den Raum nicht verlassen hatte und mich immer noch beobachtete.

Endlich fiel die Tür leise ins Schloss.

»Sch.«

Ich hatte mich zu Lao Wei umdrehen wollen, hielt jedoch mitten in der Bewegung inne. Wieder hörte ich das leise Klicken der Tür, dann dieselbe Stimme wie zuvor.

»Ich hatte ganz vergessen zu fragen, ob du Hilfe brauchst, Lao Wei.«

»Danke, das ist sehr freundlich von dir, Biao Yong. Aber ich komme zurecht«, antwortete Lao Wei.

Doch der andere Eunuch ließ nicht locker. »Du sitzt jetzt seit über zwei Wochen fast ohne Pause an ihrem Bett, älterer Bruder. Ich könnte dich ablösen, damit du einmal eine Nacht durchschlafen kannst.«

»In meinem Alter braucht man nicht mehr viel Schlaf, jüngerer Bruder«, antwortete Lao Wei. »Das wirst du selbst erleben, wenn du einmal in meine Jahre kommst.«

»Dennoch ...«

Ich spürte, dass Lao Wei sich erhob. »Die Prinzessin ist meine Herrin«, sagte er mit erstaunlich fester, kraftvoller Stimme. »Und ich werde hier bei ihr bleiben, wo mein Platz ist, bis sie von ihrer Krankheit genesen ist.«

Diesmal erhob der andere Eunuch, dessen Name mir vage bekannt vorkam, keinen Protest mehr, und nach einer Weile schloss sich die Tür abermals. Lao Wei blieb schweigend und reglos vor meinem Bett stehen.

»Er ist fort«, sagte er schließlich, als eine ganze Weile verstrichen war.

Sofort drehte ich mich zu ihm um. »Ihr habt gesagt, Bolo sei in Sicherheit, aber wie könnt Ihr das wissen? Hat Malcolm eine Nachricht geschickt?«

Lao Wei lächelte traurig. »Sang Mar-ke hatte keinen Grund, irgendjemandem im Palast zu vertrauen«, sagte er. »Am wenigsten der Kaiserin.«

Ich wollte ärgerlich protestieren, doch etwas im Blick des alten Mannes hielt mich zurück.

»Aber das ist eine andere Geschichte, und Ihre Majestät will sie Euch selbst erzählen. Und nun zurück in die Gegenwart«, fuhr er betont energisch fort. »Der Arm der Kaiserin reicht in Peking sehr weit, weiter als selbst die Geheimpolizei oder der Clanrat es vermuten. So ist es ihr gelungen, Sang Mar-ke und seine beiden Begleiter aufzuspüren, wo die anderen versagt haben. Daher wissen wir jetzt, wo sie sich aufhalten und wie wir sie erreichen können.«

Auf einen Ellbogen gestützt, richtete ich mich auf. »Ist das nicht viel zu gefährlich?«, fragte ich erschrocken und immer noch verwirrt. »Wenn der Bote Ihrer Majestät nun bestechlich ist und sie verrät ...?«

»*Dieser* Bote ist nicht bestechlich.«

Die absolute Gewissheit, mit der Lao Wei gesprochen hatte, erstaunte mich. Außer Bolo gab es inzwischen niemanden mehr im Palast, dem ich bedingungslos vertraut hätte. Und wenn Malcolm sogar der Kaiserin misstraute ...

Lao Wei sah mich gelassen an, und plötzlich wusste ich, von wem er sprach.

»Ihr«, sagte ich langsam, »Ihr seid der Bote?«

Lao Wei nickte, und ich blickte in seine Augen und hatte keine Fragen mehr.

Bolo war nicht der Einzige, dem ich ohne zu zögern mein Leben anvertrauen konnte.

Kapitel 28

$\mathcal{S}$ie waren füreinander geschaffen, Malu und Richard, das weiß ich jetzt – und wenn ich ehrlich bin, wusste ich es wohl schon damals.«

Guniang lehnte sich in ihre Kissen zurück und sah Anli an – oder war es Malu? Vergangenheit und Gegenwart waren jetzt, da ihr eigenes Leben sich dem Ende näherte, so eng miteinander verwoben wie die Maschen des fremdländischen Schals, der ihre Schultern wärmte.

Es tat so gut, endlich wieder mit Malu zu reden, nach all diesen Jahren ... Sie runzelte die Stirn. Woher war dieser törichte Gedanke nur gekommen? Sie hatten sich doch erst heute Morgen gesehen ...

»Du warst so verändert nach jenen Monaten, die wir in Jehol verbracht haben. Dein ganzes Wesen verströmte etwas, das ich selbst nie gekannt habe, von dem ich nicht einmal wusste, dass es existierte. Die Liebe hatte dich verwandelt.«

Guniang schloss die Augen. Warum war sie so müde? Sie war jung, gerade sechsundzwanzig Jahre alt. Diese Müdigkeit gehörte nicht zu ihr; sie gehörte zu einer anderen Frau, einer Frau, die sie niemals kennenlernen wollte. Sie wollte schlafen, träumen, nicht mehr denken müssen.

Aber irgendetwas war da, das ihr den Schlaf verwehrte. Irgendetwas musste noch getan werden, bevor sie ging.

Malu. Malu wollte etwas von ihr. Und sie musste es ihr geben. Sie stand in ihrer Schuld. Malu.

Ihre Lider waren schwer. Sie musste sie öffnen. Für Malu. Endlich fand sie die Kraft weiterzusprechen. Ein leises, rhythmisches Geräusch half ihr, den Schlaf in seine Schranken zu weisen, ein Geräusch, das sie nicht zu benennen wusste. Tick-tack. Tick-tack.

»Und dann sind wir von Jehol nach Peking zurückgekehrt«, sagte sie und runzelte die Stirn. Ihre Stimme klang so anders, so *alt*. Aber sie musste reden, und wenn ihr dafür nur die Stimme dieser fremden Greisin zur Verfügung stand – nun gut. Malu wartete. Und Malu hatte ein Recht darauf, diese Dinge zu hören.

»Xianfeng war tot, und Su Shuns Handlanger lauerten überall. Mein kleiner Phönix ...« Ihre Worte verklangen. »Wo ist mein Sohn?«, fragte sie und richtete sich jäh und mit weit geöffneten, furchtsamen Augen auf. »Wo ist der kleine Phönix? Er ist der neue Sohn des Himmels, aber Su Shun will ihn vergiften. Su Shun hat seine Männer überall, und ich kenne nicht einmal ihre Gesichter ...«

Verzweifelt versuchte Guniang, aus dem Bett zu steigen. Sie musste ihn finden, bevor es zu spät war, bevor das Gift in seinen kleinen, arglosen Kinderkörper eindringen konnte.

»Es ist alles gut, Euer Majestät.« Es war die Stimme eines Freundes, die diese Worte sprach, eines Mannes, dem sie ihr Leben anvertraut hätte, auch wenn sein Name ihr nicht einfallen wollte. »An Dehai bewacht seinen Schlaf«, fuhr der Mann fort. »Dem kleinen Phönix kann nichts geschehen, solange An Dehai bei ihm ist, das wisst Ihr.«

Jetzt war ihr auch wieder eingefallen, wie der Mann hieß. »Lao Wei, bist du das?«

»Ja, Euer Majestät. Es ist alles gut«, wiederholte er. »Der kleine Phönix ist bei An Dehai.«

An Dehai … Irgendetwas stimmte nicht mit An Dehai. Aber solange er bei ihm war, war ihr Sohn in Sicherheit.

»Ihr wolltet von – Ihr wolltet Malu etwas sagen, Euer Majestät«, erinnerte Lao Wei sie.

»Malu … Ja …« Es war nicht leicht, gegen diese überwältigende Müdigkeit anzukämpfen. Aber Malu wartete auf ihre Antwort. Und sie hatte ein Recht auf diese Antwort.

Aber was hatte sie ihr sagen wollen? Ihr Geist wanderte ziellos zwischen Vergangenheit und Gegenwart umher, und sie hatte sich auf den rätselhaften Wegen der Zeit verirrt.

»Malu …?«

Sie sah nicht, dass Lao Wei der jungen Frau ein Zeichen gab, und war nur dankbar, endlich wieder die Stimme ihrer Freundin zu hören.

»Ich bin hier, Euer …«

Malus Worte verklangen plötzlich. Warum?

Auch diesmal bemerkte Guniang nicht, dass Lao Wei lautlos mit den Lippen einen Namen formte.

»Ich bin hier, Guniang.«

Guniang lehnte sich erleichtert zurück. Malu war gekommen, damit sie ihre Schuld einlösen konnte. Malu musste wissen, was sie getan hatte.

»Ihr habt vom Tod Eures Gemahls in Jehol gesprochen und von Eurer Rückkehr nach Peking«, kam Lao Wei Guniang zu Hilfe. »Nach Peking, wo Ihr nicht wissen konntet, wer Euer Freund war und wer der Feind. Immer wieder hat man versucht, den kleinen Phönix und Euch zu vergiften. Nur der Zufall – oder die Götter – haben Euren Tod verhindert.«

»Ja«, sagte Guniang langsam, »jetzt weiß ich es wieder.

Prinz Gong entsandte General Sheng-pao mit starker Kavallerie, um die Verschwörer abzufangen, bevor sie Peking erreichten. Am Fuß der großen Mauer konnten sie sie unter Arrest nehmen und in die Hauptstadt bringen. Ja, ich erinnere mich.«

Wieder drohten Guniang die Augen zuzufallen.

»Was geschah in Peking mit Malu?«

Lao Wei hatte ein paar Minuten schweigend verstreichen lassen, um der Kaiserin Zeit zu geben, neue Kraft zu sammeln.

»Malu.« Guniang runzelte die Stirn. »Am siebten Tag des zehnten Monats wurde Su Shun hingerichtet. ›Der Tod der tausend Hiebe‹, so lautete seine Strafe.« Guniang spürte, dass ihre Gedanken sich ihre eigenen Wege suchten und sich auf diesen Wegen verirrten. Was hatte die Hinrichtung Su Shuns mit Malu zu tun?

Sie wollte schlafen, nur einige Stunden, dann würde sie sich besser konzentrieren können. Sie schloss die Lider. Nur ein paar Stunden …

»Malu wartet auf Eure Antwort, Euer Majestät.«

Eine vertraute, mahnende Stimme. Guniang wusste, dass sie diese Stimme schon oft gehört hatte, aber auch sie klang so anders als sonst. Älter … Es war ein Rätsel, und sie liebte Rätsel. Besonders, wenn sie und Malu ein Rätsel gemeinsam zu lösen versuchten.

»Malu?«, fragte sie plötzlich in den Raum hinein.

»Ich bin hier – Guniang.«

»Warum bist du so weit weg, Malu? Warum sitzt du nicht auf meinem Bett, wie du es sonst immer tust, wenn wir allein sind?«

Anli stand auf, zögerte kurz und durchquerte dann den

Raum, der nur von Kerzen erhellt war. Sie setzte sich auf das Bett der Kaiserin.

»Ah!« Guniang seufzte. »Wie schön, dich wieder hier bei mir zu haben. Ich habe dich so sehr vermisst.«

Plötzlich verdüsterte sich Guniangs Miene.

»Und doch willst du mich verlassen? Einfach so und ohne mich zu fragen, ob es mir recht ist?« Ihre Stimme klang jetzt vorwurfsvoll, beinahe wie die eines verzogenen Kindes. »Ich kann den Gedanken nicht ertragen, dich zu verlieren. Nicht auch noch dich ...«

Guniang fröstelte. Es war ein harter Winter in diesem Jahr, kalt und feucht. Noch nie hatte ihr der Winter so sehr zugesetzt. Sie konnte ja kaum die Finger bewegen. Ärgerlich blickte sie auf ihre Hände hinab – und erschrak. Das waren nicht ihre Hände! Die Haut war fahl und welk, die Gelenke geschwollen, die Nägel glanzlos.

Sie musste sie verstecken, diese Hände, damit niemand sie sah. Verstohlen schob sie sie unter die Bettdecke. Dann blickte sie wieder auf.

Anli saß noch immer auf dem Bett und wartete. Die Kaiserin bemerkte die Traurigkeit in ihren Zügen, konnte aber weder einen Vorwurf oder gar Zorn darin entdecken.

Guniang zog die Brauen zusammen. Warum sollte Malu auch zornig auf sie sein? Sie waren Freundinnen. Sie hatten beide nie eine bessere Freundin gehabt. Sie würde alles für Malu tun, alles ...

Nein, das war nicht die Wahrheit. Etwas in ihr zwang sie, zu sehen, was sie nicht sehen wollte. Etwas Hässliches, Böses, das ihre Seele zerstörte. Sie konnte nicht länger schweigen. Sie hatte schon viel zu lange geschwiegen.

Und Malu hatte ein Recht auf die Wahrheit.

»Richard hat dich nicht verraten«, flüsterte sie. »Er hat nie aufgehört, dich zu lieben.«

Anli nickte langsam, und in ihren Augen glänzten Tränen. »Das weiß ich«, sagte sie leise.

»Du weißt …?«

»Ja, ich weiß es. Der Brief, den … den ich bekommen habe, war eine Fälschung. Richard hat ihn nie geschrieben.«

Guniang war unendlich erleichtert. Malu wusste, was sie getan hatte. Und in ihrer Stimme hatte kein Hass gelegen.

»Du hasst mich nicht für das, was ich dir angetan habe?«

Ein winziges Zögern, dann die Antwort.

»Nein. Ich hasse dich nicht. Wie könnte ich? Ich habe dich geliebt. Du warst die einzige Freundin, die ich jemals hatte.«

»Aber ich habe dich verraten.«

»Ja, das hast du.«

»Ich habe dein Leben zerstört.«

»Ja. Aber …«

»Ja?« Angst und Hoffnung. Hoffnung, dass es nach all diesen Jahren doch noch Vergebung für sie geben könnte.

»Dieses eine Leben ist nicht alles, was wir haben. Es gibt noch mehr. Der Tod ist nicht das Ende.«

»Aber du bist gestorben.«

»Ja.«

»Und du kannst mir dennoch verzeihen?«

Diesmal kein Zögern mehr.

»Ja. Ich verzeihe dir.«

Eine kurze Pause, dann eine Bewegung unter ihrer Bettdecke. Eine junge Hand schloss sich um ihre alte.

»Es ist alles gut, Guniang. Es ist gut.«

Und plötzlich Klarheit, ein Zerreißen des Nebels.

»Ich werde nicht zulassen, dass es noch einmal geschieht, Anli. Es darf nicht noch einmal geschehen. Ich werde es verhindern. Ich habe dich nach Baoding geschickt, weil ich hoffte ... Richard St. Growers Sohn und du ... Mein Plan ist aufgegangen.«

Und dann – endlich – Schlaf.

An Leib und Seele erschöpft, folgte ich Lao Wei durch den Geheimgang, der Guniangs Räume mit meinen verband. Es war mitten in der Nacht, und die Stille im Palast war mir unheimlich. Der Schein des brennenden Kienspans, den Lao Wei hochhielt, spendete mir gerade genug Licht, um einen Fuß vor den anderen setzen zu können. Ohne Lao Wei als Führer hätte ich mich hoffnungslos verirrt und wäre vielleicht für immer in diesem gespenstischen Labyrinth, in dem sich kurze Durchgänge mit lichtlosen Gelassen abwechselten, verloren gewesen.

In einem dieser Gelasse blieb Lao Wei plötzlich stehen.

»Es gibt noch etwas, das Ihr wissen solltet, Prinzessin«, sagte er. Das flackernde Licht des Holzspans erhellte sein Gesicht, und die Qual, die darin stand, erschreckte mich.

»Ich war es, der die Briefe damals gefälscht hat. Ich bitte Euch nicht um Vergebung für diese Schuld, weil es keine Vergebung dafür gibt. Ich habe das Leben zweier Menschen zerstört, und eine Existenz genügt nicht, um diese Schuld zu büßen, das weiß ich.«

Ich war nach den Erlebnissen der letzten Stunden so aufgewühlt, dass mir einen Moment lang die Worte fehlten. Der Ort, an dem ich mich befand, war ebenso gespenstisch und unwirklich wie das Gespräch mit der Kaiserin zuvor. Beinahe glaubte ich, das alles nur geträumt zu haben.

Aber das Leid in den Augen des alten Mannes war real.

»Wenn du es nicht getan hättest«, sagte ich sanft, »hätte die Kaiserin einen anderen gefunden.«

»Aber ich *habe* es getan«, antwortete Lao Wei ruhig. »Und Schuld wird niemals geringer, indem man auf andere deutet. Schuld ist immer etwas Persönliches. *Ich* bin schuldig geworden, kein anderer. Und ich mag nur ein Eunuch ohne Stand und Rang in dieser Welt sein, aber vor Buddha bin ich nicht mehr und nicht weniger als ein Mensch. Und als Mensch habe ich Schuld auf mich geladen.«

Die schlichte Würde des alten Mannes beeindruckte mich zutiefst, und ich hätte viel darum gegeben, wenn ich ihm seine Bürde ein wenig hätte erleichtern können. Aber mit jedem weiteren Wort hätte ich ihm ein wenig von seiner Würde genommen, und in diesem Augenblick lernte ich eine Lektion, die jeder Mensch, der wahrhaft Mensch sein will, irgendwann lernen muss: Jeder Mann und jede Frau und jedes Kind, dem wir begegnen, besitzt etwas, das in seinem Kern unabhängig ist von seinem Ansehen in der Welt und unantastbar und das unseren tiefen Respekt verdient.

Ich verneigte mich vor dem alten Mann, und als ich Tränen auf seinen Wangen glänzen sah, legte ich die Arme um ihn und hielt ihn lange fest.

Kapitel 29

Der ganze Palast war in Aufruhr. Es hieß, der Kaiser sei tot, dann wieder hörte man, er habe die Krise überstanden und befinde sich auf dem Weg der Genesung.

Ich selbst beteiligte mich nicht an den Spekulationen, denn der Tag meiner Hochzeit war bedrohlich nahe gerückt, ohne dass ich eine Nachricht von Malcolm erhalten hätte. Stattdessen musste ich mir nun vom frühen Morgen bis zum Schlafengehen das Geplapper meiner Schwestern anhören, die mich jetzt, da sie selbst in das Gefolge der Kaiserin aufgenommen werden sollten, mit Glückwünschen und guten Ratschlägen überhäuften. Ich hatte allerdings den Verdacht, dass sich hinter ihrer Freundlichkeit in Wahrheit Häme verbarg, denn sie waren inzwischen ebenfalls dem General vorgestellt worden und hatten sich davon überzeugen können, dass er tatsächlich ein hässlicher, feister Kerl war und obendrein alt genug, um mein Vater zu sein.

Noch zwei Tage bis zur Hochzeit. Übermorgen ...

In der vergangenen Woche hatte ich mich immer häufiger dabei ertappt, dass ich den Seidengürtel eines meiner neuen Gewänder zur Hand nahm.

Malu. Malu, rette mich.

Malcolm hatte es geschworen; er würde nicht zulassen, dass es noch einmal geschah. Und ich hatte das Wort der Kaiserin – aber wie viel wog ihr Wort? In jener Nacht, als Lao Wei mich durch die Geheimgänge in ihr Schlafgemach geführt hatte, hatte sie gegen die Schmerzen und die Diarrhö, die sie plagte, Opium genommen, das wusste ich inzwischen von Lao Wei. Ihr Geist war verwirrt gewesen, und sie hatte mich für Malu gehalten.

Wie viel war also das Wort der Kaiserin wert? Und selbst wenn sie die Absicht hatte, ihr Wort zu halten – was konnte sie überhaupt noch tun?

Ich ließ den Seidengürtel durch meine Finger gleiten wie eine Gebetsschnur.

Malu. Malu, rette mich.

Malcolm ... Malcolm ...

Als ich an diesem Abend schlafen ging, lag der Gürtel unter meinem Kopfkissen.

Ich glaubte, kaum eingeschlafen zu sein, als ein leises Geräusch mich weckte. Zuerst dachte ich, es müsste aus dem Korridor vor meinem Zimmer gekommen sein. Der Kaiser war tatsächlich am frühen Abend gestorben, und seither war im Palast keine Ruhe mehr eingekehrt. Es hatte geheißen, die Kaiserin werde noch in der Nacht den Clanrat einberufen, um einen Nachfolger für Guangxu zu ernennen, doch mir war es gleichgültig, wer der neue Sohn des Himmels wurde. Ich glaubte nicht, dass ich seine feierliche Thronbesteigung noch erleben würde. Der Seidengürtel war der einzige Ausweg, der mir blieb.

Teilnahmslos lauschte ich dem eigenartigen Geräusch, das wie das Kratzen von Holz auf Stein klang – bis ich jemanden meinen Namen flüstern hörte.

»Prinzessin Anli!« Es war eine weibliche Stimme, doch im ersten Augenblick erkannte ich sie nicht. »Seid Ihr wach? Anli!«

Benommen richtete ich mich auf. Es war vollkommen dunkel im Zimmer, da ich am Abend die schweren Vorhänge vor den Fenstern zugezogen hatte.

Jemand berührte mich an der Schulter.

»Shuimin?«, fragte ich.

»Sch. Ihr müsst leise sprechen.«

Es war tatsächlich Shuimin. Und jetzt wusste ich auch, was das Geräusch zu bedeuten hatte, von dem ich wach geworden war.

»Ihr seid durch den Geheimgang gekommen?«

»Ja«, wisperte Shuimin. »Lao Wei wartet dort auf Euch. Er will Euch zur Kaiserin bringen.«

Meine Augen hatten sich inzwischen so weit an die Dunkelheit gewöhnt, dass ich vage Shuimins blasses, rundes Gesicht erkennen konnte.

»Ihr müsst Euch beeilen. Es wird bald hell. Ich werde an Eurer Stelle in Eurem Bett liegen, falls irgendjemand nachsehen kommt. Schnell.«

Ich stieg aus dem Bett und wollte gerade nach dem Gewand greifen, dass ich am vergangenen Tag getragen hatte, als Shuimin mich zurückhielt: »Ihr habt keine Zeit mehr, Euch anzuziehen. Die Kaiserin hat in ihrem Gemach ein Gewand für Euch, das Ihr tragen könnt.«

Der Tonfall, in dem Shuimin diese letzten Worte gesprochen hatte, klang eigenartig, doch dies war nicht der rechte Augenblick, um Fragen zu stellen. Ich schlüpfte in meine Seidenpantoffeln und wandte mich dann zu Shuimin um.

Zu meiner Überraschung schloss sie mich in die Arme und zog mich fest an sich. Ihre Wangen waren feucht.

»Werde glücklich, Anli«, murmelte sie dicht an meinem Ohr. »Und manchmal, wenn dein Leben besonders hell und schön ist, dann schick mir einen guten Gedanken. Ich werde ihn fühlen und ein wenig an deinem Glück teilhaben.«

Ihre Stimme brach, und sie schob mich sanft von sich und hinüber zu der dunklen Öffnung, wo ein bewegliches Paneel in der Wandvertäfelung den Eingang zum Geheimgang verbarg.

»Und jetzt geh! Und lebe wohl!«

Ich stolperte durch die Öffnung und wäre gestürzt, hätte mir nicht ein magerer, aber überraschend kräftiger Arm Halt gegeben.

»Lao Wei!«

»Sch! Wir müssen leise sein, Prinzessin«, flüsterte der alte Eunuch. »Heute Nacht schlafen im Palast nur wenige Menschen, und einige der geheimen Korridore haben dünne Wände. Wir könnten leicht gehört werden.«

Den Rest des Weges, der mir heute so viel länger erschien als beim ersten Mal, legten wir schweigend zurück, und bis wir Guniangs Gemächer erreicht hatten, wagte ich kaum zu atmen, so groß war meine Furcht vor Entdeckung.

Aber niemand hielt uns auf, obwohl ich zweimal glaubte, tatsächlich gedämpfte Stimmen von außerhalb des Ganges zu hören.

Endlich traten wir ins Schlafgemach der Kaiserin. Guniang erwartete uns voll bekleidet; sie trug noch immer das schwere Zeremonialgewand, in dem sie, wie ich später erfuhr, um zwei Uhr an diesem Morgen den neuen Sohn des

Himmels bestimmt hatte, den drei Jahre alten Pu Yi, einen Neffen Guangxus.

»Euer Majestät.« Ich verneigte mich, kaum dass ich den Raum betreten hatte.

»Lasst das. Wir haben keine Zeit für alberne Gesten«, sagte Guniang mit fester Stimme. »Setzt Euch auf diesen Schemel.«

Verwundert sah ich sie an, aber anders als bei unserer letzten Begegnung waren ihre Augen vollkommen klar. Ich nahm Platz.

»Bindet Euer Haar auf.«

Jetzt kamen mir doch Zweifel, ob die Kaiserin wusste, weshalb ich hier war. Dennoch tat ich, was sie mir befohlen hatte; ein gutes Jahr am Kaiserhof hatte mich gelehrt, auch den scheinbar unsinnigsten Anordnungen Folge zu leisten.

Auf einem niedrigen Tisch neben dem Schemel lag ein Barbierbesteck – und ich verstand noch immer nicht.

Ich löste die Flechten meines schweren Zopfes und schüttelte mein Haar aus.

Lao Wei trat vor mich hin und griff nach einer großen, scharfen Schere.

Ich sog erschrocken die Luft ein. »Was ...«

Der alte Eunuch verbeugte sich tief. »Es gibt keinen anderen Weg, Euch zu retten, Prinzessin«, sagte er bedauernd. »Ihr könnt diesen Palast nicht als Frau verlassen – zu viele Menschen hier kennen Euch. Das Risiko wäre zu hoch.«

Blinzelnd sah ich ihn an. »Nicht als Frau ...?«, wiederholte ich. »Aber ich bin eine Frau ...«

»Wenn Ihr diese Räume verlasst, werdet Ihr es nicht mehr

sein«, erwiderte Lao Wei und griff nach der ersten Haarsträhne an meiner rechten Schläfe.

Als die Nordtore des Palastes in der vierten Doppelstunde beim ersten Morgengrauen geöffnet wurden, beobachtete niemand die beiden Halbmänner, die die Verbotene Stadt verließen. Niemand – außer einem jungen Eunuchen, der die ganze Nacht über die Vorgänge in Anlis Schlafgemach belauscht hatte.

Biao Yongs Schatten verschmolz mit der grauen Fassade eines der zahlreichen Nebengebäude auf dem Palastgelände, während er mit schmalen Augen zusah, wie die Wachen die beiden passieren ließen. Er hatte keinen Zweifel daran, dass es Lao Wei und die Prinzessin waren, denn seine Wachsamkeit während der vergangenen Wochen war reich belohnt worden. Er hatte die geheimen Durchgänge im Mauerwerk entdeckt, die vom Schlafgemach der Kaiserin in verschiedene Richtungen führten – unter anderem auch zu Prinzessin Anlis Räumen. Und wie schon einmal war er der Prinzessin in dieser Nacht gefolgt.

Die beiden schmalen Silhouetten entzogen sich seinem Blick, und Biao Yong löste sich aus seinem Versteck, um sich auf den Weg zu seinem Herrn zu machen.

Während er durch die vertrauten Flure ging, malte er sich die Zufriedenheit aus, mit der der Obereunuch seine Neuigkeiten aufnehmen würde, das Lob, das ihn erwartete, den reichen Lohn ...

Dennoch verlangsamte sich sein Schritt, je näher er Lis Quartier kam.

So sehr er sich auch bemühte, die Erinnerung zu verscheuchen, ein Bild drängte sich immer wieder beharrlich in seine Gedanken. Es waren die Züge des Obereunuchen, als er in der Nacht des Mittherbstfestes auf Mengtian hinabblickte, seinen einstigen Günstling und Vertrauten.

Das wirst du mir büßen, hatte Li dem bereits am Boden liegenden Mengtian ins Gesicht gezischt. *Ich werde dafür sorgen, dass du ihn dreimal stirbst, den Tod der tausend Hiebe. Vom Sonnenuntergang bis Sonnenaufgang sollst du sterben, bevor ich dein erbärmliches Fleisch den Hunden vorwerfe.*

Es waren jetzt nur noch wenige Meter bis zur Tür, hinter der der Obereunuch schlief.

Biao Yong straffte die Schultern. Warum gingen ihm mit einem Mal diese dummen alten Geschichten durch den Kopf? Er war kein Narr wie Mengtian; er wusste, wie man sich die Gunst eines mächtigen Mannes bewahrte. Und hatte Li nicht selbst gesagt, dass er mehr als zufrieden mit seinen Diensten war? *Du machst deine Sache hundertmal besser als dieser Wurm, Mengtian ...*

Eine Dienerin huschte an ihm vorbei; höchstwahrscheinlich war sie auf dem Weg in die Küchen, um die gewünschten Leckereien zu holen, die der Obereunuch am vergangenen Abend für sein Frühstück bestellt hatte. Als die Frau Biao Yong sah, machte sie eine tiefe Verbeugung vor ihm, als sei auch er ein hoher Herr. Selbst die niedrigsten Diener wussten inzwischen, dass sie ihm Respekt zu erweisen hatten.

Und in der nächsten Oper, für die die Proben bereits begonnen hatten, würde er die zweite Hauptrolle spielen ...

Biao Yong nickte der Frau flüchtig zu, dann legte er die Hand an die Tür, die zu Lis Räumen führte.

Du bist ein kluger Bursche, hallte die Stimme des Obereunuchen durch seine Gedanken. *Du hast begriffen, dass ich sie am Ende alle kriege. Alle, die meinen Unwillen erregen. Am Ende kriege ich sie alle.*

Er drückte die Tür auf und trat hindurch. Selbst im Vorraum konnte man das Gemisch der verschiedenen Medizinen und Heilkräuter riechen, mit denen Li seine zahlreichen teils echten, teils eingebildeten Gebrechen zu lindern versuchte.

Am Ende kriege ich sie alle ...

Biao Yong atmete tief durch und spürte zu seinem Entsetzen, dass sich die alte Übelkeit, die er überwunden zu haben glaubte, mit Macht wieder einstellte.

Am Ende kriege ich sie alle ...

Er hatte das Vorzimmer durchquert, und nur eine einzige Tür trennte ihn noch von seinem Herrn.

Zum Neujahrsfest sollte das Stück *Der vierte Sohn besucht die Mutter* aufgeführt werden, und er, Biao Yong, sollte vor einem großen, illustren Publikum die Rolle des Wang Fengqing spielen – die letzte Rolle, die sein Vater vor mehr als fünfzehn Jahren auf einer bedeutenden Bühne gesungen hatte.

All die verlorenen Jahre, in denen er, statt Kind zu sein, gesungen hatte. In denen er geprügelt worden war, wann immer seine Stimme nicht den reinen, klaren Ton traf, den sein Vater von ihm erwartete.

In wenigen Wochen würde er vor dem neuen Herrn der Zehntausend Jahre singen, und seine Darbietung würde den Kaiser zu heißen Tränen rühren. Er wusste, dass sein Talent dazu ausreichte. Er hatte sein Ziel erreicht. Kein Preis war dafür zu hoch, keiner.

Am Ende kriege ich sie alle ...

Er trat durch die letzte Tür. Von der Bettstelle auf der anderen Seite ertönte das heisere, ungleichmäßige Schnarchen, das ihn während der vergangenen Monate an jedem Morgen begrüßt hatte.
Am Ende kriege ich sie alle.

Kapitel 30

Erst als der Eselskarren, dessen Besitzer uns für eine Hand voll Kupfergeld hatte aufsteigen lassen, sich auf dem unebenen Pflaster in Bewegung setzte, wagte ich es, die kahl geschorene Stelle an meinem Kopf zu berühren. Sie fühlte sich kalt und seltsam fremd an – als gehöre dieser Teil meines Körpers zu einer anderen Person.

Seit Lao Wei im Schlafgemach der Kaiserin die erste Strähne meines Haares abgeschnitten hatte, quälte mich trotz aller Angst auch die Frage, was Malcolm denken würde, wenn er mich so sah.

Bisher hatte ich jedoch wenig Zeit zum Nachdenken gehabt. Im Boudoir der Kaiserin war alles so schnell gegangen, dass ich keinen klaren Gedanken hatte fassen können, und als ich im Morgengrauen zusammen mit Lao Wei, und ebenso wie er als Eunuch gekleidet, durch die nördlichen Tore der Verbotenen Stadt getreten war, hatte ich zunächst einmal nur den einen verzweifelten Wunsch gehabt, dass niemand in letzter Minute meine Flucht entdecken möge. Auf dem Weg durch die zu dieser frühen Stunde noch fast menschenleeren Straßen der Mandschustadt war es mir schwergefallen, mich den langsamen Schritten meines Begleiters anzupassen. Hinter jeder Häuserecke hatte ich erwartet, einen der Häscher zu sehen, die man inzwischen gewiss nach mir ausgeschickt hatte. Übermorgen sollte ich den General heiraten, und meine Mutter und meine Schwestern hätten als Bewachung für mich mehr als ausgereicht. Aber auch Li schickte beinahe stündlich seine Untergebenen unter irgendeinem Vorwand aus, damit sie nach mir sahen. Ich konnte es mir nicht anders vorstellen, als dass trotz der Aufregung um den Tod des Kaisers mein Verschwinden mittlerweile bemerkt worden sein musste.

Als ich eine Berührung auf meinem Arm spürte, zuckte ich heftig zusammen, und einen Moment lang versank die Welt um mich herum in Dunkelheit.

Dann drang eine sanfte, kultivierte Stimme in mein Bewusstsein.

»... habt keine Angst, Prinzessin«, sagte Lao Wei. »Die Kaiserin wird nicht zulassen, dass man Euch jetzt noch findet. Sie weiß genau, was sie tut ...«

Lao Wei sprach so leise, dass ich ihn kaum verstand, und seine nächsten Worte gingen gänzlich im Ächzen des altersschwachen Karrens unter, als der Fuhrmann um eine Straßenecke bog. Wieder auf gerader Strecke, drehte sich der Mann grinsend zu uns um. Als sein Blick auf mich fiel, wurde sein Grinsen noch breiter.

»Ein wenig schreckhaft, das Bürschchen, wie?«

»Man muss es ihm nachsehen«, erwiderte Lao Wei höflich. »Er ist noch jung.«

Der Mann, dem, obwohl er noch nicht sehr alt war, schon fast alle Zähne fehlten, schürzte die Lippen, und ein boshafter Ausdruck trat in seine Züge.

»Dann ist es wohl noch nicht lange her, dass ...« Er senkte den Blick vielsagend auf meinen Schoß.

Zuerst verstand ich nicht, was er meinte, dann stieg mir heiße Röte in die Wangen. Einen Moment lang vergaß ich, dass ich eine Frau war, eine Prinzessin von kaiserlichem Geblüt, die noch am Tag zuvor in kostbaren Seidenbrokat gekleidet von Männern wie diesem mit unterwürfigem Respekt behandelt worden wäre.

So also fühlte sich Bolo, so fühlte sich Lao Wei, so fühlten sich all die Männer, die von einer Laune des Schicksals zu einem Leben ohne Würde und Ehre verurteilt worden waren.

»Hat der Messerstecher seine Sache denn gut gemacht, Kleiner?«

Die verächtliche Herablassung in den Worten des Mannes verursachte mir Übelkeit.

»Man hört ja so allerlei«, fuhr er unbarmherzig fort. »Aber ich hab noch nie mit einem wie dir gesprochen. Erzähl doch mal, wie ...«

Plötzlich machte der Karren einen Satz, und ich wurde unsanft gegen Lao Wei geschleudert. Der Fahrer, der sich auf mich statt auf die Straße konzentriert hatte, hatte ein ziemlich übles Loch in der Straße übersehen und verlor für einen Moment die Kontrolle über sein Gefährt. Ich drückte den kleinen Stoffbeutel, der alles enthielt, was ich aus dem Palast hatte mitnehmen können, fester an mich.

Der Mann sah flüchtig auf die Straße vor sich, dann drehte er sich wieder zu uns um. Ich beantwortete seinen erwartungsvollen Blick mit eisigem Schweigen.

»Das Bürschchen ist wohl obendrein noch stumm, wie?«, bemerkte er. »Aber du, Alter, du kannst doch sicher sprechen?«

Ich saß so dicht neben Lao Wei, dass ich es hätte spüren müssen, wäre eine Veränderung in seinem Körper vorgegangen. Aber er blieb vollkommen entspannt. Und noch bevor er dem Mann auf dem Fahrersitz seine Antwort gab, wusste ich, dass ich mich geirrt hatte.

Kein Messer und keine Laune irgendeines Schicksals konnten einem Menschen seine Würde nehmen, wenn er es nicht selbst zuließ.

»Ja«, sagte Lao Wei klar und fest. »Ich *kann* sprechen, aber ich werde es nicht tun.«

Die kalte Morgenluft strich über die kahl geschorene Stelle an meinem Kopf, und ich setzte mich ein wenig aufrechter hin.

Ein eigenartiges und sehr starkes Gefühl durchströmte mich, dem ich im ersten Augenblick keinen Namen zu geben wusste. Dann legte sich ein Lächeln auf meine Züge.

Ich war stolz darauf, Männer wie Lao Wei und Bolo Freunde nennen zu dürfen. Und in diesen Stolz mischte sich eine unendliche Dankbarkeit.

Der Fahrer des Eselskarrens hatte die Hoffnung, seine Neugier durch uns stillen zu können, offenkundig aufgegeben, denn er drehte sich nicht noch einmal zu uns um.

Wir näherten uns langsam dem äußeren Rand der Mandschustadt, und allmählich fiel meine Furcht von mir ab. Der Frühdunst hatte sich aufgelöst, und ich glaubte, förmlich spüren zu können, wie die Sonne sich durch den Hochnebel kämpfte, um sich den frierenden Menschen doch noch zu zeigen.

Der Karren holperte über die lange, breite Straße, die die beiden größten Stadtviertel Pekings miteinander verband, und allmählich machte sich auch bei mir die Erschöpfung bemerkbar. In der vergangenen Nacht hatte ich kein Auge zugetan, und es war lange her, seit ich das letzte Mal wirklich tief und erholsam geschlafen hatte ...

Ich lächelte unwillkürlich, denn die Erinnerung hatte mich nach Baoding zurückgetragen. Meine Lider wurden schwer, und mit einem Mal spürte ich die Kälte nicht mehr. Die Luft roch nach Sommer und nach Orangenblüten ...

Ich musste tatsächlich kurz eingeschlafen sein, denn plötzlich schreckte ich aus einer tiefen Versunkenheit hoch. Für einen Moment verwirrte mich die weiße Wolke meines Atems, doch dann begriff ich auch schon, was es war, das mich aus meinem sanften, schwebenden Traum herausgerissen hatte.

Lao Wei saß plötzlich kerzengerade neben mir, so wachsam wie ein in die Enge getriebenes Tier.

Dann sah ich, was er vor mir gesehen hatte.

Etwa ein Dutzend Soldaten der Palastwache in ihren prächtigen Uniformen kamen zielstrebig auf uns zu.

Der Fahrer des Eselskarrens stieß einen Laut aus, der halb Fluch, halb Entsetzen war, und verlangsamte das Tempo, bis das Gefährt nur wenige Schritte von den Soldaten entfernt zum Stehen kam.

Trotz der Kälte war mir plötzlich unerträglich heiß.

Einer der Soldaten trat vor – wahrscheinlich der Hauptmann der kleinen Truppe –, und die anderen folgten ihm. Im nächsten Moment war der Eselskarren umringt von Männern, die sich ihrer Unbezwingbarkeit so bewusst waren, dass sie vollkommen darauf verzichteten, eine Waffe zur Schau zu stellen, bevor sie sie benutzten. Für den Elenden, der ihre Schwerter aufblitzen sah, war dieser Anblick für gewöhnlich der letzte seines Lebens.

»Wir suchen einen jungen Eunuchen, der sich ohne Erlaubnis aus dem kaiserlichen Palast entfernt hat ...«

Schwindel erfasste mich, und die geschäftige Mandschustadt rückte in unerreichbare Ferne.

Die Seidenschnur.

Ich hatte die Schnur in Guniangs Schlafgemach liegen lassen, diese starke, gedrehte Kordel, ganz ähnlich der, die vor so vielen Jahren Malus einziger Ausweg gewesen war.

Lao Wei sagte etwas, doch seine Worte drangen nicht in mein Bewusstsein. Das Grau des Wintertages färbte sich rot – rot wie die Angst.

Malu ...!

Ich wusste nicht, ob ich den Namen laut ausgesprochen hatte, sondern spürte nur, dass meine blutleeren Lippen sich bewegten.

Dann riss mich ein scharfer Schmerz in die Wirklichkeit zurück, und ich schnappte keuchend nach Luft.

»Shun Bo!«

Spitze Nägel bohrten sich in das Fleisch meines rechten Oberarms.

»Du dummer Kerl! Der Herr spricht mir dir!«

Zuerst erkannte ich die Stimme nicht, die so dicht an meinem Ohr erklang. Sie war rau und barsch, und die Freundlichkeit, die ich daraus zu hören gewohnt war, fehlte vollkommen.

»Shun Bo!«, wiederholte Lao Wei in dem gleichen harten Tonfall.

Der Schmerz in meinem Arm hatte noch immer nicht nachgelassen, und jetzt wirkte er wie ein starkes Seil, das mich daran hinderte, in mein stummes rotes Gefängnis zurückzustürzen. Ich wusste nicht, was Lao Wei von mir erwartete, aber die Rolle, die er mir offensichtlich zugedacht hatte, war mir nur allzu vertraut.

»Ich bitte um Vergebung, verehrter älterer Bruder«, murmelte ich mit einer Hilflosigkeit, die ich nicht zu spielen brauchte. »Ich bin nur ein bescheidener Sklave, der nichts anderes versteht, als seinem Herrn zu dienen. Meine Unachtsamkeit ist unverzeihlich ...«

»Damit hast du ausnahmsweise einmal vollkommen recht«, sagte Lao Wei mit einer Kälte, die mich zurückprallen ließ. »Und außerdem bist du eine abscheuliche, feige Kreatur. Ich weiß wirklich nicht, womit ich es verdient habe, dich zu einem nützlichen Diener ausbilden zu müssen. Und jetzt mach endlich den Mund auf!«

»Den Mund aufmachen?« Ich blinzelte verwirrt. »Was ...?«

Doch weiter kam ich nicht. Der Anführer der Soldaten trat plötzlich so dicht an mich heran, dass der Eselskarren sich gefährlich zur Seite neigte, dann packte der Mann mich am Kinn und drückte mir grob die Lippen auseinander.

»Ich kann nichts Ungewöhnliches entdecken«, sagte er zu einem Soldaten, der sich nun ebenfalls über mich beugte. »Gesunde, gleichmäßige Zähne ...« Er richtete sich wieder auf. »Aber sieh du auch nach. Besser ist besser. Ich möchte lieber nicht erleben, was passiert, wenn uns die Krähe entkommt.«

Der Hauptmann ließ mich los, und der Soldat, der neben ihm stand, trat an seine Stelle.

Noch ehe ich Luft holen konnte, wurden mir die Lippen abermals auseinandergedrückt.

Der zweite Mann begnügte sich jedoch nicht damit, meine Zähne nur anzusehen.

Ich schmeckte Schmutz und Schweiß, als er mir den Zeigefinger in den Mund schob.

Mein erster Impuls war es, zuzubeißen, um mich gegen diese unwürdige Behandlung zur Wehr zu setzen, doch bevor ich dieser Regung nachgeben konnte, grub mir Lao Wei abermals die Finger in den Arm, so hart, dass ich nach Atem ringen musste und mich an meinem eigenen Speichel verschluckte.

Rot...

Die Angst ist rot. Stein, der sich um mich schließt, ein Kerker, aus dem es kein Entrinnen mehr gibt...

Ich würgte. Mein ganzer Körper bestand nur noch aus Schmerz, einem Schmerz, der so umfassend war, dass er für einen Moment sogar die Angst verdrängte.

Ich bemerkte kaum, dass der Soldat von mir abließ, dafür hörte ich umso deutlicher, was er sagte.

»Es ist der Falsche.« Aus seiner Stimme klang echte Enttäuschung.

Wir hatten das Qianmen, das Haupttor, passiert, das von der Mandschustadt in die Chinesenstadt führte. Der Fahrer des Eselskarrens hatte dort sein Ziel erreicht, und ich stieg doppelt erleichtert in eine Rikscha um: Zum einen würde ich den Besitzer des Karrens nie wiedersehen, zum anderen war hier, jenseits der Mandschustadt, die Gefahr einer Entdeckung deutlich geringer – und Malcolm jetzt deutlich näher.

Der Schmerz in meinem Arm war beinahe vergessen. Zum ersten Mal, seit ich an diesem Morgen die verbotene Stadt verlassen hatte, nahm ich meine Umgebung wirklich wahr. Ein grauer Tag hatte sich über dem Häusermeer erhoben, und auf dem Gehsteig vor uns war ein säumiger Laternenanzünder damit beschäftigt, die letzten Lampen zu löschen. Sie waren kleine, rote Sonnen, ganz ähnlich denen, die den Garten des Färbers Gao erhellt hatten, und doch wirkten sie in dieser bevölkerten, breiten Straße, die die beiden Stadtteile Pekings miteinander verband, ganz anders. Wo die Laternen morgens in Gaos Garten friedlich und unvergänglich gewirkt hatten, als spiele Zeit nicht die geringste Rolle für sie, schienen diese Lichter ungeduldig darauf zu warten, ihren Dienst zu beenden, damit der Tag mit all seinen Pflichten und Herausforderungen Wirklichkeit werden konnte.

Neugierig sah ich mich um. Dicht an dicht drängten sich kleinere und größere Läden: Kesselflicker betrieben ihr Gewerbe neben bunten Stoffhandlungen, Gemüse und frisch geröstete Hühner wurden neben winzigen Schreibstuben angeboten, in denen ein einzelner Gelehrter eifrig Papier und Tinte für die geringe zahlende Kundschaft bereithielt. Eine verhutzelte alte Kräuterfrau pries lautstark einen Trank gegen Fieber und Husten an und ermahnte die Passanten, sich mit einem guten Vorrat ihrer Medizinen einzudecken, bevor die wirksamsten davon verkauft wären.

An der nächsten Straßenecke scharten sich mindestens zwanzig kleine Kinder um einen Jongleur, der alte Äpfel durch die Luft wirbeln ließ. Gerade als wir die Gruppe erreicht hatten, ließ der Jongleur – mit Absicht, wie ich vermutete – einen der Äpfel fallen, und sein Publikum brach in ausgelassenen Jubel aus.

Lächelnd lehnte ich mich auf meinen Sitz zurück. Wie lebendig diese Stadt doch war! Ich hatte in all dieser Zeit von Peking kaum mehr gesehen als den Palast und die Prachtstraße, die zum Sommerpalast führte.

Dann bog die Rikscha abermals um eine Ecke, und wir gelangten in eine schmale Wohngasse. Hier war weniger zu sehen als in der letzten Straße. Frauen wuschen in dampfendem Wasser ihre Wäsche und hängten sie – immer noch dampfend – zum Trocknen auf lange, zwischen den Häusern gespannte Seile, während dick angezogene Kinder um sie herumtollten.

Geistesabwesend wollte ich mir das Haar aus dem Gesicht streichen und erlebte noch einmal einen Schock, als meine Finger dort nur Nacktheit fanden. In den letzten Minuten hatte ich vollkommen vergessen, dass ich für die Menschen, die mich sahen, ein junger Eunuch des niedrigsten Ranges war.

Lao Wei, mein lieber, guter Freund, erahnte, was mich quälte.

»Ihr seid sehr schön, Prinzessin«, bemerkte er leise. »Vielleicht schöner denn je.«

Überrascht drehte ich mich zu ihm um. Doch wenn ich geglaubt hatte, ein Lächeln in seinen Zügen zu finden, so irrte ich mich. Er sah mich sehr ernst, beinahe feierlich an.

»Ja«, sagte er dann langsam, »es ist wahr, so schön wie heute habe ich Euch noch nie gesehen.«

Die Worte des alten Mannes berührten mich auf eigenartige Weise, denn ich spürte, dass er sie tatsächlich ernst meinte. Lao Wei war kein Mensch, der einem anderen mit hohlen Unwahrheiten zu schmeicheln versucht hätte. Nachdenklich strich ich über das raue Eunuchengewand, das ich in der Nacht im Schlafgemach der Kaiserin angelegt hatte. Es war aus grobem, billigem Leinen gewebt und von fadem, nicht ganz gleichmäßigem Grau. Einen Moment lang stieg in mir das Bild der langen, leuchtend bunten Seidenbahnen auf, die in der Färberei Gaos zum Trocknen im Wind flatterten, und mit dem Bild kamen das Gelächter und die Lieder der Menschen dort zurück, und auch der Geruch des Meeres, der sich mit dem der Farben vermischte.

An meinem ersten Tag dort hatte über allem eine unbeschwerte Heiterkeit gelegen. Ich dachte an den koboldhaften Weibo, der jauchzend und schmutzig in einem Färberkorb an einer Winde direkt vor uns zu Boden gelassen worden war, und ich sah wieder sein verschmitztes Lausbubengesicht vor mir, hörte das ausgelassene Lachen, mit dem er seine kurze Reise genoss.

Ich schloss für einige Sekunden die Augen, um noch einmal in diese bunte, heitere Welt einzutreten.

Als ich die Augen wieder öffnete, kam mir das Novembergrau des Tages deprimierend und trist vor, und die Menschen auf den Straßen wirkten abgehetzt und freudlos. Dann ertönte irgendwo in der Ferne ein Gong – die Doppelstunde des Drachen hatte begonnen, und es schien, als sei die Stadt nun endgültig zum Leben erwacht. Aus allen Ecken und Winkeln strömten die Menschen herbei – Beamte auf dem Weg in in die Amts- und Gerichtsstuben, Gelehrte und Studenten der nahe gelegenen Akademie, Lumpen- und Unratsammler, Bauern und Vogelfänger, die ihre Ware zum Markt brachten, Barbiere, die ihre Messer schliffen, um für ihre ersten Kunden gerüstet zu sein, und Ärzte auf dem Weg zu wohlhabenderen Patienten.

Aus einer Garküche stieg der verlockende, süßliche Duft von frischen, fleischgefüllten Dampfbrötchen auf – und brachte mir zu Bewusstsein, dass ich in den vergangenen Tagen kaum etwas gegessen hatte. Lao Wei, der neben mir saß, deutete meinen Seufzer richtig. Er beugte sich zu dem Rikschakuli nach vorn und gab ihm eine kurze Anweisung.

Der Mann hielt an, und Lao Wei stieg mit erstaunlicher Behendigkeit aus.

Ich sah ihm nach, wie er die wenigen Schritte zu der Garküche zurückging.

Kurze Zeit später hockten wir nebeneinander und machten uns über die heißen, leicht klebrigen Dampfbrote her. Genüsslich drückte ich meine Zähne in den weichen, warmen Teig. Die Füllung aus mit Sojasauce gewürztem Fleisch und klein gehackten Zwiebeln erfüllte meinen Mund mit einer Vielzahl verschiedener Aromen, und ich entschied, dass ich noch nie eine so köstliche Mahlzeit zu mir genommen hatte.

Flüchtig dachte ich an die Mahlzeiten im Palast, wo selbst an gewöhnlichen Tagen mindestens zwanzig Gerichte aufgetischt wurden und das Essen in allem erdenklichen Luxus stattfand.

Und doch bedauerte ich es nicht, dass gerade dies meine letzte Mahlzeit in Peking sein würde.

Kapitel 31

Der Rikschakuli hatte uns vor einem einfachen, aber sehr ordentlichen Haus am südwestlichen Rand der Chinesenstadt abgesetzt, und jetzt, da die Begegnung mit Malcolm unmittelbar bevorstand, überfiel mich furchtbare Angst. Als wir uns vor zwei Monaten getrennt hatten, war ich eine Prinzessin gewesen, und nun kam ich im Gewand eines Bettlers und mit halb kahl geschorenem Schädel zu ihm. Ich hatte das Begehren in Malcolms Augen gesehen – in dem Automobil in Qingdao, während unserer Spaziergänge am Meer, auf dem Gao'schen Besitz und später, als …

Bei der Erinnerung an jene Sommernacht in dem Pavillon, während sich am Himmel über uns das flammende, prasselnde Feuerwerk entfaltet hatte, vergaß ich für einen Moment meine Angst, aber dann kehrte sie mit Macht zurück.

»Anli.«

Die sanfte, leise Stimme Lao Weis riss mich aus meinem Tagtraum heraus und zurück in die Gegenwart.

Ich wandte mich zu dem alten Eunuchen um.

»Anli«, wiederholte er, ein wenig lauter diesmal, und erst jetzt wurde mir bewusst, dass er mich beim Namen genannt hatte, was für einen Menschen seines Standes eigentlich vollkommen undenkbar war.

Ich sah ihn fragend an, blickte in diese klugen, gütigen Augen und stieß den Atem aus, den ich, ohne es zu bemerken, schon zu lange angehalten hatte.

»Anli.«

Lao Wei sagte nur dieses eine Wort, diesen Namen, und er klang für mich beinahe wie eine Beschwörungsformel.

»Anli.« Seine Stimme war abermals fester geworden, eindringlicher.

Und jetzt verstand ich auch, was er mir sagen wollte.

Er zog mich behutsam am Ärmel in den kleinen Garten hinüber, zu einer hübschen, hölzernen Bank.

Ich sah ihn fragend an. Ich hatte erwartet, dass wir sofort in das Haus hineingehen würden – zu Malcolm.

»So viel Zeit haben wir noch.«

Lao Wei drückte mich mit sanfter Gewalt auf die Bank hinunter, und obwohl ich nicht wusste, was er beabsichtigte, ließ ich es zu. Dann nahm er, ohne eine Vorwarnung oder gar eine Entschuldigung für sein ungebührliches Benehmen, neben mir Platz.

»Erinnert Ihr Euch an das Geschenk, das die Kaiserin Euch zum Abschied gab?«, fragte er.

Ich stutzte kurz. Aber ja, Guniang hatte mir tatsächlich etwas mitgegeben, bevor ich ihr Boudoir verließ.

Langsam öffnete ich den kleinen, schäbigen Stoffbeutel, der alles enthielt, was ich auf der Welt noch besaß.

Es waren nur wenige Dinge, die ich hatte mitnehmen könne: ein Kamm aus Elfenbein, eine Brosche, die die Kaiserin mir zu meinem letzten Geburtstag geschenkt hatte, und die für mich unvorstellbar alte und daher umso kostbarere runde Bronzescheibe, durch deren Knauf sich eine dicke, blaue Seidenschnur zog.

Ich schenke dir diesen Bronzespiegel zum Schutz gegen böse Mächte und als Anker in einer fremden Welt.

Guniang hatte mich lange angesehen, bevor sie weitersprach.

Wann immer du dich allein fühlst, wann immer du Angst hast in deinem neuen Leben, hole diese Bronzescheibe hervor und blicke hinein. Du wirst sehen, dass dieser Spiegel zu so mancherlei gut ist.

Zaghaft drehte ich die runde Bronzescheibe in meinen Händen, zögerte jedoch, tatsächlich hineinzublicken, denn als ich mich jetzt wieder an die Worte der Kaiserin erinnerte, stieg mit einem Mal Furcht in mir auf.

Ich sah zu Lao Wei hinüber. »Ist dieser Spiegel ... ist etwas Besonderes an ihm?«

Lao Wei lächelte beruhigend, denn er hatte meine Bedenken offensichtlich erraten. Immerhin war er zugegen gewesen, als die Kaiserin mir dieses Kleinod aus einer längst vergangenen Zeit überreicht hatte.

»Ihr habt recht, Prinzessin«, antwortete er. »Es *ist* etwas Besonderes an dieser Bronzescheibe, aber mit Magie hat es nichts zu tun.«

Er legte meine rechte Hand fester um den Griff. »Nur zu, schaut hinein, dann werdet Ihr das Rätsel lösen, und wenn Ihr das Geheimnis des Spiegels erkannt habt, dann wird er Euch bis ans Ende Eurer Tage ein verlässlicher, treuer – und hilfreicher – Begleiter sein.«

Also schob ich meine letzten Bedenken beiseite und hob den Spiegel, um hineinzusehen.

Im ersten Moment war ich enttäuscht, hatte ich mich doch an die großen, hölzernen Spiegel im Haus des Färbers gewöhnt. Und selbst die oft trüben Spiegel in der Verbotenen Stadt waren immer noch klarer als dieser hier.

Doch dann zog mich die uralte Bronzescheibe plötzlich in ihren Bann. Das Metall mochte noch so glatt poliert sein, es zeichnete die Gesichtszüge dennoch weicher und verschwommener, als Glas es tat.

Ich sah sehr lange in diesen ungewöhnlichen Spiegel, bis ich ganz allmählich etwas bemerkte. Ich hatte erwartet, einen jungen Eunuchen dort zu sehen, aber stattdessen sah ich – mich. Sah die dunklen, forschenden Augen, die geraden Brauen, die ein wenig zu lange Nase, die vollen, leicht geöffneten Lippen und das energische Kinn.

»Anli.«

Zuerst glaubte ich, Lao Wei habe wieder gesprochen, aber dann begriff ich, dass es meine Stimme war, die ich gehört hatte.

Noch einmal richtete ich den Blick auf die runde Bronzescheibe.

Anli. Ja, dies war tatsächlich ich, Anli, die weder Prinzessin war noch Bettlerin.

Ich hatte das Geheimnis des Spiegels enthüllt: Er zeigte, was ein Mensch war, was er wirklich *war*. Und kein Mensch, das begriff ich, war in seinem tiefsten Wesen Prinzessin oder Bettlerin. Dieser Spiegel machte keinen Unterschied zwischen Prinzen und Eunuchen, zwischen Kaisern und Dieben. Er zeigte nur das, was den Betrachter ausmachte: seine Essenz.

Ich erhob mich von der Bank, und Lao Wei machte keine Anstalten, mich zurückzuhalten.

Ich bin Anli, dachte ich, als ich über den kurzen, kiesbestreuten Weg zum Haus hinüberging.

Ich bin Anli.

Als Lao Wei an die Tür des Hauptraums klopfte, stand ich mit hämmerndem Herzen an seiner Seite. Ich würde Malcolm wiedersehen, und das war alles, was zählte. Flüchtig nahm ich den Duft von Rosenblütentee wahr, den Guniang morgens so gern trank, dann flog ich auch schon durch den Raum in Malcolms Arme.

»Anli!«

Wenn ich noch Zweifel gehegt hatte, waren sie jetzt für immer zerstreut. Malcolm zögerte nicht eine Sekunde, bevor er mich an sich zog. Da war kein Blinzeln in seinen Augen, kein Moment des verspäteten Wiedererkennens, kein Zweifel. Er sah von Anfang an nur die Frau, die er liebte, er sah nur – mich.

So wie die Bronzescheibe nur mich gezeigt hatte.

»Anli«, flüsterte er rau, dann zog er mich so fest an sich, dass ich glaubte, ganz und gar mit ihm zu verschmelzen.

Als er mich küsste, löste sich der Raum um uns herum auf, und wir waren wieder in dem Pavillon in Baoding, in dem die Nacht uns allein gehört hatte.

Ich erwiderte seinen Kuss, zuerst zaghaft, dann immer leidenschaftlicher und schließlich mit solchem Verlangen, dass mir schwindlig wurde.

Schließlich trat Malcolm einen Schritt zurück. In seinen Augen stand ein Ausdruck von so überwältigender Zärtlichkeit, dass ich kaum noch atmen konnte. Dann umfasste er mit beiden Händen mein Gesicht und sah mich lange schweigend an.

»Wie schön du bist«, flüsterte er schließlich heiser. »So schön wie noch nie zuvor.«

Er zog mich abermals zu sich heran und atmete dann tief durch. »Bald«, murmelte er, dann straffte er entschlossen die Schultern und zog eine goldene Taschenuhr aus seiner Weste. »Wir haben nicht mehr viel Zeit«, erklärte er, »und wir müssen noch einige Dinge erledigen, bevor wir aufbrechen können.«

Seine Worte holten mich jäh in die Wirklichkeit zurück, und einmal mehr spürte ich die Angst in der Kehle, die Palastwache könne im nächsten Augenblick in unsere friedliche Zuflucht eindringen und mich fortholen. Fort in den Palast, zu meiner Familie – zu General Dun, den ich übermorgen heiraten sollte.

Mit einem Mal hatte ich es sehr eilig aufzubrechen – wohin auch immer.

»Welche Dinge gibt es denn noch zu erledigen?«, fragte ich, vollauf bereit, mit anzufassen, um welche Arbeit es sich auch handeln mochte. Hätte Malcolm mich gebeten, den Kamin zu kehren oder Lampen von Ruß zu reinigen, hätte ich mich unverzüglich ans Werk gemacht.

Malcolm musste meine grimmige Entschlossenheit gespürt haben, denn er lächelte plötzlich, dieses warme, tiefe Lächeln, bei dem ich die Welt um mich herum vollkommen vergessen konnte. Aber diesmal nicht.

»Wir müssen uns beeilen«, erwiderte ich drängend. »Was gibt es zu tun?«

Malcolm lachte leise auf, ein Laut so voller Heiterkeit und Glück, dass meine Furcht verebbte.

»Nein«, sagte er, noch immer lachend. »Du sollst jetzt nicht die Böden schrubben – abgesehen davon, dass sie ohnehin blitzblank sind.« Dann wurde seine Miene ein wenig ernster. »Aber du brauchst für die Reise ein anderes Gewand.«

»Warum?«

Ich zog erstaunt die Brauen in die Höhe. Inzwischen fand ich an dem Gewand, das ich trug, nichts mehr auszusetzen. Außerdem hatte es mir bisher gute Dienste geleistet.

Malcolm ahnte wohl, was ich dachte, denn er trat einen Schritt auf mich zu und legte mir die Hände auf die Schultern. »Du hast ja recht«, sagte er mit liebevollem Spott, »ich hätte meinen kleinen Eunuchen auch gern noch für ein Weilchen behalten. Du kannst das Gewand ja mitnehmen, und sollte uns irgendwann die Sehnsucht nach diesem liebreizenden Knaben überkommen, ziehst du es einfach wieder an. Für den Augenblick jedoch ...« Er zuckte mit gespieltem Bedauern die Schultern, dann klatschte er zweimal laut in die Hände.

Als die Tür geöffnet wurde, drehte ich mich ohne besonderes Interesse um. Ein junger Schreiber, der es seinen Kleidern nach trotz seiner Jugend in seinem Gewerbe schon weit gebracht hatte, machte eine Verbeugung vor mir. Ohne sich sofort aufzurichten, hielt er mir ein Gewand hin, das dem seinen recht ähnlich war.

»Ich danke Euch«, sagte ich höflich und streckte die Hand nach dem Kleidungsstück aus, das offensichtlich für mich gedacht war.

Als der Schreiber sich wieder aufrichtete, schenkte ich ihm ein freundliches Lächeln, stutzte kurz – und stieß dann einen Freudenschrei aus.

»Bolo!«

Konvention und Etikette waren in diesen Stunden ebenso bedeutungslos geworden wie Rang und Stand, und ohne nachzudenken, machte ich einen Schritt auf meinen treuen Freund zu und schlang ihm beide Arme um den Hals.

Und die Tränen, die bei meinem Wiedersehen mit Malcolm nicht hatten kommen wollen, flossen jetzt umso reichlicher.

»Bolo!«, rief ich, überglücklich, ihn gesund und in Sicherheit zu sehen.

»Prinzessin.«

Auch Bolos Stimme klang belegt, und da ich ihn immer noch in den Armen hielt, spürte ich, wie er zu einer neuerlichen Verbeugung ansetzte. Ich hielt ihn fest.

»Nein, Bolo«, sagte ich entschlossen. »Das muss jetzt entgültig aufhören.«

»Prinzessin?«

»Bolo!« Ich schüttelte meinen Freund sanft. »Sieh mich an«, befahl ich. »Sieh genau hin. Sieht so eine Prinzessin aus?«

Bolos Mundwinkel zuckten kurz, dann wurde er wieder ernst. »Es kommt nicht darauf an, wie man gerade aussieht, es kommt darauf an, was man ist.«

Noch vor wenigen Monaten hätte ich ihm bedenkenlos zugestimmt – und ich stellte fest, dass ich es auch jetzt noch tat.

»Du hast recht«, sagte ich. »Es kommt nicht auf Aussehen oder Ansehen einer Person an, sondern allein darauf, was sie ist.« Ich sah ihn fest an. »Und ich *bin* keine Prinzessin, ich bin *Anli*.« Dann spürte ich förmlich, wie ein Ausdruck überschäumenden Glücks in meine Augen trat. »Und«, fügte ich strahlend hinzu, »in wenigen Monaten werde ich Anli St. Grower sein. Mrs. Malcolm St. Grower«, ergänzte ich, sehr stolz darauf, die schwierigen fremden Laute flüssig, wenn auch nicht ganz perfekt aussprechen zu können.

Ich ergriff Bolos rechte Hand und drückte sie fest, wie

die Ausländer es taten. »Mein Name ist Anli, und es ziemt sich nicht für einen Schreiber zweiten Ranges, sich vor ...« Ich musterte kurz das Gewand, das ich achtlos über einen Stuhl geworfen hatte, und zählte die Knöpfe, die den Rang seines Trägers erkennen ließen. Ich hatte mich vorhin also nicht getäuscht. »... sich vor einem Schreiber dritten Ranges zu verneigen.« Dann spitzte ich die Lippen und fügte mit geheuchelter Nachdenklichkeit hinzu: »Genau betrachtet werde ich es wohl sein, die sich in Zukunft vor *Euch* zu verbeugen hat, Bolo Xiansheng.«

Bolo öffnete den Mund, um zu protestieren, aber bevor er etwas sagen konnte, hatte ich mich bereits mit feierlicher Miene vor ihm verneigt – nicht zu tief natürlich, was eine ebensolche Beleidigung gewesen wäre wie eine zu knappe Verbeugung.

Dann neigte ich versonnen den Kopf zur Seite. »Hm. Bolo Xiansheng«, sagte ich, »dürfte ich Euch vielleicht um einen Gefallen bitten?«

Bolo blinzelte. »Alles, was Ihr wollt, P...«

»Da wir alte Freunde sind – wäre es da möglich, dass ich Euch einfach weiter wie bisher Bolo nenne, statt Schreiber Bolo oder Bolo Xiansheng?«

Bolo errötete tief.

»Selbstverständlich, P... Anli.«

Das letzte Wort kam immer noch zu zögerlich, und ich verneigte mich abermals. »Vielen Dank für Eure Freundlichkeit, Bolo. Und wenn Ihr mir nun dieselbe Ehre erweisen wolltet?«

Mein Tonfall klang heiter und unbeschwert, aber in Wahrheit war es mir bitterernst.

Bolo verneigte sich – aus alter Gewohnheit. Als er die

Missbilligung in meinem Blick las, richtete er sich hastig wieder auf.

»Bolo«, sagte ich warnend.

Bolo atmete tief durch, dann antwortete er vorsichtig: »Ja ...« Das Wort »Herrin« hatte ihm deutlich spürbar auf der Zunge gelegen. Ich warf ihm abermals einen strengen Blick zu.

Er lächelte unsicher, dann sagte er zum ersten Mal in seinem Leben bewusst meinen Namen.

»Anli.«

Ich glaube, es war einer der schönsten Augenblicke für mich seit vielen Wochen.

Ich ging einen Schritt auf ihn zu und umarmte ihn wie einen Bruder, einen Bruder, den ich schon verloren geglaubt und doch wiedergefunden hatte. Es dauerte seine Zeit, bis Bolo, der angesichts dieser freundschaftlichen Annäherung wie erstarrt war, am Ende – wenn auch noch sehr zaghaft – meine Umarmung erwiderte.

Ein leises Räuspern unterbrach uns.

Malcolm hatte inzwischen das Schreibergewand vom Stuhl genommen und glatt gestrichen.

»Du solltest dich jetzt ankleiden, Anli. Die Eisenbahn wartet nicht ewig auf uns. Wenn wir erst in unserem Abteil sind, werden wir mehr als genug Zeit haben, um über alles zu reden.«

Malcolm hielt mir das Schreibergewand hin, und Bolo trat auf ihn zu.

»Es ist beim ersten Mal nicht ganz einfach anzulegen, aber da ich inzwischen schon einige Erfahrung darin habe, könnte ich ... Anli ... dabei helfen.«

Ich lachte. »Das sind ja schöne Sitten, dass ein Schreiber

zweiten Ranges einem Untergebenen beim Ankleiden hilft!« Ich lachte leise auf. »Hinaus mit dir!«

Bolo zögerte noch immer, aber ein mahnender Blick Malcolms scheuchte ihn schließlich doch aus dem Zimmer.

Als wir wieder allein waren, sah ich Malcolm anerkennend an. »Das hast du gut gemacht.«

Malcolm runzelte die Stirn. »Es sähe wohl etwas merkwürdig aus, wenn ein wohlhabender Engländer mit zwei Eunuchen reisen würde ...«

Ich unterbrach ihn. »Ich spreche davon, dass du Bolo das ranghöhere Gewand gegeben hast und nicht mir.«

»Ohne Euer Hoheit kränken zu wollen«, sagte er mit gespielter Strenge, »aber Bolo ist, mit Verlaub, der bessere Schreiber von euch beiden, daher stand ihm der höhere Rang einfach zu.«

Wieder lachte ich. »O ja, natürlich. Aber das meinte ich nicht. Es wird höchste Zeit, dass Bolo lernt, dass ein Eunuchengewand noch lange keinen Sklaven aus ihm macht – so wie ein Schreibergewand aus mir niemals eine gute Kalligraphin machen wird.«

Malcolm sagte nichts, sondern lächelte nur, und ich wusste, dass er an die hochmütige junge Frau dachte, die er vor wenigen Monaten in Baoding im Hause des Färbers kennengelernt hatte.

Dankbar und voller Glück erwiderte ich sein Lächeln.

Kapitel 32

Auf dem Bahnhof jenseits der Stadtmauern von Peking stand bereits eine Lokomotive unter Dampf, als wir dort ankamen. Staunend betrachtete ich die schier endlos anmutende Reihe klobiger, rußschwarzer Waggons, deren Fenster von der Kälte beschlagen waren, so dass man nicht erkennen konnte, was sich dahinter verbarg. Abgesehen von dem Stampfen und Schnauben der Lokomotive herrschte eine geradezu unheimliche Stille auf dem fast menschenleeren Bahnhof.

Malcolm sah sich kurz um, dann ging er auf einen hochgewachsenen Mann zu, der einen langen Offiziersmantel trug. Seine Uniform wies ihn als Engländer aus, und während Bolo, Lao Wei und ich Malcolm ein wenig langsamer folgten, waren die beiden Männer bereits in ein Gespräch verwickelt. Ich beherrschte die englische Sprache noch nicht gut genug, um zu verstehen, was sie sagten.

Ich war froh, dass das Gespräch nicht lange dauerte, denn die schneidende Kälte weckte in mir den sehnlichen Wunsch, endlich in mein – hoffentlich geheiztes – Abteil zu gelangen. Außerdem war es inzwischen fast Mittag, und gewiss machten sich einige Leute im Palast bereits Sorgen wegen meines Verschwindens. Noch blieb ihnen Zeit genug, die Palastwache nach mir auszusenden, wenn sie es nicht bereits getan hatten!

Der Engländer streckte eine Hand aus, deutete vage zur

Mitte des Zuges und gab dazu einige knappe Erklärungen ab.

Malcolm verbeugte sich mit einem knappen Nicken, wie die Engländer es taten, dann wandte er sich zu uns dreien um.

»Der Truppentransport geht von hier aus direkt und ohne Zwischenhalt nach Tienjin.«

Malcolm zog mich mit sich, während er weitersprach. Bolo und Lao Wei folgten uns in geringem Abstand.

»Von Tienjin aus«, setzte Malcolm seine Erklärung fort, »werden wir an Bord eines englischen Dampfers gehen, der uns nach Japan bringen wird.«

Malcolm lächelte mich zärtlich an.

»Möchtest du deine Flitterwochen in Japan verbringen, meine schöne Geliebte?«

Als er den ängstlichen, fragenden Ausdruck in meinen Augen sah, sagte er leise: »In Japan werden dir die Häscher der chinesischen Palastwache nichts anhaben können.« Er strich mir liebevoll über die Wange und drehte sich dann unbehaglich zu dem englischen Offizier um, der diese Geste vielleicht beobachtet hatte.

Aber der Mann stand bereits auf dem Trittbrett vorn beim Lokomotivführer, wahrscheinlich, um ihm mitzuteilen, dass die Abfahrt jetzt unmittelbar bevorstehe.

»Dir bleibt noch viel Zeit, einen Ort auszuwählen, an dem wir unsere Flitterwochen verbringen können.« Dann fügte er hinzu: »Aber vielleicht möchtest du ja lieber etwas von Europa sehen, Italien oder Frankreich?« Er unterbrach sich. »Nun, über so etwas Wunderbares wie Flitterwochen sollte man nicht auf einem kalten, schmutzigen Bahnhof entscheiden.«

Er schenkte mir ein Lächeln, und ohne sich darum zu scheren, wer ihn beobachtete und welche Schlüsse der Betreffende daraus ziehen mochte, griff er noch einmal nach meiner Hand, und etwas an der Art, wie er das tat, sagte mir deutlicher als alle Worte, dass er sie nie wieder loszulassen gedachte.

Ich versuchte nicht einmal, den Tränen Einhalt zu gebieten, die mir übers Gesicht liefen, während die einsame Gestalt Lao Weis auf dem Bahnsteig immer kleiner wurde. In diesen Augenblicken war mir Lao Wei, den ich in den vergangenen Wochen ebenso aufrichtig zu lieben gelernt hatte wie Bolo, zum Inbegriff von Heimat geworden, und mein Schmerz wuchs mit jedem Meter, um den sich die Entfernung zwischen uns vergrößerte, denn ich wusste, dass es ein Abschied für immer war.

Das Rütteln der Eisenbahnwaggons auf den Schienen formte sich in meinem Kopf zu dumpfen, unerbittlichen Worten, die mir die Kehle zusammenschnürten.

Für immer ... Für immer ... Für immer ...

Ich würde Lao Wei nie wiedersehen, ebenso wenig wie ich die Kaiserin je wiedersehen würde oder Shuimin oder Sulian.

All diese Menschen waren mir für immer verloren.

Für immer ... Für immer ... Für immer ...

China, mein geliebtes China, verloren. Die Steppe, in der ich Jugend und Freiheit erlebt hatte, verloren.

Für immer ... Für immer ... Für immer ...

Der Duft der Winteraprikose kurz nach Neujahr, der Päonien und Rosen im Frühjahr und Sommer ...

Verloren.

Für immer ... Für immer ... Für immer ...

Dann spürte ich Malcolms warmen Körper an meinem und seinen Arm, den er mir behutsam um die Taille legte, und ich atmete tief, wenn auch noch ein wenig zittrig auf.

Malcolm.

Und nun sangen sie plötzlich, die Räder der Lokomotive, nein, sie jubilierten.

Für immer! ... Für immer! ... Für immer!

Die Tränen auf meinen Wangen waren inzwischen getrocknet, und er umfasste mit beiden Händen mein Gesicht, dann sah er mich lange an, bevor er sich zu mir herunterbeugte und unsere Lippen sich fanden.

Für immer! ... Für immer! ... Für immer!

***

»Ich will nicht wissen, wo die Prinzessin *war*, ich will wissen, wo sie *ist!* Und ich will diesen alten Narren sehen, der sie bedient, Lao Wei. *Sofort!*« Li trat drohend einen Schritt auf Lan Pao zu, den jungen Eunuchen, der ihm am Morgen die erste ungeheuerliche Nachricht dieses von den Göttern verfluchten Tages überbracht hatte. Der junge Halbmann wich erschrocken vor ihm zurück. »Und wage es nicht, mir wieder unter die Augen zu kommen, bevor du sie gefunden hast!«, zischte Li ihm ins Gesicht.

Als der Eunuch gegangen war, trat Li an das Fenster, das er trotz der winterlichen Kälte kurz zuvor geöffnet hatte. Aber das Atmen fiel ihm immer noch schwer. Sein Herz hämmerte, und seine Hände waren schweißnass.

Es war war bereits Nachmittag, und die drei Trupps der Palastwache, die er nach Biao Yong ausgeschickt hatte, waren immer noch nicht zurückgekehrt, um ihm diese undankbare Kreatur auszuliefern.

Der Obereunuch krampfte die Hände um den Fensterrahmen und bemerkte nicht einmal, dass sich ein Holzsplitter in seinen rechten Daumen bohrte.

Biao Yong! Li atmete tief die kühle Luft ein. Biao Yong hatte, statt ihm wie gewohnt das Frühstück zu bringen, am Morgen eine Mönchskutte aus der Requisitenkammer gestohlen; Lan Pao, der schon seit Monaten vergeblich versuchte, die Gunst des Obereunuchen zu gewinnen, war ihm gefolgt und hatte ihn bei seinem Tun beobachtet. Doch statt sofort Alarm zu schlagen, hatte er kostbare Zeit verloren – angeblich, damit Li zuerst in Muße seine Morgenmahlzeit einnehmen konnte. Doch Li wusste es besser. Lan Pao war es nur recht, wenn Biao Yong nicht gefunden wurde, denn dann durfte er hoffen, dessen Platz als Günstling seines Herrn einnehmen zu können.

Aber weder Biao Yong noch Lan Pao interessierten den Obereunuchen in diesem Augenblick.

Zorn und ein fast vergessenes Gefühl der Ohnmacht lasteten so schwer auf ihm, dass er sich kaum noch aufrecht halten konnte, und er sackte kraftlos gegen den Fensterrahmen.

Anli!

Er wusste, dass sie nicht mehr im Palast war, er *spürte* es.

Seit dem Morgen hatte niemand mehr Prinzessin Anli mit eigenen Augen gesehen – dafür hatten ihm mindestens ein Dutzend Eunuchen berichtet, dass die Prinzessin an diesen oder jenen Ort geschickt worden sei, um irgendeinen Auftrag für die Kaiserin zu erledigen. Einmal hieß es, sie sei geschickt worden, frische Tusche aus einer der Schreibstuben zu holen, ein andermal, sie habe nach einem verloren Schmuckstück suchen müssen.

Aber niemand hatte sie *gesehen*.

Und der General hatte ihn, Li Lianying, wie einen lästigen Straßenköter fortgeschickt, als er ihn auf das Verschwinden seiner Braut aufmerksam gemacht hatte. Der ganze Palast war in Aufruhr, und niemand interessierte sich für den Verbleib einer einzelnen unbedeutenden Hofdame. Nicht einmal ihr Vater. Nicht einmal ihr zukünftiger Gemahl. Die beiden Männer waren zu dumm – oder zu eitel –, um sich vorstellen zu können, dass es Anli gelungen war, ihnen zu entkommen.

Ein leises Kratzen an der Tür ließ den Obereunuchen herumfahren.

»Ihr habt mich rufen lassen, Herr?«

Lao Wei, der neue Leibdiener der Prinzessin, verbeugte sich tief, doch etwas an der Haltung des alten Mannes fachte Lis Zorn nur noch mehr an. Er hätte nicht sagen können, woher, aber noch bevor er ihm seine Frage stellte, wusste er, dass der Alte ihn verspottete.

»Wo ist Prinzessin Anli?«, zischte er. »Und wann hast du sie das letzte Mal gesehen?«

Lao Wei legte die Stirn in Falten. »Wo die Prinzessin sich genau in diesem Augenblick aufhält, weiß ich nicht, Herr«, antwortete Lao Wei mit einer neuerlichen Verbeugung. »Aber während der Stunde der Schlange bin ich ihr in einer der Schreibstuben begegnet. Ich glaube, sie sollte Tuschsteine holen. Jetzt wird sie wahrscheinlich auf dem Weg in die Thronhalle sein. Ihre Majestät hat zu einer Audienz gerufen ...«

»Ich weiß, dass die Kaiserin eine Audienz angekündigt hat!« Li spürte, dass ihm die Kehle immer enger wurde. Die Übelkeit, die ihn seit dem Morgen plagte, hatte sich verschlimmert, seit Lao Wei eingetreten war. Er musste den Alten fortschicken, bevor er die Demütigung erlebte, sich in seiner Gegenwart übergeben zu müssen.

»Geh!«, stieß er hervor und wandte sich ab. Der bittere Geschmack der Galle machte ihm das Atmen noch schwerer.

Minuten später, als Li sicher war, dass er nichts mehr im Leib hatte, was er von sich geben konnte, ließ er sich erschöpft in einen Sessel sinken.

Er wusste, dass die Prinzessin entkommen war. Er *wusste* es und konnte dennoch nichts tun, um ihre Flucht zu vereiteln.

Ebenso wenig wie er hatte verhindern können, dass irgendjemand Gift in Mengtians Zelle geschmuggelt hatte, um ihm einen gnädigeren Tod zu gewähren als den, den er für seinen einstigen Günstling vorgesehen hatte. Und niemand hätte es gewagt, ihm zuwiderzuhandeln. Niemand – außer *ihr*.

Und die Häscher, die er nach Baoding geschickt hatte, um ihm diesen anderen jungen Eunuchen zu bringen, Bolo, waren mit leeren Händen zurückgekehrt. Es war unmöglich gewesen, ihn rechtzeitig zu warnen, und doch war es offensichtlich geschehen. Niemand hatte Bolo nach der Ankunft der Palastwache in Baoding noch gesehen. Und niemand würde ihn irgendwo sehen, dessen war er sich inzwischen sicher. *Sie* hatte dafür gesorgt, dass Bolo seiner verdienten Strafe entging.

Und Anli ...

Lis Hände krampften sich um die Armlehnen seines Sessels, als eine neue Welle der Übelkeit in ihm aufstieg.

Anli war entkommen.

Li Lianying glitt zu Boden. Nicht einmal Galle gab sein Körper noch her, als er versuchte, den Hass auszuspeien, der ihm die Luft zum Atmen raubte.

***

Auf der anderen Seite der Stadt trat ein Bettelmönch durch ein wenig bewachtes Tor, das in die nördlichen Berge hinausführte. Niemand beachtete ihn, als er, mit seiner Bettelschale klappernd, vorüberging. Und falls ihm doch jemand Beachtung geschenkt hätte, wäre ihm nichts Ungewöhnliches an dem jungen Mönch aufgefallen, außer zwei geringfügigen Einzelheiten, an die jedoch kaum jemand einen weiteren Gedanken verschwendet hätte: Das Gewand des Mönchs war noch recht neu und sehr sauber, wie man es bei Bettlern selten sah, und auf seiner geschwollenen Oberlippe klebte frisches Blut.

Biao Yong wanderte ohne Hast die von der Wintersonne beschienene Straße hinunter. Sein Oberkiefer schmerzte und pulsierte, wo ihm der Zahnreißer zwei gesunde Zähne gezogen hatte, und immer wieder nahm er aus seinem Gewand ein Tuch hervor, um sich das Blut abzuwischen. Doch je weiter er kam, desto seltener benötigte er das Tuch, und bis zum Abend, so hatte ihm der Zahnreißer versichert, würde die Blutung endgültig aufhören.

Vorsichtig und beinahe staunend fuhr er mit der Zunge über die leere, wunde Stelle in seinem Oberkiefer. Seit er denken konnte, war dort der Doppelzahn gewesen, der seine Schönheit geschmälert und seine Zunge gequält hatte.

Biao Yong wusste noch nicht, ob die breite Lücke in seinem Mund seinen Gesang beeinträchtigen würde; aber das herauszufinden, blieb später immer noch Zeit. Er war Lis Tyrannei entkommen, und das war das Einzige, was im Augenblick zählte.

***

Guniang hatte in dieser Nacht nicht geschlafen und vermisste den Schlaf auch nicht. Sie würde ihn bald genug nachholen können.

Heute jedoch hatte sie noch einen Auftrag zu erfüllen gehabt und mit mildem Erstaunen festgestellt, dass es ihr sogar Spaß machte. Sie hatte ihre Hofdamen allein oder in Gruppen kreuz und quer durch die Verbotene Stadt geschickt, bis niemand mehr sagen konnte, welche der Frauen sich gerade in welcher Halle aufhielt. Besonderes Vergnügen hatte es ihr bereitet, Anlis Mutter und ihre Schwestern mit den unsinnigsten Aufträgen in die entlegensten Winkel zu schicken; keine der Frauen hatte auch nur die geringste Ähnlichkeit mit Anli oder Malu. Was später mit ihnen geschah, wenn Anlis Flucht entdeckt wurde, würde nicht mehr Guniangs Problem sein. Ihre einzige Sorge galt Anli.

Vor dem Abend würde niemand Anli vermissen, und dann wäre die junge Frau bereits in sicherer Entfernung von der Hauptstadt – mit einem Transport der Ausländer, den kein Mandschu oder Chinese zu kontrollieren wagen würde, unterwegs nach Tianjin. Und dort stand bereits ein Schiff unter Dampf …

Und selbst wenn jemand in diesen turbulenten Tagen nach dem Ableben des Kaisers nach der Prinzessin Ausschau hielt, würde niemand den schmächtigen Diener, der mit Malcolm St. Grower reiste, für eine Prinzessin halten.

Ein Lächeln stand in Guniangs Augen, als sie nach dem Mittagessen die Kapseln mit dem schwarzen Mohn schluckte.

Auch Guangxu hatte gelächelt, als sie ihm am vergangenen Abend die Kapseln gegeben hatte, aufgelöst in starkem, süßem Tee. Er hatte gewusst, was sie tat, ihre Augen hatten es ihm gesagt.

Und er hatte gelächelt.

Sie waren frei, endlich frei.

Mit wachem Blick erwartete Guniang Shuimin, die sie zu ihrer letzten Audienz in die Thronhalle begleiten sollte.

Es war vorbei.

Und es war gut.

Und Malu wartete auf sie. Malu …

Epilog

England, 1959

Das Haar, das Lao Wei mir bis zur Mitte des Schädels abrasiert hatte, war bereits wieder ein gutes Stück nachgewachsen, als wir im April endlich in England ankamen – auch wenn meine Frisur noch lange nicht der herrschenden Mode in Europa entsprach. Aber ich hatte mich daran gewöhnt, und irgendwie erschien es mir nur passend, dass ich mit meinem alten Leben auch ein wenig von meiner Identität in China zurückließ.

Bis auf den heutigen Tag trage ich das Haar offen und schulterlang, obwohl es mittlerweile eisgrau ist – so grau, wie Lao Weis Zopf damals war.

Lao Wei … Er war mir in jenen Wochen ein Freund geworden, und ich wünsche mir oft, er hätte uns begleitet. Heute, da ich meinem siebzigsten Geburtstag entgegensehe, weiß ich jedoch, dass in der neuen Welt kein Platz für ihn gewesen wäre.

Ich denke oft an ihn, wie auch Shuimin und Sulian immer in meinen Gedanken sind.

Nach meiner Ankunft in England ist es mir gelungen, über die englische Gesandtschaft einige Briefe an Shuimin zu schicken, die sie auf dem gleichen Weg beantwortet hat. So weiß ich, dass sie Lao Wei nach meiner Flucht aus China zu ihrem Leibdiener bestimmte. Mengtian, der diese Stellung zuvor innegehabt hatte, war tot, auch wenn er nicht den qualvollen Tod gestorben war, den Li ihm zugedacht hatte. Irgendjemand hatte einen Weg gefunden, Gift in seine Zelle zu schmuggeln, und Shuimin und ich waren uns einig in dem Verdacht, dass niemand Geringerem als der Kaiserin selbst dieser Gnadenakt zu verdanken war.

Was Li betraf, so hatte Guniang dafür gesorgt, dass er nach ihrem Tod kein weiteres Unheil anrichten konnte. Er starb drei Jahre nach der Kaiserin in demselben Kerker des Palastes, in dem Mengtian sich seiner grausamen Rache entzogen hatte. Im Palast ging das Gerücht um, er sei an dem Tag, an dem Guniang starb, wahnsinnig geworden. Doch ich muss gestehen, dass mich das Schicksal dieses Mannes nur wenig kümmerte, und ich habe nie versucht, herauszufinden, wie viel Wahrheit in dieser Geschichte steckte.

In dem letzten Brief, den ich von Shuimin erhalten habe, teilte sie mir mit, dass sie sich den Revolutionären angeschlossen habe, die unserem Heimatland eine bessere, gerechtere Zukunft versprachen. Ich habe diese Entscheidung nie wirklich verstanden, denn ich glaube nicht, dass aus Gewalt und Unterdrückung jemals Freiheit erwachsen kann. Aber andererseits sieht man die Dinge aus der Ferne immer klarer, und ich habe mich manches Mal gefragt, ob ich an ihrer Stelle nicht vielleicht dasselbe getan hätte.

Aber die Liebe zu Malcolm hat mein Leben in vollkommen andere Bahnen geleitet, und es hat in all den Jahren nicht einen einzigen Tag gegeben, an dem ich dafür nicht dankbar gewesen wäre.

Im Juli des Jahres 1909 wurde meine Tochter geboren, die wir Elizabeth nannten, nach Malcolms Mutter. Richard war überglücklich, als er seine Enkelin das erste Mal in den Armen hielt, und ich weiß, dass er sie, wenn er sich mit ihr allein wähnte, oft leise Malu nannte. Und Malus Brief, der ihn fast fünfzig Jahre zu spät erreicht hatte, lag in seiner Hand, als er neun Jahre später für immer einschlief.

Obwohl er fast neunzig Jahre alt geworden war, kam sein Tod für mich viel zu früh, denn er war mir mehr Vater gewesen, als mein eigener es jemals hätte sein können. Noch heute, da ich selbst eine alte Frau bin, denke ich voller Liebe und Dankbarkeit an ihn, und wenn ich meinen Sohn sehe, der wie er den Namen Richard trägt, erkenne ich viel von meinem Schwiegervater in ihm – aber auch viel von mir. Von meinen vier Kindern ist Richard der Einzige, der meine Sehnsucht nach der Heimat in sich trägt. Obwohl in seinen Zügen das europäische Erbe deutlicher zu sehen ist als bei meinen drei anderen Kindern, ist er im Herzen ganz und gar Chinese. Ich fürchte um ihn mehr als um die anderen. Elizabeth, Victoria und Franklin haben feste Wurzeln in England, aber Richard wird hier immer ein Fremder sein – so wie ich eine Fremde geblieben bin.

Bolos Tod vor sieben Jahren hat ihn hart getroffen; für ihn wie für mich verkörperte mein lieber, treuer Freund immer ein Stück Heimat.

Bolo, mein kleiner Löwe. Und er hat in diesen Jahren in der Fremde wahrhaft bewiesen, dass er das große, tapfere Herz eines Löwen besaß. Bis zuletzt hat er die Färberei, die Malcolm nach unserer Rückkehr aus China aufgebaut hat, mit viel Geschick und Talent geleitet, und einen großen Teil unseres heutigen Reichtums verdanken wir gewiss seiner unermüdlichen Arbeit.

Ich vermisse ihn mehr, als ich sagen kann.

Es ist Abend geworden, und der Wind schweigt. Ich blicke hinaus in das sanfte Zwielicht über dem Meer und habe keine Angst mehr vor dem, was vor mir liegt. Malcolm ist in diesem Frühjahr vorausgegangen, doch ich spüre seine liebevolle Gegenwart immer stärker. Wir hatten ein gutes Leben miteinander, und ich weiß, dass der Tod nicht das Ende bedeutet.

Irgendwann, irgendwo werden wir uns wiederfinden, und wir werden zusammen sein, so wie Malu und Richard es jetzt sind.

Behutsam lege ich den Spiegel beiseite, den die Kaiserin mir in jener letzten Nacht geschenkt hat.

Das blaue Seidenband, das sich durch den Knauf auf der Rückseite zieht, ist schon sehr dünn geworden.

Liebe Leser,

obwohl die Frau, von der mein Roman erzählt, fast ein halbes Jahrhundert lang die Geschicke Chinas gelenkt hat – so weit es in ihrer Macht stand –, ist ihr persönlicher Name nirgendwo überliefert. Als Konkubine des Kaisers Xianfeng an den Hof gekommen, nannte man sie nach ihrem Clan Yehe Nara. Nachdem sie dem Kaiser einen Sohn geboren hatte, der der einzige bleiben sollte, wurde sie in den Rang einer Gemahlin des Kaisers erhoben und erhielt den Titel Cixi, Kaiserin des Westens. Ich nenne sie in meinem Roman Guniang, chinesisch für Mädchen, denn es spricht einiges dafür, dass sie von ihrer Familie so gerufen wurde.

GAIL TSUKIYAMA

Die Straße der tausend Blüten

Roman

Tokio 1939. Hiroshi und sein jüngerer Bruder Kenji haben keine Eltern mehr, doch ihre Großeltern geben ihnen alle Liebe, die sie brauchen, und lassen sie von einer Zukunft träumen, die fest in den Traditionen des alten Japan verankert ist. Kenji träumt davon, ein berühmter Maskenschnitzer für das traditionelle Nõ-Theater zu werden. Hiroshi dagegen ist fasziniert von der Kunst des Sumo-Ringens: Es gelingt ihm tatsächlich, von Tanaka, einem angesehenen Meister, aufgenommen und ausgebildet zu werden. Dessen Töchter, die zarte, verträumte Aki und ihre willensstarke Schwester Haru, bezaubern Hiroshi jede auf ihre Art.

Doch dann bricht der Krieg aus, und das Leben der beiden Jungen ändert sich dramatisch. Als immer mehr Bomben auf Tokio fallen, schicken die Großeltern ihre Enkel aufs Land, um sie zu retten. Alle Träume von Ruhm und Ehre scheinen zerstört. Werden Hiroshi und Kenji ihren Weg in einer neuen Welt finden?

Droemer